野外上映会の殺人

C・A・ラーマー

クリスティの『白昼の悪魔』を映画化した『地中海殺人事件』の野外上映会。こんなおいしい話を〈マーダー・ミステリ・ブッククラブ〉が見逃すはずはなく、ワインやつまみを用意し、上映会場の公園に集合した。気の合う仲間と大好きな映画……。ところが映画が終わったとき、ブッククラブのメンバーの席の前で女性が絞殺死体で発見された。いくら映画に夢中だったとはいえ、目と鼻の先で人が殺されていて気づかないなんて。容疑者が多すぎて警察の捜査が難航するのを尻目にブッククラブの面々がまたもや独自の調査を開始する。人気シリーズ第３弾。

登場人物

〈マーダー・ミステリ・ブッククラブのメンバー〉

アリシア・フィンリー……………………ブッククラブの主宰者、編集者
リネット・フィンリー……………………アリシアの妹、ウェイトレスでシェフの卵
クレア・ハーグリーヴス…………………ヴィンテージ古着ショップのオーナー
アンダース・ブライト……………………開業医
ペリー・ゴードン…………………………博物館学芸員
ミッシー・コーナー………………………図書館員

リアム・ジャクソン（ジャッコ）………西シドニー署殺人課の警部補
インディラ・シン（シンホー）…………同、警部補
ポール（ポーリー）・ムーア……………同、巡査部長

キャット・マンフォード…………………野外上映会で殺された女性
エリオット・マンフォード………………キャットの夫
ジェイコブ・ジョヴェス…………………牧師
エゼキエル（ザック）……………………牧師の息子

ブランドン・ジョンソン……上映会場のバーの運営者、カフェ店員
ウォリー・ウォルターズ……同バーのスタッフ、カフェ店員
メアリー（マズ）・オルデン……妊婦
フローレンス（フロー）・アンダーウッド……女性支援クラブのメンバー
ヴェロニカ（ロニー）・ウェステラ……同クラブのメンバー
トレヴァー……ＡＡ（匿名の断酒会）集会の司会者
ザラ……ＡＡのメンバー
ティモシー……ＡＡのメンバー
ブライアン・ドナヒュー……屋上で死んだ男性

野外上映会の殺人

マーダー・ミステリ・ブッククラブ

C・A・ラーマー

高橋恭美子訳

創元推理文庫

DEATH UNDER THE STARS

by

C. A. Larmer

Second edition 2021
Previously published as
Evil Under The Stars:
The Agatha Christie Book Club 3

This book is published in Japan
by TOKYO SOGENSHA Co., Ltd.
Japanese translation rights arranged
with Larmer Media, Goonengerry, Australia
through Tuttle-Mori Agency, Inc., Tokyo

野外上映会の殺人

マーダー・ミステリ・ブッククラブ

新旧を問わず、距離の遠近を問わず、わたしの友人たちと読者のみなさまに、本書を捧げます。わたしの本を律儀に黙って読んでくれて、文句も言わず、なんの見返りもないのに、後方から声援を送ってくれた、そんな人たちに。

野外上映会でわたしがブランケットを共有したいのは、あなたがたのような人たちです。

本書の中で、アガサ・クリスティの『白昼の悪魔』の内容、犯人について触れています。未読の方はご注意ください。

プロローグ

アリシア・フィンリーは、カシミアのブランケットの下で手足を伸ばしてただ眠っているようにしか見えないその女性を愕然として見つめながら、なんという皮肉な状況かと思わずにいられなかった。

前方のなにも映っていないスクリーンをちらりと見て、目をもどした。

ああ、アガサ、と胸の内でつぶやく。あなたにも大いに責任があるわ。

「彼女、死んでるのか?」とだれかが訊いた。

「完全に」だれかが身もふたもない言い方で答えた。

「みなさん、どうか後ろにさがってください。この女性のまわりを少し空けて」三人目の声——当然のように、名医のアンダースがその場を仕切っていた。

「いったいどういうことなんだ?」

そう言ったのはその女性の夫で、ショックのあまり目をむいていた。眠っているはずの妻のブランケットをめくって、ぴくりとも動かない遺体を発見してからの五分間、同じ質問を何度も繰り返し口にしている。

もちろん答えなどあるはずもない。少なくともいまはまだ。それでも、首のまわりにくっきりと残っている紫色の痣が多くを物語っていた。周囲の人々がそれに気づいたわけではなかったが。その若い女性の遺体にはふたたびブランケットがかけられていたので、観客の大半は散っていき――早いとこ帰ってベビーシッターに支払いをしなくちゃ！――そうこうするうちに、しんとした夜を切り裂くようにサイレンの音が聞こえてきた。

リネットが身をかがめてアリシアに耳打ちした。「ねえ、なんかおなじみの状況じゃない？」

アリシアはうなずいた。不気味なほどになじみがある、たしかに。

エルキュール・ポワロの言葉が――口にされたのはついさっきだ――童謡のようにアリシアの脳内を駆けめぐる。ただしこちらのほうがもっと邪悪で不吉だった。

〝空は青く、日が燦々と照っている、しかしあなたはお忘れですぞ、悪魔は日の下のいたるところにいるのです〟

だが今回アリシアが目の当たりにしているのは、日の下にいる悪魔ではない。星空の下の悪魔だった。しかも、この気の毒な女性が命を落としたのは、アドリア海の島の人けのない洞窟ではなく、シドニー郊外のしゃれた住宅地にある混雑した公園だ。

もちろん住宅地だからという理由もあるが、それよりはるかにたちが悪いのは、この暴行が公共の場で行なわれたことだった。どうしてだれも犯行に気づかなかったの？　どうしてだれも彼女の悲鳴を聞かなかったの？　そして、ほんの数メートルしか離れていない席でくつろいでいた〈マーダー・ミステリ・ブッククラブ〉がこの事件を完全に見逃すなんてどうかしてない？

「だから、いったいどういうことなんだ？」夫が繰り返し、そのあと新たな質問を口にした。「だれがこんなことをしたんだ？」

視線がまっすぐ自分に向けられたので、アリシアは彼の目を見返し、表情をやわらげて、少しでも慰めになるような笑みを送った。

質問の答えらしきものもあるにはあるが、さしあたりそれはのみこんだ。推理を披露するのにふさわしい時でも場所でもない。とはいえ、少なくとも責任の一端を負うべき人物がひとりはいる。そう思いながら、視線を夫から遺体に移し、それから前方にぼんやりと不気味に浮かびあがるスクリーンに目を向けた。

今夜の野外上映会の作品が『地中海殺人事件』（原作はアガサ・クリスティの『白昼の悪魔』）でなかったなら。

あれがもっとつまらない映画だったなら、あれほど魅了される筋書きでなかったなら、おそらくもっと多くの目がもっとたびたびスクリーンから離れてさまよっていたかもしれないし、もっと多くの人が、冷血な殺人犯が逃げてしまう前に気づいたかもしれない。

絶対そうよ、と真っ赤なブランケットの下のぴくりとも動かぬかたまりを見やりながら、アリシアは思った。デイム（ナイト爵に叙せられた女性の敬称で男性の〝サー〟に相当）・アガサにも大いに責任はある。

1

一八九八年、シドニー西部のはずれの草原に豪邸を建てたとき、デイム・ネリー・ジョンソンは嘲笑(ちょうしょう)を浴びた。あれほど社会的地位のある女性が、あんな辺鄙(へんぴ)なところに住んでいったいどうしようというんだ？　デイムともなればにぎやかな都心にある瀟洒(しょうしゃ)なアパートメントのほうがよほどふさわしいし、そこなら大勢の取り巻きを酒やら料理やらで豪勢にもてなすこともできるだろうにと。

そうしてばかにした人たちは思いもしなかったが、ネリーは流行の仕掛け人であり、たちまち都心から人々が彼女の玄関先に足繁(あししげ)く通うこととなる。わずか数年のうちに、広々とした緑豊かな草原に小川が滔々(とうとう)と流れる片田舎だったネリーの屋敷は、隣人や商売人であふれ返り、しまいには最先端の技術を使った橋まで架けられたおかげで、企業や、そう、優雅とは言えないまでもアパートメント群まで押し寄せるようになったのだった。

現在のバルメインはシドニーの都心に近い、しかもしゃれた郊外地区として知られ、かつて田舎扱いされていた緑地はごく一部が残っているだけで、そこはいま公園として市民の財産になっている。その緑地こそ、はじめての〈星空の下の上映会(シネマ・アンダー・ザ・スターズ)〉が一週間後に開催されることになっている場所だった。

デイム・ネリーに劣らずエレガントで独立心の旺盛なクレア・ハーグリーヴスは、トレードマークのにこやかな笑顔で上映会のチラシを見つめたあと、十八世紀の中国で作られた、金やさまざまな色の彩飾を施した漆塗りのコーヒーテーブルの中央にそれを置き、しみひとつない『ミス・マープル最初の事件　牧師館の殺人』ときっちり平行になるように位置を調整した。〈マーダー・ミステリ・ブッククラブ〉のメンバーにこのチラシを見せるのが待ち切れなかった。みんなも同じくらいわくわくするはず──そうに決まっている！　クレアはマントルピースの上の時計にちらりと目を向けて、眉を寄せた。

そもそもみんなが到着すればの話だが。

「ごめんごめん、ポッサム（オーストラリアに棲む樹上生息有袋類の総称）、許して！」数分後、ミッシー・コーナーがはあはあ息を切らしながら到着し、なかにはいるなり両腕を差しのべてクレアをハグした。「きょうは朝からずっとバタバタしちゃって」

「気にしないで、ミッシー」身をほどきながらクレアは応じた。「まだだれも来てないの」

「ほんとに？　嘘みたい。あたしがいちばん乗りってこと？　ちょっと待って！　こんなことはじめて」

猫の目型（キャッツアイ）のシマウマ柄の眼鏡の位置を直してから、ミッシーはまっすぐカウチに向かい、いつもの場所、三人掛けシートの真ん中にどっかり腰をおろした。そこが大好きなのだ。この若き図書館員にとって、読書会は二週間に一度みんなとハグしあう場であり、当人は臆することなくそうしていた。

った。

「なにか飲む？」きょうの世話人のクレアが尋ねたちょうどそのとき、また玄関の呼び鈴が鳴った。

クレアはマニキュアをほどこした指を一本立てた。「ちょっと待っててね」

今度はペリー・ゴードンで、同じく弁解を口にしながらはいってきた。ロマンスについて、いったいどうしたらうまく実らせることができるのかとかなんとか。

まったくだわ、と思いながらクレアはペリーを迎え入れた。

次に到着したのはフィンリー姉妹で、リネットはおなじみの自家製焼きたてスコーンをひと抱え、アリシアは姉妹で共有しているアガサ・クリスティ本を手にしていた。その本はさながら派手に夜遊びしたあとのクレアみたいによれよれで、あちこちから黄色いポストイットが突きだし、しかも——世にも恐ろしいことに——ページの隅っこが折られて鉛筆で書きこみまでされている。

クレアがドアを閉めようとしたとき、アンダース・ブライトが歩道を大股でこちらに向かってくるのが見えた。本を小脇に抱え、険しい顔でまっすぐ前方の歩道を見すえている。クレアは思わず身をすくめ、アリシアを振り返ると、彼女はカウチのほうへ行こうとしていた。

「どうかした？」リネットが訊いて、くっきりと描かれたブロンドの眉を吊りあげた。

「彼が来るとは思ってなかったわ」とクレアは声をひそめて答えた。「だって、ほら……ねえ……？」

リネットが顔をしかめ、クレアの視線をたどってドアの外を見やる。しかめた表情がゆるんだ。「だいじょうぶ。アンダースはまだ参加してもかまわないでしょ」

「だけど、それってちょっと……？」

「気まずくないかって？」リネットがあとを引き取り、クレアはうなずいた。

「そんなところ、だってバンドの仲間とつきあってたりしたら、そうなるでしょう。別れたあとも演奏で顔を合わせなきゃならないなんて」

クレアが困惑顔を向けると、アリシアもリネットはにっこり笑った。

「だいじょうぶだって。アリシアもアンダースも立派な大人なんだから。ていうか、あたしはそう願ってる」

そう言ってリネットはカウチの反対側に腰をおろした。

クレアは深々とため息をつき、アンダースが近づいてくると口元に笑みを張りつけた。

「いらっしゃい、アンダース！　ようこそ！」あえて強調するかのように声を張りあげると、アンダースがはっとして顔をあげた。

「おじゃまするよ」おずおずと答え、それから家のなかにはいった。

アンダースは居間まで行くと、アリシアの視線をなんとなく避けながら、どうも、とだれにともなくあいさつして、いつもの席——ひとつだけある肘掛け椅子——に腰をおろし、持ってきた本に注意を向けた。

リネットが励ますような笑みを姉に向けたが、あいにくそれは伝わらず、アリシアは例によって妄想にとらわれていた。ブッククラブのメンバーで参加したニュージーランドへの船旅を終えて帰宅してからというもの、ずっとこの瞬間に備えてきたのだ。あの旅ではいくつかの死体と、それにブッククラブの仲間との関係がひとつ消滅するのを目の当たりにした。

正直に言うなら、その関係はまだはじまってさえいなかった。アンダースは自分を裏切った妻を完全に忘れることができず、アリシアは忘れさせるだけの情熱を見出せなかった。

だから、ふたりは別れてそれぞれの道を歩むことにした——お互い合意の上で、とアリシアは何度も自分に言いきかせている。船上で別の男性に惹かれてしまったのはまた別の問題であり、きょうはとてもそこまで頭がまわらなかった。

元恋人にブッククラブをやめてもらう権利など自分にはないと思ったのも、おそらくそのせいだろう。なんといってもこれはただのブッククラブで、アリシアだけでなく彼のブッククラブでもあるのだし、どう考えてもまちがったことはなにもしていない人を除名するなんてフェアじゃない。むしろ非があるのはこちらのほうなのだ。

それでも、アリシアはこの日の展開をつい妄想してしまい、不安におののいた。アンダースがどんどん不機嫌になって、アリシアの意見にことごとく異を唱えたあげく、逆上してこんな最後通告を突きつけるところまで目に浮かぶ——〝これじゃうまくいくわけない！　アリシアがやめないなら、ぼくがやめる。共存なんて絶対無理だ！〟

むろん、そんなことにはならないだろう。メンバーはみな礼儀正しくふるまうはずだ。ただしペリーとミッシーは別で、ふたりはさっきからうれしそうな顔でアリシアとアンダースを交互にちらちら見ながら、たぶん火花が散るのを期待している。

意地でもそんな場面を見せるものか、とアリシアは決意していた。

「さてと」クレアが両手を組み合わせながら言い、全員の視線を中央に集めた。「ようこそ、みなさん。ポットにたっぷりのアールグレイと、けさ急いでこしらえた甘い柑橘（かんきつ）系のケーキもあるの、用意ができたらはじめましょう」

「手伝うわ」自分に向けられる視線を避けたい一心でアリシアが声をかけると、クレアはうなずきながら、先に立って誘導した。

「だいじょうぶ？」だれにも聞かれないところまで離れると、すぐにクレアは尋ねた。

「たぶんね、みんながただ普通にふるまってくれさえすれば」

「そうよね、ええ、ほんとに」

クレアはやかんの湯を沸かし直し、そのあいだに冷蔵庫からレモンタルトの皿とオレンジ風味のカップケーキの皿を取りだした。

「で、われらがイケメンの刑事さんは？」とビニールのラップをめくりながら尋ねる。

「はい？」

「まだ続いてるの？」

アリシアは対抗してにんまり笑った。「ええ、でもいまはわたしの恋話をしてる場合じゃないと思うけど」

「たしかに。じゃあ、お願いね、これを運んで」

アリシアに皿を持たせて、クレアは湯気を立てているやかんに手を伸ばした。

十分もすると部屋のなかの雰囲気は落ち着いたが、アンダースがどうにかアリシアと目を合わせるまでにそれから十分、安心させるような笑みを向けるまでにさらに十分かかった。アンダースを傷つけたことはわかっている——彼がアリシアを傷つけた以上に——それでも、アガサ・クリスティを愛する者同士として穏便にやり過ごせるだろうと期待していた。そしてきょう、少なくともそれに近い状態にはなった。

きょうの課題書——『牧師館の殺人』——は次の作家に移る前の、最後から二番目の本で、あきらかに遅ればせながらの選書だった。セント・メアリ・ミード村の〝お節介なハイミス〟、愛すべきジェーン・マープルがはじめて主役を務めるこの長編小説を全力で推したのはミッシーで、しかもそれはすばらしいアイデアだった。ブッククラブがこれまでエルキュール・ポワロにばかり注目してきたことがおもしろくなかったミッシーは、質問と議論のポイントをきちんとタイプした資料を配りながら、またしてもそのことを口にした。

「それってどうかと思うわ」とミッシーは言った。「ちょっと性差別的よね、はっきり言わせてもらえば。だって、これだけ強い女がそろってるブッククラブなのに！」

「強い女ってだれのことかな？」ペリーがふざけて訊いたが、ミッシーの主張はまだ続いた。

「ミス・マープルはたしかにムッシュ・ポワロほどには評価されなかったけど、あたしに言わせれば、彼女のほうがすぐれていると思うわ。なにしろ素人探偵なんだから、偉そうに乗りこんでいって捜査を引き継ぐなんてことはとてもできない。だからこっそり聞き耳をたてたり、それとなく噂話をけしかけたり、毛糸玉から糸を引っぱりだしてるふりをしたりしながら、あちこちに散らばってる手がかりをつかんでいくしかない。それってものすごく大変なことだと思わない？」

クレアが賛同した。「そうよね、たしかに。それに比べたらエルキュール・ポワロなんて楽なものだわ」

「言われてみれば」とアリシアも加勢した。「ポワロって俗に言う〝平凡な白人男性〟だわね」

「異議あり！」アンダースが言い、女たちは声をあげて笑った。

「ちょっとふざけてるだけ」アリシアは言った。「でもミッシーの言うとおりよ。ミス・マープルはポワロより、もっと賢く、もっと精力的に動かなくてはならなかった。ポワロには手足となって動いてくれる仲間のヘイスティングズ大尉がいたし、ジャップ警部もしっかり味方につけていた。一方のミス・マープルは静かな村に暮らすただの小柄な老婦人。名声のある探偵というわけじゃないから、どうにかしてみずから捜査に食いこんでいくしかなかった——容易なことじゃないわ」

「ぼくらが身をもって知ってるようにね」と、この素人（しろうと）探偵団がこれまで解決に協力してきた複数の事件を引き合いにだしてペリーが言った。「だとしても、ぼくはやっぱりポワロ派だね。あの小柄なベルギー人の持つ教養も才気もミス・マープルにはまったくない。ただうろうろしてる噂好きのおばあさんだね、ぼくに言わせれば」

ミッシーが呆気にとられてペリーをにらむ。「だけど、それこそが彼女の強みでしょ！　そういう計画なの――そうやって人々からどうにかして真実を探りだして、犯人を突きとめるのが。彼女のあれは策略なのよ、わかりそうなもんでしょ！」

　リネットがじれったそうにため息をつく。「あたしにわかるのは、時間がどんどん過ぎてて、あたしたちはまだ課題書にとりかかってもいないってこと。お願いだから、フェミニズムの講義はこれくらいにして、ミッシー、実際のミステリのほうに集中しようよ。これはすごい傑作だとあたしは思う」

　そうしてみんなでこの作品のプロットに話をもどした結果、あの不屈の男エルキュール・ポワロが登場するどの作品にもひけをとらない傑作であることは全員が認めざるをえなかった。

　みんなが二杯目のポットの紅茶を飲み干し、指を湿らせて最後に残ったケーキのかすをきれいにさらうころになってようやく、クレアはまもなく開催されるイベントの話をするのを思いだした。

　陶器の皿の下敷きになっていたチラシを救出し、補足説明を加えながら一同の前に差しだす。

「この映画の原作はしばらく前に課題書にしてあれこれ議論したのはわかってる。でも今週の土曜日に、もしみんなで行けたらいいなあと思って。きっとすごく楽しいわよ。だれか行かない？」

　ペリーがクレアの手からチラシを取って読みあげた。

星空の下で一夜を！
初開催　バルメイン〈星空の下の上映会〉
上映作品：『地中海殺人事件』原作アガサ・クリスティ
出演：ピーター・ユスティノフ、マギー・スミス
入場料：大人十五ドル／子供五ドル
開場：午後六時
開演：午後八時十五分
会場：デイム・ネリー・ジョンソン公園
＊クローシュハット（フランス語の鐘に由来するエレガントでクラシックな釣り鐘形の帽子）と敷物は各自持参のこと
収益はすべて公園の整備費や慈善活動にあてられます
主催はバルメイン女性支援クラブ

「うわああ、行く行く！」ミッシーが言うと、ペリーが目をくるりとまわした。

「じつはちょっとショックなことがあってさ。でも行けると思うよ。どうせ週末はまた暇になったし」

アリシアに目顔で訊かれて、リネットが説明した。「きのうあっさり振られたんだって」

「いやいや、いろいろと儀式はあったんだよ」ペリーが言い返す。「丁寧（ていねい）に事情が書かれた長

い手紙があって、その上に白いカーネーションと、おまけにボトルまで――なんだっけ――たしかシャルドネ！　ひどくない？　そんなことする？」

別れの記念にワインを贈るなんて粋だとアリシアは思い、アンダースのために一本用意すべきだろうかとふと考えた。肩をすくめてその考えを振り払う。「じゃあ、映画はきっといい気晴らしになるはず」クレアに目を向けた。「もちろん行くわよ。これがわたしのオールタイムベスト作品のひとつだってことは秘密でもなんでもないから」

クレアは笑顔になった。「同感ね。あなたはどう、リネット？」

「行くに決まってる。パートナーの同伴はあり？」

そんな質問は聞きたくなかったと心から思いながら、アリシアがちらっとアンダースに目をやると、彼はスマートフォンを確認するのに忙しそうだった。

「浮気してるご亭主は公開イベントなんて行きたくないんじゃないかなあ、リニー」と言ったのはペリーで、うっかり失言したことにも気づかず、年配のお金持ちの既婚者というリネットの男の好みを茶化した。

リネットがフラシ天のクッションをつかんでペリーを叩き、おかげでその場の張り詰めた空気がいくらかなごんだ。とりあえずは。

「今回はクラブのメンバーに限定したほうがいいかもしれないわね」クレアが言いかけると、アンダースが腰をあげながら首を横に振った。

「ぼくは同伴者ありで行くよ。おもしろそうだ」

今度は全員の視線がアリシアへと移る。口元があきらかにこわばっていた。

なるほど、そうくるわけね。

「いいわね」とアリシアも応じた。「じゃあみんなもだれか連れてくることにしましょうよ。すっごく楽しくなりそう！」

いささか気まずい空気のまま、この日の読書会はお開きとなった。

2

星はまだ見えず、太陽は地平線に張りついたままで、そのことをありがたく思いながら、アリシアは慎重に人ごみをかき分けて進み、大量の色あざやかな敷物やクッションをよけながら、公園の右手のほうへと向かった。アドバイスに従えば、そのあたりでブッククラブの仲間が見つかるはずだった。

いまのところ人間の巨大なかたまりがうごめいているところしか見えない。突っ立っている者、すわりこんでいる者、敷物を広げる者、ピクニック・バスケットを開ける者、多くがメールを打っているのはやはり会えない友人たちと連絡をとっているのだろう。

前方の白い大きなスクリーンにはまだなにも映っておらず、その背後に、シドニー・ハーバー・ブリッジとアパートメントが点在するブロックとにはさまれた、きらめく湾の息をのむような景色が広がっている。

観客のなかにはこの日のためにドレスアップしてきた者もいて、チラシで推奨されていたクローシュハットの人も多く、また映画の内容に合わせてつばの広い中国風の麦わら帽子をかぶった人もちらほらいたりして、アリシアはうれしくなった。可憐なデイドレスやビーズのフリンジがついた〝フラッパー〟ドレス、男性ではクリーム色の麻のスーツにあざやかな色のシルクのスカーフでめかしこんだ人たちもいて、何人かは昔ながらのパイプを火をつけないまま口にくわえたりしている。

「仲間はもう見つかった?」背後で男性の声がして、振り向くと、小型のクーラーボックスを手にしたリアム・ジャクソンが追いついてきた。

アリシアはあらためて人ごみを見まわした。「むずかしそう」

いまいる見晴らしのきく場所からだと、人の手足と敷物とピクニック用品をごちゃまぜにした大きなかたまりにしか見えず、そこから特定のグループを見つけだすのは至難の業だった。

「いた! あそこ」アリシアは指さした。「右手の後方、白い大きなテントのそば。ミッシーの派手なピンクの髪が見える」

「ミッシーさまさまだな」ジャクソンが言い、アリシアも同意したものの、ペリーのトレードマークであるド派手な色のスーツか、クレアの人目を惹く装いでも容易に見つけられただろう。

ジャクソンはもちろんこの集団に会ったことはあるが、それほどよく知っているわけではなく、自分にとってかけがえのない仲間であるこの寄せ集め軍団のことを彼がどんなふうに思うかアリシアは気になった。それが今回ジャクソンを誘った理由のひとつだ——彼らのことをもっとよく知ってもらうのが。もうひとつの理由のほうは、いま判読できない表情でアリシアをじっと見ており、かたわらにはブルネットの美女が立っている。

そのブルネットを無視する恰好で、アリシアはずんずんと歩いて仲間のほうへ行き、大声で呼びかけた。「ハーイ、みんな」

全員が顔をあげて周囲を見まわし、歓迎の笑みを浮かべてあいさつを返した。アンダースがさっそく紹介にとりかかった。

「アリシア、こちらはマルガリータ。スペイン人で文学の教授なんだ」

「あら、どうも、マルガリータ」国籍や専門分野は別に関係ないでしょうに、と思いながらアリシアはどうにか応じた。「こちらはリアム・ジャクソン」とその初対面の相手に紹介し、〝オーストラリア人でやり手の刑事なの〟と続けようかと思ったが、今夜は穏便にいこうと決めた。

マルガリータがふたりに向かってあいまいに微笑んだあと、アンダースのほうへプラスティックのワイングラスを差しだすと、彼は手にしたボトルからワインをたっぷり注いだ。従順とも言えるその態度に、アリシアがペリーの視線をとらえると、彼は目玉をくるりとまわしてみせた。

「どうぞあたしの隣にすわって、愛しいみなさん」ミッシーが言った。「こっち側のほうがスペースがあるから」

アリシアが言われたとおりにすると、ジャクソンもクーラーボックスを持ってあとに続き、草地の空いたスペースに敷物が広げられるのを待った。

「あなたクッションまで持ってきたのね！」アリシアが指摘すると、ミッシーはくすくす笑った。

「ほら、あたしってお尻がぽっちゃりしてるでしょ。地べたただとすわり心地が悪かったりするから。さあ、あなたもひとつ使って」そこではっと息をのんだ。「いや、別にお尻がぽっちゃりしてるって意味じゃなくて！　やだ、どうしよう、そんなつもりで言ったんじゃないってわかってくれるわよね？」

アリシアはげらげら笑った。「わかってるわ、ミッシー、全然気にしてない。ありがと、わたしクッションは必要ないから」

「アリシアには専用の素敵なクッションがあるもんね」ペリーがジャクソンを見てウィンクしながら言った。「ぽっちゃり系じゃないけど、役には立つ」

そう言われてアリシアは赤くなり、〝口に気をつけなさい！〟とばかりにペリーをにらんだ。ジャクソンはそんなやりとりを気にもとめず、クーラーボックスを敷物の上に置いてそばに腰をおろし、両腕で身体を支えて脚を前に投げだした。

「じゃあ、今夜は非番なのね、刑事さん」クレアが尋ねると、ジャクソンは尻ポケットの携帯電話を軽く叩いた。

「だといいけど。時間がたてばわかるよ、たぶん」

「時間と言えば」とクレア。「リネットはまだかしら、上映時間に間に合わないわ」

「もー、時間ならたっぷりあるよ、心配性だなあ」とペリー。「まだ広告がはじまってもいないのに」

それが合図だったかのように、会場内を流れていた静かなジャズの音楽がぴたりととまり、前方のスクリーンが明滅して息を吹き返すのと同時に、観客からいっせいに歓声があがった。最初に広告が立て続けに流れたが、大半は暮れゆく日の光に紛れてほとんど見えなかった。それでも観客たちはあわてて、多くは急いで敷物へともどり、なかには仮設トイレに行く者、本編がはじまらないうちに買いこんでおこうと売店のテントへ向かう者もいた。

十分もすると太陽は完全に姿を消し、最後の広告が流れるなか、観衆もみな落ち着いて、低い話し声が聞こえるだけになった。アリシアは周囲を見まわし、真っ暗になる前に、あたりの様子を確認した。

公園にいるのはおよそ百人、あるいはもっといるだろうか。たくさんのカラフルなキルトの敷物やクッションがあり、そこに大勢が寝転がっているのだから判然としない。敷物を何枚かはさんで右手のほうにある最寄りのテントには〈ブーズ・バー〉がはいっていて、その向こうにはスナック・バーがひとつと仮設トイレがいくつか、そして横手の出口がある。〈ブーズ・バー〉にはまだ長い列ができており、アリシアはアルコール持参で来てよかったと思いながら、ジャクソンが差しだしているサッポロ・ドラフトのボトルをありがたく受け取った。

「そんなのいらないよ、ママ、やめてくれよ」すぐそばでティーンエイジの少年のぶっきらぼうな声がして、見ると、ふたりの真ん前にいる女性が、身をよじらせる子供たちの一団に頭からセーターを着せようと奮闘していた。全員が白っぽい髪にそばかす顔だ。全部で五人、歳は五歳から十五歳くらいで、最年長の子は大げさにため息をつきながら、家族ですわっている茶色の敷物の上で自分だけ距離をおこうとしていた。

それは容易なことではなかった。一家はぎゅう詰めになってすわっているので、少年が目の前に誘うように敷かれている空っぽの真っ赤なブランケットの上に両脚を伸ばしたのも無理からぬことだった。

「エゼキエル！」と押し殺した声で叱ったのは、きちんと整えたひげにジョン・レノン風の眼鏡をかけた厳めしい顔つきの男性だ。たぶん父親だろう。息子は両脚を折りたたんで膝を抱えこみ、気まずさと悔しさの入りまじった顔になった。

アリシアはつい少年に同情を覚え、そもそもなぜ子供たちがこんなところにいるのだろうと考えた。今夜の映画はファミリー向けとは言いがたいのに。その意見をジャクソンに伝えようとした矢先、いきなりマシンガン級のばか笑いが聞こえて、思わず右手のほうを振り仰いだ。赤いブランケットの反対側の〈ブーズ・バー〉にいちばん近いあたりで、三十代前半と思しき男がふたり草地に直接すわりこんでいた。どちらもびっしりとタトゥーがあり、頭にはキャップ、手にはロングネックボトルのビール、赤らんだ顔とばか笑いからして、これが一本目ではなさそうだ。

映画のじゃまにならなければいいけど、と思ったそのとき、自分とその男たちのあいだでデッキチェアに腰かけている老婦人たちと目が合った。彼女たちもどうやら同じことを考えていたらしく、アリシアに向かってこっそりしかめ面をしてみせてから、顔をもどし、目の前のタータンチェックの敷物に用意された豪華なチーズの盛り合わせに手を伸ばした。

ピクニックのやり方をちゃんと心得てる人もいるのね、とアリシアは思った。

「お待たせ！　みんながっかりしないでね！」横手から聞き慣れた声がして、グループの全員が顔をあげると、リネットがワインのハーフボトルとヴィンテージチーズのブロック、生の苺のパックを手にやってきた。

「そうなの、ごちそうを作ってる暇がなくて。これが精いっぱい」

「それで必要なものはそろってるよ、ダーリン」ペリーが言い、アリシアと自分のあいだの空間を手でぽんぽんと叩いた。

「彼は……？」アリシアは妹が最近つきあっている男性の名前を失念してしまったが、大きなため息に救われた。

「あたしの前であいつのことは言わないで。彼は来ない」

「楽園でなにか問題でも？」

「ばかなやつ」

「まさか彼の奥さんに出くわしたとか？」

そう言ったのはもちろんペリーで、リネットは彼をじろりとにらんだだけだった。「だれかグラス持ってない？　飲まなくちゃ、やってらんない」

「プラスティックのカップでよければ」ミッシーが応じると、クレアが大きな音で舌を鳴らした。

「もっといいものがあるのよ、お嬢さん」

そう言って手編みの柳細工のピクニック・バスケットからシルバーのゴブレットをひとつ取りだし、リネットに差しだした。リネットはそこにワインをなみなみと注いで、ボトルの残りは仲間に勧めた。

今回ばかりは、リネットが男性を同伴しなかったことにアリシアはがっかりした。つまりパートナーを連れてきたのはアンダースと自分だけということになり、まるで〝恋人自慢ごっこ〟のような感じがしなくもなかった。少なくとも、ブッククラブのメンバー数人とフラシ天のクッション数個とピクニック・バスケット二個とクーラーボックスひとつで隔てられてはいるが。

とはいえ、それで現実が見えなくなるわけではなかった。件のスペイン人女性はすこぶる魅力的だった――華奢なのに豊満、それってどう考えても矛盾している。昔から常に体重が悩みの種だったアリシアは、定期的に運動をして、食べるものにも気をつかわなければならない。マルガリータはいましも生ハムの大きなかたまりらしきものを口に入れているところで、アンダースはこれほどセクシーな光景は見たことがないと言わんばかりの顔でそんな彼女を眺めている。

「あれはまさしくビッチだね」アリシアの視線を追いながらペリーがささやく。

「失礼よ」笑いを必死にこらえながらささやき返した。

そこでアリシアが自分のパートナーに目を向けると、またしても、いまのやりとりなど気にもかけていない様子で、その指はスマートフォンを叩きまくっている。

「どうかしたの？」アリシアは訊いた。

「まだわからない。近くで事件らしい。任せてだいじょうぶだろう」

それ以上深く考えることもなくアリシアがうなずいたちょうどそのとき、巨大なスクリーンが暗くなって、それからオーケストラの華やかな音楽と共にまた明るくなった。観客はあらためて歓声をあげた。

『地中海殺人事件』が幕を開けようとしていた。

3

青白い顔をしたエルキュール・ポワロが、島の高級リゾートホテルに向けて鏡のように穏やかなアドリア海を渡っているころ、アリシアはまたひと息入れて周囲の様子を観察した。落ち着きのない家族連れの前の赤いブランケットは空っぽのままで、それがふしぎだった。ブランケットを敷いておいて、姿を現わさないなんてどういう人？　たぶんトイレの列にでも並んでいるのだろうと判断した。

「失礼、おっと危ない、こっちのことは気にしないで！」

バーの列のほうかも、とアリシアは内心で訂正しながら、二十代後半のカップルが忍び笑いをしながらふらふらと観客のあいだを抜けていくのを見守った。ふたりしてシャンパンのボトルを振りまわしながら、相当に酔っているらしく、男のほうが女の身体を支え、千鳥足の女は一歩踏みだすたびにけらけら笑っている。

流行の先端を行くいかにもヒップスターという絵になるカップルで、おそろいのグレーのフェドーラをかぶっていた。女性のほうは小柄で、帽子の下からくすんだブロンドの髪が大きく広がり、シルクのキャミソールに流れるような花柄のスカート、茶色のスエードのジャケットを片腕にかけている。白い大きな眼鏡が顔からずり落ちそうになり、身長が百八十センチを優に超える連れの男性が、立ちどまって眼鏡を正しい位置にもどし、彼女の頬にキスして、それからまたふらふらと歩きはじめた。俳優のヘムズワース兄弟を思わせるセクシーな雰囲気の男で、がっしりした肩、頬からあごにかけてきちんと整えられた麦わら色のひげ、チェックのシャツに濃いめのブルージーンズという恰好だ。

このときばかりは全員がポワロのことを忘れて彼らに気をとられているようだった。敷物にたどりついたふたりはその上にすわり――というより、鼻声で笑いながら折り重なるようにして倒れこんだので、近くにいた親たちは眉をひそめ、隣にいた妊婦はひっくり返りそうになりながら、自分の敷物を少し左にずらした。

「失礼、ベイビー」と男が声をかけると、彼女は冷ややかな笑みを浮かべ、隣にすわっている男性になにか言った。

男性は同情のこもった笑みを返し、首を振った。

それでも数分後には全員の視線がまたスクリーンにもどり、アリシアもさっきの騒動は忘れて映画を楽しもうと集中した。

そして実際に楽しんだ。

大好きなこの作品の映画版を観たのは何年か前のことで、詩的効果をあげるためのプロットの改変――舞台をタイラニア王国というふざけた名前の国にある架空の島に移したことや、登場人物のほぼ全員にまったく新しい人格を与えたこと――はあまり快く思わなかったものの、物語の要となる犯罪は原作どおりだとわかっていたし、頭上のスクリーンのあちこちにばらまかれたいくつもの手がかりを注意深くさがすのは楽しかった。

「この映画は観たことがないんだ」ジャクソンがアリシアに耳打ちした。

「でも原作は読んでるでしょ？」

「いいや」

アリシアはそちらに顔を向け、目を見開いた。うらやむべきか——彼はこのプロットをはじめて楽しむのだ——あきれるべきかわからなかった。

「この本を読んでない人が地球上にまだいたなんてびっくり」とささやいた。

「まあ、あのターバンを巻いた鼻につく女が報いを受けるのはもう予想がつくけど、わかるのはせいぜいそこまで——ああ、ちょっと待って」

ジャクソンはポケットで振動している携帯電話を引っぱりだした。

画面を読み、ため息をつく。「その点に変わりはなさそうだ、少なくとも今夜は」

残ったビールを飲み干すと、ジャクソンは身を乗りだしてアリシアに素早くキスした。「仕事の呼びだしだ。すまない」

アリシアは落胆を顔に表わすまいとした。「まだ事件が起こってもいないのに」

「おれの事件はもう起こってる。こっちは現実の話だ」

「だったらそっちが優先ね」

ジャクソンはうなずいた。「あした電話するよ。犯人（フーダニット）を突きとめてくれ」立ちあがってから、また身をかがめた。「でも、おれならあの亭主に金を賭けてもいい。犯人は亭主と相場が決まってる」

アリシアはしたり顔で眉を吊りあげた。「五十ドルでどう？」

「なるほど、じゃあ犯人は亭主じゃなくて……」

「しーっ！」前方からいらだたしげな声が聞こえ、アリシアが見まわすと、例の眼鏡をかけた父親がふたりをにらみつけていた。

「すみません」とアリシアは口の動きで伝え、ジャクソンが無言で仲間にさよならと手を振るのを見送った。彼は敷物の隙間を縫うように移動し、やがて両脚を伸ばして横手のほうへ去っていった。

アリシアはため息をついた。つきあう相手が忙しい男ばっかりなのはどうして？

「なにか問題？」リネットに小声で訊かれて、アリシアは首を振り、それからはっと気づいた。

「まあ、どこかのかわいそうな人にとっては問題ね。どうやら事件らしい」

「なんと、ジャクソンも大変だね」

スクリーンに目をもどしながら、なんとも皮肉なことだとアリシアは思った。ジャクソンは現実世界の殺人事件に対処することでお金をもらっているのに、自分たちはこうして娯楽のために安くはないお金を払って殺人が演じられるのを観ているなんて。

アリシアがぴりぴりしているのは、ジャクソンの事件のせいか、はたまた前方のスクリーンで殺人が起こるまでの悠長な展開のせいかはわからないが、ただなにかが起こりそうな不吉な予感があり、それがなにとは指摘できないのだった。

アリーナ・マーシャルの遺体が入り江の砂浜で発見されるまでにはまだ間があるが、アリシアはそのことを強く意識した。ばかばかしい、どう考えても。死が迫りつつあることはわかっているし、その情景をすらすらと描写することもできる。それなのに神経がなんとなくざわついてしかたがない。

とはいえ、ほかの観客はそうでもなさそうだ。

例のヒップスター・カップルは、空のボトルを二本脇に置いて敷物に横になっており、さっきまで盛んにキスをしていたのが、いまやかなりきわどい雰囲気になっていて、それが周囲の観客のあいだに相当ないらだちを引き起こしていた。アリシアの視線はまたしてもついスクリーンから引き離され、見ると、家族連れの父親が身を乗りだしてカップルになにやら文句を言った。

言われたほうの若い男は無邪気に目を見開いて周囲を見まわし、それから鼻で笑うと、老婦人たちが大きな音で舌打ちをし、タトゥーの二人組は小声でくつくつ笑った。あきらかにスクリーンの外の娯楽を楽しんでいたようだ。

ヒップスター・カップルは行儀よくしていたが、それもつかのまで、数分とたたないうちにまたふざけはじめ、だが今度はブランケットの下にもぐりこんで、依然として熱烈なキスをしている。とはいえ、目に見えるわけではないので、気むずかしい父親も映画を観ることに意識をもどした。しかしティーンエイジの息子のほうはまだブランケットの下のおふざけに興味津津で、ときどきこっそり盗み見ているのにアリシアは気づいた。

休憩時間になり、周囲の豆電球がまたきらめきはじめるころには、熱々のカップルはすっかり忘れ去られ、目の前で繰り広げられた物語にだれもが心を奪われていた。気まぐれな元女優がついにラダー湾で遺体となって発見されたのだ。それは印象深いシーン——まばゆい陽光が降り注ぐ日に訪れた闇の瞬間——で、物語がそこで一時的に中断されたときには観衆からはっきりと聞こえるうめき声があがった。

「なにか食べたい人は?」中断などまったく意に介さずミッシーが陽気に尋ねた。「たしかスシとケバブと、それにすごくおいしそうなクレープがあったはず」

「ぼくらも一緒に行ってなにかつまむよ」アンダースが声をあげ、それからマルガリータが立ちあがるのに手を貸した。

「アリシアは?」とミッシー。「なにかいらない?」

「わたしはちょっと脚を伸ばすわ、ありがと」元カレとなるべく距離をおきたくてそう答えた。

小グループが明かりの灯るスナック・バーのほうへ向かうと、リネットが立ちあがって、猫みたいにほっそりとしなやかな身体で伸びをし、それが近くにいたタトゥーの二人組の目を惹いた。ふたりでなにか言い合いながらなおもじろじろ見つめ、口元にいやらしげな笑みを浮かべているが、リネットは例によってそんな視線にまったく頓着しなかった。むしろアリシアのほうがやきもきしている。手を伸ばして、そいつらの不潔な古いキャップで頭をぴしゃりとはたいてやりたかった。

「要するに、彼女は典型的な悪夢だね」リネットがマルガリータのほうをあごで示した。

「はい？」

「二〇一七年ミス・バルセロナ」

「彼女がどうかした？」

「すこぶるつきの美人、そう思わない？」

「別にそこまで考えてなかったけど」妹に向かって目をぱちくりさせながらアリシアは答えた。

「なんでわたしが気にするの？」

リネットは首を大きく傾げた。「参考までに言っとくと、たぶんあれは偽者だね」

「なにそれ？」

「雇われた同伴者」

アリシアはげらげら笑った。「もう、勘弁して。想像力が暴走するのはわたしの十八番なんだけど」

リネットは手を伸ばしてジャクソンのクーラーボックスのふたを開けた。「考えてもみて。相手は超セクシー美人だよ。どんな状況だろうと、アンダースが彼女を口説き落とすなんて絶対にありえないね」

「それは個人攻撃と受け取らないようにするわね、どうも、リニー」アリシアは首を横に振った。「言っとくけど、アンダースだってかなりの男前よ」

「まあね、だけどかっこよくもセクシーでもない。そもそもどこからあんな女性が突然わいてくるわけ？　アンダースはついこのあいだまで姉さんとつきあってたんだよ。なのに唐突に彼女が現われた」

「その推測はばかげてると思う。もう一度言うけど、わたしには関係ない。お互い納得して別れたの、忘れた？　わたしには彼氏がいる、そうでしょ？　その彼だって捨てたもんじゃないわ」顔をしかめた。「なにさがしてるの？」

リネットはさっきからクーラーボックスをひっかきまわしている。「シャンパンはどこ？」

「ビールしか持ってきてない」

「野外上映会（ムーンライト・シネマ）に？　気が利かないったらもう！　じゃあバーでなにが買えるか見にいこうよ」

アリシアはうなずいた。ついでに脚も伸ばしたい。妹に引っぱり起こしてもらって、あらためて周囲を見まわすと、観客のほとんどが立ちあがって動きまわっていた。熱々のヒップスター・カップルは酔い覚ましに行ったのか姿が見あたらず、老婦人ふたりと、家族連れのメンバーの大半もいなくなり、残っているのは子供ふたりだけで、持参してきたベジマイト（ペースト状の発酵食品で塩辛い味とビール酵母の香りが特徴）のサンドイッチを眠たげな顔で食べている。おなかの大きな妊婦はひっそりとブランケットの下に横たわっている。二人組の男たちは今度は右側にいるデニムスカートのティーンエイジの少女をじろじろ見ている。

アリシアは辟易（へきえき）しながらバッグに手を伸ばした。

バーに行くとすでに長蛇の列で、長い待ち時間になりそうだった。そこまでして買うかどうか悩んでいると、前方から甲高い声が耳に飛びこんできた。

「もう水だけでいいだろう、ベイビー。充分飲んだじゃないか」

「あなたにはもうほーんとにうんざり！」という返答は呂律が怪しかった。

姉妹が行列の隙間からのぞくと、例の熱々カップルがカウンターにいて、男のほうが首を振っている。

「さあ、ハニー、もういいだろ。これ以上飲んだら、まわりの年寄り連中が黙ってないよ」若いウェイターに顔を向けた。「ミネラルウォーターを二本、頼むよ」

「だ——め」女が茶化すように言った。「まわりなんかどーだっていいの！　一杯飲もうが五杯飲もうがわたしの勝手」けらけらと笑い飛ばし、甘ったるい声でバーテンダーに迫った。

「こんばんは！　いちばん上等なシャンパンの特大ボトルを一本いただくわ！」

バーテンダーはたっぷりした黒い前髪を振り払って、引きつった笑みを浮かべた。「あいにくスパークリングワインしかないんです、マダム。それもグラスでお出ししてます」

「がっかりねえ！　いいわ、だったらいちばん上等なスパークリングワインをグラスでちょうだい」

「いや、悪いけど、いらないから」パートナーが口をはさむ。「ミネラルウォーターだけ頼むよ」

「ああもう、頭にきた！」言い返した女の口調からは甘ったるさが消えていらだちがこもっていた。「いつからそんな退屈な人になったのよ」

「ハニー、しーっ」男は周囲をちらちらと見て、行列の全員がこの幕間の見世物をおもしろがって見ていることにようやく気づいたようだ。「まじで、もう充分飲んだだろう。きみのスポンサーがなんて言うか考えてみろ」

「頭に！　きた！」女はきっぱりとした口調で言い、ブロンドの長い髪を顔から振り払って、困惑顔のバーテンダーに向き直った。「いいから、早くして！　どうすれば売ってくれる？　懇願すればいい？」

バーテンダーはいまや露骨に顔をしかめ、カップルの顔を交互に見て、それからオーストラリア産のスパークリングワインのボトルに手を伸ばし、新しいプラスティックのシャンパングラスに注ぎはじめた。

「もっと注いで、もっと、もっとよ！」女がわめくと、バーテンダーのしかめ面がどんどん深まり、パートナーの男が片手を彼女の手に伸ばした。

「キャット……」と言いかけたが、彼女はその手を振り払った。

男はバーテンダーに申しわけなさそうな笑みを見せて、声をひそめた。「ほら、ベイビー、楽しかったけど、もうたくさんだ」

「うるさいわよ、エリオット！」財布を取りだそうとバッグのなかをかきまわしながら女が言い返す。

男の忍耐力は尽きてしまい、表情が険しくなっていた。「まじで、キャット、退屈なのはきみのほうだ。その酒を買うなら、おれは先に帰るぞ」

その言葉に彼女はふんと鼻を鳴らした。「先に帰るなんて無理よ、ベイビー。車のキーはわたしが持ってるんだから、わたしが運転するの！　あなたはうちまで歩いて帰るしかないわね。ふん！」

彼女が五十ドル札を見つけて突きだすと、バーテンダーは不快感をあらわにして釣り銭に手を伸ばした。

彼女が渋々でも自分に従うつもりがないとわかると、男は大きなため息をついて背を向け、行列から離れていった。

「せいせいするわ！」と男の背中に向かって吐き捨てるように言いながら、女はカウンターのグラスをつかみ、バーテンダーの手から小銭をひったくった。「わたしの勝ち！」

彼女が千鳥足でスナック・バーのほうへ向かうと、何人かが笑ったが、アリシアには笑いごとと思えなかった。パートナーの男性の言うとおりだ。彼女はすでに充分酔っていて、そのうえまだひとりで飲もうとしている。

愚かなことではあるが、少なくともこれ以上ブランケットの下で派手にいちゃつくことはないだろう。周囲の人間にとっては朗報だ。

姉妹がそれぞれ飲み物を買ってもどったとき、ハンサムなヒップスターはクレアの向こう側の草地にいて、自分の席からかなり離れたところにすわっていた。

アリシアと目が合うと、彼はかすかに微笑んだが、そこには悲しみとなにか別のもの、もう疲れたという諦めのようなものがあふれていた。今夜の終わりにこのカップルが再会するところを想像してみた。彼が妻の手から空のシャンパングラスを取りあげ、彼女に手を貸して苦労して立たせるところが目に浮かぶ。結局はすべてが水に流されるのだろう、ふたりはまちがいなくこのワルツをもう何度となく踊っている。

縁とは異なものだ、とアリシアはいまさらながらに思う。そもそも一緒にダンスフロアをあとにできるのがふしぎだ。

照明がふたたび落とされ、観客が映画の後半を観るために腰を落ち着けたころ、あの泥酔した女性がふらつきながら敷物にもどってくるのにアリシアは気づいた。スパークリングワインのグラスはすでに空で、片手に食べかけのチキンの串焼きを持っている。最後のひとかけらを歯で抜き取って、串をグラスのなかに落とし、グラスを後ろの敷物に放りだしてから、彼女は崩れ落ちるようにしてまたブランケットの下にもぐりこんだ。

アルコールに人を衰弱させる効果があるのはたしかね、とアリシアは思った。これでやっと落ち着ける、もうかりかりしなくてもすむだろう。

そんな意地悪な考えを、フィンリー姉妹の姉はのちに悔やむことになる。

4

なにかと気の散ることが多かった前半を思えば、この夜の後半は比較的平穏に過ぎ、観客はもっぱら謎が解明されていく過程に魅了されていた。ときどき席を立つ人がいて、右手にある〈ブーズ・バー〉がそこそこ好調な商売を維持していたとはいえ、ほとんどの時間はみな映画に熱中していた。

ポワロがホテルの宿泊客を豪華なロビーに集めて〝みごとな謎解き〟を披露するころには、さまよう目も歩きまわる足もひとつもなかった。

アリシアはひとりでにんまりした。刑事裁判における弁護人の最終弁論よろしく、ポワロがみずからの才気を証明し、びくついている容疑者をひとりずつ指さしていって、最後に真犯人もしくは事件によっては真犯人たちにたどりつくこの場面が大好きなのだ。

『地中海殺人事件』は結末にとりわけみごとなひねりが効いていて、犯人(フーダニット)はすでにわかっているのに——観客の大半もたぶん同じだろう——それでもはっと息をのんだ。はじめて観たときに劣らず、すっかり心を奪われた。そして不意に気持ちが沈んだ。この気分をジャクソンと共有できたらどんなによかったか。

エンドクレジットが終わり、照明がまたたいて灯ると、暗くなったスクリーンに向かって拍手しながら歓声をあげる観衆にアリシアも加わった。

「彼女、ほんとに素敵だったわね」クレアが言うと、みんなも同意した。

「あたしは彼女が事実を覆すところが好きだな」とミッシー。「しかもすべてが憎らしいほど見えすいてるところが」

「ねえ、あのかわいげのない娘は原作だと自殺するはずよね」マルガリータが言い、全員がそちらに目を向けた。

そんな話どこから出てきたの？　とアリシアは思った。

「いいえ、ただの自殺未遂よ」ミッシーが応じた。「あの子はちゃんと助かるんだけど、そこがいかにもデイム・アガサらしいわね、そう思わない？　いつだって全然予測がつかない」

「残酷だよ、おれはそう思う」すぐ近くで声がしたので、一同が振り返ると、例のひげのヒップスターがまだクレアのそばにしゃがみこんでいた。「映画ではその部分をカットしてくれてよかった。子供が傷つけられるのは嫌だね」

「子供がいるの？」マルガリータが尋ねると、彼は眉をひそめた。

「あの女との？」まだブランケットの下で眠りこんでいる妻のほうを指さした。「わざわざ苦労を背負いこむような人間だと思うかい？」

そう言って笑い、少し真顔でこう付け加えた。「子供がいなくたって、子供に共感を覚えることはできると思うな」

「そのとおりよ！」クレアが賛同すると、男はそちらに視線を移し、彼女の整った美しい顔を眺めまわしながらにっこり笑った。「きみたちはおもしろい集まりだね。職場の仲間？」

ミッシーが満面に笑みを浮かべる。「いいえ、あたしたちは〈マーダー・ミステリ・ブッククラブ〉よ」

彼は落ちを待つようにしばらく無表情にミッシーを見返していたが、なにも出てこないので、こう言った。「すばらしい! 気に入ったよ! それはぜひキャットに話してやらないと。アガサの大ファンでね、だからふたりでここへ来たんだ」笑みがほんの少し翳った。「彼女が映画をほとんど見逃したのはほんとに残念だよ」無理やりまた口角をあげた。「彼女も入れてもらえるかな。きみたちのクラブに」

「あの、それは、えーと……」ミッシーがあわててきょろきょろとアリシアをさがす。アリシアはさっきから黙ってそのやりとりを見守っていた。

アリシアのほうも胃がねじれそうだった。最初の読書会で大惨事を引き起こした〝みじめな主婦〟のことがあるので、またひとり加入させるの気が進まなかった。

「うちは非公開のグループなの、だからごめんなさい」リネットが臆することなく言ってのけたので、アリシアは申しわけなさそうに微笑んでみせた。

「当然だろうな。飲んだくれの若い子はおれだってごめんだ」

「いえ、そういう個人的なことじゃなくて――」とアリシアは言いかけたが、彼はもう立ちあがって服を払っていた。

「気にしなくていいよ。じゃあ夜の残りを楽しんで、みんな」

フェドーラの下の髪を後ろになでつけると、ブッククラブの敷物と、すでに荷物をまとめて帰ろうとしている家族連れをまわりこんで、元の場所にもどっていった。

観客は半分ほどすでに引きあげていたが、ブッククラブのメンバー同様、多くの人は帰宅ラッシュが終わるのを待ちながら、残っている飲み物や食べ物を平らげていた。

アリシアはジャクソンのクーラーボックスにある最後のビールを飲んでしまうべきかどうか悩みながら、男が妻のそばにもどるのを見送った。そのまま見ていると、彼は手を伸ばして妻をそっとつつき、それから身体を近づけて、もう一度、今度はもっと強めに身体を揺すった。

アリシアの背筋に寒気が走った。様子がおかしい。

ブランケットを少しめくった彼は、ぎくりとして、あわててあとずさりした。たったいま幽霊でも見たように。

「嘘だろ」全身をがたがた震わせながらわめいた。

「まさか……そんな……やめてくれえええ！」

5

通りすがりのカップルが最初に夫のそばへ行き、すぐあとにバーテンダー、それから近くにすわっていた老婦人ふたりが続いた。

「なにがあったんだ?」だれかが声をかける一方、若いバーテンダーが叫んだ。「医者を呼ばなきゃ!　ドクターはいませんか?」

アリシアの目はとっさにアンダースをとらえたが、彼は気づかずマルガリータとの会話に没頭していて、なにかを表現するのに片手を物憂げに動かしている。

「アンダース!」アリシアが呼びかけると、顔があがり、その目にはかすかな期待がこもっていた。

アリシアは赤いブランケットのほうを手で示した。「助けが必要な人がいるの!」

彼女の視線を追ったアンダースは、一瞬怪訝そうな顔になり、すぐに状況を理解した。すかさず立ちあがって駆けつける。

ブッククラブのほかのメンバーはそれぞれの場所から状況を見守り、気の毒な女性の周囲に群がることはしなかった。飲みすぎて酔いつぶれてしまったにちがいない――最初アリシアはそう思った。しかしアンダースの態度がすぐにその可能性を打ち消した。

アンダースはしばらくその女性の上に身をかがめていたが、助け起こすでもなく、せめて横向きにして回復体位をとらせるでもなく、そのままブランケットをまた身体にもどし、さらに言うなら、顔までかぶせた。

その意味がアリシアには正確にわかったが、夫はわかっていないのか、あるいは受け入れがたいのか、アンダースをどなりつけて、ブランケットをめくろうとしたので、アンダースがその腕をつかんで、充分に離れたところまで引っぱっていった。そこで恐ろしい事実を告げたにちがいない、夫は怒り狂ってわめきたて、またしても地面に倒れ伏し、両手で頭を抱えこんだ。しきりに首を振りながら、アンダースは一歩さがって携帯電話に手を伸ばした。

「救急隊を呼ぶんだろうね」とリネットが言ったが、アリシアにはわかっていた。

そんなことをしても無駄だ。

アンダースが夫をその場に引きとめていること、電話をかけながらひそかに周囲をうかがっている様子から、警察に通報しているのだとわかった。

通話しながら、アンダースがアリシアの視線をとらえ、空いたほうの手で合図を送ってきた。

「助けがいるみたい」アリシアは妹に伝え、ふたりですみやかにそちらへ向かった。

アンダースはいま野次馬を後ろにさがらせて場所を空けるよう頼んでおり、夫のほうは妻のかたわらでずっとすすり泣いている。

「いったいなにがあったんだ？」と取り乱した夫は問い続けていた。「なにがあった？　なにがあったか訊いてるんだよ」

「いや、まだなんとも」アンダースが静かに答え、そばに来たフィンリー姉妹を脇へ引っぱっていった。「ジャクソンはどこにいる？」

「もうだいぶ前に引きあげたけど」アンダースが気づいていなかったことにアリシアは驚いた。

「呼びもどせないかな」

「やってみる。どうして？　どういうこと？」

アンダースは無意識のうちに手を喉元にあてた。「断言はできないけど、不審な状況に見える」そこで手をおろして声をひそめた。「首のまわりに内出血がある。たぶん首を絞められて……殺されたんだと思う」

アリシアは思わず息をのみ、アイフォーンに手を伸ばした。


携帯電話の画面にアリシアの名前が表示されたのを見て、リアム・ジャクソンは顔をほころばせ、ふと考えてから、首を横に振った。最初は公園にもどってきてほしいというお願いかと思い、次に別の考えが浮かんだ——お節介がトレードマークのアリシアのことだ、この事件現場のことをあれこれ聞きたがっているのだろう。

ジャクソンは人けのない屋上の向こう、コンクリートの壁にもたれてすわっている男のほうを見やった。両脚を広げて前に投げだし、筋肉質の腕を両脇に垂らして、片方の腕に革紐が巻かれている。うつむいた顔は脂じみた髪に覆い隠され、止血帯とすぐそばの注射器がなければ、古ぼけた駐車場で眠りこけている酔っ払いにしか見えないだろう。犯罪現場を担当する各部署の警官たちが付近を歩きまわっていて、ひとりは外付けの大きなフラッシュを使って写真を撮り、別のひとりはビニール手袋をつけて、右側にいる同じような恰好をした女性としゃべっている。警官たちが屋上一帯に広がり、全員が顔を下に向けて周辺の捜索にあたっているのを見守りながら、ジャクソンは電話に応答した。

「やあ、アリシア、どうした？」

「こっちに来て」という返事だった。

「おれがいないと生きていけないって？」

「少なくともそういう人がひとりいる」

ジャクソンは現場から目を離して言った。「なにかあったのか？」

「ここで女性がひとり死んでるの。アンダースは不審な状況だって。もどってこられる？」

落ちを期待して一拍待ったが、なにも返ってこないので、こう言った。「まじな話か？　映画のなかの例の鼻につく女のことじゃなくて？」

「だったらいいんだけど。そうじゃなくて。生きてる人の話、というか死んでる人、と言うべきね。わたしたちの少し前にすわってた女性がブランケットの下で死んでるのが見つかった──彼女も映画に来てたの。アンダースの見立てだと」──声がひそめられた──「首を絞められてた」

ジャクソンは今度は躊躇（ちゅうちょ）しなかった。「わかった、ちょっと待ってくれ」

屋上を見まわし、近くにいる警官に指で合図すると、すぐにこちらへやってきた。「ブリーカーズはどこだ?」と訊いた。

「一階の防犯カメラを確認しにいってる。屋上にはひとつもないって、ぼやいてたよ」

ジャクソンはうなずきながら電話にもどった。「アリシア、教えてくれ、アンダースはだれかに連絡したか?」

「たぶんね。ちょっと待って」

アリシアが横にいるだれかになにかつぶやき、電話にもどってきた。「一分前に緊急通報したから、警察はもう知ってるって」

「まちがいなく不審な状況なんだな?」

「首のまわりに内出血があるって、彼は言ってる」

ジャクソンはふたたび周囲を見まわした。「いいかい、こっちはもうほとんど終わってる。見たところ典型的な麻薬の過剰摂取のようだ。同僚に連絡を入れたらそっちに向かう。きみはだいじょうぶか? ほかのみんなはどうしてる?」

「みんな無事。わたしたちのことは心配しないで」

「挙動不審な者はいないか?」

今度はアリシアがあたりを見まわす番だった。「よくわからない」

「犯人に心当たりは? その女性はパートナーか友だちと一緒だったのか?」

「パートナーがいるけど、彼は近くにはいなかった」

「わかった、よく聞いて。すぐに助けが行くとアンダースに伝えてくれ。おれが最初に公園に着いたとき、勤務中の警官が何人かいるのを見た。公開イベントの会場にはたいていいるんだ。警察が事件に気づかなかったとは驚きだけど、絞殺だとわかれば、所轄の警官が現場に急行するだろうし、うちの殺人課の連中も駆けつけるはずだ。それまでがんばってくれとアンダースに伝えてくれ、それからだれもなにも触れないように」

それは当然のことだ。

「でも、きみにしてほしいことがひとつある、アリシア」急いで付け加えた。「よく目配りして、現場の状況をつかむんだ、不審な感じのする人やものがないか。きみはその手のことに鼻が利く、だからせっかくの機会を無駄にするな。この数分が勝負だ——重要なものが見える可能性がある」

アリシアは誇らしさで胸がいっぱいになった。引っこんでろと追い払われているのではない、協力を要請されているのだ。

ああ、なんという心地よさ。

「具体的になにをさがせばいいの？」

ジャクソンはしばし考えた。「アンダースが疑っているとおり絞殺だとすれば、おれならはぐれ者の男をさがす。場ちがいな感じに見えて、それなのに現場でぐずぐずしている人間。犯人は往々にして現場の様子を確認したがる、死体がなにかの拍子に息を吹き返したりしないようにに。で、犯人は彼女の連れじゃないときみは思うんだな？」

「わからない！　事件は起きたばっかりだし」

「オーケイ、気にしないで。とにかく目を光らせておくんだ。さっきのは冗談じゃない、夫が犯人ってことはよくある」

「彼には犯行は無理だった。ずっとわたしたちの隣にいたんだもの」

「なんできみたちの隣にいたんだ？」

「話せば長くなる」

「そうか、とにかくよく観察して、いいね？」

「そうする」アリシアはかすかに震える声で答えた。

「それからアリシア」

「なに？」

「気をつけるんだぞ」

　電話を切りながら、アリシアはまたしてもあの不吉な予感が背筋を這い降りるのを感じた。アンダースのところにもどると、彼は夫のそばにしゃがみこんで背中を優しく叩いていた。

　帽子を脱いだ夫は、しきりに髪をかきあげながらこう言っていた。「だれがあんなことしたんだ？　いったいだれが？」

　アリシアが腕を軽く叩くとアンダースは立ちあがり、夫に声の届かないところまで移動した。

「ジャクソンは来る？」

「いま別の仕事を片付けてて、でもこっちに向かうって。この現場にもすぐ警察が駆けつけると言ってた。聞いて、ジャクソンが、おかしなものや不審なものがないか目配りしてほしいって、捜査の役に立つかもしれないから」

「彼女の首についてる指の痕とか？」

どことなく皮肉のこもった口調に、アリシアが言い返そうとしたとき、制服警官が三人ばたばたと走ってきた。全員がラミネート加工した名札を首にかけているので、さっきジャクソンが話していた公園の警備担当の警官たちにちがいなく、どうしてこんなに時間がかかったのかとアリシアはいぶかった。

「なにごとですか」ひとりがこちらに向かいながら問いかけた。

アンダースが亡くなった女性と泣いているその夫を指さしながら、手短に経緯を伝えた。それから数分間、ジャクソンが言ったとおりに彼らが現場を仕切っていると、やがて遠くからサイレンが聞こえてきた。

警官のひとりが女性の状態を調べて自明のことを確認し、もうひとりが夫を引き離して近くの敷物に一緒にすわった。

三人目は、なんの騒ぎかたしかめようとまたじりじりと近づきつつあった群衆に注意を向けた。この警官は太鼓腹の巨大な熊みたいな男で、身体に見合って声も朗々としていた。大きなクーラーボックスをひとつ引き寄せ、その上に立つと、全員を上から見おろす恰好になった。

「聞いてください、みなさん！」と呼びかけた。「どうか聞いてください！　ちょっとした問題が発生しました。女性が亡くなって、どうやら不審な状況と思われます。みなさんには全員、この場に残っていただき、氏名と話をお聞きしますので」

それを聞いて不安げな顔になる者もいれば、こっそり帰ろうというのか、あとずさりしはじめる者もいた。こうした現実の事件がじつに興味深いのはたしかだが、これがハリウッド映画とちがうことはだれもが知っている。冷えてきた夜風のなかで何時間も足どめを食って警察にあれこれ訊かれることを望む者などいない。

みんなの懸念を感じ取った警官は、いっそう声を張りあげて要望を繰り返し、こう付け加えた。「あなたがたが持っている情報をすべてお聞きすることが、みなさん、きわめて重要なんです！　なにかを見た人がいないかどうか。死亡した女性を知っている、もしくはなにか情報を持っているという人は——どんなことでもいい——わたしの部下に名乗り出ていただきたい、お願いします」

群衆のほとんどが茫然として警官を見ているので、彼は被害者の近辺にあるさまざまな敷物を指さしはじめた。

「特にこの周辺にすわっていた人たちにはぜひとも話をお聞きしたい。なので、いまからわたしが言う敷物の所有者は全員この場に残ってもらいます。そこの青いチェックの、その隣のグレーの、その左のピンクの、その後ろの黒いチェックの」

さっきよりあからさまなうめき声があがったが、話はまだ終わっていなかった。

「それ以外の方はお引き取りくださってけっこうです——ただし、かならず——帰る前に警官に身分証を呈示し、連絡のつく電話番号を伝えるようお願いします」

さらなるうめき声があがったが、みな指示に従い、ため息をついてすわりこんだり、荷物をまとめたり、運転免許証を取りだしたりした。ブッククラブのメンバーもそこに含まれたが、ほかの人たちとちがって、彼らは居残り組に選ばれなかったことに気落ちしていた。ジャクソンはよくわかっている。彼らは厄介ごとに首を突っこまずにいられないお節介の集まりだった。

6

クレアは空になったゴブレットを丁寧にピクニック・バスケットにもどしはじめた。「ほらほら、みんな、さっきの話を聞いてたでしょ。わたしたちはさっさとずらかるのよ」

「なにその言い方」ペリーがズボンを払いながら言った。「そうあわてないで、応援が到着したよ」

彼らがあたりを見まわすと、警官二名が急ぎ足で現場に向かっていて、ひとりはショルダーホルスターに留めた無線機で交信中、もうひとりは遺体のほうへ直行した。何分かかけて周囲の状況を確認したあと、ふたりは例の熊みたいな警官と話し合った。彼はそのあとまたさっきのクーラーボックスの上にもどり、ふたたび群衆に呼びかけた。

「すみません、みなさん、あとひとつだけ！ すでに帰ってしまった人たちについてなにか情報をお持ちの方は、どうかお知らせください」また指をさし、今回示したのは被害者のすぐ後ろの踏みつぶされた草地の一角だった。「そこには家族連れがすわっていたはずです。彼らのことでなにか役に立ちそうな情報をご存じの方は、どうか名乗り出ていただきたい。あの家族から至急話を聞かねばなりません」

「あの一家ならクレジットが終わったとたんに引きあげたよ！」という声があがり、警官たちがその男性を手招きした。

「ひょっとして、その家族の名前をご存じとか？」警官のひとりが尋ねた。

敷物を数枚隔てて後ろにすわっていたその男性は肩をすくめた。「いや。変わった一家だった」

「たぶん地元の教会グループかなにかに所属している一家だと思いますよ」老婦人のひとりが声をあげ、警官がそちらを向いて片手をあげた。

「ちょっと……そこで待っててください。あとで話を聞きますので」群衆に顔をもどす。「あとひとつお訊きします、みなさん」被害者の脇にあるあざやかなピンクのブランケットとそろいのバックパックを指さした。「これはどなたのものですか？」

人ごみのなかからあの妊婦が歩みでた。不安げな顔で大きなおなかを抱えこみ、カールした赤毛の前髪が目に覆いかぶさっている。「わたしのです」

警官は指を一本動かして彼女を前に呼び寄せた。

「お名前は？」

「マズ」と言ったあと急いで言い直した。「あの、メアリー・オルデンです」

「故人と一緒だったんですか？」

「いいえ。わたしはただ、あの、映画を観てたんです」

「どうかそこでお待ちください、奥さん、あとで質問させていただきますので」

彼女はわずかに顔をしかめた。

「わたしはなにも……」と言いかけて、ため息をついた。「はい、わかりました」

そこで警官は、デッキチェアにもどって料理の皿を片付けていた老婦人のところに行った。

「さっきお話しくださった方ですね？」

「ええ、おまわりさん。フローレンス・アンダーウッドです」

「なるほど。では、あの行方知れずの一家についてご存じのことを教えてください、アンダーウッドさん。地元の教会がどうとか言ってましたね」

老婦人はうなずいた。「あの家族がお手洗いの列に並んでいるときに話しているのが聞こえたのよ、休憩時間のあいだにね、ええ。母親が子供たちにこう言ってました……」周囲をちらりと見て、声を落とす。「あした教会で、前にいる悪魔たちの魂のために祈るのよ、って。それから子供たちにその場で簡単なお祈りをするよう勧めたの。そしてみんなでなにかを唱えはじめた。驚いて見ていた人たちもいたわ、ええ、たしかです」

警官がいささか困惑した顔になったので、こう言い添えた。「あのカップルのことを言ってたのよ、亡くなった女性とそのご主人のこと」

「彼らを悪魔と呼んだんですか？　どうしてそんな言い方をしたんでしょう」

老婦人は、別の警官からまだ事情聴取を受けている被害者の夫のほうをまたちらりと見た。そちらをあごで示す。「あのふたり、かなり盛りあがっていたのよ、おわかりでしょう――ブランケットの下であれこれやっていたの。そう、あれは恥ずべきことだったわ、たしかに。どう考えても不適切ですよ。近ごろの若い人たちときたら本当に見境がなくて、そうでしょう？」

「で、その一家にはそれが不愉快だったと？」

「ええ、そう思うのも当然ですよ！　家族のなかには小さいお子さんたちもいたのに、どんどん手に負えない感じになっていったの。わたしが介入して、いい加減にしなさいってよっぽど注意しようかと思ったわ。だって、ここは公共の場ですよ、おまわりさん。あんなことをするのにふさわしい場所じゃない」

「あら、ブランケットの下でちょっとふざけあっていただけよ、フロー」と彼女の友人が口をはさんだ。「目くじらを立てるようなことでもないわ。それに、そんなことしてたのは前半だけだったし、そうでしょ？」

「えーと、おたくは、マダム？」

「ああ、ヴェロニカ・ウェステラ、でもみんなからはロニーと呼ばれてます」礼儀正しく微笑んだ。「あのカップルは、映画（フィルム）が終わるころにはちゃんと落ち着いてましたよ」

ロニーは映画のことを〝フィリーム〟と発音し、こっそり聞き耳をたてていたアリシアはつい笑みを浮かべた。その言い方はまさに祖母を思いださせた。

「それは単に彼が拒絶されたからでしょう」今度はフローが唇を引き下げて言う。「ご主人のほうは向こうへ移動してしまったの、ほら、あの人たちの隣に」

フローはブッククラブのほうをあごで示し、アリシアたちはといえば、立ち去るのが不本意で、ぐずぐずと荷物をまとめていた。

警官はまた混乱した顔になった。「彼は向こうへ移動したんですか？　映画の途中で？」

「そうなのよ、おまわりさん、あそこの楽しそうなグループ、髪にちょっとどぎついピンクのメッシュがはいってるお嬢さんがいるところ。若い娘さんがあんな色に染めるなんて変よね、そう思わない？」

「まあまあ、フロー」と年配の友人がたしなめた。

「ちょっと言ってみただけよ、ロニー。とにかくね、おまわりさん、ご主人はいきなり場所を移して、あのグループのなかに割りこんでいったの。わたしが思うに、そういうのって、ちょっと失礼じゃないかしら！　向こうには奥さんと一緒のちゃんとした席があって、芝生の面積だって充分すぎるくらい取っていたのよ。ちなみにあのグループのほうはそれでなくてもぎゅうぎゅう詰めだったわ。それなのに彼はそこへ行って、あの素敵なユーラシア人（白人とアジア人の血を引く人）の娘さんにぴったり張りついて腰をおろしたの」

「ちょっと、フロー！」ロニーが眼鏡の奥で目をむいた。「いまどき〝ユーラシア人〟なんて言い方してもいいの？」

「どうしていけないのかわからないわ、ロニー、だってあなた、この人はPC警察じゃないのよ」眉間にしわが寄った。「あなた、政治的に公平（ポリティカリー・コレクト）かどうか調べてるんじゃないわよね？」

警官は思わず顔をほころばせた。「さしあたりこれでけっこうです、ありがとうございました。ここでお待ちください」

そのあと警官が向かったのは、敷物のごみを払っているクレアのところだった。警官が近づいてくるのを見て、ペリーとミッシーは目をらんらんと輝かせた。

「ええ、そうです」被害者の夫のことを訊かれて、クレアは答えた。「彼はそばに来て、わたしたちの隣にすわりました、映画の後半で」

「で、最後までずっとそこに？」

「いたと思います。そうだったわよね、みんな？」

全員がうなずく。ただしマルガリータを除いて。

「もしかしたら移動していたかもしれないわ、そんなことわたしたちにはわからないでしょ？」と彼女は言った。「みんな映画を観ていたんだから」

「移動はしてなかったわ」アリシアは断言し、マルガリータに向かって言った。「もしそうなら、わたしたちが気づいたはずだから」

ペリーがそうだそうだとうなずいている。「まちがいないよ。彼はあの場所から一歩も動かなかった。ぼくは事実として知ってる」

「どうしてそう断言できるんですか？」警官が訊いた。

ペリーはにやりと笑った。「彼はすごくおしゃれな靴をはいてたんだよね。ぼくの勘ちがいじゃなければ、黒いベルベットのクリーパー（厚手のゴム底のついたドレスシューズ）で、それがこっちにはみだして、クレアのメリージェーン（かかとの低いストラップ・シューズ）にもう少しで触れそうになってた」眉をゆっくり上下させる。「クレアは気づいてなかったかもしれないけど、ぼくが思うに、彼は足でいちゃつこうとしてたんだろうね」

「もう、よしてよ、ペリー！」とクレア。

ペリーは悪びれる様子もなかった。「ぼくは見たまんまを言ってるだけ」

警官はうなずいた。「なるほど、どうやらあなたがたにもここで待機してもらう必要がありそうですね。もう少し話を聞かせてもらわないと」

「まあ、どうしてもって言うなら」ペリーが答えてみんなにウィンクすると、一同はまたそれぞれの敷物に腰をおろし、ひとりだけ顔をしかめているマルガリータ以外はにんまり笑っていた。

「あたしたちがこれまで数々の殺人事件の解決に協力してきたってこと、伝えたほうがよくない？」ミッシーがつぶやくと、ペリーがチッチッと舌を鳴らした。

「この事件は警察に任せてだいじょうぶだと思うよ、ミッシー。ぼくらはのんびりショーを楽しもう」

「不謹慎な人ね」クレアが言うと、その意見にペリーはうれしそうに笑った。

「ありがとう。最高の褒め言葉だ」

それからの一時間、応援に駆けつけた警察官たちはてきぱきと仕事をこなし、氏名や連絡先を書きとめたり、敷物を順番にまわって犯行現場の至近距離にいた人たちに話を聞いたりした。証人たちは全員、被害者の周囲の区域を空けておくため後方にさがらされ、アリシアが観察していると、最初に殺人課の刑事たちが、次に鑑識チームが、おのおの仕事をこなすために数人ずつ到着し、その仕事のひとつが赤いブランケットの周囲を警察のテープで封鎖することだった。

ブッククラブの面々も事情聴取を受ける予定で、アリシアがあくびをこらえながら早く順番が来ないかとじりじりしはじめたとき、ジャクソンがこちらに向かってくるのが見えた。アリシアは少し安堵した。

「みんな無事か？」とジャクソンは歩きながら声をかけてきた。

「まあね、みんな生きてるよ」ペリーがふざけて言った。

「わたしたちはだいじょうぶ」アリシアは答えた。「そっちは？　向こうの現場はどうだった？」

「ちょっとした悲劇だよ、まったく。ジャンキーがまたひとり悪習で命を落とした。ここへ来る途中で家族に知らせに寄ったんだけど、あまり驚いてないようだった。はっきり言って気にもかけてないって感じだ。厄介払いできてせいせいしたってとこなんだろう。ひどい話だ。あっちの彼とは大ちがいだな」

そう言ってあごで示した先にはまだ取り乱している夫がいて、いまはバーエリアのすぐ脇で、老婦人のデッキチェアにすわっていた。だれかが温かい飲み物のカップを手に持たせ、肩にウールのブランケットをかけてやっていたが、どちらもたいして慰めにはなっていないようだ。がっくりうなだれてすすり泣いている。

「あれが夫か？」ジャクソンが訊いた。

みんながうなずくなか、ジャクソンはそのままあたりを見まわした。

「ああ、よかった、シンホーが担当か。ちょっと待っててくれないか」

草地をすたすたと歩いていって警察のテープをくぐり、白いシャツに黒いパンツ姿の女性のところに向かった。女性はきびきびと握手して彼を迎え、それからアンダースを手招きした。まだ封鎖区域内にいたアンダースが、ジャクソンに遺体を見せるために慎重にブランケットをめくり、女性の首のあたりを指さしてから元にもどした。

ジャクソンは思案顔でゆっくりとうなずいている。最後にアンダースと握手を交わし、女性刑事に声をかけてから、ブッククラブのメンバーのところへもどってきた。

「よし、事件の担当刑事と話をして、きみたち全員のことは保証してきた」

「みんな正直者の善良な市民だって、ちゃんと伝えてくれたんだろうね」ペリーが言うと、ジャクソンはふふんと笑った。

「そこまでは言ってない。でも、とりあえずはみんな無罪放免だ。もういつでも好きなときに帰っていい。ただし、明日じゅうに警察署の殺人課に出頭して、それぞれ個人情報を伝えて、正式な供述をするのを忘れないように。場所はアリシアが知ってる」

アリシアはうなずいた。先週ディナーの前にジャクソンのいる西シドニー署まで車で行ったばかりだった。そのとき簡単に案内されたので、警察署が複雑に広がった大きな建物であり、そこには百名ほどの刑事がいて、組織犯罪や中東のギャングから強盗や性犯罪や児童虐待にいたるまで、あらゆる事件の捜査に忙しく動きまわっていることを知っていた。

こんな悲惨な状況でまたあそこに行くことになるとは思いもしなかった。

「ちょっと待って」とペリー。「日曜日なのはわかってるけど、じつはあした仕事なんだよね。今週はイベントの準備があって。少し待ってもらえないかな」

「いや、待てないな。なんとか時間を作ってもらうしかない」

そこでジャクソンはひとりひとりに名刺を手渡した。「仕切り役はインディラ・シン警部補だ」

「あなたは担当しないの？」アリシアは訊いた。

「捜査班には加わるけど、この事件の主任刑事はインディラだ。あしたの朝、彼女のオフィスに電話して、正式な事情聴取の段取りをつけてほしい。きみは時間外に行ってもだいじょうぶだろう、ペリー、彼女の都合さえよければ」

みんな少しほっとしながら名刺を受け取った。長い夜になり、最前までの興奮もすっかり冷めていた。もう真夜中をとうに過ぎているし、この冷えびえとした夜気のなかから早く暖かいベッドにもぐりこみたいとだれもが切に願っていた。

最後にみんなで荷物をまとめていると、ジャクソンがアリシアを脇へ引っぱった。

「おれはもう少しここに残らないといけない。でも巡査のだれかに車で家まで送らせるよ」

「だいじょうぶ」アリシアは言った。「ほら、リニーもいるし。タクシーをつかまえるわ」

「ほんとにだいじょうぶか？」

アリシアがうなずいたので、ジャクソンは彼女の手をつかんでぎゅっと握った。「家に着いたらメールをくれないか？　念のために」

「殺人犯がまだうろつきまわってると思ってるの？」

「犯人がいまごろなにをしてるのか見当もつかないけど、きみはまちがいなく目撃者で、つまり危険にさらされてるってことだから、くれぐれも気をつけて、いいね？」

アリシアはあらためてうなずいた。ジャクソンの言葉で想像力を暴走させないようにしながら。


精いっぱい努力はしたものの、ブッククラブの仲間と別れのあいさつを交わし、姉妹で無事タクシーに乗りこんで家路につくころになると、アリシアの気持ちはまたざわつきはじめた。ジャクソンの言葉が脳内を駆けめぐる。

彼の言うとおりだ、もちろん。現に殺人者はいまも野放しになっていて、どこにいるのか、動機はなんだったのか、知るよしもない。それでも、ひとつたしかなことがある。その男は――殺しの残忍性からして犯人は男と推定せざるをえない――公園のど真ん中で女性を殺したのみならず、潜在的な目撃者がすぐそばに何十人も密集しているなかでそれをやってのけたのだ。

なんとも奇妙な事件だ。タクシーががたがた走るなか、広々としたアンザック・ブリッジを眺めながら、アリシアは思った。

そんなことをするのはどういう人間？

ブランケットの下に横たわっている連れのいない女性を見つけ、さりげなく近づき、首を絞めて殺し、それからあっさり夜のなかに姿を消すなんて、いったいどういう人間？

これほど大胆な犯行は聞いたことがなく、数時間前に大型スクリーンで観たあの殺しでさえここまで大胆ではなかった。少なくともアガサ・クリスティの小説では、殺人犯は人けのない砂浜で被害者がひとりきりになるのを待ち、それから犯行におよんでいる。

この暗殺者は恐ろしいまでに大胆だ。

7

コーヒー豆が粉砕されていく獰猛な音でアリシアは深い眠りから目覚めた。がばっと起きあがり、ほんの一瞬、いままで見ていたおかしな夢のことを考え、それが夢などではなかったことを悟った。

ある女性が、野外上映会の大勢の観客の前で実際に殺されて、自分も目撃者のひとりだったのだ。といっても、なにひとつ見てはいないけど！

キルトをめくって、ベッドの下のスリッパに手を伸ばした。片方しか見つからないので、思わずうめいて大声で呼んだ。「マーーーックス！」

つやつやの黒いラブラドールは案の定キッチンにいて、コンロの前にいるリネットを一心に見つめており、片方の前肢の下に迷子のスリッパがあった。

それが犬のよだれでべとべとになっているのを見てあわてて取りあげ、二本の指でつまんで、またしてもうめき声をあげた。

「わたしの履き物をかじることについてなんて言ってあったっけ？」

マックスはばつの悪そうな顔をするだけの礼儀を持ち合わせていたが、リネットのほうはそんなものは持ち合わせていなかった。

「かわいそうなマックスを叱らないで。あたしのせいだから。朝食が遅れちゃってね。あたしの部屋のドアを長いことひっかいてたんだけど、起きてこないから、姉さんを起こそうとしたみたい。あたしが見つけたときは、姉さんの顔にスリッパをぐいぐい押しつけてたよ。気づかなかった？」

アリシアは笑った。「うん、ちっとも」しゃがみこんで、いまはへそ天をしている犬のおなかを思いきりかいてやった。「ごめんね、マックス。わたし死んだように寝てた」そこで亡くなった女性のことを思いだして顔をしかめた。「なんて夜だったんだろう」と言い添え、立ちあがって犬をがっかりさせた。

リネットがうなずく。「ほんと、なんて夜だったんだろう」

ふわふわのカプチーノを姉の前に置いて、リネットは冷蔵庫に手を伸ばした。

「こんなことだれが想像する？」アリシアは言った。「無害な殺人（マーダー）ミステリを観にいって殺人事件に巻きこまれるなんてね」

「無害な殺人なんてある？」

「言いたいことはわかるでしょ。これじゃうちのクラブの評判まで悪くなってしまう」

「あたしたちのせいじゃないよ」リネットが反論した。「で、だれが〝やった（ダニット）〟んだと思う？あたしはあのダンナに賭けるね」

「ジャクソンみたいなこと言って。夫はずっと離れた場所にいたって、わたしたち証言したんじゃなかったっけ？」

「あの前にやってたのかも」

「でも、彼はやってない。ふたりがバーで喧嘩してるところを見たの、忘れた？　あのとき彼女はぴんぴんしてた」

「あれ、ほんとに彼女だった？」

「もちろん、ほんとに彼女だった！　アガサ・クリスティの小説じゃあるまいし、リニー。ふたりは喧嘩して、彼はわたしたちの隣にすわって、もどってきた彼女は自分の敷物にひとりですわりこんで、それから一時間とたたないうちに死んでた」

リネットは悩ましげな顔になった。「だよね、そうなると、この仮説は成り立たないか。じゃあ、だれ？」

アリシアはその点を思案した。「なぜがわからないと、だれを答えるのはむずかしいわね。わたしたちあのふたりのことはまったく知らないし。動機は現場にいただれとも関係のない不平不満だったかもしれないでしょ」

「だとしても、警察の言うとおりだよね。犯人は至近距離にいた人間でなければならない」リネットは昨夜の警察官の尊大な口調を真似て言い、こう付け加えた。「そして現場にすぐ近づけた人間。だって、知らない人がいきなり来てすわりこんで、女性を絞め殺して、また立ち去ったんだとしたら、あたしたちが気づいたはず、でしょ？」

「そうとも言い切れない。そのころにはわたしたちみんな映画にすっかり気を取られてたしね。とはいっても、いろんな人がしょっちゅう行き来はしてた。途中でトイレに立ったり、電話に出たり、上映中に飲み物やスナックを買いにいったり。なにしろ人の数も動きも多かったから。少なくともわたしは、どこにだれがすわってるか、そこまでしっかり見てたわけじゃない。彼女のまわりにいた人たちはどう？　あの家族連れの父親はすごく怒りっぽい人だった」

「でも女性を絞め殺すかなあ。子供たちの前で？」

「まあね、言われてみればそうだわ」

「近くにすわってた二人組の男たちなら、関与しててもふしぎはないかも。なんとなくチンピラ風だった。あのカップルのことをじろじろ見てたのに気づいた？　ひとりはのぞきを楽しんでるみたいだった」

アリシアはうなずいた。「しかもあのふたりは早々にいなくなったよね、事態が収束する前に。そこがちょっと胡散くさい。それからあの妊婦さんもいたわね、まさに現場に」

「今度は妊婦が彼女を殺したって言いたいの？」

「彼女なら近づけたって言いたいだけ」そこでふと考えた。「彼女、連れがいなかった？　男性の。その人はどこへ消えたの？　映画が終わったときはいなかった気がする。なんで妊娠中のパートナーをひとり残していなくなるの？　それって不自然よ」

「一緒にいた人のことはわかんない、覚えてるのは彼女がみじめそうな様子だったことだけ。そもそもなんであそこに来たんだろう」

「あの家族連れを見てわたしもおんなじこと考えた。ディズニー映画というわけでもないのに」

リネットがカウンターの下の戸棚から白い大皿を二枚取りだして、朝食を取り分けた——ポーチドエッグがひとり一個ずつ、ベーコン数枚とガーリックをたっぷり効かせたマッシュルーム、その上にチェリートマトを数個。アリシアが近くの引き出しからカトラリーをつかんで、キッチンのカウンターで食べようとしたとき、妹が片手をあげた。

「そうがつがつしないの！」

リネットは小さいソースパンを手に持ち、濃厚な黄色いソースをすくって上からかけた。

「オランデーズソース（卵黄にバターとレモン果汁を加えたソース）？」

「あたしのオリジナリティをもうちょっと評価してくれないかなあ。これはリネット特製の朝食用ベアルネーズソース（卵黄にバターとワインビネガー、エシャロット、タラゴンなどを加えたソース）、ほんとはね」

「どっちも同じものじゃないの？」

リネットがあきれて見返す。「片方は白ワインビネガー、もう一方はレモン果汁。あたしのきらめく才能を姉さんに使うのがもったいない！　食べて」

しばらくのあいだ黙々と食べているふたりを、マックスが真剣な目で見つめながら、辛抱強く待っていた。だれかが――だれでもいい――うっかりベーコンの切れ端を口のなかに落としてくれるのを。まもなくアリシアがまさにそれをやり、リネットが顔をしかめる。

マックスのことはかわいがっているし、甘やかすことも厭わないが、自分の創作物が犬に与えられるたびに料理への個人的な侮辱に思えてしまうのだ。

「きょうの予定は？」ふたりの皿がなめたようにきれいになると、リネットが訊いた。

「あのほっそりした刑事さんのところに出頭するほかに、ってこと？」

「やだ、まさか焼きもちじゃないよね？」

「ジャクソンとシン警部補のこと？」

「シンホー、って彼女のこと呼んでたよね、たしか。あれはただの同僚だよ」

「そんなことはわかってます。全然気にしてないから」

リネットはコーヒーを飲みながら姉の様子をじっくりうかがった。「意識をそっちに向けちゃだめだよ、姉さん。すぐ突っ走って妄想するんだから」

「ちがいます！　そんなことしません！　だいじょうぶ」にっこり笑った。「正直言うと、どうがんばっても疑念というものがまったく浮かんでこないみたいなの。それって、なんていうか、変じゃない？」

「いや、そんなことないよ。焼きもちを焼いて当然じゃない？」

「そう、でも以前のわたしなら、備品室かどこかで密会してるふたりを想像して不安にさいなまれてた」キッチンの壁を凝視しながら二、三度まばたきをしてみる。

「なにも浮かんでこない？」リネットが訊いた。

「なにも浮かんでこない」

それは驚くべきことだった。

リネットが空中で両手を振った。「姉さんの病気が治った！　ハレルヤ！」

突然の騒ぎに動揺したマックスがわんわん吠えたので、アリシアは笑った。

「心配しないで。たぶんわたしの想像力はきょうが終わらないうちにまたいたずらをはじめるはずだから。それはそうと、あなたの予定は？」

リネットは手を下に伸ばし、犬を優しく叩いて落ち着かせた。「この子をビーチに連れていくつもり。やっとあったかくなってきたし、波とたわむれたら彼も喜ぶでしょ」

「〝彼〟っていうか、自分がってことでしょ？」

「ほかにだれがいる？」

そのときアリシアの電話が振動し、間髪をいれずリネットの電話が続いた。届いたのは同じメッセージ――クレアとミッシーは十一時に刑事と面会する予定なので、ふたりも合流しないかという提案だった。

「泳ぎはお預けか」とぼやきながら、リネットは親指を立てた〝了解〟の絵文字を送り返した。

8

　インディラ・シン警部補は、自信に満ちたきまじめそうな顔つきをしていた。ぱりっとしたクリーム色のトップスにほっそり見える黒のスーツ、黒い髪をきっちりとポニーテールに結い、化粧は控えめで、両耳にはゴールドのごく小さなイヤリング、首にはゴールドの小さな十字架をかけている。歳のころは四十代なかばで、彼女がブッククラブのメンバーを引きつれて長い廊下を取調室に向かっていると、通りかかった部下たちはみな注目し、たちまち静かになって一歩さがった。

　沈着冷静でクールな感じだとクレアは思ったが、ミッシーのほうは突然の不安に襲われ、ピンクの頭をひょこひょこ動かしながら、手に余る状況だと感じたときにいつもするように、むやみにくすくす笑いをもらした。アリシアはこの刑事のことをもっと知りたくて、ひたすら観察した。〝ジンホー〟の話はジャクソンから聞いていて――ずっと男性だと思っていた――思いだすのは称賛と尊敬の言葉ばかりだ。

だから自分も彼女を好きになろうと決めた。どんなにつらかろうと。

　ペリーもどうにか時間を捻出して多忙なスケジュールを抜けだしてきたので、アンダースを除くブッククラブのメンバー全員が顔をそろえていた。おまけにマルガリータもいる。ひとりでやってきた彼女は、日中の強い日差しのなかで見るとひときわ華やかだった。豊かな黒髪は頭のてっぺんでまとめられ、白いサマードレスの下で日に焼けた手脚が輝いている。でも明るい装いとは裏腹の不機嫌そうな顔で、この一連の流れに心底うんざりしているらしく、どれくらい時間がかかるのかと何度も刑事に尋ねていた。

「やってみないとわからない」というのがシン警部補のそっけない返事だった。

まもなく一行は、温かみのある明るい小部屋のソファに案内され、そこは取調室というより休憩室といった趣だった。片隅に簡易キッチンがあり、ビーンバッグ・チェアや児童書の並んだ本棚、プラスティックのおもちゃの箱などもある。

「ここはファミリールームです」とインディラが説明した。「というのも、きょう来てもらったのは、正式な事情聴取のためではないから。みなさんはリアム・ジャクソン警部補の友人だそうね」

リネットは姉の顔をちらりと見た。ジャクソンはふたりの関係をどこまで明かしているのか、それがなにか意味を持つのだろうか、と考えながら。

「彼は目下、別の事件の処理にあたっているので、きょうは同席しません。なにか飲みたい人は？」そう言って、ドアのそばに気をつけの姿勢で立っている背の高い気弱そうな刑事の視線をとらえた。「食器用洗剤みたいな味の紅茶か、泥みたいなどろどろのコーヒーか。ほしい人は？」

みんな顔をゆがめて首を横に振った。

「賢明な選択ね。では、はじめましょうか。まずは昨夜の件」

部屋の片側にある背もたれの高い椅子にすわっているもうひとりの刑事にうなずきかけてから、メモ帳とペンを取りだした。

全員のフルネームの綴りと生年月日、連絡先を尋ねたあと、インディラは質問にはいった。

「昨夜現場にいたトンプソン巡査から話を聞きました。真っ先に駆けつけて、みなさんに簡単な質問をした巡査で、彼が言うには、みなさんはマンフォード氏と仲良しだとか」

「マンフォード氏？」アリシアは訊いた。

「エリオット・マンフォード。被害者の夫」

「あら、わたしたち彼とは知り合いじゃ」クレアが言いかけると、インディラが片手を振った。

「失礼。〝仲良し〟と言ったのは、あなたがたが被害者女性の夫のかなり強固なアリバイを提供してくれたという意味。そうですね？」

一同はそろってうなずいた。ただしマルガリータを除いて。それに気づいたインディラが彼女に顔を向けた。

「なにか懸念があるんですね？」

「ええ、わたしは彼のことを保証できません。上映中ずっと見ていたわけではないので、移動したともしなかったとも言えない。そんなことわかるはずがないでしょう？」記録をとっている刑事のほうをいらだたしげに一瞥（いちべつ）した。

インディラが言った。「じゃあ記録して、ポーリー。この女性はマンフォード氏の所在について保証はできない、でもほかのみなさんは？」グループのほうに顔を向けた。

「いや、彼は移動しなかったよ、まったくね」ペリーがマルガリータに向かって小さく顔をしかめながら言った。

「マルガリータは実際にエリオット・マンフォードの隣にすわってたわけじゃないので」アリシアは説明した。「かなり離れた場所にすわってました」

「だからなんなの？　わたしにはなにもわかってないって言いたいの？」

これがマルガリータで、どうやらかなり気分を害したようだった。

アリシアはてのひらを彼女に向けた。「めっそうもない。ただ、このなかにはマンフォード氏により近い場所にすわってた人もいると言ってるだけ、だから……」

「だからわたしにはなにもわからないって？」

「いいえ、そんなことは言ってないわ」アリシアはあきらめてため息をつき、ぐったりソファにもたれた。

このやりとりを興味深そうに眺めていたインディラが、アリシアをひとしきり見つめた。

「で、どなたでしたっけ？」

「アリシア・フィンリーです」と答えながら思った。なるほど、つまりジャクソンはわたしのことを話してないわけね。

「そう、えーと、わざわざありがとう」

インディラはそこでテーブルの下のプラスティック容器に手を伸ばした。

「さてと、ここからはちょっとしたお遊びの時間よ」大きなスクラップブックを引っぱりだした。「みなさんに簡単なゲームを用意しました。〈ロバに尻尾をつけろ〉（目隠しをしてロバの絵に尻尾をつけるゲーム。日本の福笑いに似ている）と宝さがしを組み合わせたようなものね」

ミッシーがうれしそうにまたくすくす笑い、ほかのメンバーは好奇の目を見交わした。

インディラはスクラップブックから空白のページを破り取って、順番に手渡していった。そのあいだにもうひとりの刑事がクレヨンの箱を取りだし、ソファの前のテーブルの中央に置く。

「みなさんをキッズルームに案内したのには理由があります」とインディラは説明した。「この手のものに関しては、ここがいちばんいい道具がそろっているから」また容器のなかをひっかきまわして赤い点のシールをひと箱取りだす。「さすがね。きっとこういうものもあると思ったわ」

赤い点の隣に金色の星のシールとマーカーペンを置いた。

「さて、紙は一枚ずつ持ちましたね？　けっこう。こういうことです。みなさんには、それぞれひとりで、昨夜の現場を再現していただきます、鉛筆と点を使って。被害者が横たわっていた場所に赤い点を貼って、そこから考えてみて。あの一帯がどんなふうに見えたか、思いだせるかぎり正確にスケッチしてください。スクリーンは北、つまり紙の上部で、メインの入場口は南、つまり紙の下部ということで」

「公園の見取り図を作製しろということですか？」クレアが訊いた。

「そのとおり。被害者との位置関係で自分のすわっていた場所をまず書きこみ、次にほかの人の敷物で覚えているものを記入する。丸で描いてもいいし、星やなにかほかのものを使ってもかまいません」

「つまり自分たちがすわってた場所に加えて、あの大家族がいた場所も描くわけね？」ミッシーの質問にインディラがうなずく。「でも、あたしたちの記憶がかならずしも正確じゃなかったら？　暗かったし、人がすごく多かったから、全部まちがってたら？」

インディラがきっぱりと答えた。「思いだせるかぎりでかまわない、お願いしたいのはそれだけです。脚色や推測はしないように。確信がない場合は、疑問符をつけるか、そのまま空白で。知りたいのはあくまでも事実なので、どうかみなさん、独創的な解釈はなしでお願いします。それからくれぐれも——繰り返しますが、くれぐれもほかの人の絵を見ないように。個々の印象が知りたいの、並べる絵が多ければ、それだけ全体像がはっきりするでしょうから」

「売店とか仮設トイレとか、そういうのも描いたほうがいい？」リネットが訊いた。

「背景を加えるほうがやりやすいなら、そうして」壁の時計をちらっと見る。「わたしはちょっと席をはずしますが、制限時間は十分としましょう。それだけあれば充分だと思います。ポーリーがそばにいるので、なにかあれば彼に。いいですか？」

ペリーが疑わしげに眉を吊りあげたが、ほかのみんなは指示に従うことに異存はないらしく、忙しそうに手を動かしている。ミッシーが何度かほかの人の絵をのぞき見しようとしたが、そのつどポーリーが口をはさんだ。

「シン警部補がひとりで作業をしなさいと言いましたよね」

「はい、ごめんなさい！」ミッシーは答え、小声で言った。「なんだかまた学校にもどったみたい、ね、みんな？」

「ふふん」とペリー。「テストされるってわかってたら、ゆうべ腕に見取り図を描いておいたのに」

十分が経過し、あまり上手とは言えない六枚のスケッチができあがると、責任者の刑事がもどってきて、紙を回収した。全員にしばらく待つように言ってから、ひととおりざっと目を通し、にっこり笑った。

「ジャッコの言うとおりだわ。たしかに、あなたたちの観察力はなかなかのものです。どの絵も、だいたいにおいて、模写したみたいにそっくり。だれもずるはしてないでしょうね」

ミッシーが後ろめたそうにちらりとポーリーを見たが、アリシアはインディラの顔を凝視していた。わたしの恋人を彼女は〝ジャッコ〟と呼んだ？

つまり、ふたりにはお互いを呼び合うニックネームがあるってこと？　それをどう判断したらいいのかよくわからない。

「はい、だれもずるはしてません、警部補」ポーリーが答えた。

「よろしい。さてと、ひとつかふたつ些細(ささい)な点を除けば、基本的にはどれも似たような感じね」全員で結果を見比べ、アリシアのスケッチを目にしたリネットが鼻で笑った。

「これなに？　セレブ用の休憩室？」紙の一辺に並んだ金色の星を指さした。

「それは仮設トイレ」アリシアは答えた。

「トイレが星！」

「そうよ、もしもトイレに行きたくてたまらなかったら、それが主役（スター）になるでしょ」と言い返した。「あれはいままで見たなかでもいちばん立派なトイレだったわ――広くて、清潔で、数もたくさんあったし」

「まあまあ、ふたりとも、そこはたいした問題じゃない」インディラがアリシアに助け舟を出した。「大勢に影響はないから」

インディラの言うとおり、人間に関してはおおむね全体の位置関係が正しく描かれていた。紙の上部をスクリーン、下部をメインの入場口として、マンフォード夫妻の赤いブランケットがこの円形の公園の奥のほう、バーに近い右寄りにあったのははっきりしていた。夫妻の前にすわっていた人物はだれも覚えていなかったが、左側には妊婦と男性、右側、東の出口と〈ブーズ・バー〉にいちばん近い場所にはビールを手にやたらきょろきょろしている二人組の男たちがいた。夫妻の真後ろにはあの七人家族、その右側、やはりバーに近い場所にはふたりの老婦人フローとロニー。その老婦人たちと家族連れの後ろ、夫妻からは二列後方にブッククラブのメンバーが四枚の敷物を広げてすわっていた。

クラブのメンバーの隣には、全員がエリオット・マンフォードを描き、〝夫――映画後半〟との但し書きをつけていた。

インディラが一枚のスケッチの〝チンピラ二人組〟という走り書きを指でとんとん叩いた。

「被害者の右側にすわっていた二名の紳士について、なにか情報を持ってる人はいない？」

「あのふたりは紳士とは言えなかったわ、それは断言できます」とクレア。

「だからこそ追跡調査をしたいの」

「ふたりがすぐに引きあげたのは知ってます」アリシアは言った。「映画が終わって照明がつく前だったような。でも言えるのはそれくらい」

インディラはがっかりしたようだが、それ以上はなにも言わなかった。

ほかにもいくつかの点を明確にしたあと、インディラはスケッチを脇に置いて、ひとりひとりに昨夜のことを詳しく話してほしいと頼んだ。そしてそれから一時間以上かけて、みんなで互いの言い分を繰り返したが、いくつか重大な相違点があった。

バーのそばでマンフォード夫妻の口論を耳にしたのはリネットとアリシアだけらしかったが、ほかのメンバーは夫のエリオットがバーからもどってきてクレアの敷物の隣の草地にすわったことに気づいていた。それより前に、この破廉恥(はれんち)なカップルを二人組の男たちがにやにやしながら見ていたことは全員が知っていたし、映画の前半でおなかの大きな女性が腹を抱えるようにしてトイレに駆けこんでいくのも、アリシアを除く全員が目にしていた。しかし、バーエリアの近くにすわっていた老婦人ふたりは実行委員会のメンバーだろうと推測していたのはミッシーただひとりだった。

「少なくともそうだとあたしは思うのよ」とミッシーは説明した。「ふたりとも首から例のやつをさげていたし、警備員たちとおんなじの。ほら、音楽フェスとかのイベント会場でよく見かける全エリア入場可能のパスカードみたいなやつ。うちの姉のヘニーがね、去年ドメインの〈キャロルズ・バイ・キャンドルライト〉（オーストラリアの伝統的なクリスマス行事で収益金は福祉団体に寄付される）のお手伝いをしたとき、やっぱりそういうのをもらったの。それがあれば文字どおりどこでも出入り自由、出演者の休憩室にだってはいれちゃうんだから、もうびっくり、ほんとよ、ポッサムたち、ヘニーはもう興奮したのなんのって！　みんな信じないでしょうけど、いろんなスターと並んで自撮りしたり――」

「ありがとう、コーナーさん」インディラがいきなり話の腰を折って、ミッシーの眼鏡の顔を赤面させた。「実行委員会にはすでに話を聞いて調書を取ってあります」

「休憩室といえば、あのおばあさんたちはどうしてもっといい場所にすわらなかったのかな」インディラの眉間のしわが深まるのに気づかないままリネットが言った。「前のほうにあるＶＩＰ席にすわってもよかったのに。特別に仕切られた一角があって、素敵なフラシ天のビーンバッグ・チェアや低めのデッキチェアが置いてあった」そこでアリシアに顔を向ける。「あたしはそこに金色の星をつけたけどね」

アリシアはその挑発に乗らなかった。メンバーたちのふざけたやりとりにインディラの忍耐力がみるみる失われていくのがわかる。

インディラが言った。「もう少しだけ集中力を持続させてもらえないかしら、そうすればみなさんに日曜日を楽しんでもらえるので。そこでひとつ確認したいんだけど、あなたがた全員の証言によれば、被害者のキャット・マンフォードが、ひとりでもどってきたのは、昨夜の九時三十五分だった、これはたしか？」

「わたしは正確な時間なんて覚えてません」とマルガリータ。

「その九時三十五分というのが、休憩時間の終わった直後だとしたら、そう、ぼくらは覚えてる」とペリーが言い返す。

「最後に彼女を見たとき、眼鏡と帽子を身につけていたのは覚えてますか？」

ほぼ全員がうなずいたが、このときはいささか自信なげだった。

「彼女がアイフォーンの最新モデルを持っていたのをだれか覚えてますか？」

今度はだれもぴくりとも動かなかった。

「彼女はジャケットを着てた」とリネット。「携帯電話はそのポケットに入れてたんじゃないかな、どうして？　なくなってるんですか？」

インディラは聞き流して、質問を重ねた。「彼女が映画の後半でまた起きあがるところを見た人はいない？」

みんなどっちつかずの顔になった。

「起きあがったかもしれないけど」とミッシー。「ごめんなさい、覚えてないわ」

「じゃあ、あなたがたのだれも、被害者の夫マンフォード氏が——いえ、だれにしろ——休憩後にもどってきたマンフォード夫人に近づくところは見なかった、それはたしかですか？　ただ彼女のそばにしゃがむとか身をかがめるとかでもいい、そういったことはだれもしなかった？」

今度はいくつもの首がうなずいたが、マルガリータだけは、マンフォード氏のいかなる時点の居場所についても説明はできないしする気もないことをあらためてはっきりさせようとした。「見なかったものについて話すことはできません」と言明した。

インディラが聞こえよがしにため息をつく。「そう、それじゃ話がちがうわね。ジャッコは保証してくれたのよ、殺人犯がうろうろしているのに気づく者がいるとしたら、それはあなたたちのグループだろうって。きょうは完全に期待はずれだったわ」

みんながいささか呆気にとられて見返していると、インディラはにやりと笑った。

「いまのはほんの冗談。おかげで大いに助かったわ、ありがとう」そう言って立ちあがり、肩を揺すった。「さてと、じゃあここは、あなたたちに街を離れないように言っておく場面ね、また訊きたいことが出てきたり、なんだかんだあるかもしれないので。ああ、それから、なにか思いだしたことがあったらすぐに連絡して、いいわね？」

みんながそうすることに同意して荷物を手にすると、若い刑事が出口まで案内してくれた。

「あのシン警部補はなかなかのやり手よね」状況を分析するためにみんなで近くのカフェに向かう道すがら、クレアが言った。

「あたしはちょっと怖かったな、ほんとのこと言うと」とミッシー。「ああいう口調はどうも苦手だわ、そう思わない？ 昔習ってた国語の先生を思いだしちゃった。タントルピース先生。あたしたちは猛獣先生って呼んでたの、すーっごくおっかない先生だったのよ！」

「シン警部補は刑事なんだから、ミッシー、やるべき仕事があるのよ」歩道のテーブルを選んで木の椅子に腰をおろしながらアリシアは言った。「わたしはけっこう親切な人だと思った」

ペリーが言った。「まあ、それも当然だろうね。なにしろ彼女にとっちゃぼくらはいちばん使える大事な人材なんだから」

「というより、ジャクソン氏がそう触れまわってるんだね。彼はあたしたちの大ファンだから、ねえ？」リネットが言うと、ペリーは鼻で笑った。

「それはフィンリー姉妹のもうひとりのほうのおかげだと思うよ」

「そういうことじゃなくて」近くのテーブルへさまよっていたメニューを引き寄せながらアリシアは言った。「彼はクルーズ船でのわたしたちの協力に心から感心したの。それはほんとよ、ペリー」

「だろうね、ハニー」アリシアにウィンクした。「それにしてもあきれたね、あのスペイン系女子はいったいなんなの？　かわいそうなエリオット・マンフォードに恨みでもあるのかな」

マルガリータはカフェに行く仲間には加わらず、少々言いたいことが胸にたまっていたペリーにとって、それはむしろ好都合だった。

「まさにミズ・あまのじゃく。彼女、どう見てもわれらが気むずかし屋ドクターとつきあってるね。人をにらむときの目つきを見た？　彼女ならあの濃ゆい眉毛をちょこっとあげるだけで軍隊を丸ごと全滅させられそうだね！」

「爪を引っこめて、ペリー」とクレア。「マルガリータは自分の目で見たものについて正直なだけ。言ってることは完全に正論だもの。あの夫のことをちゃんと見てなかったのなら、一歩も動いてないとは言い切れない、そうでしょう？」

「そうかな、これに関しちゃ、あたしはペリーに賛成」リネットが口をはさんだ。「彼女があの夫のアリバイの証言者になりたくなかったのはたしか。いや、むしろ彼のアリバイを崩そうとしてたようにも見えた」

「どっちがいかれてるんだか」とペリー。「あの男がぼくら全員の目を盗んで抜けだして、人でいっぱいの敷物を二枚も越えてこそこそ移動して、奥さんを殺して、またまだれにも見られずにこっそりもどってこようと思えばできたって言わんばかり。ばかばかしいにもほどがあるよ！　そもそも彼にどんな動機がある？　あの夫婦のいちゃいちゃぶりからして、熱愛中なのはまちがいないよ」

「わたしたちは喧嘩してるところを見たけどね」アリシアは言った。「それで彼はクレアの隣に移動してきたの」

「ちょっとした痴話喧嘩だよ、きっと」とペリー。「よくあることさ。だって、痴話喧嘩のたびにいちいち殺してたら、ぼくの恋人たちはいまごろ全員が地中に眠ってるよ」

ペリーはアリシアの手からメニューを奪い取った。「さてと、みんななににする？」

ウェイトレスがすぐにやってきて、みんなコーヒーを注文したが、ミッシーだけは事情聴取の疲れを癒やすためにアイスココアとブルーベリーマフィンが必要だと言い張った。注文の品がそろうころには、また全員で事件の分析にもどっていた。

「で、みんなはどう思う？」クレアがエスプレッソに手を伸ばしながら問いかけた。

「〝だれがやったか（フーダニット）〟ってこと？」リネットが訊き、クレアがうなずく。「やれやれ、これは難問だね」

「だれにだって可能性はあるよね」とペリーも賛同した。「もちろん、夫は別として。彼には不可能だった、それはたしかだよ。あのスペイン系の意地悪女がどう考えようと」

アリシアは苦笑した。ペリーのマルガリータに対する反感は、彼女に問題があるというより、アリシアとの友情に起因しているような気がして、その気持ちをありがたく思った。

「だれも異変に気づかないなんて、ちょっと信じられないわ、女性があんなふうに横たわっていたのに」クレアが言った。

「霊安室の死体のようにね」ミッシーがマフィンをかじりながら付け足す。

みんながカップから顔をあげると、ミッシーはマフィンのくずをまき散らしながらくすくす笑った。

「ごめんんね、愛しいみなさん、あたしはただゆうべの映画の一節に似てるなって思って。覚えてるでしょ？」

全員が首を振る。記憶力ではだれもミッシーにかなわない――そのことはみなとっくに学んでいた。

「彼がたしかこんなようなことを言ったのよ。〝ごらんなさい、あそこで霊安室の死体のように横たわっている人たちを。男でも女でもない、個性などまるでない、ただの肉体、肉屋の肉のようなもの〟」

「〝日差しで炙(あぶ)られているステーキのようなものです〟」アリシアが引用を締めくくると、ミッシーが大喜びで拍手した。

アリシアの目が大きくなった。そう、たしかにあの場面は覚えている。おかげでいまあらためて背筋に悪寒が走った。

キャット・マンフォードは公園でブランケットの下に半分意識がない状態で横たわっていた。皿に広げられ、陳列された肉のように。そしてどこかの肉屋がこれを絶好の機会ととらえ、ものにした。アリシアは両腕で身体を抱くようにして、また身震いした。

9

そのレストランはアリシアの希望をすべて満たしていた。照明は仄暗く、テーブルにはキャンドルが灯され、流れている音楽は十二弦ギターのブルース、価格は良心的で、心ゆくまで食べても破産する心配はなさそう。

「昔から気に入ってる店でね」ワインの注文を聞いてウェイトレスが立ち去ると、ジャクソンが説明した。「警察署に近いからっていうだけじゃないんだ。料理が最高にうまい」メニューを指さした。「たしかアジアン・フュージョンとか呼ばれてる」

「アジアン・コンフュージョンよ、リネットによれば。この分野で成功してるオージーのシェフはほとんどいないらしいわ、もちろん本人は別として」

「彼女はパディントンにある〈マリオの店〉のウェイトレスじゃなかったっけ?」

「口に気をつけなさい、ジャクソンさん、それは料理界の巨匠になるというリネットの壮大な計画の一時的な不具合なんだから。いまはチャンスがめぐってくるのを待ってるところ」

「そのためになにかしてるのかい?」

「ご冗談を。チャンスはあの若くてきれいな膝の上に落ちてくるんだから! 実際それって不公平よね。いまはあちこちのソーシャルメディアに投稿して料理を見せびらかしたりしてるけど、それはまだスタート地点」

アリシアは首を振った。昔ながらのお料理教室や——ありえないことだが——調理師見習いプログラムを妹に勧めるのはとうの昔にあきらめていた。

「そういえば、この前菜どれもすっごくおいしそう」

ジャクソンはにっこり笑った。「気に入ると思ったよ」

時間をかけて注文したあと、ふたりはゆったりとワインを飲みながら、キャンドルをはさんで笑みを交わした。

遺体がふたつも見つかった翌日の晩にジャクソンがディナーの時間を作ってくれたことが信じられず、アリシアはそれを口にした。彼は肩をすくめた。

「最初に会ったときに言ったろ、おれは規則に従うような男じゃない。腹が減れば仕事の手をとめてめしを食うし、それは署の机で食べるサンドイッチとはかぎらない、大いにありがたいことに。こんな安月給の仕事のために飢え死にするつもりはないよ。それに、好きな相手がいれば、ああ、おれは彼女に会いにいく、死体があろうがなかろうが」

「ずいぶんとロマンティックなご意見だこと」アリシアがからかうと、ジャクソンは笑った。

「あんまり期待しないでくれ。じつはこのあと急いでもどらなきゃならない。でもちゃんと会って、ゆうべの事件のあときみたちがみんなどうしてるかたしかめたかった。ほんとはほかのメンバーも誘いたいところだし、特にアンダースにはディナーをおごりたかった——あの大変な状況でじつに立派な仕事をしてくれたからね」

「彼はちゃんとやった？」

「ちゃんとどころじゃない。なにもかも抜かりなくやって、犯行現場を完璧に保存してくれた。たしかに彼は医者だが、ああいう場面でへまをやらかす医者がどれだけいることか——遺体を動かしたり、遺族が遺体のあちこちに触れるのを許したり。アンダースには大きな借りができた。とはいえ、いまのおれはあいつのお気に入りとは言えないと思うから、おれたちと一緒のディナーは歓迎されなかっただろうな」

ジャクソンがその結論に達してくれたことをアリシアはうれしく思った。「で、新しい情報は？　ドクの見立ては正しかった？」

「ああ、鑑識の予備報告では、キャット・マンフォードの死因は手で絞められたことによる窒息で、犯行時刻は、映画の後半を観にもどってきたところを最後に目撃された午後九時三十五分から、遺体が発見された十時三十五分までのどこかだ。後半の途中で彼女が起きあがったかもしれないという証言もひとつふたつあったが、確認はとれていない。ちょうどスクリーンでは話が佳境にはいってたころだ。ともかく後半のあいだに殺されたのはまちがいない」

アリシアはその点について考えた。「後半が終わってから夫がやった可能性はない？　奥さんの様子を見にいったときとか？」

「いい質問だが、それは考えられない。エリオット・マンフォードが遺体に近づいてすぐにあわてて後ろにさがったのを見たという目撃者が何人もいる——きみも含めて、だろう？　彼が奥さんの首を絞められるほど長くそばにいたとはだれも思ってない。首を絞めるにはそれなりの時間と労力もいる。彼女が小鳥なみに華奢で、彼が大柄なのはわかってるが、一瞬で絞め殺してだれにも気づかれないとは、正直考えにくいな」

小さな咳払いが聞こえ、ふたりが同時に顔をあげると、鴨のローストと生春巻きの皿を手にしたウェイトレスがテーブルのそばでうろうろしている。ふたりの物騒な会話に動じた様子はなく、ただ早く皿を置いて立ち去りたくていらついていたのだ。

「ありがとう、ペニー」ジャクソンが声をかけ、眉を吊りあげたアリシアに向かって言い添えた。「彼女はこの手の話には慣れてるんだよ。シンホーと事件を分析するのに何度かここへ来たことがあるんだ」

アリシアは微笑んだ。そして待った。あの苦しいほどの嫉妬心はどこへ？　いまの発言に動揺しないのはなぜ？

ジャクソンはなにごともなかったように話を続けた。「というわけで、殺されたのはまちがいなく映画の後半のあいだだ。そしてまちがいなく素手で」みずから両手を喉元にあてた。「首のまわりに扼痕があって、親指二本とほかの指が押しつけられて食いこんだ跡が何カ所かはっきりと残っていた」

アリシアは顔をゆがめた。「ひどいわね。もしかして女性がやった可能性はない？」

「よっぽど大柄で相当な力がないかぎり無理だな。検死官のフランク・ゼロシによれば、指でつけられた痣は幅が約二センチと広かった。だれも彼女が暴れる物音を聞かなかったことから、犯人がだれであれ、おそらく一瞬で制圧して二分以内に犯行を終えたと思われる。でも二秒じゃない、だから警察としては夫を捜査対象からはずすしかない」

アリシアはにやりと笑った。「じゃあ、犯人は決まって夫というわけでもないのね」

ジャクソンも笑い返した。「遺憾ながら。遺言書にはそこそこの額の生命保険と不動産がいくつか書かれてるんだが、いや、それじゃあまりにも安直すぎる」にやにや笑いからむっつり顔になった。「ほかにもちょっとあるんだ、無差別な犯行をにおわせる不穏なものが」

「絞殺より不穏なものってなに？」

ジャクソンは片方の肩をすくめた。「これは話すべきじゃないんだろうけど……」

「けど、あなたはきっと話す、わたしが他言しないことを知ってるから」

疑わしげな視線が返ってきた。

「いいわ、ブッククラブの仲間には話すかもしれない。でもわたしたちが他言しないことをあなたは知ってる」

「ぜひそうしてほしい、じゃないとおれの首が飛ぶ。インディラはなにがあっても〝規則に従う〟人だ」

ジャクソンはワインをたっぷりと飲み、じらすために引き伸ばしているのかどうかよくわからなかったが、アリシアは口をつぐんで待った。

「問題は、性的暴行をにおわせる痕跡があることだ」

アリシアはグラスをどんとテーブルに置き、内心ガツンとやられた気分で椅子にもたれた。

そんなことは考えてもみなかった。

た。

「いったい……どうやって?」そのおぞましい考えが落ち着くのを待って、どうにか口を開いた。

ジャクソンが腕を伸ばしてアリシアの手を取る。

「ごめん、楽しいディナーの話題とは言えないな」

アリシアはその言葉を無視した。「どうやって?」と重ねて訊いた。

「言ったように、まだ確定じゃない。セロシはあした正式な解剖をすることになってるが、彼女の着衣が乱れてたんだ。キャミソールの肩紐が一本ちぎれていて」――ここで声をひそめた――「スカートの裾が腰のあたりまでめくれていた。それ以外は全部きちんとしてたけど、まあ、それでおれたちはふしぎに思ってるわけだ」

「わたしは気分が悪くなってる!」アリシアはあきれてまばたきを繰り返した。「彼女はわたしたちの目の前にいたのに! なんでだれも気づかなかったの?」

ジャクソンは握る手に力をこめた。「なんでもないかもしれない。やっぱり話すべきじゃなかったんだろうな」

聞かなければよかったとアリシアも思いかけた。とうてい信じられなかった。

「あの夫婦は相当派手にいちゃついていたと言ったね?」ジャクソンの質問に、アリシアはあいまいにうなずいた。

「でも、それは前半の話で、休憩中にわたしたちが見かけたときはきちんとした恰好だった。

少なくともわたしにはそう見えたわ」そこでふと考えた。「たしかあのときはジャケットを着てたような気がする。肩紐がちぎれてることに気づかなかったのかも」

「ああ、スエードのジャケットが遺体のそばにあった。あきらかに後半のどこかの時点で脱いだようだ。訊いてもいいかな、最後に見かけたとき眼鏡はかけていた？」

「シン警部補にも訊かれたけど、かけてたのははっきり覚えてる。眼鏡がなくなったの？」

ジャクソンはうなずいた。「それとアイフォーンが。公園を隈なくさがしたが、どっちも見つからなかった。両方とも高価なものだ。携帯電話は最先端の機能が全部搭載された最新モデルで、眼鏡はどこかの高級ブランド。夫はどっちも千ドル以上するだろうと言ってる」

アリシアはヒューと口笛を吹いた。「うわあ、じゃあもしかしたら単純な強盗のつもりがやりすぎてしまったとか？」

「被害者が暴行を受けて死んでしまったら、単純どころじゃない」

恐ろしい映像が脳内を駆けめぐりはじめて、アリシアは身を震わせた。汗だくの泥棒が貴重品を求めて手を伸ばし、女性が酔いつぶれているのに気づいて、チャンスに飛びつくところが目に浮かんだ。全員の目がスクリーンに釘付けになっているなか、男はこそこそ彼女の横にしゃがみこんで、手で口を覆い……

そこで大きく身震いした。

「とても信じられない。わたしたちみんなぎゅうぎゅう詰めにすわってたのよ。どこかの変態があのお気の毒な女性に痴漢行為をしてるのにだれも気づかないなんてありえない」

また咳払いが聞こえて、今度は片手に豚肉とパクチーの炒めものの皿、もう一方の手にタイ米のボウルを持ったペニーが立っていた。またしても、このテーブルで交わされている物騒な会話にはなんの関心もない様子で平然と待っていて、ふたりがワイングラスをどけると、料理をどさっと置いてさっさと立ち去った。

ジャクソンが取り分け用のスプーンをアリシアに渡しながら言った。「毒物検査の結果が出ればもう少し詳しいことがわかるだろう。いつも二、三日かかるんだ」

アリシアはライスからちらっと顔をあげた。「薬をのまされてたってこと?」思わずほっとしそうになった。「それなら説明がつくかもしれない」

「ああ、かもしれない。くそっ、むしろそうであってほしいよ、それなら彼女の最期の瞬間の恐怖も少しはましだったかもしれないから」

今度はジャクソンが身震いした。警察にはいって十五年で恐ろしいことは嫌というほど見てきたが、それでもこの事件にはなにかひどく不穏なものを感じている。

ふたりは憂鬱(ゆううつ)な気分でコースの次の料理を黙々と食べた。強盗はひどいし、殺人はそれよりはるかにひどい。でも暴行? 公園で? ふたりともまったく理解できなかった。

「ともかく、いま言ったように、まだ確定したわけじゃない。映画を観ながらごろごろ寝返りを打っただけかもしれないし」

「紐がちぎれるほど激しく寝返りを打つ人なんている? そもそも後半はほとんど眠ってるように見えたわ。空のシャンパングラスを手にしてもどってきて倒れこんだのを見たから、てっきりそのまま眠ってしまったんだと思ってた。あきらかに泥酔状態だったし。というか、わたしは泥酔してると思いこんだ」

アリシアの第一印象の多くがいまや崩れつつあった。

「これからどうするの？　次の段階は？」

ジャクソンは口のなかのものをのみこんだ。「まだ初期段階だ。確認すべきことは山ほどある」

「たとえば？」

「たとえば、消えた携帯電話と眼鏡はどこにあるのか。怪しい二人組の男たちはどうしたのか。あれからどこへ行ったのか」

アリシアはうんうんと熱心にうなずいた。「あのふたりがやった可能性はあると思う？　いまならわたしも納得できる。あのふたり、前半はマンフォード夫妻をじろじろ見てたし、休憩中はスカートをはいた人はだれでもいやらしい目で見てたもの。彼女がひとりでもどってきたのを見てチャンスだと思ったのかもしれない。あのふたりはまちがいなく至近距離にいた」

脳内に押し寄せてくる新たな映像にアリシアは身をすくめた。

「そのこともあって、きみに洗いざらい話してるんだ、アリシア。あの男たちを見つけださないといけない、早急に。だがとっかかりがほとんどないような状態だ。近くにすわってた家族連れとはちがって。あの一家を見つけだせてよかったよ。あした父親に話を聞くことになってる」

「あの一家をどうやって見つけたの？」

「ちょっとした警察業務とささやかな幸運で。ポーリーが午後じゅうかかって上映会の予約を調べたら、子供用チケットを買ったグループは少数で、そのひとつがあの一家だった。ゆうべの映画が『ファインディング・ニモ』じゃなくて幸いだったよ」

「でも、あのチンピラたちは見つかってないのね？」

「ああ。ネット予約を片っ端から調べてるんだが、ほぼ全員が二枚購入していて、しかも大多数が入場口で現金払いしてるから、あの二人組もそうした可能性が高い」

「でしょうね。ああいう人たちがいかにも観そうな映画とは思えなかった。あの家族連れもそうだけど、彼らも場ちがいな感じがした。敷物や椅子のたぐいも持ってなかったと思う。きっと人が集まってるのを見てふらっとはいってきたのね。はじめから予定してたんじゃないのはたしかよ。もちろん、その前からキャットに目をつけてて、あとを追ってきたのなら話はちがってくるけど」

アリシアの表情から考えていることはわかったが、ジャクソンは首を振った。

「いや、きみの最初の直感は正しかったと思う。おれが思うに――もし彼らがやったなら、いや、もちろんまだなんとも言えないが――でも本当にそいつらだとしたら、おそらく二、三杯ひっかけてて、目の前に絶好の機会があるのを見て飛びついたんだろう。だからこそ、ぜひきみに考えてほしいんだ。その男たちに関してなんでもいいから覚えてることはないか？　警察に言い忘れたこととか？　どんなことでもいい」

アリシアは顔をしかめて椅子にもたれた。しばし考えこむ。

「人によっては〝粋がったイモ兄ちゃんたち〟って言うかも、わかるでしょう？ キャップをかぶってて、全身タトゥーだらけで――」

「目立つタトゥーはなかった？」

またひとしきり考えた。「特には。とにかくやたら多くて、両腕だけじゃないの。両脚もびっしり、ひとりは首にまであった。首のタトゥーはいただけないわね」

「へえ、そうかな。有刺鉄線のタトゥーがあごのまわりにまで巻きついてたらかっこいいぞ」小さく笑った。「で、ふたりはキャップをかぶっていたんだね？ ロゴとかエンブレムとか、そういったものは？ 車の修理工場かなにかとか？」

アリシアは身を乗りだした。「ひとりは蛍光色のシャツを着てた。ほら、よく店員さんが着てるような」

「そうか、それは役に立つな。この地区にある二万軒の店にさっそく聞きこみをはじめよう」いまやにやにや笑っている。「ごめん、まずはそこからだな。ほかにはないか？ なんでもいい」

アリシアはゆっくりと首を振った。

「きみに頼みがある、ブッククラブのほかのメンバーにも訊いてみてもらえないかな。ミッシーかペリーかだれかが、ほかになにか覚えてるかもしれない、特にあの二人組の男たちに関することで」

訊いてみると約束したものの、ジャクソンの要請にはアリシアを少し不安にさせるものがあった。このディナーデートは本当に埋め合わせのためなのか、それとも目下捜査中の事件のさらなる手がかりがほしいだけ？

その考えを振り払いながら、どうだっていいと思い直した。アリシアが大のミステリファンだと知っていて、単に協力を求めているだけだ。

だったら、完璧に素敵な夜をそんなひねくれた考えでわざわざ台無しにする必要がある？

10

「あの人たちキャップなんてかぶってたっけ？　あたしは覚えてないな」ミッシーがダイニングテーブルでクレアとペリーのあいだに腰を落ち着けながら言った。

ペリーがミッシーの腿をぴしゃりと叩く。「かぶってたよ！　もう、なんで忘れるかなあ。トラック運転手がよくかぶってる大きい帽子、不気味なトラックの運転手がだんだん狂暴になっていくロードムービーとかに出てきそうな」

クレアが眉をひそめた。「わざわざありがとう、ペリー。アリシアの報告だけでみんなもう充分にぞっとしてるからだいじょうぶよ」

月曜の早朝、ブッククラブのメンバーは、ウールルームールーの都心に近い郊外住宅地の庶民的な一角にあるフィンリー姉妹の二戸建てのテラスハウスにふたたび集合していた。出勤前のとびきりおいしい朝食を餌にみんなを誘ったのだが、たとえメニューがシリアルだったとしても集まってきただろう。みんなよくできた謎には目がなく、協力する気満々だったが、アリシアから聞いたジャクソンの要請に対して、追加の有益な情報はひとつも出てこなかった。

「大きくていかにも柄の悪いお兄さんたちだったっていうだけ」ミッシーがイングリッシュ・ブレックファストのカップに手を伸ばしながら言った。「図書館じゃあんまりお目にかからないタイプね」

「博物館でもね」とペリー。

「うちのヴィンテージ服の店でもよ」クレアも重ねて言った。「ありがたいことにね、うちの素敵なお客さまが怖がって逃げちゃう」

「そこまでひどい連中でもなかったよ」とアンダース。来ることに同意はしたものの、ここまではほとんど口を開かなかった。仕立てのよいスーツを着た姿は颯爽として見え、この男性にあっさり恋に落ちた理由をアリシアはいま思いだした。「ビールを二、三杯ひっかけて映画を観てる友人同士くらいにしかぼくは思わなかった。みんな深読みしすぎじゃないかな」

そして同じくあっというまに破局した理由も思いだした。

「まあ、暴行に関してはあのふたりが最有力候補者だね」ペリーが決めつけた。「あのおばあさんたちや家族連れのパパ氏がそんな暴挙に出るとは思えない」

「でも、だれがやったとしてもふしぎはない。大勢の人がすぐそばを行ったり来たりしてたんだから」アンダースは言い、それももっともだった。「ぼくらがすわっていたのはバーに近い場所だった、そうだろう？　それに、彼女が実際に暴行を受けたのかどうか、それだってまだはっきりしていない、そうだろう？」

アリシアは渋々うなずきながら言った。「着衣が乱れていたのは事実よ」

「それが妙だというのはわかるよ、だけどそれでなにかが証明されるわけじゃない。素人ならともかく、ジャクソンならそれくらいわかりそうなものだ」

またこれだ。おなじみの上から目線の物言いに、アリシアは彼のぴかぴかのブルーのネクタイで頭をぴしゃりとひっぱたいてやりたくなった。人の意見に異を唱えることをアンダースがどんなに楽しんでいたか、そのことにどれほどうんざりさせられたか、アリシアはすっかり忘れていた。別れて正解だったという思いが不意にこみあげた。

「肝心の話がまだ終わってない」と、なるべく軽い口調を保ちながら言った。「ジャクソンはあのふたりを見つけて話を聞かなくちゃならないの、捜査対象から除外するためにも。わたしたちが集中すべきはそこよ。このなかに、あの男性ふたりの身元が特定できるようなものを見た人はいないか、それをジャクソンは知りたがってる。彼に頼まれたのは、要するにそういうこと」

アリシアはメンバーの顔を順番に見ていった。「だから、ちょっと考えてみて、それだけでいい。身元の特定につながるような特徴を思いだせないかどうか。さっき言ったように、どっちかのキャップに会社やお店のロゴがはいってたとか。あるいはシャツの背中にサッカークラブの名前がついてたとか」

「ひとりは派手な黄色い服を着ていたわ！」クレアが勢いこんで言い、アリシアはうなずいた。

「そう、それはもう伝えた。ほかになにかない？」

全員が黙って飲み物を飲んだ。

「あるよ！　ある！　ひとつある！」

隣接するキッチンでせっせと朝食を作っていたリネットだった。みんなが問いかけるようにそちらを向くと、スモークサーモンのおいしそうなにおいが味蕾を刺激して唾を湧かせた。リネットはソースパンをコンロからおろし、みんなのほうに顔を向けた。

「あのふたりは味音痴だった！」

みんながリネットを見つめた、きょとんとして。

「最後に見たとき、ダグウッド・ドッグをむしゃむしゃ食べてた。みんなダグウッド・ドッグって食べたことある？ ソーセージを串に刺して衣で揚げたみたいなやつ。うー気持ち悪い」

アリシアはうめき声をあげた。「わたしたちの朝食を作ってくれてるんじゃなかったら、放りだしてやるところよ！」

リネットは笑った。「ごめん、言わずにいられなくて。さてと、用意ができたよ、みんな。お皿を取って、好きに食べて」

それから三十分、みんなでサーモンとピーマンのオムレツに舌鼓を打ちながら、ジャクソンの質問についてさらに考えたものの、多少なりとも役に立ちそうな情報はひとつも出てこなかった。

みんなが職場に向かってあわただしく出ていったあと、アリシアは失望感を抑えきれなかった。隠れた手がかりを提供できたらと心ひそかに願っていたのだ。

「自分を責めることないよ」リネットが姉の腕をぴしゃりと叩いて言った。「ジャクソンのために謎を解いてあげるのが姉さんの仕事ってわけじゃないんだから、わかってるよね？」

「わかってる、わかってる」アリシアは食洗機に皿を入れるリネットを手伝った。「わたしの性分は知ってるでしょ。あの気の毒な女性があそこに……あんな状態で横たわってたことがどうにも悔しくて……だから、なにかせずにいられない気分なの、償いのためにも」

「だから、姉さんのせいじゃないってば。あらゆることからあらゆる人を救うなんて無理なんだから」

「はい、はい、わかってます！」食洗機の扉をばたんと閉めた。「わたしも仕事に行かなくちゃ。きょうは出勤するの？」

　リネットは首を振った。「きょうはシフトにはいってない。サイトの作業をするつもり、いま撮った画像をアップしなくちゃ」

　たびたびしているように、リネットはけさのボリュームたっぷりの朝食もスマートフォンで撮影しており、その写真をインスタグラムで披露しようというのだ。〝フィンリーのごちそう〟（フィンリー・フィースト）のフォロワーはすでに三万五千人を超えていまも増え続けており、広告やスポンサー契約も受けはじめている。料理コンテスト番組『オーストラリアの名シェフ』への出場をめざすのはやめて、代わりにデジタルの世界を制覇しようともくろんでいる。

「うちが朝食になにを食べたかなんて世間はそこまで気にしてる？」アリシアは疑念をこめて尋ねた。

「いまはそうなの、姉さん！　それに、あたしネットじゃまだまだ〝存在感〟が足りないらしくて、もっと利益をあげて、もっとたくさん画像をアップしなくちゃいけないって、少なくと

も スポンサーたちにはそう言われてる。ほんとうるさいの。毎日六回は投稿しろって。信じられる? 六回だよ! しかもそれインスタグラムだけの話。ほかにツイッターとスナップチャットとフェイスブックにも投稿しなきゃなんないのに。あう――――!」

玄関に向かっていたアリシアの足がとまった。頭の奥で小さくベルが鳴っていたが、なぜだかどうしてもわからない。なにか事件と関係がある、それはたしかだ。首を振ってそれを払いのけた。

まあいいか、重要なことなら、いずれ向こうからやってくるだろう。

「じゃあ仕事のあとでまた」と言いながらかがみこんで、朝からずっとよだれを垂らしているマックスをなでてやった。「この子がいたずらしないように気をつけてね」

マックスは尻尾をぶんぶん振りまわした。そんなことはこれっぽっちも考えてないとばかりに。

11

ジェイコブ・ジョヴェス牧師は気むずかしい男だった。

セント・トマス教会での仕事中に図々しく割りこまれただけでも不愉快なのに、いまは横柄なふたりの刑事にあれやこれやぶしつけな質問をされているのだ。たとえば、まともな親がどうして子供たちをアガサ・クリスティの映画に連れていったりしたのか、とか。

言われるまでもなく、それは先週の土曜日の晩、ばかげたつまらない筋書きに耐えているときに、みずからの脳裏に幾度となく浮かんだ疑問であった。

そのことで彼はアグネス・ジェリマンダーを責めた。

〝ねえ、あなたもきっと気に入るわよ〟と皮肉でもなんでもなく彼女は断言していた。〝素敵な牧師さんが出てくるし、重要な問題も提起されるの、善対悪とか、闇対光とかね。それに、ちょっとひねくれた子供が出てきて、最後はよくない結果になるの。だから子供たちにとってもいい教訓になるでしょう、とりわけおたくのエゼキエルにはね。そう思わないこと、ローナ？〟

彼女の友人はいかれた女みたいにうなずいた。〝そうそう、あれはまさしく悪魔の戦いね。あなたの好みにぴったりだと思うわよ〟

その言葉につい興味を覚えたのだったが、失望感は大きく、ジョヴェスに言わせれば、善と悪の戦いというよりむしろ不謹慎と乱交のおまつり騒ぎだった。しかも牧師などどこにもいなかった！　こうした話のすべてを、牧師館の前の庭で顔をしかめてこちらを見ている刑事たちにぶちまけた。

「むろん、あの堕落したイゼベル（イスラエル王アハブの邪悪な妻）がわたしたちの目の前のブランケットの下で淫らな行為におよんだことは、救いようがなかった」と牧師は上唇をわずかにゆがめて言い添えた。

「あなたがおっしゃってるのは、被害者の女性、キャット・マンフォードのことですね？」ジャクソンは淡々とした口調を変えずに言った。

「あの女の子の名前は知りませんが、ええ、その子です」

「もしかしたら、だれかがあの女性に教訓を与えようとしたのでは？」とインディラが水を向けた。成人女性を〝女の子〟呼ばわりする男たちには我慢がならない。その〝女の子〟がキャットのような二十七歳の既婚女性であればなおのこと。

ジョヴェスはインディラを一瞥（いちべつ）して、またジャクソンに目をもどし、彼に向かって言った。

「あなたがわたしと同様に天罰を信じるなら、あの罪人はまさしく当然の報いを受けたのです」

ジャクソンは冷ややかな笑みを向けた。「人前で夫とキスするのが死刑に値するということですか？」

ジョヴェスは顔をあげて横に傾け、冷笑を浮かべて眼鏡越しにジャクソンを見おろした。

ってません」

またインディラのほうをちらっと見た。彼女はずっとメモをとっている。「わたしが言っているのは、彼女はかならずしもよい人間ではなかったということです。聖人ではなかった」

「彼女は情熱的な若い女性で、夫と一緒に夜の外出を楽しんでいただけですよ、ジョヴェス牧師」棘のある口調にならないよう気をつけながらインディラは言った。そこで戦術を変えてみた。「あの晩、あなたがたご一家は亡くなった女性のいちばん近くにすわっていました。映画の後半のあいだになにか不審なことに気づきませんでしたか？　どこかの時点でだれかが被害者に近づくのに気づいたとか？」

「いいえ、気がつきませんでした」

「映画が終わったあと、急いで引きあげたのはなぜです？」

牧師は顔をしかめた。「あなたはみずから質問に答えていますよ、刑事さん。映画が終わったからです。わたしは幼い子供たちを連れて帰らねばならなかった」かすかに微笑むと、下の歯茎に重なり合うように生えている歯並びがあらわになった。「それに、あの映画がいかにお粗末だったかは充分に説明しましたでしょう？　わたしがどれほど深く失望したか」

「では、マンフォード夫妻から逃げたかったわけではないと？」

「いったいどうしてわたしがそんなことをするんです？」

インディラはそれを無視してさらに言った。「ひょっとして、荷物をまとめたとき余分に眼鏡とスマートフォンを持っていきませんでしたか？」

その質問には不意をつかれたようで、牧師はかすかに身震いさえしたように見え、眉間にくっきりとしわを刻みながら鋭い視線でひとしきりインディラをにらんだ。この女はなにを言わんとしているのだろうかと。

ようやく口を開いた。「わたしの家族を窃盗罪で告発するつもりですか？」

「あなたのご家族をなにかで告発するつもりなどありませんよ、ジョヴェス牧師、ただうっかりなにか持ち帰らなかったかと訊いてるだけです。おたくの敷物はマンフォード夫妻のいちばん近くにありました。あなたもおっしゃったように、おたくにはお子さんたちがいるし、可能性としてありえなくはないですよね、お子さんのだれかがたまたまうっかり――」

「うちの子供たちには人さまのものを盗む癖などありません、刑事さん」牧師は話の途中で口をはさみ、このときはいっそう冷ややかで落ち着いた声になっていた。

インディラはこれも無視して、近くにすわっていたキャップの男たちについて尋ねた。ジョヴェスは身元の特定につながるような特徴は思いだせなかったが、ふたりがマンフォード夫妻をじろじろ見ていたことは覚えており、その点はブッククラブのメンバーと同様だった。しかし彼らとはちがって、キャットが不愉快な視線を浴びるのは当然だと考えていた。

牧師の瞳がふたたびきらめき、視線がそれて遠くを見る目になった。「〝彼は穴を掘って、それを深くし、みずから作った穴に陥る。その害毒は自分のかしらに帰り、その強暴は自分のこうべに下る〟」ふたりに目をもどした。「詩篇第七篇、十五、十六節」

刑事たちは顔を見合わせた。

ジョヴェスは続けた。「〝主は硫黄と火とを主の所すなわち天からソドムとゴモラの上に降らせた〟。創世記第十九章二十四節」

インディラはこれをどう解釈したものか測りかねたが、ジャクソンは笑みを浮かべていた。

「はっきりさせる必要がありそうですね、ジョヴェス牧師。この被害者は、いやらしい目で見られたり、持ち物を盗まれたり、殺されたりしても当然、あるいはそのすべての目にあわされて当然だと、そうおっしゃりたいんですか？ ちょっとよくわからないんですがね」

牧師ははっきりと舌打ちした。「いやいや、あなたがいま受けとめているのは、わたしたちの主の口から出た言葉ですよ、わたしではなく」

「しかしあなたもそう思っている、そうですよね？」

「酷な言い方に聞こえるかもしれませんが、刑事さん、ときとして罪人は報いを受けねばならないのです」

その意見にインディラは顔をしかめたが、ジャクソンは平然として言った。

「ところが、マンフォード夫人は報いを受けないかもしれない。彼女の破廉恥(はれんち)なふるまいがまかり通ってしまうかもしれない。だからことによると、あの邪悪なイゼベルに、あなたがみずから教訓を与え、天罰とはどういうものかを子供たちに実証してみせたかったのかもしれない」

牧師の目が細くなった。「罰するのは神に任せますよ」と言って大きく笑い、その乱杭歯にジャクソンはホオジロザメを連想した。「だが、だれかが神を出し抜いたようですね」

「あーもう。すぐにも熱いシャワーをたっぷり浴びないとだめ」ふたりで車に向かって引き返す途中、インディラが手脚を揺すりながら言った。「ぞっとするわ！　そりゃあ、わたしだって因果応報は大いに信じてるわよ、だけどあの人の場合はただ心がゆがんでるだけ」

ジャクソンも同意した。「自分で手を下すほどゆがんでると思うか？」

考えこみながら、インディラは覆面パトカーのロックを解除して運転席に乗りこんだ。「なにが言いたいわけ？　キャット・マンフォードの奔放なふるまいに嫌悪感を抱いて、それで彼女を殺したって？　それはなさそう。ぞっとする男なのはたしかだけど、殺しまでやるとは思えないし、ましてや子供たちの前ではしないでしょう」

「でも子供たちを殺人ミステリの映画に連れていってるんだぞ、しかも教訓を与えるためだけに。あれはどういう意味だと思う？　それにエゼキエルってだれだ？」

「息子のひとりね、たぶん——同情するわ」インディラはエンジンをふかした。「その映画は観たことない。行儀の悪い子供たちの身になにか起こるの？」

「おれも知らないんだ。けどそれを知ってる人を知ってる」

シートベルトをカチッと締めて、ジャクソンは携帯電話に手を伸ばした。

「うわあ、なにそれ、ほんと、ぞっとする」ジャクソンが仕事中のアリシアに電話をかけて質問したとたんに彼女はそう言った。

本職が編集者のアリシアは、ヴィーガンの人気インスタグラマーに関するネットの記事を編集しており、ずっと仕事に没頭していたので、気晴らしはありがたかった。スイカやキヌア（小麦や米と比べて蛋白質やビタミンやミネラルが豊富な雑穀）・サラダのきらびやかな画像ばかり見ていたせいでおなかもすいてきた——が、食べたいのはスイカやキヌア・サラダじゃない。こってりしたハンバーガーとフライドポテトが食べたくて、ジャクソンにそれを提案した。

「望むところだ」ジャクソンは言って、前を行くのろのろ運転のドライバーに小さく毒づいているインディラをちらっと見た。「昼休みをとる前にまだちょっとやることがあるんだ」

「わかった。オーケイ、原作本のなかにリンダというティーンエイジの女の子が出てくるの、いい？　その子は映画にも登場する。殺された女性の義理の娘で、ふたりはお互いを嫌ってる。原作では、リンダは継母を殺そうとして呪いをかけ、彼女が死んだのは自分のせいだと思いこんで、それを気に病み、結局自殺を図るの。でも映画版ではそれがいっさい描かれてない。だから不満だったんでしょうね。ぞっとする」

「エゼキエルというのは？」

「最年長の子の名前だと思う。男の子。歳は十四か十五くらい、退屈して、居心地が悪そうだった。要するに典型的なティーンエイジャー」

電話を終えたあと、ジャクソンはアリシアの言葉をインディラに伝え、こう付け加えた。

「つまり、あの牧師は子供たちを、ちなみにひとりはまだ五、六歳なのに、わざわざあの映画に連れていったってことだな。みんなでティーンエイジャーの自殺未遂を観ることになるとわかっていながら。子供たちに素敵な人生の教訓を与えようと」

「まったく、とことん不愉快な男ね」インディラは信号待ちで車をとめた。「たしか〝天罰〟という言葉を使ってたわね」わざと身震いしてみせた。「子供たちに心から同情する」

「あの男に人の命を奪うようなことができると思うか？」

インディラは肩をすくめた。「どことなくサイコパス風味があるのはたしかね」ハンドルを軽く叩く。「まず被害者の身体に触れるのが無理な気もするけど。窃盗に関しては……」

ジャクソンは親指の爪を嚙んで、車の流れをじっと見た。「奥さんに話を聞いて、どう言うかたしかめたい」

「いい考えね、たぶん夫を擁護するだけだろうとは思うけど。ほかの証人たちの話からすると、控えめなタイプみたい。夫のほうはがみがみ文句を言ってたのに、奥さんが言葉を発したのはだれも聞いてない。例外が簡易トイレの列に並んでるときで、彼女は子供たちにお祈りをさせたそうよ。そんな恥ずかしいことってないでしょ！　母親から人前でお祈りなんかさせられたら、わたしならどこかに身を隠して死にたくなる」

ジャクソンは笑った。「ああ、そもそも家族連れで人前をうろうろするだけでも嫌なのに。だとしても……」

妻のことも訊けばよかったと思い、どうしたら夫に知られずに本人と連絡がとれるだろうかと考えた。あの偽善的な牧師はそばにいないほうが妻も率直に話してくれそうな気がした。

「例の実行委員会の女性ふたりはどう、フローレンス・アンダーウッドとヴェロニカ・なんとか？」インディラが訊いた。「母親が祈ってるのに気づいたのはアンダーウッドさんだった。ほかにも捜査の役に立ちそうなことを見てるかもしれない」

「名案だ。どこに行けば会えるかわかるかい？」

インディラはうなずき、携帯電話を確認した。「でもあなたひとりで会いにいってもらうしかない。ジャロッドからいまメールがはいった。キャット・マンフォードの両親がパースから到着したみたい。取り乱してるって——無理もないわ」ため息をつく。「わたしはもどったほうがよさそう。義務を果たさなくては」

「一緒に行こうか」

「いいえ、こっちは任せて。それに、年配のご婦人がたもそのほうがきっとうれしいはずよ、あなたをひとり占めできて」

その意見に喜ぶべきか、はたまた怯えるべきか、ジャクソンにはよくわからなかった。

12

バルメイン女性支援クラブの本部は、デイム・ネリー・ジョンソン公園の西の端に位置する馬小屋を改築した崩れそうな煉瓦(れんが)造りの家で、これもまた大昔にデイム・ネリー・ジョンソンの家族から寄贈されたものだ。

その家をきれいに掃除して改装し、いまは公園整備や有意義な目的のための基金集めの拠点として使っているのだった。

ジャクソン刑事が大きな玄関ドアをきしませながら開けたとき、なかは人々の活気に満ちあふれていたが、次の瞬間、騒々しいおしゃべりがぴたりとやんで、顔という顔がこちらに向けられ、そのほとんどは眼鏡をかけていて、全員が両の眉をもちあげていた。週に一度の会合の場に六十歳以下の人間が来ることはまれで、ましてや男性や警官はなおさらだった。

すぐにジャクソンだと気づいたフローレンス・アンダーウッドが、手を振って手招きした。

「みんなに話してたあの素敵な刑事さんよ」と彼女は好奇心旺盛な野次馬たちに言った。

「ようこそ、素敵な刑事さん」だれかが声をかけてきた。

「紅茶とビスケットはいかが？」別のだれかが勧めてきた。

「どうかおかまいなく」と答えながら、椅子(ピュー)——ちなみに文字どおり教会の信徒席(ピュー)にすわっているフローレンスの隣に腰をおろした。彼女の前には毛糸玉と編み針がある。

「みんなで帽子やマフラーを編んでいるところなのよ、かわいそうな難民の子供たちが今年の冬を暖かく過ごせるようにね」フローレンスの言葉にジャクソンは心を打たれた。

会ったこともない子供たちの暮らしを少しでも快適にと活動する人たちのグループがここにある——いま別れてきたばかりの、俗に家庭的と言われる男のふるまいとはなんというちがいか。

「わたしたち、土曜の上映会の夜のあの恐ろしい出来事がまだショックでね」と言ったのは、フローレンスの隣にいるあざやかな黄色のカーディガンを着た痩せっぽちの女性だった。

「うちのクラブがはじめて開催した野外上映会だったのよ」と、その右隣にいる大柄な女性が言った。「次回は二週間後の予定なの。『グリース』を上映することになってるわ。そのならず者がまたやってきて同じことをしたらどうしましょう」

「その件でここへ来たんですよ」ジャクソンは言った。「事件を解決するのにぜひみなさんに協力していただけないかと」

「わたしたちにできることならなんだってしますよ、刑事さん」とフローレンス。「そうよね、みなさん？」

いくつもの頭が熱心にうなずいたあと、ほとんどの女性はまた別の話題のおしゃべりにもどり、そのまわりで編み針が陽気なサウンドトラックのようにかちゃかちゃ音をたてた。

ジャクソンはフローレンスのほうを向いた。「あなたはだいじょうぶですか、アンダーウッドさん」

「フローと呼んで。わたしならぴんぴんしてますよ、刑事さん、どうかご心配なく。この歳になるとね、死人のひとりやふたりは見たことがあるものなの、ええ本当よ。隣にすわっていたかわいらしい子供たちがあんな悲惨な状況になる前に帰っていてほんとによかったわ」

「じつはそのことで来たんです、フロー。子供たちの様子が気になるし、できれば母親と話もしたい。先日の夜、あなたがあの母親に関する情報を持っていたことは知ってます。ほかになにか話せることはないですか？　どんなことでもいい」

フローレンスは毛糸玉を見おろして、編みはじめた。聞こえなかったのかと一瞬思ったが、じつは考えこんでいたのだとすぐにわかった。

「あの奥さんの名前が出てこなくて」ようやく口を開いた。「なんとなく変だったわ、それはたしかよ。そうね、ふたりとも変だったわ、本当に。奥さんよりご主人のほうがずっと」

「ジェイコブ・ジョヴェス牧師のことですか？」

顔があがった。「じゃあ、もう身元がわかったのね？」

ジャクソンはうなずいた。

「でも、あなたは奥さんと個別に話がしたい、そうね、それは賢いやり方だわ」

ジャクソンはにんまり笑った。この人は話が通じる。どこかのブッククラブにはいる気はないだろうか、とふと思った。フローはそれから一分ほど編み物を続けた。

「そうそう、あの子たちの名前はみんな聖書にちなんだものだったわ、思いだした。ハンナがいて、ゼミラがいて、ああ、上の子の名前が思いだせない」

「エゼキエル?」ジャクソンが言うと、フローはうなずいた。

「それよ。エゼキエル。なんだか浮かない顔をしていたわ、かわいそうに。うちのいちばん上の孫息子もね、泊まりにくるたびにあんな感じなのよ。わかるでしょ、わたしたちみたいな年寄りと一緒に過ごすくらいなら自分の目を突き刺すほうがまだましって思ってるのよ」けらけらと笑った。「それはともかく、あの奥さんはなんといったかしらねえ、ちょっと変わった名前で……」しばらく猛然と編み続けた。「なんとなく不吉な感じの……」はっとして顔をあげ、その拍子に眼鏡が鼻をずり落ちた。それを押しあげて、にっこり笑った。「アザリア！ そうよ。北部準州（ノーザン・テリトリー）でディンゴにさらわれたかわいそうな子供のことがずっと頭にあってね。あなたご存じかしら、一九八〇年代のあの事件」

ジャクソンはうなずいた。「アザリア・チェンバレン事件。じゃあ、ジョヴェス夫人の名前はアザリア、ということですね?」

「まちがいないわ。それに、もっといい情報もあるのよ、お望みなら」

「お望みです。なんですか?」

けらけら笑った。「いちばん上の男の子はセント・マシューズに通っているはずよ、ドラモインにある英国国教会系の学校。うまくすれば、ある日、母親が子供を迎えに学校へ来たところをつかまえられるかもしれないわ」

ジャクソンはにんまりした。フロー・アンダーウッドの株がどんどんあがりつつある。「どうしてそれを知ってるんですか、フロー」

「あの子がバックパックを持っていて、そこに校章がついていたから」得意げな笑みが浮かぶ。

「あそこのことはよく知っているのよ、刑事さん。孫が何人か通っていたの。学校としては悪くないわ、しつけは厳しめだけれど、生徒たちが人生を楽しめないほど厳しくはないの」そこで眉をひそめた。「あの子の父親はそうじゃない。あの人こそ、楽しみを取り締まるお楽しみ警察だわね！」

またけらけらと笑った。

「ひょっとして、被害者の右隣にすわっていたふたりの男についてなにか気づいたことはありませんか？　キャップをかぶって、ビールをしこたま飲んでたらしい男たちについて」

「そうそう、ちょっと荒っぽい感じの人たちだったわね、それはたしかよ。でも、ふたりともわたしには目もくれなかったわ、当然よね。残念ながら、もう男の人たちにはいないも同然なんでしょうね」別にどうでもいいけど、とばかりに肩をすくめた。「でもちょっと考えてみるわね……」また猛烈な編みモードにはいったので、ジャクソンが周囲を見まわすと、別の女性と目が合った。かなりの長身で、茶色に染めた硬そうな髪がヘルメット風だ。

「あなた、ブランドンぼうやに話を聞くといいわよ！」その女性が声を張りあげた。「お酒を売ってた子。役に立ってくれると思うわ」

どうやらこの話に聞き耳を立てていたらしく、フローもうなずいていた。

「あら、いいこと言うわね、アリス、どうもありがとう。そうよ、刑事さん、ブランドン・ジヨンソンこそ話を聞くべき相手よ」

「あの夜バーで働いてたんですね？」

フローはうなずいた。「彼とその仲間がね。ブランドンはお母さんが亡くなってからちょっとふらふらしていたの」

「かわいそうなデイナ、どうか安らかに」別のだれかが言い、いっせいにため息がもれた。

「逝くには若すぎたわね」とフローも同調した。「ほんとにもったいない――痛ましすぎるわよ。えーと、この時間だとブランドンはどこへ行けばつかまるかしらねえ」ふたたび一同を見まわす。「アリス？　アリス！　またじゃましてごめんなさいね、アリス。きょうはどこに行けばブランドンぼうやが見つかるかわかる？」

「〈トップ・ショップ〉カフェじゃないかしらね、平日はたいていあそこで働いてるから」

「ああ、そうよね、もちろん」ちょうど質問しようとしていたジャクソンに顔をもどし、まさにその質問の答えを口にした。「〈トップ・ショップ〉はいま大人気のコーヒーショップでね、ハイ・ストリートとビーティー・ストリートの角にあるの、たしかそうよ。コーヒー一杯が五ドルですって！　五ドルよ、信じられる？」

「シドニーにしては手頃ですね」ジャクソンが言うと、フローは息をのんだ。

「あれこそぼったくりというものよ、刑事さん。行ったついでに店の人たちをつかまえて牢屋に入れるべきね」そう言って口角をさげた。「あの最新式のコーヒーマシンにみんなが夢中になるのがどうしても理解できないわ。〝カップーチーノ〟一杯の値段でインスタントコーヒーが三カ月分買えて、しかもわたしに言わせれば味だってたいしてちがわないのに。それはともかく、刑事さん、ブランドンこそ話を聞くべき相手よ。たぶんあの二人組にビールを売ってるでしょうし、なにか知ってるかもしれないわ」

ジャクソンは時計に目をやり、フローに時間を割いてくれた礼を言って、それから部屋にいるほかの女性たちにもまとめて謝意を伝えた。みんなが手を振って微笑み返してくれた。玄関ドアがきしみをたてて閉まったとき、低い口笛とけらけら笑いがいくつか聞こえたことは断言してもいい。

「馬小屋のご婦人がたからなにか聞けた?」署にもどったジャクソンが、共同キッチンで件（くだん）のインスタントコーヒーの缶をわびしく眺めているところへインディラがやってきて尋ねた。

「冷やかしの口笛のほかにってことか?」

インディラはふふんと笑った。「あなたそこまでセクシーじゃないからね、ジャッコ」

ジャクソンはそれを聞き流して、フローやその仲間たちとの会話を伝えた。

「このブランドン・ジョンソンはいい手がかりになってくれそうだ。バーテンダーはああいうイベント会場ではなんでも見てるし、おれの記憶がたしかなら、バーはキャット・マンフォードが横たわっていた場所からそう遠くなかった」

「あの晩、バーのスタッフ全員に話を聞いたし、翌日にもあらためて話を聞いてる。ブランドンなんていなかった気がするけど」

「いるはずだ。バーを運営してたそうだから」

「そうなの？　うーん、おかしいわね。マヤとウォリー、ジャッキー、それにリンはいたけど、ブランドンなんていなかった。どこに行けばその人に会えるかわかってるの？」

「場所だけは」

ジャクソンはコーヒーの缶をカウンターにもどして、こう付け加えた。「そこに行けば、ばか高い〝カップーチーノ〟も飲めるぞ」


十五分後、刑事ふたりはそのカフェを見つけたが、肝心のバーテンダーはいなかった。そこでふたりはコーヒーを注文するという考えをきっぱり捨てた。テイクアウト用コーヒーのカウンターの列が店内からくねくねとドアの外の路上まで伸びていたのだ。

「ブランドンはいつもはいるんだけど」あわてた様子のバリスタが言った。「きょうは休んでる。ウォリーと交代したんだ、たぶん」

「ウォリー・ウォルターズ？」インディラが尋ね、ジャクソンの眉が思わず吊りあがった。

バリスタは肩をすくめた。ウォリーの名字なんか知るわけがない――この店ではだれも名字など使わない――が、それはどうでもよかった。インディラが店の奥で接客中のウォリーをすでに見つけていた。

「ウォリーも土曜日の上映会でバーのスタッフだったの」ふたりでそちらに向かいながらジャクソンに告げた。

「仲良しか」

「好都合でもある」

ウォリーが注文票に書きつけるのを待って、インディラは自己紹介をし、注文をキッチンに伝えさせてから、少し話を聞かせてほしいと要請した。山賊みたいなぼさぼさのあごひげをたくわえた店長は、疲れた様子であまりいい顔をしなかったが、ふたりの警察バッジがランチタイムの混雑をしのいだらしく、渋々ウォリーに十分の休憩を与えた。

「でも裏でやってくれ」と店長は言った。「客が怖がって逃げたら困る」

いったいどれだけ客が必要なんだ？　とジャクソンは思いながら、客でごった返すカフェのなかをふたりで苦労して通り抜けた。店内には使いこまれた革のラウンジチェアやレトロなランプ、ほこりをかぶった油彩画などがあった。流行の先端を行く連中の典型的なたまり場で、客層もいかにもそれらしい——大半がヴィンテージ服、ゆったりしたニット帽、フレームの太い眼鏡、頬からあごにかけてひげを生やしている。

ジャクソンは悲しい気持ちであたりを見まわした。今回の被害者も、この店にいたらさぞしっくりとなじんだことだろう。もちろんキャット・マンフォードのことは知らなかったし、土曜の夜の彼女のこともほとんど覚えてはいないが、それでも自分が担当した事件の被害者たちのことを思うと胸が締めつけられる。先輩刑事たちから、そのうちおまえもタフになる——〝慣れる〟——と言われたが、そんなことはなかった。むしろ年を経るごとにひとつひとつの死を切実に感じるようになった。

人間として少しはましになったのか、それとも警官としてだめになったのか、あるいはその両方なのだろうか。

「この前の夜にもう全部話しましたけど」そう言いながらウォリーは店の裏口から外に出て、トイレのそばのテーブルにふたりを連れていった。椅子にすわり、エプロンのポケットにはいっている煙草に手を伸ばす。火をつける手が小さく震えているのに気づいたインディラは、なぜだろうと考えた。

多くの人が自然とそうなるように、警官を怖がっているのか、それともほかに理由があるのだろうか。

「じつはわたしたちブランドン・ジョンソンに会いにきたの」インディラは言った。「ひょっとして彼の居場所を知ってるんじゃない？」

そう言われても少しもほっとしたようには見えず、指がテーブルに置いた煙草のパックをとんとん叩きはじめ、片膝は激しく上下に揺れていた。「いやいや、知らないよ。なんでおれが？」

ウォリーは刑事たちと目を合わせようとしなかった。

「シフトのことできみに電話してきたはずだ」同じく相手の緊張を感じ取りながらジャクソンは言った。「きょう仕事に来られない理由は言ってたかな、どこから電話してるとか、そんなことは？」

ウォリーは即座に首を振った。

「じゃあ、なんて言ってた？」

「なにも。ただシフトを代わってくれないかって。おれは金がいるから、いいよって答えた。それだけのことだよ」

「土曜の晩も一緒に仕事をしてたわね、バルメインの上映会で」インディラが訊いた。

ウォリーはためらい、また煙草を一服してからうなずいた。

「あそこを運営していたのはブランドンだったんでしょう？」

「運営？」

「彼はあの晩〈ブーズ・バー〉の責任者だったんでしょう？」

またしてもためらい、それから「ああ。そうだよ」と答えた。

インディラはため息をついた。「つまり問題はこういうことなの、ウォルターズさん。わたしは土曜の晩にブランドン・ジョンソンなる人物に事情聴取をした覚えがない。つまり、うちの警官たちが現場に着いたとき、彼はそこにいなかったということ。その理由に心当たりは？」

ウォリーは肩をすくめた。「たぶん急いでたんだと思う」

「思う？」

ウォリーはまたインディラと目を合わせるのに苦労していた。「ああ、彼は、えーと、なにか用事があったんだ。あとはよろしくって頼まれた」

「そういうことは、彼にはよくあるの？　ああいう大きい仕事を途中で投げだすのは」ウォリーが肩をすくめる。「普通、責任者は最後まで現場に残るでしょう。それが急にいなくなったのはどうして？」

「さあ、それは本人に訊いてもらわないと」

「ああ、訊くとも」ジャクソンは言った。「それはまちがいないと思ってくれ。彼は犯罪現場から立ち去った。きわめて深刻な事態だ」顔をぐっと近づける。「犯罪現場から立ち去る者を手助けすることも同様」

厳密には死刑に値するような罪ではないが、この小心者がそんなことを知る必要はない。狙いどおりの効果があり、ウォリーは貧乏揺すりをとめて、ふたりをじっと見ている。驚愕して。

「おれはなんの関係もない、ほんとだ！　あいつはとにかく急いでて、おれは後片付けを頼まれた。だからそうした。あいつが逃げたのはおれのせいじゃない」

「うちの警官に彼のことを話さなかったのはどうして？」インディラが訊いた。「キャット・マンフォード殺害の重要な証人かもしれないのに。まさかかばってるんじゃないでしょうね、ウォルターズさん」

「まさか！」

「すべてがなんとなく胡散くさく聞こえるんだけど、ねえ、ジャッコ」インディラの視線は依然として若いウェイターをしっかりとらえている。

ジャクソンも彼を凝視していた。「ああ、胡散くさくてぷんぷんにおう」

「なあ、ブランドンはいつもは先に帰ったりしないよ。あいつになにがあったのかおれは知らない。いつもはちゃんと信頼できるやつなんだ。あの男が奥さんのことでわめきだしたら急にあわててた。もしかしたら血が苦手なのかも、知らないけど。あいつはただ、もう行かなきゃならないからあとはよろしく頼むって、そう言ったんだ、自分のことは黙っててくれって」片手をあげた。「別にずるいことをしてるとかそんなんじゃない。自分がいたことがわかったら話がややこしくなると思ったんだろうな、バーはおれが運営してたことにしてくれって言われた」

「嘘をついてくれとあなたに頼んだわけね？　ちょっと怪しいと思わなかった？」インディラが訊くと、ウォリーはまた首を振った。

「大事なデートかなんかあって、現場が大騒ぎになる前に抜けだしたかったのかも」

「あいにく現場はすでに大騒ぎになってたけどな」ジャクソンは言った。「彼は重要な証人だった。現場に残る義務があった」

「そんなのおれが知るわけないだろ？　本人に直接言ってくれ」

インディラがにこやかに微笑む。「それじゃ、最初の質問にもどるわよ。彼に会えそうな場所の心当たりは？」

ウォリーは首を振りかけて、考え直したようだ。吸っていた煙草をすぐ横の庭の地面でもみ消した。「ワトソン・レーンに住んでる、ここから数ブロックの」

「番地はわかるか？」

「いや」そこでふたりの表情が暗くなったのであわててまた言った。「誓うよ、番地は知らないけど、見たらすぐわかる。〈ウールワース〉の裏手の板が打ちつけられたコテージだ」

板が打ちつけられたそのコテージは、見た目どおりで住人の気配もなかった。ブランドンがいるのだとしても、呼び鈴に応じようとはせず、もどかしい数分が過ぎたのち、刑事ふたりはあきらめて、気落ちしつつも決意を新たにして車に引き返した。なかなかつかまらないこのバーテンダーは、突然の失踪という行動からして、重要参考人のにおいがぷんぷんする。

「あなたも同じこと考えてる?」インディラが今度は車のキーをジャクソンに渡しながら尋ねた。

運転席に乗りこみながらジャクソンはうなずいた。

「ああ、例のキャップのチンピラふたりは結局さがすまでもないかもしれないな。こいつがおれたちの追ってるやつの可能性が高い。じゃなきゃ、なんで突然姿を消したりする? それにあの晩、現場に警官が到着したとたんにあわてて逃げたのはなんでだ? 点と点を結んでみよう。やつが働いてたバーは一連の出来事があった場所にかなり近い。あの晩スパークリングワインを注いでいたのはあいつだった。被害者は空のシャンパングラスを手にしていた」

「こっそりなにか入れたってこと? そして思いを遂げた? あるいは遂げようとした?」

「かもしれない。いま言ったことを全部やれる場所にいたのはたしかだ。血中の毒物検査の結果が必要だな」

「いま確認する」インディラが携帯電話を取りだして鑑識の番号をさがした。

「ちょっと圧をかけて、とっとと仕事にかかれと言ってやれ」ジャクソンは言った。

数秒後、インディラは病理学部門のだれかと白熱した会話を交わしていた。威勢のいい言葉をいくつか吐いたあと、相手に声が聞こえないよう電話に手をあてて、ジャクソンに伝えた。

「向こうが言うには、すぐにとりかかりたいのは山々だけど、いまはあなたの過剰摂取事件で手いっぱいだって」

「おれのなんだって？　なんでだ？」

「そっちが先だったから」

「ああ、でも緊急性はない。あれは単純明快な事件だろう。ドラッグの常習者だったし、不審な点はなかった」

「だとしても、それが決まりだから」

「決まりなんかほっとけと言ってやれ。担当の刑事が許可するから、そっちはあとまわしにしてこっちに集中するように言ってくれ」

インディラが電話にもどると、ジャクソンはつまらないありがちな過剰摂取事件になぜそれほど時間がかかっているのかふしぎに思わずにいられなかった。

「オーケイ、あしたのこの時間までに結果を報告すると言ってる」

「はあ？　なんでさっさとやらないんだ？」

「彼らにも人生があるらしい」

「キャット・マンフォードに同じことが言えないのが哀れだよ」ジャクソンはむっつりと答えた。

13

アリシアは机の上に身を乗りだし、目の前の画面のデジタル・レイアウトに集中しようと奮闘していた。きょうは長い一日だった。

事件の夜のことと、喉まで出かかっているなんでもない言葉のことが、ずっと頭から離れない。記憶が正しければ、それはエリオット・マンフォードがバーにいたとき妻に言った言葉だ。なにか重要なこと、それはたしかだ。ただそれがどうしても思いだせない。

「なに考えてるの、スイートピー？」

会社の受付係のジニーだった。きょうは高級デザイナーズブランドで身を固め、黒のアイライナーはいつになく控えめで、足元は上品なサテンのパンプスだ。目下〈エリアル出版〉の、ある女性誌の美容部門で試用期間中の身なので、なるべく好印象を与えようと決意したらしい。

「編集部は〈マノロ・ブラニク〉の靴じゃなくてあなたのコピーのほうに関心があると思うけど」ジニーが先ほど机の前に来てくるくるまわってみせたとき、アリシアはそう言った。

「あら、こういうところだってちゃんと見てるわよ！　六十五歳以下の人はだれも読みたがらない時代遅れの雑誌を作ってるあなたにはわからないでしょうけど」

「ちょっと、事実は正しく把握してね、ジニー。どの年代の人も読みたがらない、だからこういうおばかなウェブサイトのデジタル・コンテンツを書いてるんじゃないの。近ごろじゃだれもかれもがネットの記事を読むらしいから」

ジニーはパソコン画面をのぞきこんでアリシアの最新の仕事を確認していた。「なんと、ヴィーガンのセレブたち！　完全採食主義（ヴィーガニズム）は大いに賛成よ。お肉が食べられないのは残念だけど」

アリシアは笑おうとして、ジニーが冗談を言っているのではないと気づいた。画面に顔をもどす。「そう、それは好都合ね、この記事には中身（ミート）なんてなにもないから」

一拍おいてジニーがだじゃれに気づいてくれるのを待ったが、なにも起こらないので話を続けた。「ネット上の記事のご多分にもれず、これも軽くて中身はすかすか。最近は四百ワードあれば記事と見なされるのね。わたしの駆けだしのころは最初の仕事が写真のキャプションだったわ」

ジニーは鼻を鳴らし、おばあさんの声音を真似しはじめた。「あたしらの時分はよかったわねぇ……」今度はげらげら笑う。「あなたってほんとおもしろいわね、アリシア、それじゃ百五歳かと思われちゃうわよ！　そうそう、あなたにすごく大事な伝言があるんだった」

「そうなの？」

「そう、このあたしがまた電話番をさせられるなんて信じられる？　まるであたしが暇を持て余してるみたいに」

「伝言をお願い、ジニー」

「わかった、えーと、あなたのセクシーな警官の彼氏から電話があってね」そこでかくんと首を傾げた。「彼、『ボーン・アイデンティティー』のマット・デイモンをちょっと彷彿させない？」

アリシアは聞いていなかった。なんで直接電話してこないのかといぶかりながらバッグのなかの携帯電話を引っつかみ、充電するのを忘れていたことに気づいた。

まったくもう。自分には現代のテクノロジーは使いこなせないらしい。

「彼ってなんとなく荒っぽくて男前のアクション・ヒーローみたいな感じよねえ」ジニーがまだ言っていた。

「ジニー！ 集中して」

「おっと、ごめんね、えーと、彼は今夜あなたを見捨てた」

「はあ？ ほんとに？」

「ええ、がっかりよねえ？ こう言ってた、引用するわね」――手のなかの伝言用紙を読みあげて――「〝埋め合わせはする、かならず〟。以上」

アリシアは椅子のなかで肩を落とした。今夜ジャクソンと情報交換するのを楽しみにしていた。ブッククラブの朝食ミーティングの結果を報告したかったし、捜査の進捗状況も知りたかったのに。そこではっと顔をしかめた。なにか魂胆があるのではないかと彼を疑っていたが、自分のほうこそ魂胆があった。

「大げさに考えることないって」なめらかな額に小さなしわを寄せながらジニーが言った。

「きっと仕事が山積みになってるだけよ」

「そうね。わかってる。ありがと、ジニー。美容部門の仕事はうまくいってる？」

今度はジニーがしょぼんとなった。「けっこうきついわ。撮影用の服や化粧品をかき集めたりなんだりで街じゅう駆けずりまわらされてる。足が痛くてもう死にそう！」

おしゃれなハイヒールをはいているせいもある、という事実を口にするのはやめておいた。

「ここだけの話、ほんのしばらく椅子にすわって電話応対するならけっこう楽しいわ」

「隣の芝生はいつだって青いってことね」アリシアは言った。

「ほんと。でも素敵なものがただでもらえるのはたしかね。広告主やスポンサーから届くスキンケア用品を見せてあげたいわ。しかも自由に使っていいの」

アリシアはジニーを凝視した。「いまなんて言った？」

「自由に使っていい――？」

「ちがう、ちがう！　そうか、それだ！」

ジニーは警戒の目で見返した。アリシアが突然おかしなモードにはいるのには慣れているので、こういうときは口をはさまないのが吉と心得ていた。

「スポンサー。彼が言ったのはそれよ。やっと思いだした」

「なにを思いだしたの？」

「殺された被害者のキャット。彼女はアルコール依存症だったんだわ！」

ジニーは眉をひそめた。なぜアリシアはこんなに大喜びしているのだろうと思いながら。

リネットが浮かべた困惑の表情は、まさしく少し前にジニーの顔に浮かんでいたものだった。

「もうちょっと詳しく説明してくれないと。わけがわかんない」

アリシアはバッグを放りだしてキッチンのカウンターの椅子にすわった。そこではリネットがアイパッドのキーを叩いており、背後の低温調理器からアイリッシュ・シチュー（ラム肉とじゃがいもと玉ねぎを香辛料でじっくり煮込んだアイルランドの郷土料理）のおいしそうなにおいがしている。ひょっとして妹はきょう一歩も外に出ていないのではないかと、アリシアは心配してマックスにちらっと目を向けた。

「だから、ふたりでバーの列に並んでたでしょ、休憩時間に。あのヒップスター夫婦が口論してたのを覚えてるでしょ？」

「もちろん。シャンパンのことで言い争ってた」

アリシアは指を一本立てた。「訂正。彼女の飲酒のことで言い争ってたの」

「同じことでしょ」

「そうでもない」ぼさぼさのブロンドの髪を手櫛でとかしながら、アリシアは正確に思いだそうとした。「彼はこんなふうに言ってた。〝もう充分飲んだだろう。きみのスポンサーがなんて言うか考えてみろ〟って」

「正確な言葉までは覚えてないけど、だから？」

「だから、あれはどういう意味だったのかな。彼が言ったのはAAの助言者のことかも（回復プログラムの実践にあたって助言や提案をしてくれるメンバーをスポンサーと呼ぶ）？」

「匿名の断酒会？　まじで？　彼女ちょっと若すぎない？」

「ドリュー・バリモアが依存症になったのは十歳くらいじゃなかった?」

リネットはいまの話をじっくり考えながらカウンターのメルローのボトルに手を伸ばした。

「夕食ができたよ、一杯やる?」

その質問に皮肉めいた響きはまったくなかったものの、アリシアはなんとなく偽善者になった気分でうなずくと、急いで立ちあがってグラスを用意した。そのあいだにリネットがお玉でたっぷりとシチューをすくってふたつのボウルによそい、生のパセリをのせて、食卓へと運んだ。

リネットが食べながら言った。「ねえ、あたしにもスポンサーがいるけど、依存症じゃないよ」

アリシアがぽかんとした顔で見返すと、リネットは説明した。

「あたしの料理ブログのスポンサーになりたいっていう会社がいまふたつあってね。エリオット・マンフォードが言ってたのは有料の広告主やスポンサーって可能性もある。ほら、サーフブランドとかスキンケア用品とか。彼女すっごくきれいだったし。モデルだったのかもね」

そこで話題を変えて言った。「今夜は刑事さんとのホットなデートはなし?」

アリシアはむっつりした顔でただうなずき、ふたりは黙って食事を終えると、ボウルを食洗機に入れて居間へ行った。

アリシアはあくびをしながらマックスに手を伸ばし、なめらかな頭をなでてやった。

「きょうは散歩に連れていったの?」と訊くと、リネットは平然と見返した。

「いいえ、完全にほったらかしてた。散歩に行きたいって言ってる?」

「そんな嫌味な言い方しないの」

「ちゃんと二回も散歩したんだよ。ちょっとすねてるだけ、残ったラムをやらなかったから。あれは自家製ケバブ用にとっておくの」テレビのリモコンに手を伸ばした。「で、さっきのAA説で事件はどう進展するわけ?」

それはアリシアにもなんとも言えなかった。「とにかくジャクソンに伝えてみて、そこから先は彼がなんとかするでしょ」

テレビのチャンネルを次々に切り替えているリネットを見ながら、アリシアはさらに考えた。「成果はあるかもしれない。キャットがAAの集会で危ない男と出会ってしまったとか。ああいう集まりではみんな親密になるだろうし。赤の他人に自分の人生を語るんだもの。そこのだれかが彼女にのぼせて、どうしてもあきらめきれなかったとか」

「ちょっと飛躍しすぎ」まだボタンをかちかちやりながらリネットが言った。

「まあね、でもその飛躍の部分が好きなの、知ってるでしょ」またあくびが出た。「今夜のテレビは不発みたいね。ハーブティーでも飲んで、もう寝ようかな。いる?」

リネットがうなずいたので、大きなカップふたつにペパーミントティーをいれ、自分の分を持って二階へあがると、マックスもついてきた。階段をのぼりきったところ、姉妹の寝室の中間にフラシ天のベッドが置いてあり、そこにマックスが身体を丸めるのを待った。大事な飼い犬の寝床としてそこが唯一公平な場所だろうとずいぶん前に姉妹で合意したのだった。とはいえ、たまにこっそりどちらかのベッドにはいりこんだときは、そのままにしておいたが。

ランプがやわらかな琥珀色の光を部屋に投げかけるなか、アリシアは枕に頭を落ち着けたが、あの二人組の男たちの不気味なイメージが頭から離れないので、気分をあげる必要があるときにいつもするようにミステリに手を伸ばした。今回はP・D・ジェイムズの名作で、ぼろぼろの表紙をめくると、たちまち複雑なプロットにのめりこんでいった。

リアム・ジャクソンは、アリシアのAA説をリネット以上に納得しなかった。

火曜日の早朝、アリシアの自宅玄関に現われたジャクソンは、クロワッサン三つとテイクアウトのカフェラテを手にしていた。

「ついてる」とアリシアは言った。「立て続けにおいしい朝食なんて」

リネットの分をのけてからジャクソンと飛びはねる犬を小さな裏庭に連れだした。まだ寝ているリネットを起こさないようにして事件の最新情報を聞くために。

アリシアに会いにくるとはいえ、彼がリネットのことも考えてくれているところが好きだった。いつも妹の姿をさがして、やあとひとことあいさつし、絶対に無視しないところが好きだった。アリシア自身はリネットのボーイフレンドたちからほとんど無視されているけれど。

リネットに比べると、歳はいっているし背は低いし、華やかさではとうていかなわないアリシアは、妹の影でかすんでしまうことにすっかり慣れているが、ジャクソンは礼儀正しく、どちらにそばにいてほしいかを常に明確に示してくれる。

「AAみたいな大事なことを夫がひとことも口にしなかったのは不自然だな」古ぼけた籐のテーブルにコーヒーを置く場所を空けて、木の椅子に腰をおろしながらジャクソンは言った。

「うっかり言い忘れただけかもしれないが」

「事情聴取したの？」

「まだだ、きょうの午前中にやる」さくさくのクロワッサンをひとつアリシアに差しだした。

「でもシンホーが日曜日に話を聞いて、きのう彼がキャットの両親を連れてきたときにも話をしたが、おれの知るかぎり、そんなことはひとことも口にしなかった」

「彼の様子は？」

「まだ混乱してて、まだショック状態にある、無理もないが。あの嘆きようは本物だとシンホーは考えているが、彼女はおれみたいにひねくれたところが全然ないから。タフだけど、こと相手が犯罪の被害者となると、けっこう甘い。いずれにしても、エリオットは妻が殺されるような理由に心当たりはまったくないそうだ。妻は模範的な市民で、敵なんかいなくて、家族を愛してたって、よくある話だよ」

「そうね、でも彼女を愛してない人もいたってこと。仕事はなにをしてたんだっけ？」

「それがまた新たな悩みの種で。いわゆる人気ユーチューバーってやつだ」

アリシアは顔をしかめた。「なんでそれが〝仕事〟になるわけ？　いまや有名になることは職業の選択肢として完全に成り立つみたいね」ちょうど記事にしたばかりのヴィーガンのセレブたちとリネットのことを考えていた。「有名になる理由なんかなんだってよくて、とにかく増えればそれでいいのよ、フォロワーがね」

最後の単語を指のかぎかっこでくくると、ジャクソンは笑った。

「だれかさんはけさベッドのまちがった側から起きた（機嫌が悪い の意）ようだ」

「ついでに起きる時代もまちがえたんでしょうよ！」

ジャクソンは同意した。「アガサ・クリスティの時代のほうがきみにはしっくりきただろうな。昔ながらのタイプライターに向かってキーを打ってるところが目に浮かぶよ、ツイードのスーツを着て、真珠のネックレスを首にかけて」

「ありがと」と言ってから付け加えた。「そうかもね」

ジャクソンはまた笑いながらスマートフォンに手を伸ばした。「そう、そんなわけで、キャット・マンフォードはインテリアデザイン関係のブログ――いまどきは動画だからブイログというのかな――それをやってて、すごい数のフォロワーがいるらしい。そこから広告収入も得ている」

「スポンサーってこと？」アリシアが訊くと、ジャクソンはうなずいた。

アリシアは口をとがらせた。ＡＡ説もこれまでか。

ジャクソンは忙しそうに画面を叩いている。「キャット・マンフォードがやってるような仕事の困ったところは、実際のオフィスも同僚も存在しなくて、ファンは全員がネット上の匿名の他人ってところだ。ああ、これが彼女だ」

テーブルの上で携帯電話をこちらによこしたので、アリシアは小さい画面に映しだされたブイログに目をやった。主役は流れるようなブロンドと幸せそうな顔の小柄な女性だ。彼女は新しい〝特注の〟シャンデリアについて興奮気味にしゃべりながら、カメラをにこやかな笑顔から、なにやら厳めしい黒い装置がぶらさがった高い天井へと移動させ、また自分の顔にもどした。この女性がどんなに美しかったか、どんなに生き生きと活気に満ちていたか、アリシアはあらためて思いだした。

「なんと豪華なんでしょう！」キャットがフレームから半分はみだして大げさにまくしたてる。「これが〈ベンド&ヴァイン〉でたったの三千九百九十九ドル！　絶対に買って損はないわよ、みなさん」

アリシアは息をのんだ。「四千ドル？　この金属のかたまりが？　そんな大金を無駄にしちゃったら、わたしだって彼女を締めあげたくなるでしょうね」顔をあげた。「ごめんなさい、ちょっと無神経だった。でもはっきり言って、この人いったいどんな惑星に住んでるの？」

「ジェネレーションYの惑星」

「なるほどね、ちょっと確認させて。つまりフォロワーがキャットに執着してつけまわすようになったと思ってるの？　彼女を追って公園まで行って、夫がよそへ移動した隙にチャンスと見て飛びついた？」

「正直、そうは思わない。いや、そうじゃないことを切に願うよ。もしそうなら、おれたちの仕事が悪夢になる。だがそれも無視できない可能性ではある。言ったように、フォロワーは何十万人もいて、ほとんどは縁もゆかりもない人たちだ。そのなかのだれであってもふしぎはない」そこで少し機嫌が悪くなった。「みんなインターネットの危険性を理解してないんだ。自分の身をどれほど危険にさらしているか気づきもせず、サイコ野郎のいいカモになってる。その投稿を最後まで観ればわかるが、キャットはメールアドレスや携帯電話の番号まで教えてるんだ、連絡をとりたい人のために」

「でも自宅の住所までは教えてないでしょう？」

「ああ、たしかに、だが賢いサイコ野郎ならちょっと調べればわかるだろう。ほかの投稿を観たりフェイスブックのプロフィールを確認したりして。自撮り写真、自宅の内部、裏庭の写真まで山ほど載せてるんだ」

アリシアが画面に目をもどすと、キャットはきらめくクロムの家電がそろった真っ白なキッチンへと視聴者を案内していた。「キッチンには最新の機器がそろってる。それに照明器具に四千ドルは決して安いとは言えない。彼女どうやってお金を稼いでるの？　ユーチューブの広告収入がそこまで大金のはずない。夫はなにをしてる人？」

「大工だ」

「大工さん？　ああ、それで」彼のがっしりした肩やチェックのシャツを思いだした。

「でもユーチューブの件はきみの思いちがいだ。超人気者ともなれば、ありえないほどの大金を稼ぐ。エリオットがシンホーに話したところによれば、彼の妻はスポンサー契約と広告料だけで去年は五十万ドル近く稼いでる」

アリシアはあんぐり口を開けた。「びっくり、わかったわ、さっき言ったことは全部取り消す。わたしもインスタグラムのフォロワーがほしい！」首を横に振った。「じゃあ、エリオットがあの夜バーで彼女に言ったスポンサーって……」

「単純にビジネス上のスポンサーのことだろうな。たったひと晩、外で酔っ払って、それだけの大金を失うリスクは冒したくないだろう。評判はがた落ちだし、ブランドにも傷がつく」そこで両の眉を吊りあげた。「きみもやるか？　おれはゆうべデジタル・マーケティングの短期集中講座を受けてきたぞ」

「感心ね」

ジャクソンはズボンについたクロワッサンのくずを払って腕時計を見た。「そろそろ行かないと。そうそう、クラブのメンバーから収穫はあったかい？　おれが訊いた例の二人組の件で役に立ちそうなことを思いだした人は？」

「残念ながら、だめ。みんな柄にもなく黙りこんでた」

ジャクソンは腰をあげた。「まあ、試す価値はあったよ」身を乗りだして、名残惜しそうにコーヒー豆とバターの味のするキスをした。「今夜、晩めしはどう？」

「喜んで。いつ出られる？」

ジャクソンは肩をすくめた。「また連絡する。急がないと。インディラが朝いちでエリオットにもう一度事情聴取したがってる。ショックによる現実否認から怒りの段階に移行してくれてるといいんだが」

アリシアは片方の眉を吊りあげた。「どうして怒ってほしいの？」

「そうなれば、だれかを名指しで非難しはじめて、それらしい容疑者を何人か教えてくれるかもしれないから」

14

妻が殺されてから三日、エリオット・マンフォードのショックは傍目にもあきらかだった。怒りの段階にはまだ到達していない。少なくとも玄関に出てきた彼は、刑事たちの目にはそう映った。

茫然としたままあいさつをしたあと、エリオットはのろのろと玄関ホールを引き返し、間仕切りのないキッチンとリビングエリアに行った。肩ががっくりと落ちていて、足取りは重い。なかば意識が朦朧(もうろう)としているようにも見える。まるで地球を肩に背負い、その上に少なくともほかの惑星がふたつ乗っているみたいに。

エリオットについて歩きながら、インディラは家のなかのほとんどの場所に見覚えがあるものと思っていた。ジャクソン同様、キャットのブログの類にはじっくりと目を通してきた。ところがキッチンに足を踏み入れると、意外にもそこは記憶にあるほど真っ白でもなければ整然と片付いてもいなかった。ハンバーガーの包み紙やコーヒーカップや汚れた皿が黒と白の大理石のカウンターにうずたかく積みあげられ、勝手口のそばで倒れかけているふたの開いたごみ箱からは悪臭が漂っている。家事はキャットの領域だったようだ。それか、ソウルメイトを失ったことで彼が放棄してしまったのか。

だとしても、だれが彼を責められる？　とインディラは家のなかを見まわしながら思った。ジャクソンはジャクソンで、大金を払っているスポンサーたちはこれをどう思うだろうかと考えずにいられなかった。

「調子はどう？」インディラはあまり心配そうな目つきにならないよう気をつけて尋ねた。

「ああ、ただぼんやりしてる。困惑して。悲しくて。ぼんやりしてる」とエリオットは繰り返した。

インディラは彼の腕を軽くなでてうなずいた。「ええ、いまは不愉快な、くそみたいな時期よね」

そうじゃないふりをしてもしかたがない。

なぜ自分たちがそこにいるのか忘れてしまったみたいに、エリオットがぽかんとしてキッチンを見まわしたので、インディラはスツールを指さした。「すわらない？」

エリオットがうなずいてすわる。

ジャクソンは咳払いをした。「たびたび申しわけないが、もう少し訊きたいことがあって。身元の特定に苦労してる容疑者がふたりいるんだ」

インディラは顔をしかめて同僚をにらんだ。まずは気持ちを少し楽にしてあげようと思っていたのに。エリオットは熱心にうなずいている。

「ああ、そうだろうな。そのことはずっと考えてたよ、犯人は……」ため息をつき、ぼさぼさの頭をかく。「そう、やつらはえらくツイてたよな」

ここでインディラはエリオットに目を移した。「どういうこと?」

「知らないやつでいっぱいの夜の公園、だれもお互いのことは知らない、全員がスクリーンを見あげてる。みんなトイレに行ったり飲み物を買いにいったりして常に人がうろうろ動きまわってる。全員があそこにいるちゃんとした理由があった。だれにもアリバイは必要ない——やろうと思えばなんだってできる」

「あなたもずっと考えてたのね」インディラは言った。

「考えられることがそれしかないんでね」と冷ややかに答えた。

エリオットの言うとおりだ、たしかに。参加者を特定できたり場ちがいな者をすぐに見つけだせたりする私的なイベントとはわけがちがう。公共のイベントはだれもが自由に参加できる、異常者も含めて。もちろん、だからといってそういう異常者が目立たないというわけではない、たとえ人ごみのなかであっても。

「考えてるのは、きみたちの右隣、きみたちとバーのあいだにすわってたふたりの男のことなんだ——ちょっと場ちがいな感じがしなかったかな」ジャクソンは訊いた。

「どんなふうに?」

「第一に、威勢のいい男のふたり連れが観る映画としてはちょっと不自然な気がするんだ。『ワイルド・スピード』ならわかるが」

「ジャッキー・チェンとか」インディラも例をあげ、ジャクソンはうなずいた。

「ジェームズ・ボンドの最新作でもいい。だけどアガサ・クリスティの映画? いや、アガサを悪く言うつもりはないが、おれがあそこにいたのは、ただ自分の彼女の機嫌をとりたかったからだ」

エリオットの眉が吊りあがった。「あそこにいたのか?」

「ほんのしばらく。すぐに用事ができて離れた。事件のあらましを見損ねたよ」

不謹慎な言い方に聞こえないことを祈ったが、エリオットが気を悪くした様子はなかった。ただうなずいて、こう言った。「ああ、おれたちがあそこにいたのもただ楽しむためだった。あんなことになるはずじゃなかった」

「さっき言ったふたりの男、身元に心当たりはないかな。見覚えがあったとか?」

エリオットは肩をすくめた。「だれのことかもよくわからないな、正直言って。たぶん気づいてなかった」

「向こうは気づいてた」ジャクソンは言った。「少なくとも目撃者たちはそう言ってる。その男たちは、きみとキャットのブランケットの下でのちょっとしたおふざけを楽しんでたらしい」

エリオットは頭を抱えこんだ。「ああ、なんてこった」

「だから、われわれがそのふたりの身元を特定したい理由はわかるだろう? 問題は、そいつらが姿を消してしまったことだ。じゃあ、身元に心当たりはまったくないんだね? 手がかりになりそうな服装やタトゥーにも——」

「だから、言ってるだろ、そいつらのことは覚えてもいないって!」

いきなり声を荒らげたが、すぐさま落ち着きを取りもどし、すがるような目でシン警部補を見あげた。

「ごめん。おれ……とにかくショックで。かわいそうに、おれの大事な彼女のことを、暴行のことを聞かされてから……おれは……腹を思いきり殴られたような感じなんだ」

インディラは片手をあげた。「それもわたしたちがここへ来た理由なのよ、エリオット」

ジャクソンがあれほど性急に事情聴取をはじめなければよかったのに、という思いをこめて、もう一度顔をしかめてみせた。その前にこのささやかな朗報を伝えておきたかったのに。この同僚刑事のことは好きだが、ときどき俗に言う〝デカ〟になるときがある。とにかくせっかちで、被害者をあたかも容疑者のように扱い、彼らの痛みに寄り添うとか、疑わしきは罰せずとか、そんなことは考えもしない。

エリオットに安心させるような笑みを向けて、インディラは言った。「けさ検死官から正式な検死解剖報告書が届いたの」エリオットの目が大きくなる。「きのう説明したとおり、あといくつか検査は残ってるけど、とりあえずあなたに知らせておきたかった。性的暴行を受けた形跡はなかったわ。いかなる形でもいっさい」

エリオットは目を閉じて、感謝の祈りを捧げるように指先を唇にあてたかと思うと、また目をぱちっと開けた。「じゃあ、なんで服の紐がちぎれてたんだ？」

インディラは無表情にエリオットを見つめた。たぶんだれかが暴行しようとして十中八九途中でじゃまがはいったのだとは言いたくなかったが、エリオットはみずからそのおぞましい結論にたどりついたのだろう、またしても頭を抱えてうめき声をあげた。

ジャクソンは咳払いをした。この相棒が〝ゆるゆる〟話を進めるタイプなのは知っているが、ジャクソンとしてはエリオットを正しい軌道にもどさねばならない、しかも早急に。殺人犯はもう三日も野放しになっている、なんとしても捜査を進展させたかった。

「いいかい、マンフォードさん。きみにバーテンダーのことも訊かなきゃならない。あの晩〈ブーズ・バー〉で働いてた男を覚えてるかな。奥さんが最後に持ってたグラスの酒を売った男だ」

エリオットは困惑してふたたび顔をあげた。「ああ、覚えてる気がする。若い男だった。なんで？ あいつがやったと思ってるのか？」

「そうは言ってない。現時点ではただの参考人で、われわれとしては彼を呼びだして事情聴取をしたいんだが、いまのところ所在を突きとめるのにちょっと苦労している。身元を特定する必要があるんだ」

警察が懸念を募らせていることは伏せておいた。ゆうべはブランドン・ジョンソンの自宅玄関に巡査をひとり張りつけておいたが、結局一度も帰宅せず、けさは自宅にもカフェにも姿を現わさなかった。

この新たな手がかりであきらかに元気が出たらしく、エリオットは不意に生き生きとした顔になった。「そうか、オーケイ、わかった、ちょっと考えてみるよ。さっきも言ったように、若い男で、十九か、せいぜい二十歳くらい。髪は濃い色で、痩せてて、なんとなく偉そうで」

「偉そう？」

「わかるだろ、非難がましくて、おれたちをにらみつけてたっていうか。ああ、実際はキャットを。彼女はべろべろに酔ってたから。あいつ、女房をちゃんと管理しとけって顔でずっとおれのことを見てたな。あいつがやったと思ってるのか?」

「いや、そうは言ってない。非難がましいと言えば、七人家族のことは覚えてるかな、きみたちのすぐ後ろにすわってた」

あざけるように笑った。「忘れるもんか。あの男はおれたちを目の敵にしてたよ。静かにしろってしつこく言い続けてた。子供たちが見てるんだから、礼儀をわきまえろとかなんとかって。だから、子供たちはそろそろ連れて帰って寝かせる時間じゃないのかって言ってやったんだ」頭の後ろをかいた。「そうだ、いま思いだしたけど、なかにひとりちょっと変な子がいたな」

ジャクソンの目が細くなる。「どんなふうに?」

エリオットは頰ひげに手を走らせた。「さあ。気配を感じただけなんだ。こっちを気にしてたのはまちがいない」

今度はインディラが身を乗りだした。「それはたしか?」

うなずいた。「だからブランケットの下にもぐったんだ。あいつがじっと見てるからキャットが落ち着かなくなって、でも別に害があるわけじゃないしとおれは思った。たしかこう言ったよ、〝なあ、まだほんのガキだ。夢でも見てるんだろ〟って」そこではっとして、がっくりうなだれ、また両手で頭を抱えこんだ。「もっと真剣に考えるべきだったのかもしれない!」

インディラが手を伸ばして肩をぎゅっとつかんだ。「エリオット、思春期の少年がこんなことをするとは考えにくいわ。それほどの腕力もないだろうし」ジャクソンをちらりと見る。その点を検死官に確認しなければならない。「でも保証する、それについては徹底的に捜査するわ」

「ありがとう、インディラ、感謝してるよ」

インディラはうなずいて立ちあがった。「それじゃ、もうおじゃますることはないと思うわ。ほかになにか思いだしたり、ただ話したくなったりしたら、わたしの番号はわかってるわね」

相棒にうなずきかけて帰りかけたが、ジャクソンのほうは動こうとしなかった。

「えーと、あとひとつだけ。ふと思ったんだが、マンフォードさん、ひょっとして奥さんはAAのメンバーだったのかな」

エリオットがぎょっとした顔で見返した。「どうしてそれを――?」言葉が途切れ、ひげの下の頬がみるみる赤くなった。

あきらかに予想外の質問だったらしく、それはインディラにとっても同様で、彼女は振り返って探るような目をジャクソンに向けた。

どこからそんな話が出てきたの?

言った本人も驚いて、ジャクソンは胸の内でアリシアに敬礼した。この男を奮起させようとして、質問を投げてみただけだった。まさか本当にそうだとは思ってもみなかった。アリシアは職業をまちがえている。

「あの晩、バーできみが奥さんのスポンサーのことを口にしたのを聞いてた人がいて、そこから推論したんだ」

まあ、推論したのはアリシアだが、あえて知らせる必要はない。

エリオットが首を振りながら見返し、インディラに目をもどした。「ごめん、でも……でもAAが今回のこととどう関係するんだ？」

インディラはジャクソンに向かって眉をあげた。自分もそれを訊きたいと言わんばかりに。

ジャクソンは答えた。「なんの関係もないかもしれない、全然。ただ捜査に新しい視点が加わるだけで、知っておく価値はある」

エリオットは頬のひげをかいている。「まじめな話、なあ、そっちは気にしなくていいよ。どうせ行きどまりだ」そこでため息をついて続けた。「キャットにはAAなんか必要なかった。本人は必要だと思ってたけど。おれは納得してなかったよ」

「でもあの晩はかなり飲んでいた。彼女の飲酒のことできみたちが口論してるのを聞いた人がいる」

またしても頬が赤くなってきた。「あのときはもう充分に飲んでた、それだけだ。ふたりともいい気分だったのに、わざわざ限度を超えてそれを台無しにする必要はないだろう？」

「あと一杯飲んだら限度を超えると思ったのか？」その質問に、警戒するような視線が返ってきた。「彼女は飲みすぎる癖があったのか？」

「ときどき一杯やるのが好きなだけだ！　だれだってそうだろ？」

ここまではともかく、いまはまちがいなく怒っていて、両手でひげを激しくかいている。しばらくすると手をとめて、落ち着こうとしているのか、深く息を吸った。

「いいかい、あんなことはめったにないんだ。まじめな話、AAなんか時間の無駄だ。キャットはほんの一、二回集会に参加しただけで、いいことはなにも言ってなかった。負け犬の群れだって、そう言ってた。二度と行くつもりはなかったと思う」

「それでも彼女にはスポンサーがいたはずだ。その人と連絡をとってもいいだろうか」

今度は首を横に振った。「おれは……その連中のことはなにも知らないんだ、そうだろ？すべては匿名(アノニマス)なんだから」

「ひとりくらい名前を聞いてないかな」

「ああ、えーと、ティム？　トム？　そんな感じだ」

「参加したのはどこのグループだった？」

「はあ？」

ジャクソンは忍耐力がすり減っていくのを感じた。「場所はどこだった？　どこかのコミュニティー・センターとか地元の公会堂とか？」

エリオットはため息をついて両手を振りあげた。「近くだったと思う、地元のグループのどこかだろ。はっきり言って時間の無駄だね。彼女は依存症なんかじゃなかった」

それは彼女のスポンサーに言ってくれ、とジャクソンは思い、相棒のほうを向いた。

「ほかになにかあるかい？」

インディラはその質問を無視してエリオットに声をかけた。「時間を割いてくれてありがとう。いまがとてもつらい時期なのはわかってるわ」同情をこめて微笑みかける。「忘れないで、必要があればいつでもわたしたちに電話するのよ、どんなことでもいいから」

エリオットが力なくうなずくと、インディラは先に立って外に向かった。のけ者にされたような気分で大いに不満を覚えながら。

ジャクソンに食ってかかるのは、車にもどるまで待った。

「あれはいったいなんなの？」

ジャクソンの眉があがった。「なんのことかな」

「わたしにAAのことを言わなかったのはどうして？」

「ごめん、当てずっぽうもいいとこだったから。まさか当たるとは思ってなかった。けさアリシアがそんな話をしたんだ」

「アリシア？　それっていったい……待って、アリシア・フィンリー？　あなたのブッククラブの友だちの？」

ジャクソンはうなずいた。

「あなたたちはなにを相談して――」

「おれの彼女なんだ」途中で割りこんで急いで言った。

ふたりの関係をどうしてもっと早く話さなかったのかわからないが、こうしてインディラににらまれると、話しておけばよかったとつくづく思う。突然、学校の食堂の裏でキスしているところを見つかった十三歳の気分だった。

「へえ、あなたの彼女？　で、彼女はどうやってそのことを突きとめたわけ？」

「スポンサー云々という話を小耳にはさんだのは彼女だった。言った本人ですら、十中八九ウエブサイトのスポンサーにかかわることだろうと認めてた。だから、だめもとでふと言ってみただけなんだ」

「で、あなたの彼女は、わたしに話すべきだとは考えなかったわけ？　わたしたち階級はたしかに同じだけど、この事件に関してはわたしが責任者よ、そうでしょう？　それがどういうことかちゃんと理解してる？　主任刑事はわたし。そのわたしが日曜日にアリシアとその仲間を二時間もかけて事情聴取したのに、そんな話はひとこともなかった」

ジャクソンは身体ごとインディラに向き合った。「きみは自分に話してくれなかったアリシアに腹を立ててるのか？　そのことを事前に言わなかったおれにか？　それを把握できなかった自分自身にか？」

それとも、おれに彼女がいたから怒ってるだけなのか？

インディラは顔をしかめて、ぷいと横を向いた。

「なあ、これは立派な手がかりだ」ジャクソンは言った。「そこからなにか出てくるかもしれない。ＡＡで捜査は大きく広がった。ＡＡの集会に参加するような人たちのことはきみもおれもよく知ってる。郊外に住むママやパパたちばかりじゃない。雑多な人間のなかには性犯罪者もいるかもしれない、裁判所命令でAAに参加してる者が。ときにはそういうこともある。調べてみる価値はあるよ」肘で彼女を軽く突いた。「この事件に関しちゃ、きみがボスだってことはわかってるさ、でもおれたちは仲間だ、そうだろ？」

「そのとおりよ！　あなたとわたしは、仲間。だけど、あなたの彼女と、彼女のブッククラブは、仲間じゃない」インディラは気を静めようと何度か深呼吸した。「ごめんなさい。いきなりあんな話が出たから、それでつい。わたしの性分は知ってるでしょう。情報はきちんと把握しておきたいの。今回の捜査の主任刑事としてはね」

あなたに彼女がいたからなんかじゃない、とあやうく言いそうになったが、どうにかこらえた。

「悪かった。今後は早めに情報を提供するよ。きみが群れのリーダーだってことはわかってる。その座を奪おうなんて思っちゃいない」インディラが半笑いを浮かべる。「それに、おれがこの事件の捜査班に加わったのは単にあの晩現場にいたからにすぎないってこともわかってる。きみの第一候補がゴードンだったことも」

「彼は別に――」

「おれたちはちがう生き物なんだよ。おれは衝動的に行動する。直感に従う。規則どおりには動かない」

「へえ？　ほんとに？」

インディラは今度は素直に微笑んだ。ジャクソンとは片手で数えられるほどしか一緒に仕事をしていないが、評判は知っていたし、仕事のやり方が自分とはまったくちがうことも承知していた。それでもこの男には好感を持っていて、また一緒に仕事ができればいいと思っていた。それに、彼の言うとおりだ。今回の捜査に彼を要請したのは自分で、それは署内のほかの女性たちがほのめかしたように、目の保養のためなんかじゃない。ジャクソンがあの夜の早い時間に犯行現場にいたからだ。事件を担当しているほかの刑事たちより、位置関係やあの晩の雰囲気をよく知っている。だから彼が必要なのだ。キャット・マンフォードには彼が必要だ。エリオットにも。

「これ以上のサプライズは勘弁して、いいわね？」

「努力するよ」

インディラはエンジンをかけて車を発進させた。

何分か考えてから口を開いた。「さっきはよくやったわ。エリオットがあんなにぴりぴりしたところははじめて見た。ほんとに、よっぽどあの手がかりを追ってほしくなかったということね」

ジャクソンはにやりと笑った。「愚かなやつだ。こうなると、なんとしてもそのスポンサーを見つけだしたくなるな」

「じゃあ、やってみましょうよ」

15

「なるべく行けるようにがんばるわ」アリシアは職場から電話でペリーに約束した。「でもウェブサイトの最新記事がちょっと遅れてて。広告主が変更を求めてるの」十五回目のね、とついでに言ってもよかったが、それは胸にしまっておいた。

この古生物学者は、自身の勤める博物館で水曜日に開かれる大きなイベントのことで頭がいっぱいだから、こちらの悩みまで聞かせる必要はない。それはペリーがみずから企画した慈善カクテルパーティーなので、彼はひどくぴりぴりしていた。

「みんな来てくれそう？」

「ああどうしよう、もうすぐだよ。このイベントはぼくがけっこう危険を冒して、ここを運営してる化石みたいなじいさんたちに絶対にやるべきだって力説したものだから、失敗したらどうしようってすごく怖いんだ」

地域の住民たちにもっと博物館の仕事に関心を持ってもらうために、恐竜の骨や石器時代の遺物に囲まれてカクテルを飲んだりカナッペを食べたりすれば、酒好きのジャーナリストたちの気を惹くだけでなく、結果的にそれがメディア報道につながるのではないかとペリーは期待していた。

「かならず行くわ！」アリシアは言った。今度はもっと力強く。「うちのビルの編集者全員にこのイベントのことを知らせる」

「ありがとう。リネットとアンダースはどうかな」

「必要なら髪を引っぱってでも連れていくわよ。わたしたちのことはあてにしてて。さあ、心配するのはやめて仕事にもどって！」

そうすると約束して、ペリーは電話を切った。

アリシアは一拍おいてジャクソンの番号にかけた。ああは言ったものの、ジャクソンがあしたの夜のイベントに参加できるかどうかまったくわからないので、とにかく身柄を拘束しようと決めた。


街の反対側では、ジャクソンが携帯電話をマナーモードにして取調室に拘束されていた。奥の壁にもたれて腕組みをし、シン警部補が、腹立たしいほど落ち着き払ったブランドン・ジョンソンを質問攻めにするのを見守っているところだ。

ブランドンはついさっき〈トップ・ショップ〉のランチタイムのシフトにつこうとのんきに歩いてきたところをつかまって、そのまま警察本部まで連行され、店長は大いに憤慨し、刑事たちは大いに安堵したのだった。

彼らはAAの路線をひとまず忘れ、この男はなにを隠しているのだろうと若いバーテンダーを観察していた。

ブランドンはハンサムな男で、歳は二十一になったばかり、豊かな黒い髪――たぶん染めている――と、片方の耳にイヤリング――たぶん無頓着なガールフレンドからくすねたものだ。

「ずっとあなたをさがしまわってたのよ、ジョンソンさん」インディラが言った。「この数日どこにいたの？　警察を避けてたんじゃないわよね？」

「まさか」ブランドンはいささか不自然なほど落ち着いて答えたあと、弁護士をちらりと見た。警察の取り調べより玉を転がすゲームのほうがお似合いの老紳士だ。弁護士は好きにしろとでも言いたげに肩をすくめた。

ブランドンも弁護士に劣らず退屈そうな顔で、椅子の背にもたれた。「あのさ、友だちのところに泊まってただけだよ。騒ぐようなことじゃない」

「じゃあ、土曜日の上映会は？」

「それがなにか？」

「あわてて逃げたのはどうして？」

ブランドンはまた弁護士をちらりと見て、インディラに目をもどした。「別に逃げたわけじゃない。疲れてただけだよ。足どめを食いたくなかった。あれが事件だとは知らなかったんだ」

「あれが事件だとは知らなかった」と相手の言葉を繰り返しながら、インディラはジャクソンのほうを向いてこれ見よがしに目玉をまわしてみせてから、視線をもどした。「あなたは犯罪現場から立ち去ったんですよ、ジョンソンさん。現場にいた警察官たちが全員にはっきりと通告したでしょう、会場に残って連絡先と目撃証言を伝えてから引きあげるようにって」

「その部分は聞こえなかった。だから荷物をまとめて引きあげた。それのどこが問題なんだ?」

「問題はな」突然ジャクソンが大声を出したので、弁護士も依頼人も思わず飛びあがった。

「先週の土曜の夜に若い女性が殺されたことだ、きみの目と鼻の先で」

その自信満々の顔の前でな、とジャクソンは思った。いかにも自信満々なところが気に入らない。足を踏みだして、視線をその若者の目に突き刺した。

「その女性はな、きみがあの晩ずっと飲み物を出してた場所から六メートルも離れていないところに横たわっていたんだぞ」片手をあげた。「その女性はな、きみがその手で酒を出した直後に殺されたんだぞ」

ブランドンは片方の肩をあげて、平静を装おうとした。「そうか、それはお気の毒に。でも悪いけど、まだ、なんて言うか、よくわからないんだよな」そこでわざとらしくまた弁護士を見る。「おれとなんの関係があるんだ?」

インディラはにっこり笑った。「いい質問ね、ブランドン。ブランドンと呼んでもかまわない?」彼はまた肩をすくめる。「よかった。ひとつ訊かせて、ブランドン。被害者に、彼女の最後のシャンパンを出したことは覚えてる?」

「スパークリングワインを一杯出したのは覚えてるよ、たしかに。いい女だったから。それがなにか?」

「そのスパークリングワインは、栓の開いたボトルから注いだの?」

「いいや、栓をしたまま注ぐことにしてる」

自分のジョークに小さく笑いながら弁護士のほうを見たが、一緒に笑ってはくれなかった。

「これが笑いごとだと思うか、ブランドン」ジャクソンは言った。

ブランドンは笑いを抑えるかのように片手を口にあてた。「いや、ごめん、ボトルがどうしたって?」

インディラは冷ややかに見返した。「あなたのほかに、その栓の開いたボトルに近づけた人はいた?」

毒物検査の結果はまだ届いていないので、インディラとしてはこれは賭けだったが、こちらを見ているブランドンの顔から笑みが消えていき、弁護士もすっかり目が覚めたようだ。

弁護士が咳払いをした。「答える必要はないぞ、きみ」そこでうるんだような目をインディラに向けた。「毒物検査の結果はまだ届いてないようにお見受けしますがね、シン警部補」

「ええ、まだです」

「では、なぜにそのような質問を?」

「不明な点をはっきりさせたいだけです、モーリーさん」

「そんなことは認められませんね」また咳払いをして、耳障りなだみ声を響かせた。「わたしの依頼人は逮捕されているのですか?」

「現時点ではまだ」

「その亡くなった女性の殺害にわたしの依頼人が関与していたと、そうほのめかしているのですか、刑事」

「いいえ、わたしは——」

「ああ、それならけっこう」弁護士はにこやかに微笑んだ。「ご承知のこととは思いますが、ジョンソン氏はみずからの意思でここにいます。そして協力的です。しかし、そちらが非難がましいことをおっしゃるつもりなら、われわれは失礼させていただきますよ」

ブランドンの手をぽんぽんと叩いて、立ちあがりそうな気配を見せた。

インディラも片手をあげた。「あなたの依頼人を非難するつもりは毛頭ありません、モーリーさん。事実を知りたいだけです」

「ではそこからはずれないようにしましょう、いいですね?」ゆったりと椅子に身を沈めた。

「この青年は愛する母親を亡くしてまだ一年にもならず、祖母もその数年前に亡くなったばかりです。彼がつらい時期を過ごしてきたことを、われわれはもう少し考慮すべきだと思いますよ」

「もちろんです」インディラは答え、精いっぱい微笑んでみせた。そして椅子に腰を落ち着けた。「ジョンソンさん、あの晩のことでなにか思いだせることはないですか? ほかに言いたいことは?」そのあと「もしよかったら」と付け加えて、弁護士に一瞬だけこわばった笑みを向けた。

ブランドンが疑わしげな目で見返した。「たとえば?」

「たとえば、被害者のキャット・マンフォードが上映中にすわっていた場所をたまたま知っていたとか?」

「ああ、あんたたちが言ったとおり、バーからそんなに離れてないところにいたよ」

「で、あの晩のどこかの時点でだれかが被害者に近づくのをたまたま見かけたとか、特に映画の後半のあいだに」

「いいや、でもいたとしてもたぶん気づかなかっただろうな。そのころは後片付けにはいってたから。早く帰りたくて、さっきも言ったとおり」

「じゃあ、どの時点だろうと、いかなる人間だろうと、被害者に近づくところはいっさい見なかったということ?」

「シン警部補――」モーリーが警告を発したが、ブランドンは首を振っていた。

「まじめな話、おれはバーで大忙しだった。酔っ払いの女の子をいちいち見てる暇なんかなかったよ」

インディラはため息をつき、テーブルに手をついて立ちあがった。もう充分だ。「わかりました、ひとまずそういうことにしましょう」モーリー弁護士を見る。「われわれは早急に毒物検査の結果を手に入れて、場合によってはあなたの依頼人にあらためて事情聴取を要請しますので、どうかそのつもりで」

「はいはい、彼にはフーディーニみたいに行方をくらますようなことはさせませんよ、刑事」

「ずいぶんな変わりようね、ではよろしく、モーリーさん」インディラはほとんど吐き捨てるように言い返した。

「あいつやけに自信満々じゃないか？」ブランドンとモーリーが部屋を出ていくなりジャクソンは言った。

「あなたが言ってるのは容疑者のこと、それともあの憎たらしい弁護士のこと？」インディラが首を振りながら言った。「気をつけなきゃいけないのは年寄り連中のほうよ。棺桶に片足突っこんでるように見えても、いざとなれば悠々とこっちを負かすから」ポニーテールをほどいて首をぽきぽき鳴らした。「そうね、あのバーテンダーは生意気で、優秀な代理人がいる、でもそれだけで有罪？」

「あいつはなにか隠してると思う」

「そう思う根拠は？」

ジャクソンは伸びてきたひげをこすった。「さあ。ただなんとなく胡散くさいものを感じるってだけだ」

「感じるなんて法廷じゃ通用しないから、ジャッコ」

「それは残念」

「あいつは絶対になにか隠してるよ」ジャクソンは同じ台詞をアリシアに向かって言った。ふたりで大ぶりのワイングラスをカチンと打ち合わせて、ジャクソンの部屋のチョコレート色の革のソファに身を落ち着けたところだった。

「たとえばなにを？」と言ってからアリシアはひと口飲んだ。

おいしいワインだ。マーガレット・リバー（西オーストラリアのワインの産地）のまろやかなカベルネ・ソーヴィニヨンで、アリシアはそれを口のなかでころがしてから飲みこんだ。

ジャクソンはいい趣味をしていて、でもそれがじつにさりげない。警察署からほど近いアパートメントは、クリーム色と茶色が品よくまじりあい、むきだしの煉瓦（れんが）の壁にモダンアートが何点か飾られていて、そばにはレコードプレーヤーと何十枚ものレコードがあった。いかにも独身男の住まいではあるが、洗練されている。

「わからない」とジャクソンは答えた。「つかみどころのない男なのはたしかだ。やけに自信満々なんだ。自分のやることに抜かりはないと言わんばかりだ。そもそも、なんで弁護士を連れてくるんだ?」

「法的な権利があるから」

「ああ、でもあの若さでそんなことを思いつくやつがいるか? こっちはちょっと話を聞こうと思って呼んだだけなのに、弁護士先生と一緒におでましときた。あの弁護士は、賭けてもいいが、例の女性支援クラブでいちばんのお節介ばあさんのご亭主だろう。彼女たちはあいつの保護者の役目を引き受けてきたようだから」グラスに口をつけて、じっくりと味わった。「とりあえず毒物検査の結果がやっと届いたよ」

アリシアは眉をあげた。

「彼女の意識を失わせたかもしれない鎮静剤や薬物の類はなにも出なかった。胃の中身はオレンジジュースとアルコールだけ」

「じゃあ、ルーフィーはなし？」前回の事件で悪用されたロヒプノール（睡眠導入剤）のことをアリシアは口にした。

「なかった。でもラグビー・チームがしばらく盛りあがれるほど大量のアルコールを摂取してたから、大声をあげなかったのも無理はない。もう意識がなかったんだろう」

「大量ってどれくらい？」

「こう言っておこう、もし酒気検査をしていたら法定限度量の五倍は超えていただろうな」

アリシアはヒューと口笛を吹いた。「そりゃあAAにも行くわね」

「ただし効果はなかったと見える」

「たしかに。あの晩はまちがいなく禁酒を破ってたしね。キャットのAA支部、と呼ぶのかどうか知らないけど、そこには連絡したの？」

ジャクソンはうなずいた。「門前払いだ。夫によると、彼女は地元グループのメンバーで、スポンサーもいて、ティムだかトムだか、そんなような名前だったらしい。自宅から近いグループはロジールにあって、電話してみたけど、まったく埒があかなかった。メンバーの身元は、ほかのメンバーにも部外者にも絶対に明かさないと言われたよ。どこかの支部に〝キャット〟なるメンバーがいると認めることさえ拒否された。だてにアルコホリクス・アノニマスと呼ばれてるわけじゃないってさ」

ジャクソンは顔をしかめて、そのことに対する気持ちを表明した。

それは理にかなっていると思いつつ、アリシアは訊いた。「殺人事件の捜査は切り札にならななかった？　令状かなにか取れないの？」

「なにに対して？　メンバーのファイルや参加記録があるわけじゃないし、集会を録画してるわけでもないから、意味ないだろう」

「ほかのメンバーに話を聞いて、キャットを覚えているかどうかたしかめるのはどう？」

「話してくれるとは思えないな、それにはっきり言って、その線をまだ追いかける実質的な理由があるのかどうか。キャット・マンフォードはＡＡの会場内で殺されたわけじゃない。ＡＡと今回の犯罪を結びつける証拠はなにもないんだ。インディラはこれがいわゆる目くらまし（レッド・ヘリング）じゃないかと考えてて、おれもその意見に傾いてる。きみの推測はみごとだったが、それがなにかと関係あるのかどうか、おれにはよくわからない……」

「……けど？」彼がその意見を完全に信じているわけではないのがわかるので、アリシアは待った。

　ジャクソンはワインをもうひと口ごくりと飲んで、唇をぬぐった。「けど、その話題を持ちだしたときにエリオット・マンフォードはどうしてあんなにそわそわしだしたのか、そこがまだ釈然としない。あいつが冷や汗をかくところを見たのははじめてだった。なにかを隠してる、もしかしたらだれかを守ろうとしてるのかも」

「たぶん奥さんの評判を守ろうとしてるだけよ」

「だとしたらちょっと遅すぎると思わないか？　大勢の人がいる公園に連れていって、泥酔した姿を見せて、彼女がみずから恥をかくようなことをさせた。それじゃ袋の猫（キャット）が外に出てしまう（秘密がばれるの意）」そこで間をおいて自分のだじゃれににやりと笑い、アリシアも作り笑いを返した。「むしろ」とジャクソンは続けた。「おれに言わせれば、ＡＡの一面は彼女の名誉を挽回することになる。少なくとも自分の問題に対して助けを求めていたんだから。なのになんでその話をあんなに避けようとするんだ？」

アリシアがグラスのワインを飲み干してその問題について考えていると、ジャクソンがボトルからお代わりを注いでくれた。それを見ながら、自分のワインの摂取量と、アルコールが日日の暮らしに欠かせないものになっていることについて考えた。それはふたりともに言えることだ。仕事のあと遅い時間に会ったとき、やかんを火にかけたりソフトドリンクを飲んだりすることはどちらの頭にも浮かばなかった。

アルコール依存症はだれでもなりうるのだろうか、もしや自分もそうなのだろうか。そこでいきなり突拍子もない考えが浮かび、それを口にしようとした矢先に、ジャクソンが言った。

「とにかく、さっきも言ったようにそれは議論の余地がある。インディラはＡＡ路線から完全に降りて、もっと重要な手がかりを追うべきだと言ってる」

「たとえばどんな？」

「どこからはじめたらいいかな」人さし指を立てた。「ブランドン・ジョンソン、バーテンダーの。あいつはどうしてあんなに急いで逃げたのか」二本目の指を立てる。「同じことは、キャップのチンピラ二人組にも言える。そもそも彼らはいったい何者なのか」そして三本目。「キャットの後ろにすわっていた例の狂信的な牧師もいる。キャットのふるまいが腹にすえかねていて、彼女を〝イゼベル〟と呼んでいた。あの男が怒りに任せて手を下したのか？　そこが気にかかる。そして四つ目」――最後の指を立てた――「牧師の息子でのぞき魔のティーンエイジャーはどうなんだ？」

「あの退屈で居心地悪そうにしてた子？」

ジャクソンはうなずいた。「エリオットも、その子が自分たちをじろじろ見てたと思ってる」

「ええ、そっちのほうに目をやってたのはたしかだけど、自分のすわってる目の前で起こってるんだから、見るなというほうが無理でしょう。ましてや思春期の子供なんだから。それにしても、ほんとに多忙をきわめてるわね。ワインを飲んでる暇があるなんて驚き」

ジャクソンはにんまり笑った。「楽しめるうちに楽しめ」

「マンフォード夫妻の前にすわってた人たちはどう？　望みはありそう？」

ジャクソンはきっぱりと首を振った。「ないだろうな。みんなかなり高齢で、あちこちぶらついてて、供述はちゃんとしてて、だれも前科はなくて、全員がまっとうな市民のようだ――毎度おなじみの悪夢さ」苦笑した。「まだ彼らの背景を調べてるところだが、望みは薄れつつある」

「じゃあ、次なる手は？」

「シンホーは二人組のチンピラとバーテンダーにまず照準を合わせようとしてる。いちばん確実な線だろうって。問題は、そのチンピラたちが見つからないことと、ブランドンに弁護士がついてることだ」

「あきらかなDNAとか爪の下の皮膚とか、その手のものはなにもなし」

「解剖の結果は？」

「シャンパングラスの指紋は調べたの？」

「実際はプラスティック製で、ああ、三組あった。ひとつはブランドン・ジョンソンで——」

アリシアの眉が吊りあがったので急いで続けた。「これは想定内、あいつがそのグラスにスパークリングワインを注いだんだから」

眉がさがった。「当然ね。じゃあふたつ目はキャット・マンフォードのはずよね？」

「かなり不鮮明ではあるが、おそらくそうだろう。三つ目はそれよりずっと鮮明で、そいつがどうもよくわからない。いったいだれの指紋だ？　もちろん、それより前にあの場にいた一般人が最初の騒動のあいだにうっかり触れた可能性はある」

アリシアは考えた。「夫は？　それかアンダースとか？」

「そのふたりはもう除外してあるし、現場にいた警官たちも全員、問題はない」

「アンダースは指紋を提出したの？」

「もうファイルにあったんだ」

「そうなの？」

「ああ。アンダースは定期的に麻薬課のコンサルタントをやってる、本人から聞いてない？」

なにも聞いていなかった。ふたりの短い関係のなかで彼が話してくれなかったことはほかにもあるのだろうか、とアリシアは考えた。

16

刑事たちの訪問を受けて玄関ドアを開けたとき、マズ・オルデンは少し震えているように見えた。片手で戸枠をつかみ、もう一方の手で妊娠中のおなかを軽くさすっていて、その腹部はきょうは伸縮性のあるシルクのワンピースの下にさりげなく隠されている。赤っぽい巻き毛は顔にかからないよう黒いヘアバンドであげてあり、インディラの記憶にあるよりも若く、ずっと頼りなく見えた。

「もうすぐなんでしょう?」とインディラは訊いた。自身も二児の母で、妊娠中はいつもくたくたに疲れていた記憶しかない。どちらの子供のときも仕事を続けながら出産し——いまは十五歳と十三歳になる——分娩室に比べたら犯罪現場に足を踏み入れるほうがはるかにストレスが少ないとわかった。自分の体験のまじりけのない恐怖が顔に表われていなければいいが、とインディラは思った。

その心配はなかったとみえ、マズはただ肩をすくめて答えた。「まだ六週間あるわ」

「あら、失礼。もう生まれるんだと思ってたわ」

「ならいいんだけど。早く来いって感じ」

マズは手振りでふたりをなかに招き入れると、ドアを閉めてのろのろと居間まで行き、クリーム色のソファにすわってワンピースのおなかまわりを調整した。そこはシドニーのインナーウェストでも比較的貧しい地区にある小さなアパートメントだったが、明るい色のクッションや新しい調度品できれいに整えられ、隅々まで掃除が行き届いているように見えた。

「この子がやたらと蹴るから、わたしもうどうにかなりそう！」そう言いながら、マズは脇腹のあたりをさすった。そこがいちばんよく蹴られる場所なのだろう。

インディラは共感をこめてうなずいた。「子供はほかにもいるの？」

マズの話しぶりからそんな印象を受けたのだが、ほかに子供がいる形跡は見あたらず、散らかったおもちゃや子供用の靴といったものはひとつもない。そう思って見ると、マズが赤ん坊を迎える準備を進めていることを示す新しいかご型ベッドもなければ〈イケア〉の組立家具のはいった平箱もなかった。

マズの目が突然きらりと光った。「いいえ」と即座に答える。「ほかにはいません」

「だいじょうぶ？」

涙が頬を伝って落ちると、怒ったように顔をぬぐった。「だいじょうぶです。ただ……ええ、ひとり亡くしたの。だいぶ前に。それだけ。ふしぎに思ったでしょう？」

ティッシュペーパーの箱はないかとジャクソンがあたりを見まわしていると、マズがソファの端にあったトイレットペーパーに手を伸ばして少し破り取った。遠慮がちに洟(はな)をかんでから、顔をあげて申しわけなさそうにふたりを見た。

「ごめんなさい。お医者さんが言うにはホルモンの関係らしくて」

インディラがわかるわというようにうなずき、ジャクソンは咳払いをして言った。

「質問に答えられそうかな、オルデンさん。この前の夜のことで」

もう一度、洟をぬぐった。「ええ、早くすませたほうがいいですよね?」それから言った。

「もう何回か警察の方に全部話しました。ほかに付け加えることなんてあるかどうか」

ジャクソンは言った。「こっちの都合で申しわけない。最初に話を聞いたとき現場にいなかったので、この耳で直接全部聞いておきたくて。シン警部補は親切にも付き添ってくれてるんだ」

マズが素直にうなずいたので、話を進めた。

「聞くところによると、あなたは被害者にいちばん近いところにすわっていた。あなたの敷物はマンフォード夫人のすぐ左側だった、それで合ってる?」

マズの視線が素早くインディラに移る。「でも……でもわたしがやったんじゃない。誓って言うわ、わたしはやってません!」

「待って、待って。ジャクソン刑事はみんながどこにすわっていたかを把握したいだけなの、いわゆる状況をね」答えながらインディラは胸の内でぼやいた。勘弁してよ、ジャッコ。陶器店に突っこむブルドーザーか!

「そもそも」とジャクソンも言い添えた。「われわれはマンフォードさんが男に殺されたとほぼ確信してる。扼痕がはっきり残っていたから。大きい手で、ものすごい力で」

マズの目が皿のように大きくなり、インディラがジャクソンのほうを向いて〝いい加減にしろ〟とにらみつける。

　ジャクソンはまた片手をあげた。「ごめん、怖がらせるつもりはないんだ」マズのワンピースの下の膨らみにちらっと目を向けた。「ただ状況をはっきりさせたいだけで」

　マズはゆっくりとうなずいた。「わかりました、ええ、はい、わたしはあそこにいました。まあ、半分くらいは。あとの半分はトイレで吐いてたの」

「つわりで？」ジャクソンが訊くと、今度はマズがにらみつけた。

「ええと、たしかにわたしが飲んでたのはお水だけじゃなかったわ」わかるでしょ、と言いたげにインディラをちらっと見てから、さらに言った。「でもお酒を飲みすぎたせいじゃないのもたしかです。公園のなかでほとんど素面だったのはわたしくらいじゃないかしら」

「被害者は、彼女はひどく酔っていた、それはたしか？」

「ええ、まちがいなく。彼のほう、ご主人のほうもね、まだましだったけど」

「ふたりが休憩のあいだに言い争ったことには気づいてた？」インディラの質問に、マズは首を横に振った。

「じゃ、マンフォード夫人が映画の後半にひとりでもどってきたところは見た？」

「ええ、ほかのおまわりさんにも言いました。そのときはすごく気分が悪くて横になってたんだけど、彼女がひとりでもどってきたのは覚えてます。かわいそうに、捨てられたんだわ、って思ったけど、そのあと彼女がなんとなくばかにするような顔でわたしを見たの、この貧乏人がって言いたげに、わかる？　だから、彼はよくやったって思った。わたしだってあんな女捨てるわよ。嫌な女」

　そこでいまの言葉がどれほど意地悪く聞こえるかに気づいて、顔を赤らめ、おなかを包みこんでいる両手に目を落とした。

「夫がどこへ行ったか見てた？」ジャクソンは訊いた。

「いいえ」

「後半のどこかの時点で夫が自分の場所にもどってくるのを見た？　映画が終わる前に、彼女を見つける前に、ってことだけど」

「いいえ」

「だれかがマンフォード夫人に近づくのに気づいた？　だれでもいい」

「いいえ」

「彼女の反対側の隣、バーに近い側にすわっていた男ふたりはどうだろう」

　マズは考えこんだ。「さあ、なんとも。近づいたかもしれない、もしかしたら。そのころはあんまりまわりを見てなかったから」

「そうね、すごくおもしろい映画らしいから」インディラが場の空気を軽くしようとして言ったが、マズは肩をすくめただけだった。

「だとしてもわからなかったわ。あんまり気分がよくなかったから、ほとんどの時間はひとりでぐずぐず過ごしてたの」

「それなのにどうしてあそこにいたのかな」ジャクソンは訊いた。「パートナーと一緒に帰ればよかったのに」

「パートナー?」その発想にマズは小さく笑いそうになった。「なんのパートナー?」

おなかの膨らみについ目が行ってしまい、マズがにわかに赤くなった。

「ああ! いいえ、彼は……わたしたちは……」顔がますます赤らんだ。「一緒じゃなかった。わたしひとりだったの」

「ごめんなさいね」と言いながら、やはりインディラも目の前の妊婦のおなかとそこで育ちつつある新しい命から目をそらせずにいた。

マズの目に反抗的な光が宿った。「いいの。わたしたちに彼は必要ないから。どっちにしても」優しくおなかをなでた。「わたしたち、ちゃんとやってるから、そうよね、ベイビーちゃん?」

「ちゃんとした支援ネットワークはあるの?」インディラは訊いた。

一瞬、マズは困惑したように見返し、それから言った。「あと何週間かしたらママが来てくれるわ、そういう意味なら。それに職場の女の子たちもいるし」

「まだ仕事をしてるの?」

「〈ボブズ・バックヤード&バーベキュー〉でときどきね、ほら、バーチグローブにできた新しいお店」

「ああ、知ってる!」とインディラ。「大好きなお店よ。あそこの屋外用の家具はほんとに素敵ね。つい先日も、あの籐のラウンジチェアのセットをよっぽど買おうかと思ったわ」

「四脚セットの？　ストライプのクッションがついたやつ？」

「そう、それそれ」

ジャクソンは控えめに咳払いをした。話がはずんでなによりだが、自分としては目の前の事件にもどりたかった。女性たちが無作法な侵入者を見るような目でこっちを見る。

「失礼」と言った。「でも、ちょっと合点がいかないことがあって。パートナーと一緒じゃなかったのなら、オルデンさん、映画のあいだ一緒にすわっていた男性は？」

ブッククラブのメンバーたちはたしかに妊婦とその連れという言い方をしていた。

マズは一瞬きょとんとしてジャクソンを見返し、それから納得した。

「ああ、あの人ね」表情がやわらいだ。「彼もひとりで来てたの。すごく親切な人。何回か立ちあがるのに手を貸してくれたり、水を持ってこようかって訊いてくれたり、そんな感じだった」切なげに微笑んだ。「あんないい人が見つけられないのが残念だわ。いつもろくでなしの男にばっかり惹かれるのがほんとに残念」

「彼の電話番号を聞いておかなくて残念」インディラがとっさにツッコミを入れると、マズは思わずくすっと笑ったが、ジャクソンにはちっとも笑いごとではなかった。

思えば愚かだったが、てっきりこの身重の女性は前回パートナーと一緒に事情聴取を受けたものと思いこんでいた。となると、行方知れずの容疑者がいきなりもうひとり増えたことになるのか？

「その男の連絡先は聞いたかい、インディラ？　最初に通報に応じた警官のだれかが聞いてるかな」

インディラが自信のなさそうな顔になる。

「彼は早めに帰ったと思うわ」とマズ。「映画が終わる前に。あんまり好みじゃなかったみたい」

「どうしてそう思うのかな」

「だって、なんだか気もそぞろって感じ？　スナック・バーでなにか買うものはないかってしょっちゅう訊いてきたり、何回か立ちあがって煙草を吸いにいったり。だからお先に失礼するって言われたときも別に驚かなかった」

インディラも話に集中しているようで、メモ帳を取りだしている。

「その男の外見を教えてもらえるかな、オルデンさん」

マズは少しぎょっとしたような顔になった。「いいわ、ええ、わかると思う。えーと、なんとなく浅黒い感じ。でも、んー……」考えこんだ。「大柄で、髪は灰色っぽくて、白髪まじりの黒い口ひげがあった」

「年配の人？」インディラが訊くと、マズはうなずいた。

「そう、六十代なかばか後半くらい？　青い服を着てた、たぶん。青いシャツにジーンズみたいな感じ」

インディラが書きとめているあいだ、ジャクソンは椅子にもたれ、あきれていた。

いったいなんでこの男を見逃していたんだ？

「この年配の男は本当に容疑者だと思う?」ふたりで車にもどりながらインディラが訊いた。

またしても事情聴取は答えより多くの疑問を残す結果に終わった。「おれに言えるのは、その男はマズ・オルデンの反対側にすわってたわけだから、被害者に近づくには彼女を通過しなきゃならなかったってことだ」

「ただし、マズが半分くらいの時間を簡易トイレで過ごしてたことは本人もすでに認めている、忘れた? 彼はいくらでも被害者に近づけたから、不可能ではない。さりげなくマズの敷物を越えて眠っているキャット・マンフォードの首に両手をかければいいだけ」

「おれが知りたいのは、どうしてそんなに急いで立ち去ったのか、最初に現場に着いた警官たちがどうしてそいつのことを記録してさえいないのか、ってことだ」

「ねえ、彼らを責めないで。犯行現場があれじゃどうしようもなかった——みんなが好き勝手な方向に行ったり来たりしてるんだから。それにその男は早めに帰ったわけだし、でしょ?」

「だとしても、彼女がだれかにそいつのことを話していそうなものだろう」

「でも、その人と一緒だったわけじゃないし、たぶん思いつきもしなかったのよ。しかもあの晩は体調も万全じゃなかったから、ちゃんと考えられない状態だったんでしょう」

ジャクソンはうめき声をあげながら後頭部をかきむしった。

「解せないな、あの映画がアリシアの言うとおりの名作なら、なんで最後まで観ないで帰るやつがそんなにたくさんいるんだ? 考えてもみてくれ。せっかくチケット代を払ってるのに、終盤の十分かそこらをなんで観ていかない？　ミステリなんだぞ。最後まで残ってだれが犯人（フーダニット）か見届けなくていいのか？　なにをそんなに急いで帰る必要がある？　三万五千人の客で満員の巨大スタジアムじゃあるまいし、混雑を避ける必要もないだろう」

「彼がその映画の熱心なファンじゃないのはたしかね」今度はインディラがうめき声をあげる番だった。「容疑者をひとりずつ消していくどころか、日に日に新しい人が増えていくみたい。これからまだキャップの二人組を突きとめなきゃならないし、ジョヴェス夫人と息子のエゼキエルには話も聞けてないし、そのうえ白髪まじりの黒い口ひげの謎の男までさがさなくちゃならないなんて！」

またうめき声をあげながら、インディラは署に引き返そうと車を飛ばした。

「本部であなたを降ろしたら、わたしは上映会の夜の警備員たちに話を聞きにいく。各出口に配置されていて、そこが唯一喫煙の許されてる場所だった。マズの言う謎の男が実際に煙草を吸いに、一回だけじゃなく何度もそこへ行ってたとしたら、警備員がたぶん彼を見かけてるはずだし、ひょっとしたら立ち話でもしたかもしれない」

「さすがに鋭いな。でも本部じゃなくて、ラボで降ろしてくれ。セロシにキャットの首に残ってた指の痕のことで話を聞きたい。七十近い男があういう痕を残せるかどうか」

「ついでに十四歳の少年にあの犯行が可能かどうかも確認して」

その考えに今度はふたりそろってうめき声をあげた。

17

ランチタイムはとうに過ぎていたが、きょうのジャクソンは食べる暇もなかったのではないかと思い——本人は食事を抜いたりしないと豪語していたけれど——アリシアは急いでチキンサラダ・サンドイッチをふたつ買って愛車の古いトラーナに乗りこみ、警察署に向かった。

ほんの数分前に届いたメールに、署にもどっていて三十分後に電話するから少し話そうと書かれていたので、まだそこにいて、受付の巡査に案内されてはいっていったら笑顔で迎えてくれるだろうと考えたのだ。

「これはこれはうれしい珍客だな」ジャクソンはすかさず立ちあがってアリシアをハグした。

アリシアはサンドイッチを差しだした。「あなたと、あなたのボスに」

「普通はみずみずしい赤いリンゴで誘惑するんだと思ってたよ」

「いいえ、それは相手がヴィーガンのセレブのときだけ」椅子を指さした。「ちょっと時間ある?」

ジャクソンはうなずき、手振りで椅子にすわらせた。

「ものすごく急な話だし、ずっと言い忘れてたわたしもどうかしてるんだけど、今夜ペリーのPRイベントに来られない? みんなで七時ごろ行く予定なの」

ジャクソンは壁の時計をちらっと見た。あと四時間しかなく、約束できる状態ではなかった。なのでそう告げた。

「あなたは無法者で、規則に従わない人で、仕事のために人づきあいを犠牲にはしない人だと思ってたけど」

ジャクソンはサンドイッチのラッピングをはずして大きくひと口かじり、咀嚼しながら言った。「冷酷な殺人鬼が自由に街を歩きまわってるかと思うと本気で腹が立つ人でもある」ごくりとのみこんだ。

「当然よね。じゃあ無理そうってこと?」

「そういうことだ」

ジャクソンはドアにちらっと目をやり、立ちあがってそのドアを閉めてから、机の端にすわってアリシアに進捗状況を伝えた。

最後にこう尋ねた。「妊婦の隣にすわってた男のことでなにか覚えてないか? きみが彼女のパートナーだと思った男だ」

「正直なところあんまり。言われてみれば、口ひげがあったのはぼんやり覚えてるけど、それくらい」

「その男が被害者に近づくところもまったく見なかった?」

「ええ、見てたら話してた。とはいっても、マズの連れだと思いこんでたくらいだから、わたしの観察眼もあてにならないわね」

「そう自分を責めるな。どうやらみんながそういう印象を受けたようだ、ふたりのやりとりからして」

「そうね、でもああいうイベントのときって知らない人同士もフレンドリーになるものじゃない？　あれだけぎゅうぎゅうにすわってるのに周囲の人と口もきかなかったら、そのほうがかえって不自然よ。わたしたちだって最後にはエリオットとおしゃべりしてたし、彼が立ちあがって奥さんを見つけるまでね」顔が曇った。「で、検死官はなんて言ってるの？　年配の男かティーンエイジの少年でも彼女を絞殺できた可能性はあるって？」

ジャクソンは片手をあいまいに振り動かした。「手の大きさにもよる。そんなわけで今夜は残業必至なんだ。ふたりとも見つけて、どんどん長くなる容疑者リストから消さなきゃならない、いや、そのどっちかをぶちこめたらもっといいんだけどな！」

アリシアは腰をあげた。「じゃあ、どうぞ仕事に専念して」もうひとつのサンドイッチに目をやった。「インディラのオフィスに持っていきましょうか？」

「いい！」ジャクソンがあわてて答え、アリシアにすればその返事はいささか早すぎた。「おれが、えーと、あとで渡しておくよ、でもありがとう」

アリシアはしばしジャクソンを凝視した。「わかった、落ち着いて」それからかがみこんで素早くキスした。「あなたがペリーのソワレに来られなくてみんな残念がるだろうけど、わたしたちはそれでも生きていく。ミズ・マンフォードとちがって。じゃあ、幸運を」

アリシアは立ち去り、残されたジャクソンは机の上のサンドイッチをむっつりと見ていた。

しかし考えていたのは、インディラのことでも、アリシアからのサンドイッチがどう受け取られるか（まず喜ばれることはないだろう）でもなく、あの気むずかしい父親の怒りを買うことなくティーンエイジの息子をつかまえる方法はないかと模索していたのだった。

いま一度、壁の時計に目をやった。時刻は三時十五分になろうとしている。授業が終わる時間だ。

「ポーリー！」と大声で呼んで、上着をつかんだ。

エゼキエル・ジョヴェスは、骨ばった膝ととがった肘をしたひょろ長い少年だった。後ろと両サイドを短く刈った髪型が私立学校の堅苦しい制服によく合っているが、見たところ、その制服は少しばかり小さく、あきらかに洗濯のしすぎで、薄い灰色のシャツは襟のあたりがすり切れているし、青いズボンは、彼を追い越して校庭から出ていく少年たちの大半のズボンより色褪せていた。

授業の終わりを告げるベルが鳴り終わったころ、ジャクソンが停車禁止区域に車をとめると、ボランティアの監視員が怖い顔で近づいてきた。助手席のポーリーがすかさず警察バッジを呈示する。

監視員の鋭い視線が懸念に変わったので、ポーリーは彼女を手招きした。

「なにかあったんですか？」とその女性は訊いてきた。

法執行機関の人間に遭遇した人の例にもれず、彼女もぴりぴりしていた。

「おたくの生徒をひとりさがしてるんだ」ジャクソンは運転席から答えた。「エゼキエル・ジョヴェス、知ってるかな」

疑わしそうな視線が返ってきた。「学年は？」

「八学年、だと思う」これ以上穿鑿されないことを祈りながら答えると、祈りは通じた。

彼女はただ大声でこう呼びかけた。「エラ！　エラ・ホートン・ジェイムズ、こっちに来て、いい子だから！」

十四、五歳の女子の騒々しいグループのなかからひとりの女の子が驚いて顔をあげ、眉をひそめてから駆け足でやってきた。

「この方たちがエゼキエル・ジョヴェスをさがしてるの、エラ。あなたと同学年の子よね、たしか。知ってる？」

「エゼキエル？」少女は一瞬、自信のなさそうな顔になったあと、こう言った。「ああ、ザックね！　ええ、ザックなら知ってる」この子もなにも訊かず、ただあたりを見まわしながら、人ごみに目をこらした。

ほんの一分ほどで、少女は指さした。「あそこ！　いま門から出てくる、ひょろっとした白っぽい髪の子」

大人三人が首を伸ばしてそちらを見ると、エゼキエルはゆっくりとした足取りで校門から出てきて、エンジン音を響かせているスクールバスのほうへ向かった。

土曜の夜に公園で見た少年の顔はぼんやりと記憶にあったが、こうして身元を確認できたことがありがたく、ジャクソンはふたりに礼を言った。

「車は移動していただきますよ、おまわりさん」女性はいまや強気で、その口調はさっきより自信に満ちていた。「次のバスがまもなくやってきますから」

「すぐに移動しますよ、マダム」と言いながらジャクソンは車を発進させ、あわてて逃げる子供たち数人の脇をかすめてゆっくりとUターンすると、通りの反対側にある別の停車禁止区域に車を入れた。

「両親の許可もなしにあの子に質問してもいいのかな」ポーリーに訊かれて、ジャクソンは首を横に振った。

「でも、あの子の両手を確認することはできる。それで充分だろう」

「両手？」

うなずきながら、ジャクソンは先ほど聞いてきた検死官の言葉を思い返していた。

〝その子の手の大きさにもよるな〟とセロシは言っていた。〝もし歳のわりに小柄なら、ぼくもそうだけど、小枝を折ればラッキーだ。でも、もし大柄な少年、ぼくが昔よく出くわしたガキ大将たちみたいだったら、ああ、それなら可能性はある〟セロシはその言葉にどこか懐かしむような笑みを浮かべたあと、さらに言った。〝問題は手だな。もしも大人サイズで、ティーンエイジ特有の大きな不安が内に秘められているとしたら、犯行は可能かもしれない〟

この角度からだと、エゼキエルの手がどこまで大人に近いのかわからないし、無表情の裏にどれほどの怒りが渦巻いているのか知るよしもないが、前かがみの姿勢から戦闘態勢にあることはうかがえる。バスに乗る列はさながら交戦地帯のようだった。押しくらまんじゅうをする子供たちがいて、割りこむ子もいれば、パンチを繰りだす少年たち、互いの肩に腕をまわす少女たちもいて、だれもが叫んだりわめいたり動きまわったりしている。そんななかで、エゼキエルは静かに列に並び、両手をポケットに入れて、だれとも口をきかず、目を伏せている。せめてだれかとハイタッチするなりパンチを繰りだすなりしてくれたら両手を確認できるのだが、この少年はあきらかに孤独だった。あるいは仲間がたまたまこのバスに乗らなかったのか。

「行くぞ」とポーリーに声をかけながら、エンジンを切って車から降りた。「もっと近づかないとだめだ」

ぴかぴかのSUVの車列が――ほとんどの車に仏頂面のティーンエイジャーと陽気にぺちゃくちゃしゃべるママが乗っている――エンジン音を響かせて通り過ぎるのをふたりでいらいらしながら待ち、それから走って通りを渡ると、ちょうどエゼキエルがバスに乗りこむところだった。

「くそっ」ポーリーについてこいと合図して、ジャクソンはまた通りを渡って車にもどった。「こうなったらプランBだ」

それはまどろこしいプランだった。

相手が最終的にどこへ行くつもりなのかわからないまま――帰宅するのか、バスケットボールの練習か、はたまたSMクラブか――車に乗りこんでスクールバスを追いかけると、バスはドラモインからインナーウェスト地区の裏通りを蛇行しながら走っていった。

たっぷり十五分かけて十五回ばかり停車したあと、バスが交通量の多い交差点に着くと、白っぽい髪のひょろ長い少年が飛び降りた。

「ビンゴ！」ジャクソンがバスの後方の縁石に車を寄せたそのとき、他校の制服を着た背の低い太めの少女が車の横を通過してエゼキエルに近づいた。

少女は白いブラウスに黒と緑のチェックの超ミニスカートという恰好で、はにかむような笑みを浮かべていた。ふたりはほんの一瞬、抱き合い、そのあと少女が唐突に背を向けて足早に立ち去った。

「いまのはなんなんだ？」ジャクソンは問いかけ、それから「くそっ」と毒づいた。

エゼキエルはたったいまバスが走ってきた方向へすたすたと引き返していった。

振り向いてそちらを見たポーリーが言った。「最初の通りを曲がろうとしてる」顔を前に向けた。「次の角を左に曲がって引き返そう」

ジャクソンが強引に車の流れにもどると、近くの車からは盛大なクラクションが、通りかかったタクシー運転手からは罵声（ばせい）が浴びせられた。

ジャクソンがそのブロックを一周すると、今度悪態をついたのはポーリーだった。

「見失った！」

ジャクソンはそう簡単にあきらめなかった。速度を落として裏道をゆっくりと流しながら、混在する店の正面や前庭に目をこらす。

「いたぞ！」ジャクソンが声をあげたのは、車が次の交差点を渡りかけたときだった。

急ブレーキを踏んで車を転回させ、通りを進んだ。そこは見覚えのある通りで、自分も悪態をつきたい気分だった。

「父親の教会に向かってるんだ」ジャクソンは言って、車をまた縁石に寄せた。

「告解でもするのかな」とポーリー。

「かもな、それか懺悔するのか」

ポーリーは困惑して見返したが、なにも言わず、ジャクソンはエンジンを切った。

適度な距離をおいて見守っていると、エゼキエルはぶらぶらと教会の門の数メートル手前まで行ってあたりを見まわし、しゃがみこんで靴の紐をほどきはじめた。

「今度はなにやってるんだ？」ジャクソンは問いかけ、見ると少年は通学かばんから黒い靴を取りだし、はいていた白いほうをかばんに入れて、その黒い靴をはいた。

「〈ナイキ〉のスニーカーを通学用の靴とはきかえたってことか」とポーリー。

ジャクソンは顔をしかめた。「よくわからないな。いま学校から帰ってきたところだぞ。普通は逆なんじゃないか？」

さらに一分ほど見ていると、少年はかばんのファスナーを閉めて、ネクタイをまっすぐに直し、教会の正門まで行って、そこでまたあたりを見まわし、髪を整えてから門を押し開けた。

教会の敷地に足を踏み入れるなり、父親が横手から現われた。タイミングがよかったのか、それとも息子を見張っていたのか？

ジョヴェス牧師は手に長い木の棒を持っていて、それを息子に向かって振りながら、なにかどなっている。なんと言っているにしろ、それはあきらかに小言で、どなり声はそれからひとしきり続き、そのあいだ少年はなにも言わずにただうなだれていた。最後に牧師は息子に木の棒を突きつけて——どうやら庭用の熊手らしい——そのまま後ろにさがった。

エゼキエルが通学かばんを背負ったまま前庭の落ち葉をかきはじめるのを、父親はそこに立って見ていた。両手を腰にあてて、しかめ面で。一時代が過ぎたかと思われるころ、牧師はようやく背を向け、教会のなかにはいっていった。

「よし、いまだな」ジャクソンは言って、車から降りた。

少年のほうへ歩いていきながら最初に目をとめたのは、手の大きさだった。大きい。といっても特別大きいのではなく、八学年の少年にしては大きめというだけだ。

近づいていくと、エゼキエルは掃除の手をとめて、道を空けようと後ろにさがった。ふたりはそこで歩調をゆるめた。ジャクソンは握手しようと手を差しだした。

困惑しながらも、エゼキエルは熊手をおろして握手に応じた。

なるほど、とジャクソンは考えた。この手ならやれそうだ。

「やあ、ザックだね?」

少年はこわごわうなずく。

「リアム・ジャクソン刑事だ、こっちはポーリー・ムーア巡査部長」

「父さんはなかにいるよ」少年がすかさず言ったので、ジャクソンはにっこり笑った。

「ああ、ありがとう、あとではいらせてもらうよ。きみはお父さんの手伝いをしてるのかい？」

少年はゆっくりとうなずいた。

「その分はちゃんとお小遣いをもらってるんだろうね」

今度はうなずかなかった。

「あの女の人のことで来たの？」エゼキエルが訊いた。

「じつはそうなんだよ」ジャクソンは答えた。「じゃあ彼女のことを覚えてるんだね？」

肩をすくめた。「きれいな人だった」そこで意味ありげな笑みが口元をよぎる。「酔っ払ってたけど、かっこよかった」

「へえ、そうか。彼女の見た目が気に入ったのかい？」軽い口調を装いながら訊くと、少年はうれしそうに笑った。

「うん、まあね、あの人は、なんて言うか、セクシーだった！　生意気でがさつなうちの学校の女子とは大ちがい――」

少年が唐突に話をやめて熊手に手を伸ばしたそのとき、朗々とした声が響き渡った。「あなたがた、なにかご用ですか？」

刑事たちがはっとして振り向くと、ジョヴェスが教会の入口に立っていた。両手に一冊ずつ本を持ち、目を細くしている。

「ああ、またあなたですか、たしか……」

エゼキエルをちらりと見ると、下を向いて猛然と落ち葉をかいていた。内心ため息をついてから、ジャクソンは石敷きの小道を牧師のほうに向かった。

「ええ、リアム・ジャクソン刑事と、こっちは同僚のポール・ムーアです」

ジョヴェスは近づいてくるふたりを胡散くさそうに凝視し、一瞬だけ息子のほうに視線を投げた。少年は建物の角を曲がって姿を消すところだった。

「まだ質問があるのですか？」ふたりはうなずいた。「では、なかにはいってください」

「いい息子さんですね」牧師のあとについて後方の信徒席に向かいながらジャクソンは言った。

「どうしてそんなことを？」

「だって、いまどき家の手伝いをする子供なんてめったに見かけませんからね、そうでしょう？」

ジョヴェスは例によってサメのような笑みを浮かべた。「あの子は弱くて、すぐ誘惑に負けるのです、刑事さん。ですから、それがどういう結果を招くか、身をもって学ぶ必要があります」

「はあ？　すぐ誘惑に負けるとはどういう意味です？」

また目が細くなった。「ご用件はなんですか、刑事さん」

ジャクソンはひとまず引きさがった。この男とこれ以上言葉遊びをする気はないし、最初に会ったときの会話から、いくら話したところで得るものはないとわかっていた。

そこでこう言った。「じつは奥さんに会いにきたんですよ、ジョヴェス牧師。残念ながらまだ連絡がつかないもので」

それは嘘だった。妻の居所を突きとめるための実際的な試みはなにもしていなかったが、ジャクソンにはここへ来る理由が必要で、ジョヴェスはどうやら信じたようだった。

「おそらく学校へ迎えに行ってるんでしょう」とあっさり答えた。「なぜです？　家内が今回のこととどうかかわっているんでしょうか」

「ちょっと話をうかがいたいだけです」

「どんな話ですか？」

しばらく相手に視線をすえたまま、あんたの知ったこっちゃないと言ってやろうかと思うが、この男を敵にまわすのはまずいだろう。あわてて妻の口を封じに行かれては困る。

インディラの言うとおりかもしれない。自分は押しが強すぎるきらいがある。ジャクソンは口調をやわらげた。

「お決まりのくだらない手順なんですよ、牧師さん、それ以上の意味はありません。念のため（クロッシング・ア）の確認（ワー・ティーズ）ってやつです」

十字架（クロス）のキリスト像をちらっと見あげながら、こういう場所では罰当たりな言いまわしだったろうかと考えた。

ジャクソンはにっこり笑い、ポーリーに向かってうなずきかけた。「あの晩、被害者の近くにすわっていた全員から調書をとるのを怠ってしまいましてね。じつは」そこで声をひそめる。

「上司の不興を買ってるんですよ」

ジョヴェスの目が細くなる。「この前一緒に来たあの怒りっぽいインド人女性の？」

インディラの民族性や性別がなにとどう関係するのかジャクソンにはまったく理解できなかったが、あくまでも軽い口調でこう言った。「シン警部補は、なんと言うか、ちょっと気むずかしいところがありまして」ポーリーにこっそり目配せする。「ジョヴェス夫人の調書をとってこいと言われたので、それが終われば、われわれはお役ごめんです」

「家内からどういう話が聞けると思っているのですか?」

「おそらくなにも出てこないでしょう。実際のところ。ただ、ほかのだれも気づかなかったことを奥さんが見ていないかたしかめる必要があるだけです」

「家内はなにも見ていません、断言してもいい」

「それならそれでけっこうなんですが」今度はポーリーがメモ帳を取りだしながら言った。「一応話を聞かないといけないんです。奥さんの電話番号を教えていただけますか、牧師さん」

ジョヴェスはつかのま、刑事たちの言い分を納得していないような顔になり、それからあっさり腕時計に目をやった。「いまは間が悪い。家内が家にいるとしたら、これから夕食の支度にかかって子供たちの宿題を見る時間です。明日まで待ってもらうしかないですね」

「かまいません」と言いながらジャクソンはポーリーの視線をとらえた。年下の刑事は不満げな顔だったが、ジョヴェス牧師を敵にまわしたくはなかった。

上着のポケットから名刺を一枚取りだす。「手が空き次第ここに電話をくれるよう奥さんに伝えていただけると非常に助かります」

ジョヴェスは名刺をためつすがめつし、裏返して、また表にもどした。「いいでしょう、ジャクソン警部補」とようやく言うと、あのサメのような笑みがもどってきた。「まあ、あなたの名誉を挽回できるかどうかやってみますよ」

18

ペリーの勧めるシドニー博物館の大理石のロビーにはヴァイオリン協奏曲が静かに流れていたが、次々にやってくる来場者たちのにぎやかなおしゃべりと笑い声にかき消されてほとんど聞こえなかった。ペリーがアリシアとリネットに向かって落ち着かない笑みを浮かべる。

「いまのところうまくいってるよ」姉妹が入口付近に集まっていたブッククラブの仲間に合流すると、エアキスをしようとやってきたペリーが言った。「ジャクソンは来ないの？」と口をとがらせた。

「ごめんね、例の事件がかなりストレスになってるみたい。でもわたしの同僚が何人かあそこにいて、すごく楽しそうにしてる」グラスのワインをぐいぐい飲んでいる姉妹誌の女性編集者三人の視線をとらえて手を振った。

「大盛況だね」リネットもあたりを見まわしながら言うと、ペリーは満面の笑みを浮かべた。

「市長がいるのを見た？　それに国会議員が少なくとも三人は到着したよ！」

「それよりもっと感激したのはセレブたちよ」とクレア。「さっきこのあたりで見かけたのはケイト・ブランシェットじゃなかった？」

「どこどこ？」ミッシーが金切り声をあげ、ペリーはプロセッコのパンチをぎっしりのせたトレーを手にして通りかかったウェイターを手招きした。

全員がそれぞれ無料の飲み物を手に取った。

「もう少ししたら、ぼくはチョウチョみたいに飛びまわらないといけないんだ」ペリーがグラスを辞退しながらみんなに告げた。「でもその前に裏話を聞かせて！」

「裏話？」自分が話しかけられているのに気づいて、アリシアは問い返した。

「そうだよ。捜査はどんな具合？　あの素敵なジャクソンはなにを探りだした？」

「いまのところあまり進んでなくて、それが大きなストレスの理由よ。行き詰まってるみたい」

「行き詰まってる？　どういうこと？」クレアが訊き、アリシアが見まわすと全員が自分に注目していた。

「あの、いろいろやり残してることがあるだけ、所在が不明の容疑者がたくさんいて」

「たとえば？」アンダースがなぜか興味を示し、アリシアは一歩さがった。

「みんな、時と場所を考えて。今夜の主役はペリーと彼のすばらしい博物館でしょ。事件の話はあとでもできる」

「うれしいこと言ってくれるねえ」とペリー。「それに、ぼくはほんとにあちこちに顔を出さないといけないから、いま事件の詳しい話をされたら、聞き逃すことになるよ」

「あとでうちに集まるのはどう？」リネットをちらっと見ながらアリシアは提案した。

「それよりもっといい案がある」とペリー。「ゆっくりイベントを楽しんだら、あとでぼくがこの建物の奥まった場所に案内してあげよう。そこならみんなで心ゆくまで事件の話ができるよ」

　全員が同意して、ほかのゲストたちを接待できるようホストを解放し、それから二時間、高価なシャンパンやカナッペを楽しみつつ、風変わりな展示品をあれこれと見学して過ごした。そこには先住民族アボリジニの工芸品や古代都市テーベのミイラ、全身毛に覆われた堂々たるマンモス数頭も含まれていた。どういうわけか、そこでマルガリータのことを思いだし、彼女が今夜アンダースの腕にぶらさがっていないのはどうしてだろうと気になった。

　ペリーが大忙しなのが残念――彼ならためらいもなく理由を訊いていただろう。

「たぶんそこまでの予算がなかったんだね」四万二千年前の仔牛をじっと見ながら、姉の心を読み取ったリネットが小声で言った。「それか、マルガリータが別の同伴仕事でふさがってたのかも」

　アリシアは妹の腕を軽くぴしゃりと叩いた。「よしなさい！　そんなひどいこと言わないの」とは言いながら、アリシアはつい笑ってしまった。今夜は笑いたい気分だった。ここ何日か気の滅入る日が続いていたので、ブランケットに忍び寄る絞殺魔のことを忘れて有名人の集まるきらびやかなイベントを楽しむ機会を満喫していた。

　悲しいかな、少なくともアリシアの想像力にとってはつかのまの休息だった。

　気がつくとパーティーは終わっていて、もどってきたペリーがみんなを広々としたロビーから追いたて、口元に秘密めかした笑みを浮かべながら、果てしなく続く幅広い廊下を通って博物館の南の端まで連れていった。

「もっと居心地のいいところにしけこもうじゃないの」とウィンクしながら言った。

「すごく楽しかったわ、ペリー」とアリシアは歩きながら伝えた。「結果には満足してる？」

「満足してるし、お偉いさんたちもそうだった。後援者たちもみんな大喜びだったし、館長なんて、帰る前にぼくを脇へ呼んで〝すばらしい仕事ぶりだよ、ペリー〟って言ってくれたんだ。彼がぼくの名前を知ってるなんて思いもしなかった！　オーケイ、ここだよ」

着いたのはエレベーターの列で、ペリーが身分証をボタンに押しつけると、扉がするすると開いた。

「エレベーターで地下に降りたら、右に折れて、いちばん奥にあるオフィスに向かって。そこがぼくのあばら家。鍵は開いてるよ。ぼくも十分後に行くから」


ペリーがオフィスに来たとき、仲間たちは机のまわりの椅子やドアのそばにある合成皮革張りの小さなソファにすわってにぎやかにおしゃべりをしていた。そこは贅沢なオフィスで、みんなが想像していた以上だった。本人はしょっちゅう仕事の愚痴をこぼしていたので、薄暗い掃除用具入れみたいな部屋だと思いこんでいたのだ。

「じゃあパーティーをはじめようか！」両手にヴーヴ・クリコのきらめくボトルを持ったペリーがドアのところから言った。

リネットが歓声をあげ、アリシアは「グラスはある？」と訊いた。

「机の左の戸棚に」

アリシアがグラスを取りに立ちあがると、ペリーは卓上ランプを灯して、頭上の煌々とした明かりを消し、それから机のリモコンを手にした。たちまち部屋のなかがエラ・フィッツジェラルドの歌声に満たされた。

「うわあ、あなたってほんとに居心地よくする方法を心得ているわね」とクレア。

「ハニー、これだけ無償で時間外労働してるんだ、こうでもしないと正気を保てないよ」

そう言ってポンとコルクを抜き、ひとりずつグラスに注いだ。

「さてと、時間も遅いし、あしたも仕事がある。前置きはいいから、アリシア、全部話して！」

今度はアリシアもためらわなかった。一同が見守るなか、三十分かけて事件のあらましを、少なくとも知るかぎりのことを話して聞かせた。行方不明だったバーテンダーのこと、結局はつかまって事情聴取されたことも全部話した。

「それで？」と言いながら、リニーは彼の疑いが晴れればいいのにと思った。思い返してみれば、なかなかいい男だったが、姉は片方の眉を高く吊りあげている。

「ちょっと世の中をなめてるような態度で、ジャクソンの直感は警報を鳴らしてる。なにか隠してる気がするって。残念ながらDNAのような証拠はなにもないから、遺体と結びつけるのは無理だし、毒物検査の結果もクリーン――まあ、もちろんスパークリングワインは飲んでるけどね――というわけで、薬を盛られたのかもしれないという仮説は成り立たない」

「じゃあ、犯人はどうやってそれほど静かに、しかも公共の場で、彼女を窒息死させられたの?」クレアが問いかけた。

「それに服の紐をちぎられたのに悲鳴ひとつあげなかったってどういうこと?」とミッシーも重ねて言った。

アリシアは肩をいからせ、AAについての直感のことと、それがどう報われたかを話した。

「でもね、依存症だったにしても、体内にはおそろしく大量のアルコールが残ってたの」「そこでアンダースに顔を向けた。「アルコールでぐでんぐでんに酔ったせいで、知らない人にのしかかられて首を絞められてるのに気づかないなんてことがありうる?」

アンダースは肩をすくめた。「なにが起きているのか気づいてはいたかもしれないけど、アルコールの影響で運動能力が落ちて抵抗するだけの力がなかったんだと思う。つまり抵抗しよう、いや、うとしたかもしれないけど、相手の力が相当強くて、脚か胴体で両腕を押さえこまれていたら、抵抗しても無駄だとわかっただろうな」

女たちはその考えに身震いした。

「あんな公共の場でそんなことするなんて、よっぽどのばかじゃない? まわりじゅうに人がいて気づかれるかもしれないのに」とミッシー。

「言えてる」とリネット。「夜道をひとりでふらふら歩いてる、こっそり狙えそうな女はたくさんいるのにね」

リネットに自分のことを言われているのかどうかよくわからないままミッシーは不安げにくすくす笑ったが、アリシアは首を横に振った。

「でも、わたしたちは気づかなかった、そうよね？　全員が現場にいたのに、なにも見えてなかった」

シャンパンを飲みながら、彼らはつかのまそのことを嚙みしめ、気分がどっと落ちこむのを感じた。それはぞっとする考えだった。だれも逃れようのない考え。

「容疑者はあとふたりいるの」みんなを活気づけようとしてアリシアは言った。最初に、ジャクソンと妊婦のマズとの直近の会話の内容と、マズが描写した、隣にすわっていた謎のひげ男の人相をみんなに伝えた。

「みんな、その人のことでもっとなにか覚えてない？」アリシアは訊いたが、マズの描写に追加できる新しい情報はなにも出てこなかった。

「それから、エゼキエル・ジョヴェスがいる」ジャクソンがジョヴェス牧師やその息子と話をしたことをアリシアはまだ聞いていなかったが、エリオットがこのティーンエイジの少年の不利になるような証言をしたことはみんなに伝えた。

「まさかあの男の子がこんなことするはずないわ！」クレアが言った。

「彼はぼくより大きいよ、クレア」ペリーが反論した。

「だとしても、わたしは信じないわ。すごくいい家族だったもの」

リネットとアリシアは顔を見合わせたが、なにも言わずにおいた。

「よきキリスト教徒でもあるわね、聞いた感じでは」あの家族がトイレに並びながら祈っているのを見たという老婦人の話を思いだしながらミッシーは言った。

「だからあの息子はやってないってことにはならないよ」ペリーがぴしゃりと返す。「どんな姿だろうが体格だろうが宗教だろうが、犯罪者はいるんだよ、言っとくけど」

「わたしならその前にあのチンピラの二人組を追うわ」というのがこの話題についてクレアが最後に言ったことだった。

「ねえ、考えたんだけど」とリネット。「キャット・マンフォードがロヒプノールを盛られた可能性はない？　前回のこと覚えてるでしょ、アンダース、たしか、ロヒプノールは体内に留まる時間がそれほど長くないから、検出されにくいって」

「キャットの遺体は死後すぐに発見されてるんだ、リニ！、だからいまそれは問題にしなくていいと思うよ」とアンダースは答えた。「でも、いい質問だ。デート・レイプ・ドラッグとして使えるのはなにもルーフィーにかぎらない。近ごろはありとあらゆる種類の鎮静剤が使われている、GHB——、通称液体エクスタシーとか、ほかにもベンゾジアゼピンやスコポラミン。警察は全部調べたんだろうか。ぼくは主任病理学者を知ってて、彼は優秀だけど、毒物は専門分野じゃない。ぼくが報告書を見直すべきかもしれないな」

「見せてくれると思う？」リネットが疑わしげに訊いた。

「最初に遺体に付き添ったのはぼくだ。死亡を確認したのもぼくだし」

すごい！　とアリシアは思った。アンダースが進んで協力を申し出るなんて。

そもそも彼は自分がたったいま事件の渦中に飛びこんだことに気づいているのだろうか、と思ったが、落ち着き払った態度を見ると、そうでもなさそうだった。アンダースの気が変わらないうちに、アリシアは急いでうなずいた。

「じゃあ、あたしたちはなにを手伝ったらいい？」ミッシーが訊いた。「あたしもなにか行動したい！」

「同感」とペリー。

「ねえ、まだ一週間もたってないのよ、みんな」とクレア。「ミス・マープルごっこをはじめるのは少し早すぎない？」

「すぐ水を差すんだから」とペリーがぼやいた。

「いいえ、クレアの言うとおりだと思う」アリシアは言い、アンダースばかりか自分まで驚かせた。彼もびっくりした顔でこちらを見ている。アリシアは笑った。「そりゃあ、わたしだってみんなと同じでよくできた謎(ミステリ)には目がないけど、まずはジャクソンに仕事をさせてあげましょうよ」

ペリーが怪しむような顔になる。「われらがボーイフレンド氏の顔をつぶさないようにってこと？」

彼とインディラの関係を壊さないように、と言ったほうが真実に近いとアリシアは思った。ジャクソンは口にこそ出さなかったが、チキンサラダ・サンドイッチの一件で、自分は距離をとっておくべきだとの印象をはっきりと受けたのだ。

「ここはじっと我慢して、本職の刑事さんたちに任せましょうよ。でも最新情報はちゃんと全員で共有すると約束する、それでいい?」

みんな渋々同意し、クレアとアンダースがほっとした様子なのに対し、ミッシーは落胆を顔に出さないよう懸命にこらえた。アリシアの言い分はわかるし、そういうところを尊敬してもいるが、ミッシーとしては、もし捜査がこのまま難航するようなら、思いきって調査に乗りだすつもりだった。警察が気に入ろうと入るまいと関係なく。

ミス・マープルは歓迎されないところに首を突っこむのを決してためらわなかった、ならば自分もそうしようと。

19

リアム・ジャクソンはキレる寸前だった。一日じゅう防犯カメラの映像を見続けて、いくつか使えそうな手がかりはあったものの、どういうわけか忽然と消えてしまった〝チンピラ〟二人組の正体はいまだつかめていない。灰色の髪と白髪まじりの黒い口ひげの六十代男は言うにおよばず。ジョヴェス夫人からかかってこないかと期待して電話に目をやる。気晴らしが必要だった。

いまは木曜日の午後で、電話をくれるようジョヴェス牧師に伝言を頼んでから丸一日たっている。あの女性はいったいどういうつもりなのだろうか。

なんで言われたとおり電話をかけてこない？

あの妻にして母親はなにを隠してるんだ？

「それはジャロッドが貧乏くじをひかされたんだと思ってた」インディラがソフトドリンクの缶を手に視聴室にはいってくるなり、思考に割りこんできた。

ジャクソンはあくびをした。「ああ、あいつも大変な仕事をやってくれたけど、自分で最終確認をしたかったんだ。おれも証人のひとりなのに、やつらのひとりも見つけられない。いや、出口付近であきらかに煙草を吸ってるやつは数人見つけたけど、どいつもこいつもマズの隣にすわってた男には合致しない。キャップの二人組に至っては……」ぼさぼさの髪をかきむしってますますぼさぼさにした。「どれがおれたちのさがしてるやつなのかもわからないときてる。だれもカメラを見あげないんだ、ただのひとりも。そんなことってあるか？」

「みんなが賢いのか、それとも運が悪いってこと？」

ジャクソンは肩をすくめて、また電話をじっと見た。「ジョヴェスの線をあたるべきかもな。エゼキエルのママを訪問してみるとか？　礼儀正しく警察に連絡してこない理由をたしかめよう」

インディラがきっぱりと首を振り、その顔に晴れやかな笑みが浮かぶ。

「そっちはひとまず忘れて。捜査のとっかかりが見つかったと思う」

「ほんとか？」

「そうなのよ、ジャッコ」インディラは飲み物を差しだしたが、ジャクソンが辞退したので、それを置いてテーブルに寄りかかった。「オーケイ、じつは警備員たちにあらためて話を聞いてみたの。正面出口の担当者は、煙草を吸ってた黒い口ひげの年配の男は記憶にないと断言してる。ひとりもいなかったということじゃないわよ。彼の記憶にないというだけ」

「おれたちの口ひげ男は煙草を吸ってなかったのかもしれないな。マズにそう言っただけで、本当の理由はなんにしろ」

「かもしれない」インディラも認めた。「あるいは別の出口を使ったのか。ついさっきわかったんだけど、話を聞くべき相手はガイ・ピーターズよ。横手の東側の出口を担当してて、喫煙者の多くが集まってたのはどうやらそこらしいの、バーに近いとか、位置的にスクリーンが見やすいとか、なんだかんだで」

「なるほど、酒を飲んで一服しながら同時に映画も観られるわけだ」

「そう、昔で言う、ながら族ね」インディラは笑った。「問題は、ガイ・ピーターズが欠勤してるってこと」

「まさか冗談だろ?」そいつも行方不明者じゃないだろうな。

「あわてないで。ちゃんとした休暇だから。月曜に家族を連れて海岸沿いを北に向かったの。電話でちょっと話を聞いたら、すごく恐縮して、トンプソン巡査から事情聴取を受けて全部話したので、それで旅行の許可をもらったと言ってる」

「ほかになんて言ってた? 口ひげの男のことは覚えてるって?」

「それはなんとも。回線の状態が最悪だったんだけど、本人は役に立てるかもしれないと言ってる。すぐにもどってくるって。終業時間までには来るはずよ。そしたら詳しく話を聞いてみる」

「捜査の役に立つ情報があることを祈ろう。じゃないと、無駄に家族旅行を台無しにしたことになる」ジャクソンはふーっと息を吐きだした。「で、例の二人組、キャップの男たちは? そっちはどうなってる?」

「そっちはもう少しつかみどころがなくて、でも同じくとっかかりはあるかもしれない」

ジャクソンは身体を起こした。「まじか? そりゃすばらしいニュースだ」

"かもしれない"って言ったでしょ、ハイタッチするのはまだ早い」缶からもうひと口飲んだ。「彼らのはっきりした人相はいまだにだれからも聞けてない。このふたりはまるで歩く幽霊ね。どう考えても変でしょう。そのふたりがぶらついたり、じろじろ見たりしてたことを覚えてる人は大勢いるのに、だれひとり"キャップをかぶったタトゥーのある二人組の男"以外に話せることがないなんて。まるで変装はしてませんというときにする変装みたい」

「バーテンダーたちにも訊いてみたか？ もう少しなにかわかるんじゃないか？」

インディラは指を一本立てた。「ここからがおもしろいところ。ブランドンはなんの役にも立たない、モーリー弁護士のおかげでね。でもバーテンダー仲間のウォリー・ウォルターズにあらためて話を聞いたら、たぶんあのふたりには一度もお酒を注いでないって」

「だろうな。ビールをがぶ飲みしてたから、まるできょうが最後の日って感じで。それにだれもふたりがクーラーボックスを持ってるところを見てない、となるとビールは現地で買ったにちがいない」

「それか、持ちこんだ」

ジャクソンはがぜん興味をそそられ、もう一段階身体を起こした。

「これはいいニュースよ」とインディラ。「わたしたちにとってラッキーなことに、ウォリー・ウォルターズは自分のところのビールをよく知ってる。一列に並べた男たちからふたりを見分けられるかどうかは怪しいけど、彼らが飲んでたお酒はまちがいなく見分けられる。自分の店のビールじゃないと言ってるの。バーからそれほど離れていない草地にキャップをかぶった男がふたりすわってるのは気づいてたって。彼らががぶ飲みしてたのがロングネックボトルのクラフトビールだったから、それで目についたと言ってるの」

「で？」

「で、あの晩あそこのバーではロングネックボトルのクラフトビールは売ってなかった。だから、持ちこみだったのはまちがいない。ウォリーがそのことを覚えていたのはひとえに、どうしてブランドンは主催者にお酒の持ちこみ禁止を主張しなかったんだろうって思ったから。売り上げは見込んだほど伸びなかったし、歩合も期待してたほどもらえなかったし、めそめそ、ぐずぐず。ブランドンには南極で製氷ビジネスを営むのも無理だろうって」

「ひどいな」ジャクソンが言うと、インディラは笑った。

「とにかく、愚痴は置いといて、これで少しは範囲が狭まるかも。キャップの男たちのなかに入場するときボトルらしきものを持ってた人はいなかった？」

正気か？　という顔でジャクソンはインディラを見返した。「冗談だろう？　客はほぼ例外なくなにか持ちこんでた――ピクニック・バスケットに、エコバッグに、バックパック――そのなかのどこにボトルがはいっててもおかしくない。どっちにしても、それはあまり意味がない。さっきも言ったように、だれもカメラを見てないし、識別するための特徴もないんだから。時間の無駄だよ。でもまあ、あの界隈の酒屋の防犯カメラを確認してみてもいいだろう、なにか出てこないともかぎらない」

「それをする前に、ウォリーがいいことを教えてくれたの」

「ほんとか？　きょうのウォリーはみごと期待に応えてくれてるな。だったら教えてくれ、あいつはほかになんて言ってるんだ？」

「聖書に誓って、彼らが飲んでたのは怪しげな自家製ビールで、チャッキーズだかチャックアップだか、そんな感じの名前で呼ばれてるやつだって。ラベルには口から泡を吹いてる男のイラストが描かれてるの。そのラベルは前にも見たことがあって、でもどこで見たのかどうしても思いだせないらしい」

「高級な代物らしいな」

「ええ、ほんと。でもこれで少しは範囲が狭まる。だって、そんな素敵なものを売ってる酒屋がいったい何軒ある？　わたしは聞いたこともない」

「おれもだ。よし、この件は任せてくれ。調べてみよう」

　それから一時間かけて電話帳を調べまくり、その地域にある酒屋とホテルに連絡しまくった結果、ジャクソンはふたつの名前を手に入れた――〈チェスターズ・チャック〉と〈愉快な爺さん(ジョリー・コジャー)〉。前者はビールの名前、後者はその界隈で唯一このビールを販売しているホテルの名前だ。ロジールの比較的地味なほうの端に位置するそのホテルは、高級住宅地のバルメインから通りをほんの数本隔てただけなのに、百万キロも離れたような陰気な建物だった。

「これから行くの？」調べた結果を報告しようとジャクソンがインディラのオフィスに寄ると、彼女は言った。「一緒に行きたいけど、いまガイ・ピーターズが来るのを待ってるところ」渋い顔になった。「わたしの記憶がたしかなら、ちょっといかがわしい感じのホテルよ。面倒なことになりそうなら連絡して。ポーリーを助っ人として連れていくといい」

「いや、おれならだいじょうぶだ」にやりと笑いながら答えて、ジャクソンは出発した。ミズ・杓子定規に話すつもりはないが、ポーリーではなく、自分の秘密兵器を連れていくつもりだった。

ジャクソンの秘密兵器は、タクシーから〈ジョリー・コジャー〉の表の丸石敷きの道に足を降ろしながら、拒絶したくなる気持ちを懸命に押し隠した。普段着で来るようにと言われていたので、指示どおり仕事用の服からジーンズとゆったりした黒のトップスに着替えてきたが、いまはジーンズの両膝を切り裂いて防弾ベストも加えたい気分だった。目の前のホテルはライダーのたまり場のように見え、それは表にハーレーダビッドソンが数台とまっているせいばかりではなかった。

そこは絵葉書のようなバルメインとはまるで別世界だった。

通りに面した窓はすべて防犯用の頑丈な柵の向こうに身をすくめ、塗装は爪の先でどうにか壁にしがみついている。横手のドアからなかをのぞくと、爆風のようなデスメタルとフライドオニオンやビールの強烈なにおいが襲いかかってきた。

ぼさぼさのブロンドの髪に指を突っこんでかき乱し、ピンクのリップグロスを手の甲であらかたこすり落としてから、アリシアはドアを押し開けてなかにはいった。

ジャクソンはすでにカウンターで待っていて、瓶入りのエールを飲みながら、中年の女性バーテンダーと一緒になって笑っていた。相手は胸元の大きく開いたワンピースで歯茎を見せて笑っている。その笑いは、アリシアが近づいていくと、すっと消えた。

「やあ、よく来たね！」とジャクソンが言った。「ビール？」

うなずきながらアリシアは言い添えた。「瓶入りのはある？」

この女性バーテンダーは〝グラスに唾を入れてやる〟タイプのような気がしたのだ。

彼女が背後にある照明付きの冷蔵庫に視線を送ったので、アリシアは定番のビールを指さした。「ジェームズ・ボーグズ・ドラフトをください」

バーテンダーとのやりとりが終わると、ジャクソンが離れたところにあるテーブルを手で示し、そちらに向かった。

「地ならしはうまくいってたみたいね」アリシアは言った。「わたし来ないほうがよかったかも」

「いや、彼女じゃ役に立たない。歳がいきすぎてる」そこで自分の言葉に気づいた。「ごめん、言い方をまちがえた。おれたちのチンピラの相手をするには歳がいきすぎてるって意味。彼らに酒を売った記憶はないそうだ。ただし！　彼女には娘がいて、毎週土曜の夜にやっぱりここで働いてる、となるとやつらはたぶん若いほうのバーテンダーを相手にしてたと思うんだ。少なくともきみたちのグループから聞いたかぎり、おれが受けてる印象はそうだ」

「そう、たしかにそんな印象だったわ。で、その娘のほうはどうやって見つけるの？」

「簡単だ。そのうちここへ降りてくる」視線が上に向けられた。「親子でバーの上に住んでるんだ」

「なんて好都合な。それまでは?」

「なにか注文するとしよう、サルモネラ菌がついてないものを」

ビール入りの衣で揚げたフィッシュ・アンド・チップスをカウンターで注文して、ふたりがテーブルにもどったとき、若い女性が内階段から店に降りてきた。

「鷲が舞い降りたぞ」ジャクソンが、人工的に染めたブロンドの三つ編みと厚化粧の顔を確認しながら言った。母親に劣らず露出度の高い服を着て、いらいらしながらあたりを見まわしたあと、気づいた母親に肘で押されて、ジャクソンのテーブルに向かってきた。

「刑事だって言ったの?」アリシアは小声で訊いた。

「だからあのしかめ面なんだよ。話はおれに任せてくれ、いいね?」

「喜んで」アリシアは椅子にもたれた。

警官と話すために急ぐ気はさらさらないようで、彼女はぶらぶら歩きながらわざと足をとめてテーブルにいた男とハイタッチまでしてから、ようやくそばにやってきた。

「あんたがあたしに会いたがってるって、ママが」甲高い声だった。「トニーのことなら聞きたくもないね」

「トニー?」

彼女の目が細くなった。ほっそりした身体の前で腕を組む。「なんの用?」

「すわってもらっていいかな、ケイシー。二、三訊きたいことがあるんだ。長くはかからない、約束する」

こっそり店内を見まわしてから、彼女は言われたとおり空いた椅子を引いてどすんとすわった。

「おれが殺人課の刑事だってことはお母さんから聞いてるね？」

彼女はあいまいに肩をすくめた。

「公園で若い女性が殺された事件のことを調べてるんだ。この近くのバルメインの公園で、先週の土曜日の晩。〈星空の下の上映会〉。そのことでなにか知ってるかな」

また肩をすくめた。「なんか古い映画をやってたね。年寄り向けのやつ。知ってるのはそれくらい。でも、そう、どっかの若い女が襲われたのは聞いた。それがあたしとなんの関係があんの？」

「なんの関係もない。訊きたいのは、あの晩ここへ来た常連客のことなんだ。彼らが捜査に協力してくれるんじゃないかとおれたちは考えてる」

「それって〝彼らがやばいことになってる〟の暗号だよね」ケイシーが言い、アリシアは頰がゆるみそうになるのを必死にこらえた。

いやはや、この若さでなんという皮肉屋さん。

ジャクソンが上着から粒子の粗い写真を取りだした。A4サイズのプリントアウトで、高い位置から撮ったものらしく、キャップをかぶった容疑者ふたりが下を向いて公園にはいっていくところで、どちらも手になにか持っている。たぶんボトルだろう。

「このふたりに見覚えは？」

ケイシーは写真をよく見た。「冗談だよね？」

返事がないので、彼女は顔をしかめた。「見覚えもなにも。キャップの男がふたりってだけ。ここにいるだれかにキャップをかぶせたら、みんなこんなふうに見えるよ」

「キャップだけじゃない。全身インクだらけだ。ひとりはタトゥーが首まで続いてる」

彼女は〝プーッ！〟という音を発し、身体をひねって声を張りあげた。「ねえ、ボザ！ ミッキーD！ ジェイソン！」

数人の男がビリヤード台からこちらを振り向いた。いずれも全身にタトゥーがあり、なかのふたりは首まであり、ひとりは剃りあげた頭に巨大な鷲が彫られている。

アリシアはその三人をよく観察して、ジャクソンに首を振った。例の二人組ではない。

ケイシーが渋い顔でまた叫ぶ。「ごめん、いまのはなし！」刑事に顔をもどした。「もっとましなやり方しないとだめだよ」

ジャクソンはめげなかった。「もっとじっくり見てくれないかな、ケイシー。このふたりはここで飲んだだけじゃない。きみたちが売ってる怪しげなビールを何本か注文してる――〈チェスターズ・チャック〉だ。お母さんはあの晩そのビールを売ってないと言ってる」

「まあ、そうだろうね――ママはあれ嫌いだから。テレピン油みたいな味がするって、でもポーヴォたちはみんな飲んでるよ」

「ポーヴォ？」アリシアが訊くと、ケイシーは〝そんなことも知らないの？〟という顔をしてみせた。

「そう、ポーヴォ、貧乏人のこと。手っ取り早く酔っ払えるから」

「彼らのお気に入りの銘柄らしいな」とジャクソン。「問題は、お母さんが売らなかったのなら、きみが売ったはずだってことだ、そうだろう？　あの晩、八時前にここで働いてたのは、ほかにはきみしかいなかった」

「買ったのは別のときかもしれないよ。それに臨時雇いもいっぱいいるし」

一理あるとアリシアは思ったが、ジャクソンはそれも受け入れなかった。

「いや、あの晩ここで買ったんだと思う、七時か七時半ごろに。その時間にいたのはきみとお母さんだけだ。たぶんロングネックのボトルを何本か買って公園に向かった。彼らに売ったのはきみだと思うんだ。協力してくれないわけを教えてくれないか」

ケイシーはあわてて身を乗りだした。「してるよ！　そいつらのことは覚えてないだけ。こんな店に来る負け犬たちのことをあたしがいちいち覚えてるって本気で思ってんの？」

「大事なことなんだ、ケイシー。そういう〝負け犬たち〟が女性を絞め殺したかもしれない。その前にレイプしようとしたかもしれない」

それを聞いて眉間にしわを寄せたが、それでも肩をすくめた。

ジャクソンがため息をついて椅子にもたれたので、あきらめるつもりだろうか、とアリシアは思った。見かねて、つい身を乗りだした。

「このふたりのこと覚えてるんでしょ」と言うと、ケイシーははっとして目をあげ、眉間のしわが深くなった。アリシアは続けた。「いかにもゲス野郎って感じだった。ひと目見ただけで相手の服を脱がせそうな」

ケイシーは鼻で笑った。「まじでどんどん名前をあげろって言ってんの？　あたしにとっちゃ男なんてみんなそんなもんだよ、中年男だって、妻帯者だって」鋭い視線をジャクソンに向ける。「中年の、妻帯者は、特にね」

アリシアは首を振った。「いいえ、このふたりはきわめつけのゲス野郎だった。〝最優秀助演ゲス野郎賞〟があったらオスカーがとれるくらい。ほんとに感じ悪かったわ。とにかくああいう気持ちの悪い連中とはかかわらないのがいちばんね」

ケイシーのしかめ面が消え、アリシアの描写が記憶を呼び覚ましたらしかった。写真を手に取ると、今度は真剣に見た。

「そうだ、言われてみれば、たしかにあの晩、とびきり下品で気持ち悪い二人組がいたよ。なにを注文したか覚えてない、ごめん、キャップも記憶にないけど、きわめつけのゲス野郎だったのは覚えてる。あたしのこと〝そそられる〟だの〝うまそうだ〟だのって言ってた」吐く真似をしてみせた。「そりゃあ、さんざんいろんなこと言われてきたけどさ、うまそうってなに？　オエッ」

ジャクソンはアリシアに向かってにんまり笑った。「どうやらそいつららしいな。そのふたりに関してほかにわかることはないかな」

「ない。言ったよね、わかるのはゲス野郎ってことだけ」

「じっくり考えてみてくれないか、ケイシー。こっちも言っただろ、すごく大事なことなんだ。危険な連中かもしれない」

彼女はまた写真をちらっと見た。「こいつらがやったと思ってんの？ あの女に？」

「そうかもしれないし、ちがうかもしれない。とにかくこのふたりを見つけなきゃならないんだ」

「うちの防犯カメラがあるでしょ？」

「ああ、でも壊れてるってお母さんが」

「だろうね」というのが彼女の返事だった。

「そいつらの名前は聞いてないか？ ひとりが相棒に呼びかけたとか？ なにかのロゴがついてるのに気づいたとか、そういうことは？」

またしても肩をすくめた。「悪いけど、最低最悪のスケベ野郎って以外に目立つ特徴はなかった。言ったよね、このしけた店に来るお客のだれでもふしぎはないって」

「そこが問題なんだ」とジャクソン。「上映会のときは目立ってたし、場ちがいに見えたから、なんでこんなところにいるのかふしぎに思った。彼らのスタイルじゃないだろう。ドッグレースのほうがよっぽど似合いそうだ」

アリシアはふと思いついた。「さっきこう言ってたわね、〝年寄り向けの古い映画〟をやってたって」

「それがなにか?」

「そのこと、どうして知ってるの?」

ケイシーは肩をすくめようとして、はたと気づいた。「ダニエル! そうだ、彼女のことすっかり忘れてた」またカウンターのあたりを見まわした。「残念、きょうはいない。でも、ダニに訊いたらいいよ。あの晩ここに来て、これから映画に行くって話してたんだ。退屈で寝ちゃいそうだねって言ったら、ママがああいうの大好きで、つきあわされるんだって。たしかそう、そしたらあのゲス野郎たちがなんか言ったんだよね」

「なんて?」

「思いだせないけど、とにかく、あのふたりはダニのこと知ってるみたいだった。たぶんそうだよ、だって彼女にはゲスな態度とらなかったから。昔から知ってる仲間って感じだった。ほら、そういうのって雰囲気でわかるよね。三人でずっとしゃべってたし。ダニならもっといろいろ知ってるかも」

ジャクソンはほっとした顔になった。「たいしたもんだよ、ケイシー。ダニの名字を教えてくれないか、居場所を突きとめたい」

「もっといい手があるよ」携帯電話に手を伸ばした。「いまこの瞬間どこにいるか教えてあげる」

20

「現代のテクノロジーは気に入らないか？」レッドファーン郊外の庶民的な地区にある終夜営業のドラッグストアの前に車をとめながらジャクソンが訊いた。

アリシアは納得できなかった。「むしろビッグ・ブラザー（ジョージ・オーウェルの『1984年』に登場する全体主義国家の独裁者で、常に国民を監視している）ね。あんなアプリに登録する人の気がしれない。全世界に――ついでにストーカーにも――公開されるのよ、自分の居場所が一分ごとに。考えただけでぞっとする」

「でも、そのおかげでおれの仕事はずっと楽になる」ジャクソンはにやりと笑って車から降り、しばらくあたりの様子を観察した。「ケイシーの考えだと、彼女はここで働いてるはずだ。レッドファーンのどこかで働いてるのは知ってると言ってたな」

「あのゲス野郎たちの記憶を洗い流すために漂白剤でも買ってるのかもね」

ジャクソンは小さく笑い、先になかにはいった。

ふたりは店の端のほうで棚に商品を補充しているダニエル・リガロを見つけた。白い制服姿で、マルチビタミンの箱が前に積まれている。

「なにかお手伝いしましょうか？」ふたりがぶらついていると、声をかけてきた。

「そう願いたいね」ジャクソンは警察バッジを呈示した。

その二十代の女性は、ジャクソンが訪問の目的を説明しても眉ひとつ動かさず、先週の土曜日に彼女が〈ジョリー・コジャー〉で親しげに話していたというキャップのゲス男二人組のことを訊かれたときもためらう様子はなかった。

「ああ、スコッティとダーヴォね」とビタミンの箱を棚に並べながら言った。

ジャクソンは平静を装ったが、アリシアは思わず笑みをこぼした。殺人犯かもしれない二人組の身元の特定にじわじわ近づきつつある！　ジャクソンとこうして聞きこみをするのが楽しくて、同行させてもらえることが信じられず、アリシアはそのすべてを堪能していた。ミッシーの言うとおりだ。本職の刑事だと素人がやるよりもはるかに話が早い。ジャクソンが身分証をちらつかせるだけで、相手は否も応もなくこちらの質問に答えざるをえない。アリシアとブッククラブのメンバーたちがやってきたミス・マープル方式のお節介な行動とは比べようもないほど手順としては迅速だ――ネットの記事を書くよりやりがいのある現場なのは言うまでもなく。

ジャクソンの言ったことも当たっている。たしかに自分は職業をまちがえたのかもしれない。

「ひょっとして、そのふたりの名字か、住んでるところを知らないかな」とジャクソンが訊いた。

ダニエルは首を振った。「あのふたりを知ってるのは、あたしの元カレとよくつるんでたからっていうだけ。〈馬とスパナ〉でね、セントラル駅近くの」

「いまもそこに行ってると思う？」

「さあね、でも元カレは行ってる。だからあたしはケイシーの店に行くようになったわけ」

「そのふたりについてほかに知ってることはない？」

「あのふたり、軽薄そうに見えるだろうけど、まったく害はないよ。どっちもパートナーがいて、ひとりは子供もいるし、もうひとりはこれから生まれる」

それが犯罪の抑止力になるわけでは決してない、とジャクソンは言いたかったが、口には出さなかった。

ダニエルは続けた。「でもねえ、あのふたりなんかまだましなほうで、元カレはもっとひどい連中とつるんでる。別れてせいせいした」

「いい人じゃなかったの？」アリシアは訊いた。

「いいのは腕っぷしが強いとこだけ」というのが彼女の返事だった。

棚に商品を補充するダニエルを残して店を出たあと、ジャクソンが今夜はここまでだと告げた。

「でも、さっき彼女が言ってた〈馬とレンチ〉だかに行くんじゃないの？」

ジャクソンはにっこり笑って首を振った。「おれはね、きみは行かない」

アリシアが口をとがらせると、こう言い添えた。「それでなくても充分やりすぎてるんだ。インディラがいい顔をしないだろう。それにそのふたりが容疑者だとしたら、きみを近づけるつもりはない。ややこしい事態になるかもしれないし」

「ややこしい事態には慣れてる」

ジャクソンは黙ってアリシアを見た。ああ、そうだろうとも、と言いたげに。

「それにもし面倒なことになりそうなら、あなただって単身で乗りこんじゃだめでしょ」

ジャクソンはすでに電話をかけはじめていた。「そんなことはしない」片手をあげて彼女を制しながら言った。「ああ、やつらを見つけた……いや、セントラル駅のパブ……ああ、ポーリーをつかまえてくれ、いま住所を送る」


同行させてもらえるのもここまでか、と少々気落ちしながら、アリシアは自宅の玄関前でジャクソンにさよならと手を振ってなかにはいった。

時刻は夜の九時二十分、リネットはソファで丸くなって映画を観ており、マックスも下のラグで同じく丸くなっていた。映画は見覚えのあるもので、でもどことなくちがっていた。

「デビッド・スーシェのテレビ版『白昼の悪魔』」リネットが説明しながら映像を一時停止させ、アリシアはバッグを床に落としてスニーカーを脱いだ。

「この前の夜に観た映画版とどこがどうちがうのかたしかめようと思って。まだそんなに進んでない。もう一回頭から観る?」

「いい、追いつくから」アリシアは肘掛け椅子に倒れこんだ。「プロットを知らないわけじゃないし」

「そうだけど、これはバリエーションがいろいろあるからね」

リネットがＤＶＤのケースをこちらに放り投げ、アリシアは両手で不器用に受けとめた。

「脚本家ってみんな原作に余計な茶々を入れなきゃ気がすまないのかな。これだとリンダ役がちょっと年上のライオネルって少年になってる。なんでわざわざ男の子にするの？　意味がわかんない」

アリシアはその点について考えた。いい指摘だ。「舞台はどこになってる？　この前の映画ではなんだかおかしな響きの場所だったけど」

「ああ、これはデヴォン、それも観たかった理由のひとつ。少なくともクリスティの舞台設定は守ってくれてるね。グーグルで調べてみた。撮影場所は〈バー・アイランド・ホテル〉で、あの小説が最初にインスパイアされた特別な場所なんだって、だからその点はすばらしいよね。でもそれ以外は全然ちがってる。まあ観てよ」

リネットがリモコンを押して再開すると、ポワロの忠実なる相棒、ヘイスティングズ大尉の顔がいきなり映しだされた。

「ちょっと、なんで彼がこの島にいるの？」アリシアが思わず声をあげると、リネットは笑った。

「ほんと！　しかもあとでだれが捜査に現われると思う？　なんとジャップ警部！　彼も原作には出てこないのに」

アリシアは顔をしかめた。デビッド・スーシェの演じるポワロは大好きだが、今夜はクリスティの陰謀にこれ以上口をはさみたい気分ではなかった。気乗りしない様子を察して、リネットがまた一時停止ボタンを押す。

「どうかした?」

「うん、ちょっと疲れただけ」

「ジャクソンとの外出はどうだった?」

妹に短縮版を話してきかせると、リネットの映画に対する興味はたちまち失せた。

「じゃあ、ジャクソンはキャット殺しの犯人たちを今夜にも逮捕するかもしれないってこと?」

「もしかしたらね」

「じゃあ、なんで浮かない顔してんの?」

自分でもわからない。漠然とした遺憾の念を覚え、それを振り払おうとした。喜んでもいいはずだった。朝にはすべてがすっきりと終わっているかもしれない。それなのに、なんとなく、そう、憂鬱(ゆううつ)な気分なのだ。

アリシアは心のなかで自分を揺さぶった。

人生に謎と興奮を求めるあまり、本当は殺人犯が野放しのままでいることを望んでいたのだろうか。この手で犯人を暴けるように? 自分はそこまで情けない人間なんだろうか。

アリシアは靴をつかんで立ちあがった。

「わたしはだいじょうぶ。映画の続きを楽しんで。みごと犯人を推理できるかどうか」

ふたりでにやりと笑い合って、アリシアはベッドに引きあげた。

コットンのパジャマに着替えて本を手に落ち着いたとき、アリシアは知るよしもなかったが、事件はまだまだ終わってはいなかった。リネットが観ていた映画と同じように、つかのま一時停止されたにすぎなかったのである。

21

リアム・ジャクソンはマジックミラー越しに観察しながらいらだちを募らせていた。いまは木曜の深夜で、取調室の机についた男は黄ばんだ歯の向こうから嘘を吐いているにちがいないが、証拠はなく、これ以上拘束する理由もない。少なくとも、彼もしくはその仲間が釈放を要求してくれば、弁護士がそう伝えてきたはずだが、刑事たちにとって幸いなことに、彼らは要求してこなかった。

インディラはジャクソンほど確信していなかった。

「彼らがやったとは思えないわ」とあくびをこらえながら言った。

ふたりはこの二時間というもの、ふたつの取調室を行き来し、最初はスコット・ジャレジックを、次は彼の仲間のデイヴィッド・クロウを尋問した。どちらもたっぷりと前科があり、ほとんどは強盗や車の窃盗（せっとう）、警察との追跡劇だが、スコッティのほうは数年前にパブで友人を殴って昏睡状態にした罪で服役もしていた。

それが友だちにすることか、とジャクソンは腹立たしく思った。

とはいえ、これだけ悪評があるにもかかわらず、性的な嫌がらせや暴行、さらに言えば殺人の前科は皆無で、刑事たちもいまのところ自白させるにはほど遠い状況だった。

「つまりね、もしゲス野郎だから犯罪者ってことなら、たしかに話は簡単よ。でもあの間抜けな男たちは、〝眺めるのが好き〟だからそれを行動に移した、ってことにはならないし、そうしたという証拠もひとつもない」

「だれにだって初回はある」ジャクソンはマジックミラーから振り返った。「その説は買えないな。やつらの言い分を信じるなら、映画の前半はキャット・マンフォードに目が釘付けだったくせに、肝心なときには、突然なにも見てなかったってことになる。そんなばかな話があるか？」

「ストーリーに惹きこまれてたのかも。よくできた映画だそうだし」

ジャクソンは無表情に見返した。

インディラは微笑んだ。「わたしは知らないけどね。ジャッコ、彼らは現にまわりが静かになったと言ってるの。彼女はブランケットの下にもぐって眠りこんだ、覚えてる？　だから彼らは興味を失った。いい、彼らは早い時間にあの夫婦をのぞき見してたことは喜んで認めている。だからある程度は信用できると思う、わたしに言わせればね。マンフォード夫妻を見てたことを否定して、最初から熱心に映画を観てたと言い張っていたら、そのときは疑うでしょうけど」

考えてみれば、その言い分にも一理あった。ふたりののぞき魔はマンフォード夫妻が演じていた余興のことを得意げに話していた。

〝スクリーンの退屈な映画よりよっぽど見物だったぜ〟とひとりは言っていた。

〝あの晩ポルノは期待してなかったけどな〟ともうひとりは忍び笑いをもらし、ジャクソンは殴ってやろうかと思った。〝でも後半は冷めちまったな。残念ながら〟

〝それは夫が別の場所に移動したからだ〟とジャクソンが思いださせてやると、それを聞いてふたりとも純粋に驚いたようだった。まったく気づいていなかったみたいに。

〝で、あなたたちはどうして早めに公園から引きあげたの？〟インディラが訊くと、その質問にはふたりとも平然とした顔で答えた。

〝言っただろ、死ぬほど退屈だったから。上流気取りの偉そうな連中がぶらぶら遊んでるだけだろ〟とスコッティは言った。

〝もたもた歩いてる年寄りどもの後ろで足どめを食いたくなかったんだよ〟とダーヴォは答えた。

〝で、そんなに急いでどこへ行ったの？〟

〝〈馬とスパナ〉さ。だれにでも訊いてみろよ〟

その必要はなかった。ジャロッド刑事が防犯カメラの映像を早送りしてその事実を確認していた。カメラはふたりが〈馬とスパナ〉のドアを通過するところをとらえていて、時刻は十時二十九分、見るからにくつろいだ様子だった。

「だからって現場から立ち去る前にやってないとは言い切れないぞ」ジャクソンは言った。「彼女が殺されたのは九時三十五分から十時三十五分のあいだだ、そうだろう？」

インディラは納得しなかった。「ふたりの指紋はシャンパングラスに残ってたものと一致しない。どっちも最新モデルのアイフォーンは持っていなくて、もし持っていればそれが動機だった可能性はあった。わたしたちにはなにもない。証拠ひとつない、なんにもなし。もう一度、自由の身にもどすしかないでしょう」

「くそっ、だったら娘たちを家に閉じこめないとな」

かくしてふたりの男は無罪放免となり、捜査はふたたび行き詰まったのだった。

「証拠がひとつもないからといって、あいつらがやってないってことにはならない」ジャクソンはむっつりと言い、その点はインディラも同意せざるをえなかった。

「でも、彼らを拘束できないってことにはなる。それに、先入観を捨てる必要があるってことにも。あのふたりにばかり目を向けて、手段と機会のあったその他大勢のことを忘れてはいけないと思う」

これにはジャクソンも異を唱えることはできなかった。

「で、おれたちの〝ツイてない男〟はなんて言ってた？」

一瞬きょとんとして見返したあと、インディラは答えた。「ああ、ガイ・ピーターズね。彼は知識の泉だったわ、まさしく」

この警備員は、東側の出口付近でほかの喫煙者にまじって何度かぶらぶらしていた口ひげのある年配の男がひとりいたことを覚えていたのだ。

〝でも、映画の筋にはあまり興味がなさそうな感じでした〟とガイはこの日の夕方インディラに話していた。〝だからしばらくふたりでしゃべってたんです〟

〝どんな話をしたの？〟とインディラは訊いた。

〝あれやこれや〟とガイは日焼けした鼻をこすりながら答えた。〝ちょっと待ってください〟

「ガイはかなり興味深いことをいくつか覚えていたの、いま考えてみると」インディラがジャクソンに言った。「その男はだれかを待っていて、でもすっぽかされたんじゃないかって、ガイはそんな印象を受けた。携帯電話を何度も確認してたし、夜が更けるにつれてだんだん落ち着きを失っていったように見えた。〝もう二度と女なんか信用しない〟みたいなことも言ってたらしい」

ジャクソンは椅子のなかで身を起こした。「なんだって？」

インディラは笑った。「あなたの考えてることはわかる。彼は被害者のことをなにか口にしたんじゃないかって？」

「ああ、どうなんだ？　気になるだろう。そいつは女性全般に腹を立てていたのか、それとも特定の女性にか？　もし特定の女だとしたら、それはキャット・マンフォードだったのかもしれない。なあ、ちょっと聞いてくれないか。これから突拍子もない仮説を披露するから」

インディラは顔をゆがめながらも、手振りで許可した。突拍子もない仮説は突拍子もない髪型と同じ程度に好きで、きっちり編んで背中に垂らした三つ編みは、彼女がそうしたものをどう思っているかを如実に物語っている。

「オーケイ、じゃあ、もしこの口ひげ（mo）の男が――仮に〝モウ・マン〟としようか――

キャットの愛人かなにかだったとしたら？　彼女が公園で夫とキスしてるのを見て逆上したのかもしれない。ふたりはもう別れたものと思っていたのかもしれない」

「〝かもしれない〟が多すぎる」とインディラ。「第一、それならキャットが彼に気づいたはずじゃない？　二メートルも離れてなかったんだから」

「キャットは酔って前後不覚だったろう？　それに遅れて来たから、暗闇で妊婦の向こう側をうろうろしてる男は見えてなかったのかもしれない」そこで勢いよく指を鳴らしはじめる。

「いやいや、待てよ！　もっといいのがあるぞ！　その男がキャットのスポンサーだったとしたら？　AAの」

この仮説に自信満々の様子で、インディラの顔の前で最後に指を鳴らした。

インディラのほうはまったく感心していない。「なるほど、つまりこの〝スポンサー〟は、あの晩たまたま上映会の会場にいて、たまたまふたつ隣の敷物にいた。彼はキャットが泥酔しているのに気づいて、彼女を絞め殺すことにした？　どうしてそんなことをするの？」

「禁酒の誓いを破った彼女に腹を立てたとか」

インディラは笑い飛ばし、腕時計に目をやった。「わかった、今夜はここまでにしたほうがよさそう。少し眠って、脳みそを再起動させないと」

「この案のどこがまずいんだ？」

「ジャッコ、あなたはね、キャットが身体を大事にしなかったからスポンサーが怒って彼女を殺したと言ってるの。それがどれだけばかげて聞こえるかわかってる？」

ジャクソンは肩を落とした。そのとおりだ。

「ほらほら」と荷物をまとめながらインディラは言った。「〝モウ・マン〟がだれのことを愚痴っていたにしろ、彼を見つけなきゃいけないことに変わりはないし、たっぷり休息をとれば少しは頭も働くでしょう」

明かりを消してふたりで部屋を出ながら、インディラが言った。「エリオット・マンフォードの言うとおりだわ、まったく。ほんとに厄介な現場。公園よ、よりにもよって！　しかも夜！　見知らぬ人が大勢いて、全員そこにいる権利があって、だれひとり身元や住まいを明かす必要もない。いまいましいったらないわ！　アガサ・クリスティならもっと簡単にやれるのに。容疑者は片手で数えられるほど、しかも全員にフルネームと住所があって、掘りさげるべき過去がある」

ジャクソンも同意した。「で、おれたちはこの男をどうやって見つける？」

「お手あげ」インディラがエレベーターのボタンを押しながら答えた。

ああ、たしかに。これでまちがいなく――腹立たしいことに――振りだしに逆もどりだ。

22

アザリア・ジョヴェスは、片手を腰にあてて、花模様の正方形をじっと見つめた。なにかがおかしいが、それはいま縫っているキルトとは関係のないことだった。夫が目の前のテーブルに置いていった名刺にちらりと目をやる。

警察がなんの用なの？

なにを知られてしまったの？

ジェイコブが名刺をぴしゃりと置きながら〝くれぐれも慎重に〟と言ったのはなぜ？

名刺の上にキルトをかぶせて最初の十分は無視していたものの、結局はやむなく降伏した。布の下から名刺を引っぱりだし、深呼吸をして、リアム・ジャクソン警部補の番号にかけた。

女性の声が応答したので、思わずひるんだ。名刺をもう一度確認する。「あの、すみません、わたし……えーと、ジャクソン刑事にかけたのですが」アザリアは言った。

「あ、ですよね、彼はいま……」〝シャワー中〟とアリシアは言いかけて、あわててこう言った。「手が離せなくて、折り返すように――」

電話が切れた。

アリシアは電話に火がついたみたいにベッドの上に落とした。ジャクソンの携帯電話に出てしまった自分が信じられない。どうしてそんなことをしてしまったんだろう。

いまどき他人の携帯電話に応答するなんていったいなに考えてるの？　ましてやその〝他人〟がたまたま警察官で恋人だったらなおさらありえない！

それは出来の悪いハリウッド映画で疑心暗鬼に駆られた妻のすることだ。電話の向こうから夫の愛人のハスキーボイスが聞こえるのではないかと予想して。

なんでボイスメールに応答させなかったの？

「なんでボイスメールに応答させなかったんだ？」アリシアの考えをジャクソンがそのまま口にし、はっとして振り向くと、彼が腰にタオルを巻いて髪から水をしたたらせながら寝室の入口に立っていた。

「ごめんなさい！」ベッドから離れながらアリシアはあやまった。「習慣でつい、たぶん」

また想像力が先走って行動させたんじゃないわよね？　蜜月もこれで終わり？

「伝言はあったかい？」軽い口調だった。彼はそれほど怒っていない。アリシアはもう一度謝罪して、首を横に振った。

「女性だった。向こうが電話を切ったの。少し緊張してるみたいだった」

ジャクソンはしばらくアリシアを見つめた。「きみもだ。だいじょうぶか？」

アリシアは急いでうなずき、両腕を自分の身体にまわした。

ジャクソンはベッドから携帯電話を拾いあげて番号を確認し、口をすぼめた。その番号に心当たりはまったくなかった。

「ちょっと失礼するよ」

電話をかけ直しながら部屋を出ていった。二分後にもどってくると、深夜にアリシアのベッドのそばに脱ぎ捨てたズボンに手を伸ばした。

「アザリア・ジョヴェスだった、上映会で被害者の後ろにすわってた一家の母親。彼女からの電話をずっと待ってたんだ。やっと会うのに同意してくれたよ、三十分後に向こうの自宅で。いまシンホーにメールして、現地で落ち合おうってことになった。急いで支度しないと」あたりを見まわした。「おれの脱いだシャツはどこだ?」

アリシアは少しがっかりした。ジャクソンが出勤する前にふたりで朝食をとれるかと思っていたのだが、それは顔に出さないようにしながら、彼が残りの持ち物をさがすのを手伝った。

ジャクソンが勤務明けの深夜に自宅へやってきたのはこれがはじめてで、アリシアはその訪問にわくわくしたのだったが、いまとなっては傷つくべきか怒るべきか、あるいはその両方だろうかと考えずにいられない。

訪問の目的は一夜のお楽しみ? それだけのこと?

「ほんとにだいじょうぶかい?」彼がまた訊いた。

アリシアはがんばって微笑んだ。「もちろん、ええ、絶好調」

元気出していこう、アリシア、と自分に発破をかけた。

「だいじょうぶ?」この質問をされるのはけさ三度目で、アリシアが紅茶のカップから顔をあげると、キッチンのドアのところから妹が眠そうな顔でこっちを見ていた。

アリシアは説得力のないうなずきかたをした。

リネットがあくびをし、長い髪をかきあげて頭のてっぺんで適当なおだんごにして、のそのそ歩いてきた。

「なにかあった?」

「なにも」

リネットが横目で見返してきたので、アリシアはため息をついてジャクソンの訪問のことを話した。

「それって騒ぐほどのこと? 彼は姉さんに会いたかった、だから立ち寄った、そしたら急ぎの仕事がはいってやむなく出かけた」

「わかってる。わかってる。そうじゃなくて」

「だったらなに?」

「わたしの意識がまたわたしをもてあそんでるってこと」アリシアは鼻を鳴らした。「もう治ったと思ってた。ジャクソンがわたしの救世主だと思ったのに」

リネットは姉を抱き寄せてしっかりハグした。何分かそうしているうちに、マックスが飛びはねながらやってきて仲間に加わり、それはグループハグとなった。

「紅茶でもいれましょうか?」その女性は、セント・トマス教会の裏側のブロックにあるこぢんまりとしたコテージの玄関ドアからジャクソンとインディラをなかへ案内すると、すぐにそう尋ねた。

教会の裏手に押しこまれたようなその家は、バンクシアの生垣とユーカリの大木の陰に隠れて外からは見えなかった。

「紅茶はありがたいですね、いただきます」インディラは、同僚からメールが届いてあきらめなければならなかった湯気の立つカップのことを思いだしながら答えた。

「同じく」とジャクソンも答えて、こう言い添えた。「ふたりとも砂糖とミルクを多めでお願いします」

アザリア・ジョヴェスがキッチンでせっせと紅茶をいれているあいだ、刑事たちはせっせと彼女の居間を観察した。ごてごてと装飾のほどこされた家具類の合間で、額装された家族写真と宗教的な品々が優位を争っている。こちらの壁にはつややかな十字架、あちらの壁には額入りの聖母マリアの絵、それらにまじって学校の集合写真や休暇中の堅苦しいスナップ写真、小さな花嫁みたいな女の子たちの写真もある。

「初の聖体拝領のときね」インディラが説明した。

ちょうど彼女が別の写真に手を伸ばしたとき、アザリアが紅茶のトレーを持ってもどってきた。

「ハンサムなぼうやですね」インディラに言われてその写真にちらりと目を向けたアザリアは、かすかにびくっとしたように見え、トレーの上でティーカップがカチャカチャ鳴った。

「そう、かしら?」とアザリア。

語尾をあげたことでますます場の緊張感が高まったので、インディラは写真を持ったまま腰をおろし、そのあいだもアザリアの目がずっと写真に注がれていることに気づいた。ようやく紅茶がカップに注がれ、アザリアが何度か深呼吸をしたところで、インディラは椅子から身を乗りだし、ジャクソンを見てうなずきかけた。

捜査は停滞している。だからきょうはジャッコの流儀でいこうとインディラは決めていた。〝ゆるゆる〟やっている場合ではない。それにこの女性は高圧的な男性に答えるのに慣れているような気がした。

「エゼキエルのことで話があって来ました」ジャクソンが単刀直入に切りだすと、アザリアは目をしばたたいた。

「エゼキエル?」と上ずった声で言い、視線がまたインディラの手のなかの写真に向けられた。それは、きちんと制服を着て陰気な笑みを浮かべた長男の写真だった。「ど、どうして? なにかあったんですか?」

インディラはそこで口をはさんでこの心配症の母親に息子さんは無事ですと言ってやりたくなったが、ぐっとこらえて、ジャクソンに続けさせた。

「わかりません」と彼は答えた。「こっちが訊きたい」

「はい?」

「彼はいい子ですか?」と訊いてから、ジャクソンは大きな音をたてて紅茶をすすった。

「そう、かしら？」

「手を焼いたことは？」

また目をしばたたいた。「ないと思いますけど？　あの、それほどは」

「では、おとといご主人が罰を与えていたのはなぜです？」

その言葉はこの女性の神経を刺激する新たな引き金となったようで、彼女はカップをがちゃがちゃ言わせながらテーブルに置くと、両手を膝にのせた。

「はい？」とかろうじて言った。

またしても語尾をあげたのは、極度の緊張感からか、あるいはなにかを隠しているのではないかと思われた。

「奥さん、われわれは先週土曜日のキャット・マンフォードの死亡事件を調べていて、この事情聴取であなたから捜査の助けになるような情報が得られるんじゃないかと考えています」ここでいきなり戦術を変えるのもいいかもしれない。

「わたしは……あの、それはないと思います。ジェイコブと、あの、ジョヴェス牧師と、もうお話しになったと思ってましたが？」

「はい、だからいまは奥さんと話しているわけです」ジャクソンはにっこり笑った。「われわれに話したいことはないですか？」

視線がまたインディラの手のなかの写真に向けられた。その目には怯えの色が見える。

「うちのエゼキエルは事件とはなんの関係もありません、そうでしょう？」

今度は黙っていると、アザリアの視線がジャクソンから写真に移り、またもどってきた。

「たしかに、あの子はたまに言うことをきかないときもあって、それは承知しています。ときどき少しはめをはずすこともありますが、その点は学校側がとてもうまく対処して、ずっとわたしたちと緊密に連携してくださっています。わたしたちは協力してあの子を指導しているんです、できるだけ、あの、より安全な方向へ」

「より安全というのは、だれにとって?」ジャクソンは訊いたが、返事はなかった。

アザリアの顔が不意に青ざめ、視線が膝に落ちて、唇が固く結ばれた。

「おはようございます、刑事さんたち」背後で低い声がして、インディラがはっとして振り返り、ジャクソンはただ目を閉じた。

しまった。夫婦のあいだで話が通じていたのか!

ジャクソンは目を開けて、ドアのほうを振り返った。「おはようございます、ジョヴェス牧師」

ジョヴェスは部屋にはいってくると、妻の椅子の後ろに立った。「土曜の晩の出来事について家内が協力的であったならよいのですが」

ふたりはうなずき、アザリアが顔をあげないことに気づいた。

「あの晩に関する質問はもうすんだと思いますが?」

ジャクソンはため息をついた。そして立ちあがった。これでは話にならない。

「ひとまずこれで終わります。ありがとうございました、奥さん」

インディラは一瞬わけがわからずジャクソンを見たが、結局あとについて外に出た。

「旦那がそばに張りついてたんじゃ、絶対に話してくれなかっただろうな」署にもどって先ほどの会話を分析しながら、ジャクソンは説明した。「じつは、ずっと近くにいて物陰から聞き耳を立てていたにちがいない」

「つくづく不愉快な男ね」インディラも言った。「夫が部屋にはいってきたとたんに彼女が黙りこんでおとなしくなったのに気づいた？」

「ああ、息子のときもあんな感じだったよ」ジャクソンは頭をこすった。「彼女はおれたちに洗いざらい話そうとしてた気がするんだ。牧師さえ出しゃばってこなかったら、もっといろいろ訊きだせたかもしれないのに」

「そうね、でも彼女が話してたのはザックの学校で起こったことについてだった、上映会の夜のことじゃなくて」

「そうだな、じゃあ学校でなにがあったんだ？　それがこの事件に影響する可能性は？　ザックが女子のスカートをのぞいてるところを見つかったとか？　女性を侮辱したり攻撃したりする行動パターンがあるのかもしれないな」

インディラは肩をすくめた。「とにかく、ふたりのどっちかから情報が引きだせるといいんだけど。あの不愉快な夫は当分奥さんにべったり張りついてるような気がする。あなたの読みは正しい。ザックが――それを言うなら夫のジェイコブもだけど――なにをしたとしても、あの女性が秘密をもらすことはまずなさそう。このままじゃね」

ジャクソンは頭をこするのをやめて、首を傾げた。「そうだな、でも別のだれかがもらしてくれるかもしれないぞ」

23

ジャクソンはセント・マシューズ校の入口の狭い門を巧みなハンドルさばきで通過し、石造りの荘厳な建物の前の中央広場、《駐車禁止》標識のすぐ脇に駐車した。ジャクソンにとって警官であることの特典はいくつかあるが、違法駐車はそのひとつだ。

何度か通路を曲がり損ねたあと、ジャクソンとポーリーは、管理棟の裏手の小さな庭で棘だらけの薔薇の茂みに水をやっている校長を見つけた。

「ストレス解消ですよ」自己紹介がすむと、校長は刑事たちに言った。

「子供はなかなか厄介ですからね」とジャクソンも言った。

「とんでもない。わたしの血圧をあげるのはむしろ親御さんたちですよ」校長は申しわけなさそうな笑みを浮かべた。「〝最愛のママ〟と面会してきたところでしてね。こう言えば充分でしょう、母親は〝間抜け王子〟が体育館の裏で煙草を吸っていた可能性があるという論点をそもそも受け入れようとしない。うちの息子にかぎってまさか！　ありえません！」

ふたりの驚いた様子を見て、言った。「もうなにをか言わんやですよ。あと半年で退職ですが、待ち遠しくてしかたがない。で、あなたがたはどういったご用件で？」

「別の〝間抜け王子〟の件で来ました。エゼキエル・ジョヴェスという」

テイラー校長は水やりの手をとめてふたりに顔を向けた。「あの子は間抜けというより、むしろ無気力と言ったほうがぴったりきますね」

「ほう？」

「あの子の両親はさっき話した親とは対極にいます。少なくとも父親は。ジョヴェス牧師は、すべての子供は邪悪で、みずから無垢であることを証明しなければならないと信じている。わたしが厳しく目を光らせ、もっと厳しく対処すべきだと、そう彼は主張しているのです」

「鞭を惜しめば、子供をだめにすると？」ジャクソンが試しに言うと、校長はうなずいた。

「しかし研究の結果それが証明されたことは一度もないし、エゼキエル・ジョヴェスがその生きた証ですよ。こう言ってはなんですが、ジョヴェス牧師は厳格な指導者であり、彼の息子の態度はその反動ですね。父親の厳しいしつけはあの子を行儀よくさせるどころか、事態をどんどん悪化させてきたのです」

「悪化？　どんなふうに？」ジャクソンが尋ねると、テイラー校長も質問で返してきた。

「なんの件でいらしたのか教えてもらえますか？」

「エゼキエルと彼の家族は、先週バルメインの公園で起きた殺人の目撃者です」

「ええ、その話は聞きました」

「われわれは手がかりを追っています」

「で、エゼキエル・ジョヴェスもその手がかりのひとつだと？」

「残念ながら、ええ、その可能性はあります。最近、学校でなにか問題があったと聞いたので、それがどういうものだったか知りたいんです。事件の解明に役立つものなのかどうか」

ひとしきり思案したのち、テイラー校長はじょうろを脇に置いてふたりを石畳の小道へ誘導し、管理棟に向かった。

「最初はいい子だったのです」とテイラーは言った。「無邪気な十二歳だった、たいていの子がそうです。ところが家では悩みが絶えなかったようですね、わたしの見たところ」玄関のドアを開けてまっすぐ受付に向かうと、そこにいた若い女性が顔をあげて微笑んだ。「ジョヴェスのファイルを見せてください、ソーニャ。E・ジョヴェス。八学年」

彼女がうなずくと、校長はそのまま自分のオフィスにはいった。私立学校の伝統に沿った豪華なしつらえで、アンティークの机の正面に背もたれの高い硬い椅子が二脚ある。唯一の例外が、片隅でぶくぶく泡を立てている巨大な水槽だった。

校長はまっすぐその水槽に向かい、魚の餌のはいった瓶を手に取った。「これもストレス解消ですよ」と説明したとき、ソーニャがマニラ紙のフォルダーを手に現われた。

校長は礼を言って魚のことは忘れ、机の向こうにすわると、前にある椅子をふたりに勧めた。

「では、見てみましょう……」フォルダーに目を通しながら、途中で顔をあげた。「本来なら令状のようなものを要求すべきなんでしょうが」

ジャクソンとポーリーはばつの悪い思いで校長を見返し、待った。

「あなたがたはたまたまわたしの機嫌がいいときにやってきた。きょうのわたしは正義の味方です、といって別に牧師さんへのあてつけではありませんよ。ジョヴェスくんが事件と無関係なことがあなたがたにもわかるはずだし、きょう警察に協力することで、実際にはうちの生徒を助けることになるのです」そこで言葉を切って遠くを見つめ、わずかに顔をしかめた。「少なくとも、そうなることを願っています」

ファイルに目を通す作業にもどった。「おっしゃるとおりですね、ええ。まあ、あなたがたが地元警察の同僚の方と話していれば、どのみちこの情報は確認できたでしょうから……」ファイルを机に置き、椅子の背に身体を預けた。「エゼキエル・ジョヴェスは先週、アイフォーンの売買でつかまっています」

「アイフォーンの売買？」

「ときどき起こるちょっとした騒動ですよ、もっぱらミレニアル世代があういう装置に執着しているおかげで。あの子はかばんにスマートフォンをたくさん持っていて、生徒に一台百ドルで売っていたのです」

ビンゴ！と思いながら、ジャクソンは口笛を吹いた。

「じつに働き者だ。で、それは校則違反ですよね？」

「当然です。生徒はいかなる物品であれ売買を呼びかけてはならない。ピーナツバター・サンドイッチを五十セントで売ろうが、アイフォーンを百ドルで売ろうが、だめです」

「彼は何台持ってたんですか？」

「六台です、たしか。あの子の父親は徹底した機械嫌い(ラッダイト)で、息子にはわずかな給金しか——本人の言葉ですよ、わたしではなく——与えていないのはわかっています。つまりあの子が小遣いで買ったものではないと考えるしかない。どこで手に入れたのかはだれにもわかりません」

「ああ、少なくともそのうち一台の入手先はわかると思います」ジャクソンが言うと、校長は顔をしかめた。

「それを恐れていました」ファイルを閉じた。「彼はそこまで悪い子ではありません、刑事さん。ただみんなについていこうとしてるだけです。具体的に言うと、パッカーやマードックに」

「じゃ、あの〈ナイキ〉もそれで」ポーリーがようやく気づいて言った。

ジャクソンはうなずきながらテイラーに説明した。「彼が父親に会う前に高価なスニーカーを脱いでるところを見ました」

「犯罪の収益ですね、まちがいなく。かわいそうに、あの子の服はほとんどが古着で、うちの制服のチャリティーショップの常連ですよ。ともかく生徒たちから受け取った代金は返金させたし、携帯電話もすべて没収したので、彼は目下このあたりでいちばんの人気者とは言えないでしょう。しかし父親の逆鱗に触れたことに比べれば、それくらいはなんでもないと思いますよ」

「彼が教会の庭掃除をしてるところを見かけました」とポーリー。

「それだけなら、今回は軽い罰ですんだということですね」

「エゼキエルは以前にも問題を起こしたことがあるんですか？」校長がうなずく。「女子生徒ともめたということは？　攻撃的なふるまいをしたとかそういったことで」

テイラーはその質問に驚いたようだ。「とんでもない。ふだんから女子に対してはとても礼儀正しく、ほとんど怖がっているといってもいいほどです。攻撃的なふるまい？　それは自分に対してだけです」ため息をつく。「半年ほど前、男子用シャワー室で自傷行為をしているのを見つけました。カウンセリングを受けさせようとしたのですが、父親が頑として認めなかった」悲しげに首を振った。

ジャクソンもこの悩める少年には同情を覚えるが、いまはそれを考えている場合ではなかった。集中しなければ。「その没収した携帯電話はどうなったんですか、テイラー校長。結局どこへ行ったんです？」

「あなたがたの同僚に渡しました、地元警察の。持ち主が見つからなければ、慈善団体にまわすようお願いしてあります」

ジャクソンはうなずいたが、ほしいのはそれらの電話ではなかった。必要なのは、エゼキエルが最後にくすねた電話、彼がバスを降りた直後にあの女生徒に売ったと思われるあの電話なのだ。

ジャクソンは立ちあがった。

「正直に話してくださって感謝します、テイラー校長、なによりの助けになりましたよ」

テイラーも立ちあがり、ふたりと握手を交わした。「さっきも言いましたが、ザックはそこまで悪い卵ではありません、あの子が育ってきた巣を思えば。たしかに規則は大切だとわたしも思いますよ、刑事さん、わたし自身、信仰心の篤い人間でもありますが、それにしてもジョヴェス牧師はあまりにも旧約聖書的だ、わたしの基準に照らしてさえも」

困り果てたような顔で水槽を見ている校長を残して、ふたりは辞去し、建物の外に出て車へと引き返した。

「次はどうする？」ポーリーが訊いたとき、授業の終わりを告げるベルが鳴りだした。

「次は卵にひびを入れられるかどうかやってみよう」

エゼキエル・ジョヴェスは、キャット・マンフォードのスマートフォンを盗んだことを認めるのに二分しかかからず、その後わずか二分で、それを売った相手がメドウズ校のシェイナ・ジョーンズという十五歳の生徒だったことを白状した。

数日前にザックがバスを降りたあとハグしているのをふたりが目撃したあの少女だった。実際にはハグではなく、交換していたのだ。

「でも、あの女の人が死んでるって知ってたら電話を盗ったりしなかったよ」校門の外へ誘いだすと、若きザックは訴えた。「眠ってるだけだと思ったんだ。誓うよ、ぼくは事件とはなんの関係もない」

「じゃあ、眼鏡は？」

「えっ？」

「マンフォード夫人がかけてた白い〈グッチ〉の眼鏡はどうした？」

「はあ？　眼鏡なんて知らないよ。ほんとに」

ジャクソンはじっと見返した。

「ちがうよ、ねえ、ほんとに。だって〈レイバン〉ならさばけるけど〈グッチ〉？　大人向けすぎてぼくの買い手には向かない」顔をしかめた。「それに電話を盗ったのは、ただそこに転がってたからなんだ。もういらないって感じだったし、あの人お金持ちに見えたから、きっとなにかのプランにはいってて、どうせただで新しいのがもらえただろうし……」

ジャクソンはそこでとめた。ザックの弁解をこれ以上聞きたくないし、こんな立ち話で自白を聞くのは避けたかった。この件は適切に処理したい。気は進まなかったが、セント・トマス教会の牧師館に電話をかけ、待つこと十分、ジェイコブ・ジョヴェスが学校にやってきた。恐ろしい形相で、その怒りの矛先はもっぱら息子だった。

「おまえはなにをしたんだ?」と問い詰めた。

「シェイナがどうしてもって言ったんだ、父さん。アイフォーンを持ったことがなかったから。彼女にせがまれたんだよ!」

「またイゼベルか、そうなんだな? 男を堕落させる女がまたいたんだな?」

ジャクソンは割りこんだ。「話は署に行ってからにしましょう、どうか、ジョヴェス牧師。息子さんに正式な警告をしてから尋問をはじめたいので、彼の法定代理人を手配することをお勧めします。法定代理人を立てる余裕がない場合は、代わりに弁護士が――」

「ええ、わかってます!」ジョヴェスがぴしゃりと言い返す。「わたしの弁護士に連絡済みです」

ジャクソンは安堵の波が押し寄せるのを感じた。よかったと思った。この若き愚か者には弁護士が必要になるだろう。

制服警官二名に付き添われて、憤懣やるかたない父親と不安でびくびくしているその息子がパラマッタの警察本部に向かうと、ジャクソンとポーリーは反対方向へ車を走らせた。キャット・マンフォードの盗まれた電話を早急に見つけなければならず、何本か電話をかけたあと、シェイナという少女の自宅へ向かった。アイフォーンを所有するという少女の夢はまもなく音をたてて崩れることになる。

24

「ああ、例の電話を見つけたんだ」ジャクソンはその晩、固定電話でアリシアに伝えた。「でも捜査にはあまり役立たない。電話についてた指紋はキャット・マンフォードとエゼキエル・ジョヴェスとシェイナ・ジョーンズのものだけで、それは予想されたことだった」

「じゃあ、シャンパングラスについてたような謎の指紋はなし？」

「ああ、だがそうなると、あの眼鏡のことがひっかかる。いったいどこへ行ったのか、ますます気になってきたよ」

「ほかの子供が持っていったんじゃない？　それか、たまたま通りかかった人がチャンスと見てくすねたとか」

ジャクソンはため息をついた。「そうかもしれない。おれが深読みしすぎなんだろうな」


「目くらまし（レッド・ヘリング）かも、パイプみたいな！」二日後の読書会でミッシーが言った。

日曜日の集まりではじめて世話人を務めることになったミッシーがあまりにも緊張しているので、いちばん乗りしたアリシアは事件のニュースで気を紛らわせようとした。

「パイプ？」部屋のなかを走りまわって、クッションを膨らませたり、古新聞を片付けたり、テーブルのほこりを払ったりする彼女を見守りながら、アリシアは問い返した。

「ほら、『白昼の悪魔』にあったじゃない」

ミッシーはオリーブグリーンのカーディガンを拾ってソファの後ろに突っこんだ。

「本のなかで、犯人がケネス・マーシャルのパイプをアリーナの遺体が見つかったピクシー湾の梯子の下にわざと置いて夫が疑われるようにしたの、覚えてる？」

「でも今回の眼鏡はわざと置かれたんじゃないわ、ミッシー、盗まれたの」

「そうね、でも同じことかもしれない。泥棒の仕業に見せかけようとしたのか、それともさっき言ったように、警察の目を別の方向にそらそうとしたのか。よく練られた策略かもね」

アリシアはその可能性をじっくり考えながら、ミッシーが相変わらずそわそわしながらクッションを叩いてパニックになっているのを眺めた。

「だいじょうぶよ、ハニー、ちゃんと素敵な部屋になってる」

ミッシーがジグソーパズルをごちゃごちゃの棚に押しこみながらサイドキャビネットから顔をあげた。「ほんとに？　そう思う？」そこで部屋のなかを見まわし、渋い顔になった。「ここが自分の家だったらねえ……そしたらこんなに……殺風景にはしないのに！」

読書会がこれまで一度もミッシーの自宅で開かれなかった大きな理由は、本人も言うとおり、厳密には彼女の家ではないからだった。ここは両親の家なので、この日は留守にしてくれるようミッシーはふたりを説得しなければならなかった。まだ実家に住んでいることでペリーにさんざんからかわれていたし、両親にうろつかれて当惑するような質問をされたり気まずい笑みを浮かべられたりするのはごめんだった。

そう、計画はいたってシンプルだ。両親はミッシーの姉のヘニーの家へ行き、帰宅してもいいと連絡がはいるまでそこにとどまる。もちろんこの計画はこれまでにも何度か実施しようとしたが、そのたびに問題が起こり、たいていは父親の扁桃腺で、やむなく中止するはめになった。ほかのメンバーはいつも快く代役を務めてくれたが、そろそろ一歩を踏みだすときだとわかっていた。

玄関の呼び鈴が鳴り、ミッシーは飛びあがった。

「わたしが出る」アリシアは言ったが、ミッシーはすでにばたばたと玄関に向かっていた。

来たのはいつもいちばん早いアンダースで、「調子はどうだい、ミッシー」と言いながらなかにはいってきた。

「うまくいった！　両親のごちゃごちゃしたものはがんばってほとんど片付けたから、スペースは充分に確保できたと……」そこではっと口をつぐんだ。「ごめん、そういう意味じゃないわね……」くつくつ笑った。「いまのは、あれよね、元気か、っていう意味よね？」

アンダースはぎこちなく笑い、アリシアがもう部屋のなかにすわっているのを見てほっとした。すたすたとそばに行ってハグする。思いがけず温かいハグを受けて、アリシアも温かくそれに応じた。これでようやく前に進めるかもしれない。

大きなノックの音が早番のシフトを終えたリネットの到着を告げ、それからペリーが、すぐあとにクレアが続いてやってきた。だれもがきょうの読書会を心待ちにしていて、それはアガサ・クリスティのではなく、自分たちの目の前に降ってきた現実の謎(ミステリ)のためだった。

みんなを〝いいほうの〟居間へ、両親が特別な来客のために使っている部屋へ案内すると、ミッシーはチョコレートチップ・クッキーと紅茶のポットを用意してあるサイドテーブルを指さした。

「あたしにはこれが精いっぱい」と謝罪をこめて言った。「あいにく料理は苦手なの。ママやヘニーとちがってね。あのふたりだったらおいしい料理を並べられるのに！」

「これで充分よ」クレアがクッキーを一枚取りながら言った。

リネットは顔をしかめないようにした。ミッシーがひとこと言ってくれたら。そしたらなにか焼いてくるなり、出がけに〈マリオの店〉からマフィンをつまんでくるなりしたのに。

「はじめましょうか」きょうはスケジュールが詰まっていて、やるべきことが多いのを知っているアリシアはそう提案した。

それから一時間、今回もミス・マープルものの課題書をあれこれ議論し、紅茶がなくなって会話も途絶えはじめたころ、ようやくペリーが、議論すべき第二の殺人事件があることをみんなに思いださせた。事件の主役は、若く美しい女性とその傷心の夫。

「エリオット・マンフォードの様子はどう？」クレアが『スリーピング・マーダー』を閉じながら訊いた。「ジャクソンはもう一度彼に話を聞く機会はあったの？」

アリシアは唇を片側に寄せた。「わからない。ジャクソンとは金曜の朝に会ったきりだから」

わたしの寝室から振り返りもせずにこっそり出ていったきりね。

気づけばみんなの目が自分に向けられていて、ひとりかふたりは心配そうな顔をしているので、アリシアは唇を微笑の形にもどした。「でも、きょう話はしたから、どういう状況になってるか、だいたいのところは把握してる」

「そう、それならよかった」とクレア。彼女が言っているのは捜査のことではなかった。こと人間関係となると、このグループの履歴はひどいものだと彼女は思っている。

「それで、進捗状況はどうなの？　事件のってことだけど」

「はかばかしくない。基本的には、あの界隈にすわっていた容疑者候補全員に事情聴取はした。マズ・オルデンの隣にいた人、黒い口ひげの年配男性ひとりを除いて」

「それで？」ペリーがじれったそうに訊く。

「それで、おしまい。ジャクソンに言わせると、みんな充分に怪しげだけど、犯人と言えるほどの証拠はだれにもない。あの女性が殺されてから一週間以上たつのに、はっきりした答えがまだひとつもないのよ」

「ザックのことをみんなに話してあげてよ！」先にゴシップを聞いていたミッシーが言った。

そこでアリシアはアイフォーン泥棒の一件をみんなに話し、そのあとこう言った。「警察もまだわかってないの、エゼキエルが電話をくすねたのはキャットが眠っているときだったのか、それともその時点でもう殺されていたのか」

「うわ、ぞっとする」とリネット。「あのいかれた父親は息子に延々とアベマリアの祈りを唱えさせるんだろうな」

「たぶんね、かわいそうに」

「かわいそう?」とアンダース。「彼は他人のものを盗んだんだ、みんな。無邪気な子供なんかじゃない」

「彼は『白昼の悪魔』のリンダみたいなものよ」とミッシーが反論し、何人かが目をくるりとまわしたので、また言った。「ちがうの、あたしが言いたいのは、根っからの悪人じゃなくて、自分の置かれた状況に反抗してるだけだってこと」

「同感ね」アリシアは言った。「刑事さんたちも同じで、軽い処分ですむことを期待してる。そうなると、残るは消えた眼鏡の件ね」

「それもあの子が盗ったんだよ、きっと」とペリー。

「でもね、自宅も学校のロッカーも全部調べたけど、どこからも見つかってない」

「あの夜の混乱のなかで紛失したんじゃない?」とクレア。

「それか、殺人犯が戦利品として持ってったのかも!」ミッシーが言った。「ほら、犯人ってよくそういうことするじゃない。あの不気味なシリアルキラーのアイヴァン・ミラットもそれでつかまったんだから。ベラングロ州立森林公園にバックパッカーを何人も埋めた男がいたでしょう? 被害者たちの持ち物を記念品として自宅に持ってたのを警察が見つけたの」

「わざわざどうも、ミッシー」とクレア。「みんなもう充分に気味の悪い思いをしてるんだけど」

ミッシーは身をすくめた。「ごめん」

「いいえ、ミッシーの言うとおりよ」アリシアは言った。「シン警部補はまさにそう考えてる。犯人が記念品として眼鏡を持ち帰ったんだろうって。ほかに説明がつかないから」

「それで、あの子は殺しとは無関係だと警察は確信してるわけね」

アリシアはうなずいた。「警察は先入観を持ってはならないし、あの子の手の大きさは充分らしいけど、でもジャクソンの直感はちがうと言ってる。あの不愉快な父親がやったとも思ってない。ザックが教会でやらされてた庭掃除は、前の週に学校でアイフォーンを売った罰だったといまは考えてる。父親は息子がキャットの眼鏡を盗んだ疑いがある件についてはなにも知らないと主張してて、ジャクソンもその言葉を信じてるの。もし知っていたとしたら、ザックは庭掃除よりもっと重い罰を受けてたはずだって」

「かわいそうに」クレアがまた言った。

「彼は泥棒なんだぞ」アンダースがみんなに思いださせた。「父親が異常に厳しいのはわかるよ、でも悪いことをした子供を擁護するのはやめないか?」

リネットが目をくるりとまわす。「で、これからどうするの? いまどんな状況なわけ?」

アリシアは肩をすくめた。「たぶんジャクソンは壁にぶちあたっていて、それを認めるのが悔しいんだと思う」

そこで深呼吸をひとつして、背筋を伸ばした。「でね、彼のためにわたしたちでその壁をぶち壊せないかと思って」

「なにが言いたいの?」ミッシーが目を輝かせながら訊く。

「なにが言いたいかというと、そろそろ〈マーダー・ミステリ・ブッククラブ〉がまたお節介を焼きはじめてもいい頃合いかなって」

案の定顔をしかめているアンダースのほうをまっすぐ向いて、アリシアは言った。「みんなも覚えてるとおり、ジャクソンがこれまでわたしたちの協力を拒んだことはただの一度もなかった。事件の夜は不審なものがないか目配りしてほしいとわたしたちに頼みさえした。この前の晩は〈ジョリー・コジャー〉にも同行させてくれた。だから、彼はまず気にしないと思うの」

「でも、まだ確認してはいないんだね」とアンダース。それは質問ではなかった。アリシアの性分をよく知っている。

「確認はできない。話せば、彼の立場上、手を出すなと言わざるをえないでしょ、本心がどうであれ」

「捜査はまだ初期の段階にあるんじゃない？」とクレア。この時点ではどっちの仲間になるべきかまだ決めかねている。「事件が起こったのはほんの一週間前よ」

「だから協力しちゃいけないってことにはならない」アリシアは言った。

加えて、アリシアにはひそかな動機もあった。マンフォード事件の謎が早く解ければ、それだけ早く恋人を取りもどせる。

「あたしはアリシアに賛成」とミッシー。「あたしたち、ここまですごくお行儀よくしてきたけど、もし警察が道に迷って進路が見えなくなってるとしたら、あたしたちでそこに光をあてるお手伝いができるんじゃないかな」

「でも、そんなのはばかげてる」アンダースが言って、すぐさまてのひらを前に向けた。「すまない、くどいようだけど、相手は天下の警察だよ。向こうにはあらゆる情報と手がかりがある。ぼくらにはなにもない」

ミッシーもてのひらを前に向けた。「そこがあなたの勘ちがいしてるところ。あたしたちにはあたしたちの〝小さな灰色の脳細胞〟がある、そうでしょ、ポッサムたち？」そう言って頭をとんとんと叩き、果敢にもアンダースのむっとした顔を無視して、なおも言った。「あたしたちなら警察より早くこの事件を解決できるわ、賭けてもいい」

アンダースが疑わしげにミッシーを見返す。

「ほんとだってば！」アリシアに顔を向けた。「容疑者たちは固く口を閉ざしてるって言ってたわよね？　弁護士を立てたりして当局に話すのを拒んでるって」

「それが彼らの法的な権利だ」とアンダース。

「そう、でもフレンドリーな一般市民が相手なら、そこまでかたくなに口を閉ざしたりはしないかもね。相手がたまたまなんの気なしに訊いただけなら」

アリシアはにんまり笑った。「それこそわたしが考えてたことよ、ミッシー。前回も話題になってたわね。そこがミス・マープルの隠れた強みだって――なんの疑念も抱いてない容疑者たちに、さりげなくぶしつけな質問ができるあの才能が。じつを言うと、ひそかにプランも練ってあるの」

そこで眉を上下させた。「まずはこのなかのだれかにアルコール依存症になってもらう」

25

「依存症でもないのにＡＡに参加しようっていうの？」クレアがびっくりして言った。

「それしか手がないの！」アリシアは答えた。「ジャクソンとインディラがその線をあたろうとしたら門前払いを食ったそうよ。とりつく島もなかったみたい。すべては匿名の極秘扱いだから、ふたりは警察バッジを取りだしたとたんに追いだされた。わたしが潜入すれば、そうね、もうちょっと幸運に恵まれるかも」

アンダースが言った。「それは倫理的と言えるかな」

「殺された被害者の力になりたいだけよ、それは悪いことじゃないでしょう？　それに、わたしがほんとは依存症じゃないなんてどうして彼らにわかるの？」

「それはね、姉さんが〝くそまじめ〟だから」リネットが笑った。「みんなの輪のなかにすわったとたんに素面（しらふ）だって嗅ぎつけられるよ」

アリシアは妹をにらんだ。「わたしだって飲むわよ、わざわざどうも」

「シャンパンを二、三杯飲むくらいじゃ依存症にはなれないよ」姉の日ごろの節制がまるで悪いことみたいにリネットが言い返したが、そこでペリーが片手をあげてふたりを黙らせた。

「あのねえ、依存症患者ってパーティー好きの奔放な人たちばかりじゃないんだよ。アルコール依存症っていうのは、あらゆるタイプの人、あらゆる民族と社会経済的背景を持つ人を苦しめる中毒、病気なんだ。飲酒問題を抱えた中年の主婦がどんなに多いか知ったらほんとにびっくりするから。それを言うなら立派な会計士もいるけどね」

リネットがペリーに向かって片眉を吊りあげた。「落ち着いて。ほんの冗談だから……」

ペリーは続けた。「どのみちいまの話は完全に本題からそれてたね。ＡＡに潜入するのは簡単で、その理由は名称にある。アルコホリクス・アノニマスだからね、みなさん！　なかにはいったら一列に並ばされるわけじゃない。素性を調べられたり、地元のバーテンダー三人からの推薦状が必要なんてこともない。だれでもふらっとはいって、ただすわればいい。ほんと、なんなら何週間もただすわっててひとこともしゃべらなくたっていい。ただふしぎと、妙に居心地がいいんだよね」

いまや全員の眉が吊りあがっていて、ペリーは目をくるりとまわした。

「はいはい、白状するよ！」大きな深呼吸をひとつして胸に手をあてた。「やあどうも。ぼくはペリー。ぼくはアルコール依存症じゃないよ、じつにありがたいことにね！　でもぼくの兄がそうだった」ため息をつく。「いまもそう、たぶんね。もう治ることはないと思う」首を振った。「ともかく、肝心なのは、十年ほど前、兄と一緒に何度か集会に参加したってこと、心の支えとして」

アリシアはあからさまにペリーに笑いかけた。

「なに？」とペリー。それから「そんなこと考えるだけでもだめ」と言った。

アリシアの笑みが大きくなる。「お願い、あなたならぴったりよ！　経験者(オールドハンド)だし、仕組みもわかってるし、自分でもドラマ・クイーンだって認めてるじゃない。一緒に来て。わたしがうまくなじめるように手を貸して」

ペリーはアリシアをにらんだ。「〝オールド〟の部分には異を唱えるけど、それ以外はきみの言うとおりだね」ドラマティックにため息をつく。「わかったよ。やろうじゃないの」

「説得するまでもなかったわね」アリシアは笑いながら言った。

「ちょっと待った」とアンダース。「話をもどしてもいいかな」

アリシアの笑い声が喉にひっかかった。ああ、またか……

「亡くなった女性が行ってたＡＡの集会に参加することで、きみはなにを得ようとしてるのかな。狙いはなんだい？」

「まだわからないけど、様子をさぐったりいくつか質問したりして、犯人かもしれないストーカータイプの人がいなかったかたしかめる」

「で、そいつがおとなしくそこにすわってやましそうな顔をしているとでも？」

これにはアリシアもさすがに顔をしかめた。「わたしたちなら上映会の夜に現場にいた人を見分けられる、警察が目をつけなかった人をね。それに！」手を振りまわしはじめた。「キャットにスポンサーがいたことを忘れないで。ジャクソンが言うには、エリオットはその話題を必死に避けようとして、でも〝ティムだかトムだか〟そんなような名前を実際に口にしたそうよ」

「だから？」

「だから、キャットのスポンサーは、もしかしたらまだ見つかってない例の口ひげの男かもしれないと警察は考えてる。ジャクソンがそう考えてるのはたしかよ。わたしたちはその口ひげの男を見てるから、同じ人かどうか二秒で判定できる。でも口ひげの男じゃなかったとしても、彼女のスポンサーと話ができれば役に立つはず」ペリーに目を向けた。「まちがってたら訂正してほしいんだけど、キャットはそのスポンサーに秘密を打ち明けていた可能性もあるんじゃない？　自分の周囲に危険人物とか嫉妬深い恋人とかがいたとして、そのことをぶちまけるとしたら、スポンサーはいちばんふさわしい相手なんじゃない？　本来なら警察に伝えるべき情報を彼らが持ってることも考えられる」

「じゃあ、こんなことをするのは警察のためなんだな？」アンダースが言い、アリシアはじろりとにらみつけた。

「あのね、こんなことをするのはキャットのためよ」

しかしペリーには確信がなかった。「きみの幻想をぶち壊して悪いけど、ハニー、スポンサーからそんなことを訊きだすのは無理だと思うよ。彼らは個人の秘密を全部胸にしまっておくことになってるから」

「試してみても損はないでしょ」

「そもそも正しいＡＡをどうやって見つけるつもり？　街全体で何百ものグループがあるはずだよ」

「ジャクソンの読みでは、彼女はロジールにあるグループに参加してた。でも、あの界隈にひとつしかないってことはないわよね？　まずはそれを調べないと」

「あたしに任せて！」リネットがスマートフォンを引っぱりだした。

リネットが画面をタップしているあいだもアンダースはしかめ面をしていた。「亡くなった女性のことをあれこれ訊いたりしたら、だれかに怪しまれるとは思わないか？　ふたつ質問したら追いだされるのが落ちだよ」

「もうちょっとみんなを信用してほしいなあ、アンダース」とペリー。「いつも忘れてるみたいだけど、ぼくらは前にもこういうことをやってるんだよ」

「わかったよ、でもそのあとは？」

「そのあとはジャクソンに話して、そこから先は彼の仕事」アリシアは答えた。「言わせてもらえば、ほんとになにか重要な情報が見つかったら、わたしが首を突っこんだことを彼はひそかに喜ぶでしょうね」

「まあ、きみが言いだしたことだ、ぼくじゃなくて」というのがこの話題に関するアンダースの最後の台詞だった。

「ロジール地区センターってとこにある」リネットが画面をスワイプしながら告げた。「集会は五時半から、毎週火曜日と木曜日と……日曜日だって。ねえ、きょうの夕方に行けるよ！」

そこで言葉を切って、しょんぼりした。「だめだ、日曜のは間に合わない。きょうは午前だった」

「となると、火曜日の五時半ね」アリシアは言って、ペリーにうなずきかけた。

「で、ほかの人はどうするの?」ミッシーが訊いた。「あたしも潜入捜査をやりたい！　手がかりを見つけたいの」まるで〈クルード〉（殺人事件について犯人・犯行現場・凶器を当てる推理ボードゲーム）の話をしているみたいに嬉々として両手をこすり合わせた。「前回やったみたいに、それぞれ容疑者か手がかりをひとつ担当して、それを追いかけましょうよ！」

ほかのメンバーも勢いよくうなずいているので、アンダースはこのアイデアに水を差す暇もなかった。

「みんなもっと人生を楽しんだらどうなんだ」思わず笑いながらそう言うのが精いっぱいだった。

「あたしも考えたんだけど」とミッシーが話を続けた。「実行委員会のあの素敵なご婦人ふたりにもう一度話を聞いてみたらどうかなって。あの晩ふたりは喜んで話をしてくれたし、だから……」

「名案ね」アリシアは言った。「ジャクソンがあのふたりに会ったのはバルメインの公園の奥にある元馬小屋の建物だから、まずあそこを試してみたら。あした行けば、きっとみんなで難民のためにせっせとマフラーを編んでると思うわ」

「よかったらつきあうわよ」熱心な手芸の話を聞きつけてクレアが言った。

ミッシーが両手の親指を立てる。

「あたしはあのキュートなバーテンダーに話を聞こうかな」リネットが申し出ると、ペリーがくすっと笑った。

「きみの好みからするとちょっと若すぎるし、稼ぎも少ないんじゃない？」

「話を聞くって言ってるの、デートじゃないんだからね、ペリー！」

「いいえ、彼なら打ってつけよ」アリシアは言った。「いまのところかたくなに口を閉ざしてる、弁護士のおかげでね。でもたしかジャクソンが言ってたわ、平日はバルメインの〈トップ・ショップ〉カフェで働いてるって。寄ってみたらどう。愛想の悪い刑事の二人組より、若くてきれいなブロンド相手のほうが向こうも気楽に話してくれるはず」

「あら、ありがと、お姉さま」リネットは言って、したり顔でペリーをばしんとぶった。

アンダースが口をはさんだ。「彼がコーヒーを飲みながらリネットに洗いざらい話してくれると本気で思ってるのかい？　話をさせるにはカップにブランデーをたっぷり入れる必要がありそうだ、そう提案させてもらうよ」

リネットが不意に気落ちしたような顔になる。「たしかにね、それにあたしたちが解決した最初の事件みたいに長丁場になるとしたら、また余計に仕事を休まなくちゃいけないし、そうなったらボスの雷が落ちる。あたし今回は時間とお金の余裕がないかも」

「あら、でもブランドンと知り合えて、なおかつお金にもなる方法があるわよ」アリシアが言うと、リネットから笑みが返ってきた。

その響きが気に入ったようだ。

26

リネットはひとりでにやにやしながらバルメインのおしゃれなカフェ〈トップ・ショップ〉に向かっていた。月曜日の朝食ラッシュの直後、なにも知らないスタッフとおしゃべりするのにもってこいの時間だが、ボスのマリオには午前中休みをくれるようまたしても頼みこむはめになり、これが最後になることをリネットは願っていた。

アリシアのプランは巧妙だった。だれにとってもウィン・ウィン。

〈マリオの店〉はディナー営業をしていないので、ブランドンのもとで夜のバー・スタッフとして働いてはどうかというのがアリシアの提案だった。今週の土曜日にはまた公園で上映会が開かれる予定なので——聞いたかぎり中止にはなっていない——妹がブランドンのことをもっとよく知り、なおかつ仕事の報酬ももらえるチャンスではないかとアリシアは考えたのだった。

リネットの笑みが少し翳(かげ)った。ブランドンがきょうは店にいてくれて——アリシアはいるだろうと言ったが——もう一度会えば顔がわかることを祈った。上映会の〈ブーズ・バー〉でちらっと見ただけだし、あれから一週間以上たっている。でもふさふさの黒髪とタイトなブラックジーンズの痩せた男をひと目見たとたん、自信がもどってくるのがわかった。

よし、ハロー、ブランドン・ジョンソン！

しばらく店の前のメニューを検討するふりをしたあと、ブランドンが担当するテーブルを素早く察知し、それからなに食わぬ顔で彼の受け持ち区域の空いたテーブルに向かうと、バッグを床に置いて席に着いた。

「メニューをお持ちしますか、それともきょうはコーヒーだけ?」ブランドンがエプロンから注文票とペンを取りだしながら訊いた。

リネットは迷わずエスプレッソを注文し、彼がもどってくるのを待って作戦を開始した。

「ここ、素敵なお店ね」カップを置いた彼に声をかけた。「いま人を募集してるかどうか知らない?」

ブランドンは動きをとめてリネットをちゃんと見た。彼女のほうが六、七歳は上だが、すらりとした脚にブロンドというその光景が気に入ったようだ。

「してるかも」と答えて目を細くした。「なんとなく見覚えがあるな。前にも来たことある?」

リネットはすかさずうなずいた。「ええ！　ここにはしょっちゅう来てる」

上映会の夜にも会っていることをブランドンが覚えている可能性については考えなかったが、アリシアのプランを成功させるためには、彼が覚えていないことが重要だった。

「募集は定期的にしてるよ」ブランドンが言った。「よかったら奥で訊いてみようか。経験はある?」

「ええ、パディントンの〈マリオの店〉で働いてるんだけど、ほんとのこと言うと、夜にできるバーの仕事がないかさがしてるの、収入の足しにしたくて。この店にバーがないなんて残念だわ」

ブランドンは周囲を見まわした。「そうなんだ、バーを作るべきだっていつも言ってるんだけどね。儲かるのに」リネットに目をもどした。「お酒は得意？」

リネットは熱心にうなずいた。実際にはカクテルを作った経験はそれほどないが、化学工学とはちょっとちがうことを知っていれば充分だ。ちゃんとしたレシピで正しい動きをすればなんとかなるだろう。

幸い彼は餌に食いつき、もう一度周囲を見まわしてから身をかがめてきた。

「そこまで熱心に言うなら、ちょっとしたバー仕事を知ってるよ。おれがチームをまとめて、地元のフェスとかPRイベントとかで出店してるんだ。興味ある？」

リネットは驚いたふりをした。「うわー、もちろんよ。願ってもない話」

ブランドンが大きな笑みを浮かべる。「なら〈トップ・ショップ〉は忘れて、代わりにおれがバー仕事を世話するってことでどう？」

「そっちのほうがいい。近々仕事の予定はある？」

また目が細くなった。「ずいぶん熱心だな。なんでそんなに急いでるんだい？」

「あの、ちょっと旅行の費用を貯めたくて」

そこでとっておきのセクシーな笑みを浮かべる。効果てきめん。向こうも笑い返して、黒い髪をかきあげながらエプロンから携帯電話を取りだした。

「電話番号を教えて、なにかあったら連絡するよ」

相手の連絡先リストに自分の番号を打ちこみながら、姉が知ったら卒倒するだろうと思った。個人情報を教えることに関してアリシアの考えはおそろしく古くさい。しかしリネットは現代の若者のやり方を心得ていた。ブランドンの手間をできるだけ省いてやれば、それだけ連絡してくる可能性が高まる。

もう一度にっこり笑って電話を返した。「リネットのLのところをさがしてね」とリネットが言うのと同時に、ネッド・ケリー（オーストラリアの有名な無法者で、小説や映画にもなった伝説の反逆者）ばりのあごひげをたくわえた仏頂面の男がこちらに向かって歩きだした。

「〝ラブリー・レディ〟のLだね」と意味ありげににやりと笑って、ブランドンは立ち去った。

リネットが若いバーテンダーといちゃついていたころ、ミッシーとクレアは車から段ボール箱をおろして、デイム・ネリー・ジョンソン公園の奥にあるバルメイン女性支援クラブの本部に向かっていた。フィンリー姉妹の妹と同じく、ふたりにも独創的なプランがあった。

「これ全部、もう何年も店の奥に眠ってたものなの」都心にある自分の小さな古着ショップで落ち合うなり、クレアはミッシーにそう説明した。「半端に残った木綿糸とか瓶いっぱいのボタンとか、キルトのセットに毛糸や布地もどっさりあるわ」

「宝の山って感じだけど」とミッシー。「取っておかなくていいの、ポッサム？　自分でなにか創作するときに使えばいいのに」

クレアはため息をついた。「そのつもりだったけど、結局は何年も箱を開けもしなかった。

いまとなってはじゃまなだけ。もっとふさわしい家を見つけてあげる潮時だし、それが困っている人たちを支援している女性グループなら言うことなしじゃない？」

ミッシーは大いに賛同し、それはクラブの女性たちも同様で、クレアが段ボール箱を置いて中身を取りだしはじめると、みんながうれしい悲鳴をあげながら集まってきた。

「なんてご親切に」ある女性が言った。「いまやこういう寄付を集めるのも大変なのよ、特にあなたたちみたいな若い女性からは。近ごろじゃ、だれも裁縫や手芸をする暇なんてないものね」

「じつは、これ全部わたしの祖母のものなんです」とクレアは説明した。「みなさんがこれを有効に活用してくださったら祖母もきっと喜ぶでしょう」

「ええ、まちがいなくそうしますとも、お嬢さん」別の女性が言った。

そんな会話が交わされているあいだ、ミッシーは上映会で会った女性ふたりをさがして室内に目を走らせていた。ふたりの姿はどこにも見あたらず、落胆を顔にださないよう気をつけていると、廊下の奥のほうから突然大きな笑い声が聞こえた。たぶんそこがキッチンだろうと当たりをつけた。

「お水を一杯いただいてもいいですか？」

「もちろんよ、お嬢さん」ある女性が答えた。「奥に行ったところよ」

「ついでにスコーンもどうぞ」別のだれかが言い添えた。「フローが用意してくれるはずだから」

クレアがミッシーの視線をとらえて微笑んだ。「わたしもひとついただこうかしら、もしかまわなければ」

宝の山をかきまわすのに夢中の女性たちが手を振って見送ってくれたので、クレアとミッシーは木の床をばたばたと歩いて笑い声のするほうへ向かった。

キッチンに足を踏み入れると、まずフローレンス・アンダーウッドが目についた。片手にスコーン、もう片方の手に大きなマグを持って、数人の女性を相手におもしろおかしく話をしているらしく、少なくともひとりは笑いすぎてむせているようだった。

「どうぞそのまま続けてくださいな」みんなが振り向いたのでクレアは言った。「わたしたち、お茶を一杯飲みにきただけなので」

「あらまあ、だったら、お嬢さんたち」とむせていた女性があえぐように言った。「ここにあるお茶をどうぞ」

そう言って、古ぼけた木のテーブルの上にある縁の欠けたティーポットをふたりのほうに押してよこした。

別の女性が、不ぞろいの食器の詰まった背後の戸棚に手を伸ばし、そのあいだフローは目を細くしてふたりをじっと見ていた。

「お嬢さんたち、わたしどこかで会ってるんじゃないかしら」

ミッシーがフローのほうへ足を踏みだす。「はい！　驚いた、すごい記憶力ね！　そうなんです。上映会で会ってます、この前の夜の。あのお気の毒な女性が……」

語尾を濁すと、フローの目が大きくなった。

「そうそう、そうだったわ。そのラブリーなピンクの色合いはどこにいてもわかるわね」

フローがそう言うと、ほかの女性たちは唇を引き結んで目をそらした。〝ラブリー〟という形容詞は彼女たちの語彙にはなかったのだろう。

フローが話を続けた。「たしかあなたもあの楽しそうなクラブの一員だったわよねえ？　えと、なんと言ったかしらね。言っちゃだめよ。脳細胞を働かせないといけないから、認知症の予防にね」

骨ばった指を二本、額に押しあてた。

「映画鑑賞クラブ？」友人のひとりが試しに言った。

「ちがう、ちがう、そんなのじゃなくて。そうだわ！　ブッククラブよ、マーダー・ミステリ・ブッククラブ！」

「ほんとにすばらしい記憶力ですね」とクレアも言った。

自分とミッシーのカップに紅茶を注いでから、テーブルの空いた椅子を指さした。「あの、よろしいですか……？」

「もちろんよ、お嬢さん。ご自由にどうぞ。それで、ここへはなんのご用でいらしたの？」

「ええ、じつは手芸用品を少しばかり寄付したくて」とクレアが用意してきた台詞を口にする。

「上映会であんな悲劇があったあとだし、わたしたち少しでもお力になれることがあればと思ったんです」

「ええ、ええ、ひどい話よね。それで、あの恐ろしい夜から、あなたたちはみんなどうしていたの？」

ふたりが答える暇もなく、ほかの女性たちが互いに顔を見合わせながら腰をあげた。「わたしたちお先に失礼するわね、お嬢さんたち。そろそろ作業にもどらないと」

女性たちがそれぞれのカップを洗ってキッチンから出ていくと、フローがため息をついた。

「あの晩の騒動でみんな少し疲れているのよ。あれは本当につらい試練だったわ。マスコミは遠慮会釈もなくわたしたちにつきまとってコメントをとろうとするし。おまけにチケット代を返せと言ってきたお客さんも何人かいてね。なんと訴えると脅してきた女性までいたのよ、信じられる？　精神的苦痛を受けたとか言って、ばかばかしいったらありゃしない！」

「ひどい話」ミッシーは言った。

「それこそ恥ずべきことですよ。だってわたしたちの落ち度とは言えないでしょう？　こっちが計画したわけでも予測できたわけでもないんだから。それにお客さんが観にきたのは殺人ミステリ映画であって、『バンビ』じゃないのよ！　もっとも……考えてみたら、あの映画にも死が出てくるわね」またため息をつく。「ありがたいことに、次の上映会は『グリース』の予定なの。あれを見て邪悪な考えが頭に浮かぶ人はいないでしょう」

「元気の有り余ってるティーンエイジャー数人を除いてね」クレアは奔放な登場人物が何人かいたのを思いだしてそう言ったが、ミッシーはなぜか目を大きく見開いていた。

いま彼女の頭にある登場人物はただひとり――サンディ・オルソン（『グリース』の主役の女子高生）――だ

けで、そこから独自のアイデアが浮かんできたのだ。その考えを急いで押しのけて、話にもどる。

「そうよ、訴えられたりしたら、ここはもうおしまいだわ」フローが言った。「金庫は空っぽになるでしょうし、わたしたちのすばらしい仕事もだめになる。ひどい話！　営利目的で上映会をしたわけじゃあるまいし。収益はすべて公園の整備や難民キャンプの子供たちのために使われるのに。恥ずべき行為だわ、まったく！」

クレアは老婦人のほうに手を伸ばした。「ほんとに残念です。世の中には非常識な人たちもいるから」

「残忍な人もね」とミッシー。「じゃあ、ここの人たちだったんですね、上映会を計画したのは」

フローはうなずいた。「最初にアリス・スミスが言いだして、ほかのみんなもあれこれ協力したの。それぞれ役割を決めてね。お友だちのロニー——彼女にも上映会の夜に会ってると思うけれど、そのロニーとわたしはバーの担当だったのよ。実際にビールを売るわけじゃないわよ、言っておくけど。こんなおばあさんたちからお酒を買いたい人なんていないものね！」突然けらけらと笑った。「だからその仕事を担当してくれる若い衆を——ハンサムな子たちを手配したわけなの。わたしたちはその段取りをつけただけ」

「それであんな後ろのほうにすわっていたのね、バーの近くに」ミッシーは言った。

「ちゃんとやってるかどうか見ておきたかったのでね、ええ。アリスがブランドンぼうやに甘いのは知ってるから――ほら、わたしたちがバーの運営に雇った若者よ。でもねえ……」

そこでスコーンをひとかけら口に押しこんで、天井に目を向けた。

クレアとミッシーは顔を見合わせ、ミッシーが言った。「ちょっと信用できない？」

スコーンを飲みこんでからフローは言った。「そこまで言うつもりはないわ、お嬢さん。いい子よ、ほんとに。ただねえ、いくつか問題があるの、それだけのこと。あの気の毒な子の身に起こった事件のことを思えば無理もないでしょう」

「事件？　上映会の夜のこと？」

「いえいえ、彼の愛する母親のこと」ティーポットを引き寄せて、中身を確認した。「じつは亡くなったのよ、しかも悲惨な状況でね、あれからまだ一年もたたないわ。あの子にはそりゃあショックでね、当然だけど。それでアリスが……まあ実際はわたしたちみんなが、あの子のことを気にかけて見守っているわけなの。あの子のおばあさんのベッテは、もうずいぶん前になるけど、この支援クラブの会長だったから、きっと感謝してくれてると思うのよ」

「それで、彼のお母さんになにがあったんですか？」クレアは努めて穏やかな口調を保ちながらも、頭のなかはこんな考えでいっぱいだった。じゃあブランドンのママも悲惨な状況で亡くなったのね――なんという偶然！

その女性もやはり絞殺されたんだろうか、とまで考えた。

「自動車事故でね、お嬢さん。完全に即死だった。あの子はとことん打ちのめされたわ」

「そうでしたか」そのあとの〝なんだ！〟はのみこまなければならなかった。

「どんな状況で？」ミッシーが訊いた。

「恐ろしい事故よ。かわいそうなデイナ、彼女はただ通りを渡っていただけなの、だれでもやるようになにか考えごとをしながらね。そこへ突然、若い女性の運転する車が現われた。横断歩道にいた彼女に激突して、思いきりはね飛ばしたの」

クレアの耳がまた反応した。「若い女性？　だれですか？　警察は知ってるの？　その人はつかまったの？」

「詳しくはわからないわ、お嬢さん、でもおそらく逮捕はされたはずよ、泥酔状態だったそうだから。むごい話よねえ、本当に。あれでブランドンぼうやの心はずたずたになったの」

「ブランドンもはねられたんですか？」

「いえいえ、彼はほんのかすり傷よ、でもさぞかしつらかったでしょうね、母親が目の前で……ええ」また唇を引き結んだ。それから舌を鳴らした。「近ごろじゃ、だれもかれもが心の折り合いをつけるのに苦労してる、そう思わない？　愛する母親が目の前で亡くなるのをなすすべもなく見ているしかないなんて、どんなにかつらかったでしょう。あれ以来あの子が苦しんできたのも無理はないわ。だからこそ、アリスは彼に仕事をさせているの。ただ、あの子がちゃんとやっているのかどうか……」

また語尾を濁し、そこでテーブルを押して立ちあがった。

「わたしのおしゃべりはもう充分ね、若いお嬢さんたちを退屈させてもしかたがないわ」

「あら、そんな、ちっともかまわないのに」ミッシーは急いで言ったが、フローはもうシンクでカップを洗っていた。

「終わったら後片付けもお願いね、もしよければ。ここではそういう決まりなのよ——自分の
ことは自分で」

そう言って立ち去り、残されたブッククラブの友人同士は嬉々として顔を見合わせた。
「わたしたち、ひょっとしてキャット・マンフォード殺しの動機を探りだしたの？」とクレア。
「キャットはその自動車事故に関係してたと思う？」

ミッシーはあざやかなピンクのヨーヨーよろしく頭を激しく上下に揺すった。「思う！ すっごく思う！」クレアが唇に指をあてたので、そこで声を落とした。「ごめん、でもびっくり！ これはひょっとするかもね。運転してたのは若い女性だったってフローは言ってた。若い女性の酔っ払い。もしキャットだったら？」

「ブランドンは土曜の夜に彼女がいるのに気づいて、復讐を果たしたんだと思う？」

今度はミッシーもうなずこうとはせず、ほとんど言葉を失っていた。クレアのカップをつかんで洗いはじめる。それから振り返って友人に顔を向けた。
「ジャクソンに頼んで事故の記録を調べてもらう必要があるわね。ブランドンのママを轢き殺した若い酔っ払いの名前をたしかめるの。それが〝ラット（ネズミ）〟と韻を踏む名前かどうか！」

アリシアは、ミッシーとクレアからの心躍るような依頼を刑事の恋人にいつ伝えようかと考

えていた。

月曜の夜の八時三十分。リネットは女友だち数人と出かけており、アリシアは自宅の居間のソファにすわってジャクソンの腕のなかでピーター・ユスティノフ版の『地中海殺人事件』を観ている。せっかくふたりで素敵な夜を過ごしているのに、それがぶち壊しになるのではないかと案じていた。彼はこの発見を喜ぶだろうか、それとも怒る？

一時間前にアリシアの自宅の玄関に現われたジャクソンは、テイクアウトの中華料理とDVDを手に、こう宣言した。「よし、なにがそんなに騒ぐほどすばらしいのか観ようじゃないか」

じつはジャクソンの狙いは時系列をもっとよく把握することだった。

「証人たちが、あの晩の出来事を実際に起きた時間じゃなくて、決まって映画のシーンで説明するから」とディスクをセットしながら言った。「おれもそれで理解してみようと思う」

ストップウォッチとメモ帳とペンを取りだした。ジャクソンが靴を脱いでソファに腰を落ち着けると、アリシアは皿とカトラリーを用意してコーヒーテーブルに置いた。

再生ボタンを押しながらジャクソンは言った。「オーケイ、映画が正式にはじまったのはたしか八時十五分だ、なぜなら例の過剰摂取事件のメールが最初に届いたのがその時間だったから」メモ帳に素早くなにか書きこむ。「マンフォード夫妻が現われたのは、それから優に十分か十五分たったころで、その十分後におれは引きあげた」またなにか書きこむ。「じゃあ、中断するところがきたら教えてくれ。確定したいのはその時間だ。いつだれがなにを見たのか、それを把握する必要がある」

そうしてふたりは片目で時計をにらみながら鑑賞し、上映会のときに開始から五十分余りで映画が中断してうめき声があがったまさにその場面で、アリシアはジャクソンに知らせた。それはアリーナ・マーシャルの遺体が発見された直後で、エルキュール・ポワロがつややかな赤い帽子を持ちあげてアリーナの息絶えたゆがんだ顔があらわになる直前だった。

ジャクソンはすべてを記録していたが、アリシアはむしろプロットに対する彼の感想に興味があった。映画が終わるのを待って、目顔で問いかけた。

ジャクソンは肩をすくめて、慎重に言葉を選んだ。これに大きなものがかかっているような気がした。

「たしかに、おもしろかったよ、ほんとに、ただ……」そこでアリシアが顔をしかめる。「えーと、いささか突飛ではある、そう思わないか？　つまり、ああいうことは現実の世界ではまず起こらないだろう？　あまりに極端すぎる」

アリシアは目をぱちくりさせて見返した。「でもあれは現実の世界じゃない。アガサ・クリスティなんだから」それですべての説明がつくと言わんばかり。

ジャクソンは急いでうなずき、汚れた皿を持ってキッチンへ退散した。

結局、料理をすっかり平らげたあと、緑茶のカップを前に、アリシアはジャクソンの小ばかにしたようなコメントのことは忘れてクレアとミッシーの発見に話を進めようと意を決した。ところが、口を開く間もなくジャクソンがアリシアを抱き寄せた。

「おれがきみを避けてたように感じてるならあやまるよ。情けなくなるほど忙しくてね、つまり労ばっかり多くてなんの実りもないってことだ。このままじゃ解決できそうにない」

「だいじょうぶ」傷ついてなんかいないふりをしながらアリシアは言った。「じつはね、あなたに知らせたい新しい情報があるの——捜査の役に立つかも」

「へえ?」

深呼吸をしてから、仲間が女性支援クラブで聞いてきたことを報告した。「当てずっぽうなのはわかってるけど、やっぱり気になるでしょう——ブランドンの母親を轢き殺したのは酔っ払ったキャット・マンフォードだったんじゃないかって」

ジャクソンが見返してきた。鋭く。アリシアはごくりと唾をのんだ。

「きみたちはなにを企んでるんだ?」

アリシアは無邪気にまばたきをしてみせた。彼の口調のなにかがアリシアに嘘をつかせた。

「別になにも。ふたりはただ力になりたかっただけで、力になるっていうのは、つまり上映会を主催したグループのってこと、あなたのじゃなくて、わかってるとは思うけど。手芸用品が少しあったから、それを届けにいったの。そこでフローにばったり会ったのでおしゃべりしただけ」

「ばったり会ったって?」

アリシアは吐息をついた。「オーケイ、ふたりは——わたしたちは——下心があった。だけどさっき自分でも言ったでしょ、このままじゃ解決できないって。だからわたしたちにもなにかできないかと、つまり、もっと情報を見つけられないかと思ったの。その方法がうまくいったらすばらしいことじゃない？」

ジャクソンは顔をしかめているが、不機嫌の原因は、じつはミッシーとクレアではなかった。先週、支援クラブの女性たちとはじめて話をしたときの、フローやアリスとの会話を思いだしていた。あのとき彼女たちはブランドンの母親とその早すぎる死のことを口にした。なのに自分はそれ以上突っこんで訊こうとは思わなかった。

おれは救いようのないアホだ！

「ふたりに悪気はなかったの」ジャクソンのしかめ面を誤解してアリシアは言った。

「いや、むしろ感謝してるよ」

「そうなの？」

「まあ、きみたちが首を突っこんだことを喜んではいない。インディラがなんて言うか想像がつくよ。でもきみたちはいいところをついてるかもしれない。自分が見落としたことが信じられないよ」

アリシアを解放して立ちあがった。「ブランドンがなにか隠してることはわかってた。このことかもしれない」

「どこへ行くの？」ジャクソンが靴をはくのを見ながら訊いた。

「署にもどらないと。ブランドン・ジョンソンの母親を死なせた事故の報告書を確認したい」

五分後、アリシアはソファの隣の空いたスペースを見ながら、少しばかり複雑な気分だった。ジャクソンが新しい手がかりをつかめたことはうれしい、心からそう思うが、その手がかりを追うためにこれほどあっさり自分を置き去りにするとは思っていなかった。

それでも、この件で希望の光が見えた。

ジャクソンの態度から――本物の怒りも迷惑がるそぶりもなかった――彼にはブッククラブの協力がまさに必要であり、それを快く受け入れてくれることがはっきりしたのだ。それはアリシアの下心も正当化してくれた――自分たちが協力して早く謎が解ければ、それだけ早く恋人を取りもどせる。

アリシアはスマートフォンに手を伸ばし、ペリーにメッセージを打った。《ＡＡに行く気はまだある？　あるなら明日の午後五時二十分にロジール地区センターの前で》

ペリーからの返信はすぐに届いた。

《ＡＡに乾杯！》

27

その女性ドライバーの血中アルコール濃度は〇・一一パーセントで、法定基準値の二倍を超えていた。彼女の乗っていたスバル・リバティのステーションワゴンが、なんの警戒もしていなかったブランドンの母親に突っこんでいったのもうなずける。画面をスクロールして事故の報告書を読み返しながらジャクソンはそう思った。

大きな精神的ショックは別としてドライバーのほうがごく軽傷ですんだのに対し、デイナ・ジョンソンは即死だった。本人はなにがぶつかってきたのかもわからなかっただろう。ゆうべなにかいまは火曜日の朝で、ジャクソンは報告書の情報をあらためて確認している。ゆうべなにか見落としてはいないか念のために。

思いだすといささかばからしい気分になる。きのうはほとんど有頂天になり、クレアとミッシーはいいところをついていると思いこんで、大急ぎで署に引き返した。ブランドンの母親を死に至らしめた飲酒運転のドライバーとしてキャット・マンフォードの名があることを、あるいはそれが別名を名乗っているキャット・マンフォードであることを、本気で期待していたのだ。

でもそうはいかなかった。

実際の加害者の名前はローラ・ジャン・マギンティ、四十五歳、ウォガウォガ在住の店員。身長百六十五センチ。体重百二十キロ。

その女性の免許証の写真をあらためて凝視した。このドライバーがどんな罪を犯していようと、どんな秘密を抱えていようと、そのなかに彼女がキャット・マンフォードであることは含まれない。

ゆうべ観た映画を思いだして、苦笑した。アガサ・クリスティの容疑者なら肌の色をちょっと濃くするだけで効果てきめんだったかもしれないが、病的に肥満した四十五歳のローラ・マギンティを、小鳥なみの身体つきの二十七歳のキャット・マンフォードに変えるなど、どう考えてもできるわけがない。

ジャクソンはうめき声をあげた。これで解決していたらあまりにも安直だったろう。

「そうなったら警察の捜査がお粗末だったってことになるわね」画面を見ているジャクソンに気づいたインディラが、すぐさまこう付け加えた。「もしそうならだれかがとっくに点と点をつないでたはずだと思わない？　わたしたちはどんな捜査だって最初にかならず被害者の背景を徹底的に調べる、そんなことわかってるでしょう？」

「ああ、でも事故のあと名前を変えたりしてないかとふと思ったんだ。おれはただ……」そこで言葉を切った。「確認する価値はあった」

インディラは納得していないようだった。「あなたは影を追いかけてるのよ、ジャッコ。いったいどうしたの？」

「腹が立つんだよ」ぴしゃりと言い返した。「おれたちはとっくに犯人をつかまえてなきゃならない。やつはぶちこまれるべきなんだ」

「また一週間とちょっとよ、相棒。もう少し寛大な目で見てやって」口調を軽くして「自分のこともね」と付け加えた。

「もう十日もたってる。十昼夜だぞ。今度の土曜日にはまた上映会がある」

「だから？」

「だから、少しは心配になったりしないか？」

「犯人がまたやると思ってるの？」

「おれたちが相手にしてるのは異常者じゃないってどうしてわかる？　シリアルキラーじゃないって」椅子のなかでくるりと向きを変えた。「だれかもう調べたのか、どこかの映画祭で似たような殺しが過去になかったかどうか」

インディラは横目でジャクソンを見た。彼は本当にシャドーボクシングをしている。でも、そこまでいかれた話は聞いたことがないとも言い切れない、それはインディラも認めざるをえなかった。ジャクソンの前にある電話を取って、番号を押した。

「ポーリー？　ちょっといい？」

ポーリー・ムーア巡査部長がメモ帳を手に情けない顔でインディラに報告しにくるまでに、たっぷり一時間はかかった。

「きっと気に入らないと思うんだけど」自分でとってきたメモを参照しながらポーリーは言った。「調べたかぎりじゃ、微罪と軽度の違反行為以外はなにもなかった。ドメインの映画祭でマリファナを吸った連中が逮捕されたのと、バッグの盗難が数件、それくらいのことはほとんどのイベント会場で起こってる」

「死亡事件はなし？」

「二カ月ほど前、ボンダイ・ビーチのジャズ・ナイトで怪しげなＭＤＭＡ（覚醒剤の一種で通称エクスタシー）で有害反応を起こした男がいた。病院で生死の境をさまよったけど、結局助かった」残念そうな口調。「でも、殺人はなし、絞殺もなし、性的暴行もなし――今回の事件にちょっとでも似たものはなにもなかった。あいにく」

インディラはポーリーの労をねぎらい、ジャクソンに顔を向けた。「気が晴れた？」

ジャクソンはうなずいたが、気分は晴れなかった、まったく。胃のなかのむずむずするような感覚は消えそうになかった。

「証人たちの調書を読み返してみるよ」口をとがらせないよう気をつけながらジャクソンは言った。

もう少し〝ロックな感じ〟に見えるように、まちがっても〝まじめ〟に見えないように、アリシアはめいっぱいがんばって、リネットの言葉を頭のなかで反芻（はんすう）しながら、目のまわりに軽くアイラインを引いて黒っぽいＴシャツを頭からかぶった。

「ハニー、何回も言ってるよね――アルコール依存症は外見じゃわからないって」ＡＡの集会が開かれるロジール地区センター近くの街角で落ち合ったとき、ペリーがアリシアに言った。「ぼくの最上流階級の友だちにもアル中が何人かいるよ」

それでもアリシアは、通りの片側のくたびれたキッチンカーや反対側の落書きだらけの塀、そこにだらしなく寄りかかっている喫煙者たちを見ながら、場ちがいな気分をぬぐいきれなかった。近くで背を丸めて茶色の紙袋からなにか飲んでいるホームレスの男性が目につき、彼は集会に参加することがあるんだろうかとふと考え、そんな悲しい気持ちを振り払いながら、アリシアはなかにはいった。

この日は〝フリー・ディスカッション・ミーティング〟が開かれる予定だが、だからといってディスカッションに参加しなければならないわけじゃないとペリーは請け合い、古びたホールの後方の空席にふたりでもぐりこみながら、その点を念押しした。

椅子は円形に並べられているとばかり思っていたら、ここでは三列に並べてあって、ほとんどの席は年齢も民族的背景もさまざまな人たちですでに埋まっていた。古い友人同士のようにおしゃべりしている人たちもいれば、わびしいというよりは退屈そうな顔で姿勢よくすわっている人たちもいる。ふたりが席に着くと、全員が励ますような笑みを向けてきた。

コーヒーの豊かな香りが部屋じゅうに漂っていて、ペリーが片側のテーブルをあごで示し、見ると中身が半分になったコーヒーポットとカップとミルク、コーヒーメーカーがあった。

「なにか飲む？」ペリーに訊かれて、アリシアは首を振った。

「あとにしましょう。ほかの人と話すいい口実になるし」

ペリーはうなずき、「名案」と小声で言った。

五時半きっかりに、おしゃべりをしていた男性のひとりが立ちあがって椅子を列から引きだし、出席者のほうに向けた。歳は六十代なかばで、白っぽい灰色のふさふさした髪、ゆったりした紫色のズボン、片耳からイヤリングがぶらぶらしている。典型的な〝アーバンヒッピー〟で、温かいまなざしと寛大な笑顔がいかにもふさわしいとアリシアは思った。

「やあ、みんな、よく来たね。では〈ニーバーの祈り〉からはじめるとしようか」

ほかの全員が目を閉じて頭を垂れ、祈りの言葉を暗唱しはじめると、アリシアはその機会を利用して彼らを観察した。

きょうの参加者は、司会者とペリーと自分を除いて十三人、年齢は二十代なかばから七十代までと幅広い。女性より男性のほうが多く、何人かはビジネススーツ、それ以外はTシャツにジーンズ。ペリーの言ったとおり。多種多様な人間の集まりだ。

お祈りが終わると、司会者がトレヴァーだと自己紹介をし、それから尋ねた。「さてと、Aがはじめての人は？」

全員がペリーとアリシアのほうを振り返り、アリシアは一瞬まごついたが、ペリーはもう片手をあげていた。

「自己紹介をしてもらえるかな」とトレヴァー。「でも名字はなしで、よろしく」

「わかった。えっと、みなさん、こんにちは。ぼくはペリーで」とはじめた。「アルコール依存症です」

「こんにちは、ペリー」全員が声をそろえてあいさつを返す。

みんなに見つめられて、アリシアがしばらく目をしばたたいていると、ペリーが肘でつついた。

「あ、はい、えーと、わたしはアリシアで、あの……わたしは……」

「いいんだよ」とトレヴァーが優しく声をかけてくれた。「それは言わなくていいから。まだ準備ができないうちはね」

「こんにちは、アリシア」一同はアリシアの態度になんら動じることなくあいさつを返してくる。緊張のせいだと思われたにちがいない、後ろめたさではなく。

アリシアはごめんねとペリーに微笑みかけた。リネットの言うとおりだ。自分はまじめすぎて最初の嘘さえうまくつけない。

「AA自体がはじめてなのかな、それともロジールのAAははじめて?」トレヴァーに訊かれて、ペリーは咳払いをした。

「ロジール支部がはじめてなだけ」とふたりを代表して答えた。

「だったらやり方はわかっているね。あそこの飲み物のテーブルに名前と電話番号のリストが置いてある。もしもだれかに電話したくなったら、いつでも遠慮なくかけていいんだ。それから、もし『ビッグブック』の最新版がほしかったら、帰るときにひと声かけてほしい」

彼が言っているのは、AAのバイブルとされている、依存症から回復する効果的な十二ステップの手法が書かれた本のことなので、ペリーは「ああ、いや、ぼくらはだいじょうぶ、ありがとう」と答えた。

トレヴァーは笑顔で応じた。「そう、わかった。じゃあ、はじめる前に、きょう記念日を祝う人はいるかな?」

しばらく沈黙が続いたあと、髪の生え際が後退しつつある年配の男性が声をあげた。「わたしはきょうで三百五十五日なんだ――あともう少し!」

拍手が起こり、トレヴァーがにっこり笑う。「十日後に一緒にお祝いできるのを楽しみにしているよ、ティモシー」そこで言葉を切った。「さてと、ジェニーに序文を読んでもらう前に、きょうは感謝について話し合うことをみんなに伝えておくので、それについて考えを話せるようにしておいてほしい。では、ジェニー、どうぞはじめて……」

えくぼのある優しそうな笑顔の中年女性が立ちあがり、紙を見ながら朗読しはじめると、アリシアは暖かいマントをふわりと肩にかけられたような心地がして、その感覚は集会のあいだじゅうずっと続いた。

自分がアルコール依存症だと思ったことは一度もなかったし、こういう集会に参加する必要性を感じたこともなかったが、いざここへ来てみると、こうした仲間に加わることの魅力もよくわかる。彼らはとても優しく、支えになってくれそうなのに、どうしてキャット・マンフォードがこのプログラムを途中でやめたのかふしぎだった。いまのところ非難がましい目を向けてくる人はただのひとりもいない。みんな親切で、見ず知らずの人の力になることになんのためらいも感じていないように見える。

それから三十分ほど熱のこもった議論が続いたあと、トレヴァーが休憩しようと声をかけ、全員に〝お茶を一杯〟飲んではどうかと提案した。

「よかったらコーヒーメーカーの横の缶に小銭を入れてもらえると助かる」と言い添えた。

「ほんの気持ちでいいから」

やっと休憩か、とペリーは思った。アリシアほどこの集会にのめりこんではいなかった。

兄のセオドアはいまだに依存症と闘っており、コミュニティー・センターでのなごやかな会話はなんの効果もないようだ。最後に聞いたのは、セオが禁酒の誓いを破ったという話だった。またしても。兄は六十歳を迎えられるだろうかとペリーは考える。そのころにはきっと透析を受けているのではないかと。

「行くわよ」アリシアが小声で言った。「試合開始」

ペリーは気の滅入る考えを振り払い、アリシアのあとについてテーブルへ行くと、コーヒーの新しいポットが用意されていて、コーヒーメーカーがこぽこぽ音を立てていた。ふたりはその横にあるガラス瓶から緑茶のティーバッグを取ってお茶をいれ、〝がんばって〟スマイルを送り合った。

ペリーが数人の男性のあとから外に出ていくと、アリシアは参加者の名前と連絡先が書かれた紙をポケットに入れてから、部屋の前方でトレヴァーと熱心に話をしている女性グループのほうに向かった。みんなキャット・マンフォードと同世代で、ひとりは服の感じもよく似ており、ふんわりしたペイズリー柄のワンピースを着ていた。

　ペリーもアリシアもあらかじめ自分の背景を用意してきたので、それを頭のなかで練習しながらのんびりと歩いていった。アリシアが近づいてくるのに気づいたトレヴァーが、女性グループに急いでなにか告げて離れていった。

「かわいそうにね」とキャットのそっくりさんが言い、ほかのみんなも一緒にうなずいている。

　にわかに興奮を覚え、キャットが亡くなった話をしているのかと思ったが、アリシアの気配を察すると、みんな話を中断して振り返り、大きな笑みを浮かべた。

　アリシアも微笑み返した。「仲間に入れてもらってもいい？」

「もちろんよ」とひとりが答えた。長身で茶色の大きな目と褐色の髪をしている。

「調子はどう？」キャットのそっくりさんがアリシアのために場所を空けながら訊いてきた。

「エルサ、だっけ？」

「アリシアよ。調子はまあまあ。じつは……そう、この一カ月はちょっと大変だったの」

　詐欺師になった気分で、内心身がすくんだ。アンダースの言葉がまたぞろ頭のなかでこだまする。これはあきらかに倫理に反することだ。その点に議論の余地はない。

「これからだんだんよくなるから」と三人目の女性が言う。小柄で、ストロベリー・ブロンドの巻き毛だ。「いつだってそうよ」

「そう、たしかに、また悪くなるまではね！」とキャットのコピーが言い、腕をぴしゃりと叩かれた。彼女は笑って「ごめん」とアリシアにあやまった。「あたしはザラ、現実主義者」

「むしろ皮肉屋でしょ！」と最初の女性が言い、自分はミアだと自己紹介した。

「で、わたしもミアよ」ストロベリー・ブロンドが言ったので、アリシアの眉があがった。

「知ってる」とザラ。「まったくもう、オリジナリティがないったら！　じゃあ、あんたは最近このへんに越してきたの？」

アリシアは首を振りながら、これを合図と受け取った。「いいえ、でも友だちのペリーもわたしも地元のＡＡがあんまり好きじゃなくて、そしたら別の友だちがここを薦めてくれたの。ここのグループはすごく力になってくれるって言われて」

「へえ？　だれのこと？」ミアのひとりが言い、もうひとりのミアがそばかすのある手をあげた。

「ちょっと、みんな、ここは匿名、忘れた？」アリシアに顔を向ける。「答えなくていいからね」

「いいのいいの、だいじょうぶ」むしろ答えたい。「キャットっていう女性」待ったが、目に見える反応はなにもない。そこでさらに言った。「キャットはこのグループが大好きでね」周囲を見まわすふりをする。「今夜は来てないみたいだけど」

三人は相変わらず無表情にこっちを見ている。

「キャットって、あの動物の？」なかのひとりが言って、アリシアはうなずいた。

「どこかで聞いたような気もするなあ」ザラが下唇を嚙みながら言った。

「わたしは聞いた覚えがないけど」最初のミア、背の高いほうが言った。「最近も来てた？」

「ほんと言うと、たぶん途中でやめちゃったんじゃないかと思う」

　全員が納得したようにうなずく。

「よくあるんだ」とザラ。そこで声をひそめた。「今週いなかったのはメアリーだけじゃないよね。ブライアンもしばらく来てない」これはほかの人たちに向けた言葉だった。

「せいせいした」のっぽのミアが吐き捨てるように言い、小さいほうの友人が嫌な顔をしてみせた。

「このところ調子が悪いか、忙しいだけかも」

「それか、げんこつの手当でもしてるのかもね」ザラが言い、それでまた腕をぴしゃりとやられた。

「ザラ！　ほんとにもう、いい加減にして！　またトレヴァーから警告を受けることになるわよ。彼がそういうのを真剣に受けとめるの知ってるでしょ」

　ザラは小さく笑った。「残念だけど、真実って痛いもんよ。ブライアンの奥さんに訊いたら」

　アリシアがその話を追及する暇もなく、のっぽのミアが言った。「ブライアンがまた来るかどうかはどうでもいいけど、メアリーには無事でいてほしいわ。いつもはちゃんと定期的に来るのに」

「そうだね」とザラ。「また飲んじゃってドンペリニヨンのボトルに落っこちてなきゃいいけど」

　その言葉に、アリシアの頭のなかでピンと小さな音がした。

「そのメアリーって、ブロンドの長い髪の人じゃない？」ザラに顔を向けた。「背はあなたくらいで」

もしやキャットは別の名前を使っていたのではないか――AAで偽名を名乗るのはなにも彼女がはじめてじゃないはずだ。現に自分だってそうしようかと思った。同時に、この人たちはもしかしたらキャットの悲運をまだ知らないのかもしれないとも思った。

ところが、いまいましいことに三人とも首をきっぱりと横に振っている。

「ううん、彼女はもっと背が高くて、髪の色も濃くて、ほとんど黒に近いの」小さいほうのミアがそう言ったとき、トレヴァーが両手を打ち鳴らしはじめた。

「じゃあ、続けようか、みんな！　時間だよ！」

残念、とアリシアは思った。まだ訊きたいことが山ほどあるのに。

ペリーの隣の席にもどると、彼も上機嫌ではないのがわかった。

「どうだった？」

ペリーは手振りで、まあまあと伝えてきた。

後半が終わると、参加者たちはそそくさと荷物をまとめて帰っていった。さっきの女性たちが残ってくれてもう一度質問できればと期待していたが、アリシアがバッグを手に持つ前に三人とも姿を消していた。

「だいじょうぶ」とペリー。「木曜日があるよ」

トレヴァーがやってきた。「だいじょうぶかな？　問題ない？」ふたりはうなずいた。「きょうはきみたちには声をかけなかったよ、そのほうがいいかと思って。でも次からは、発言したいときはどうか自由に手をあげてほしい」

　ふたりはまたうなずいた。

　そこでアリシアは言った。「じつは友だちのことでちょっと訊きたかったんです、ここで会おうって約束してたのに来なかったので」

　トレヴァーがアリシアを見て、鷹揚に微笑んだ。「ほう、それで？」

「ええ、約束したんです、二週間ほど前に、ここで会おうって。なのに今夜は会えなかった。名前はキャットです」

　トレヴァーの笑みがすっと消えた。「キャット？」

「はい、キャット・マンフォード」

　一歩あとずさりした。「ほかのメンバーの話はしないことにしているんだ。決して。ここのメンバーにもそうしてもらっている」温かかった口調があきらかに冷たくなっていた。

「わかってます、ごめんなさい。ただ心配なんです。彼女が無事だといいんだけど」

　トレヴァーは顔をしかめ、どう言うべきか思案するような顔になり、それからまた一歩後退した。「後片付けをしないと」

　そのままホールの反対側に行って椅子を重ねはじめたので、ペリーとアリシアは顔を見合わせ、荷物を持って外に向かった。

「あれはどういうこと？」ふたりで足早に立ち去りながらペリーが訊いた。

「わからない」アリシアは答えた。「でも、わたしがキャットの名前を口にしたら、すごくそわそわしてたわよね？」


都心のワインバーの照明は仄暗かったが、火曜日の夜とあって、アリシアとペリーが友人たちを見つけるのにさほど時間はかからず、ブース席に集まった彼らはさまざまな色合いのお酒のグラスを打ち鳴らしていた。そちらに向かう途中でふたりはカウンターに立ち寄り、ピノ・グリージョのグラスを一杯ずつもらって現金を渡しながら、どちらもその皮肉な状況を意識せずにはいられなかった。

「ここにいるのをＡＡのだれかに見られたらどうする？」アリシアが言うと、ペリーが鼻で笑った。

「ぼくらの信用度がますますあがるだけだよ、ハニー、落ちることはない」

「で、うまくいった？」ミッシーがシートを横にずれてスペースを作りながら訊いた。

アリシアは片手でペリーの〝まあまあ〟の手振りを真似たあと、夕方に三人の女性から聞いたことをさっそくみんなに報告した。

「つまり、上映会の夜にいた人はだれもそこにはいなくて、キャットという名前になんとなく聞き覚えのある人がひとりだけいた、ということね」とクレア。

アリシアはうなずいた。「たいして役には立たないわね」

「あとは所在不明のメアリーか。それがキャット・マンフォードだった可能性は？」アンダースが訊いた。

「わたしもそれを考えたけど、外見の特徴がちがうの。ひとつだけはっきりしてるのは、トレヴァーという男が挙動不審だったこと、そうよね、ペリー？」

ペリーはそれについて考えた。「そうかもしれないし、きみがキャットの名字を口にしたからあわてただけかもしれないよ、うっかりさんだねえ」一同に顔を向けた。「われらが司会者は秘密保持の誓いをものすごく厳格に守ってるんだ。今夜ぼくが出会っただれかさんとはちがってね」

ペリーが聞いてきたことを明かすのが待たれたが、それが重要なことなのかどうか本人もよくわかっていなかった。「ぼくが男性陣と表でしゃべってたのは知ってるよね、アリシア？ 休憩で煙草を吸ってた人たち。じつは、なかのひとりがティモシーって呼ばれてたんだ、覚えてる？」

「そうそう、年配の人、お酒をやめてもうじき一年になる人ね」

「ちょっと待って！ キャットのスポンサーの名前はティムとかってエリオットが言ってなかった？」ミッシーが訊くと、ペリーの笑みが少し翳った。

「ぼくも興奮したよ、ミッシー、でもこのティムがスポンサーになる相手は男だけなんだって」

「嘘だね、絶対に」とリネット。「キャットのプライバシーを守ってるだけ」

「ちゃんと説得力があったよ。女性のスポンサーには絶対ならない、いつも男だけだって断言してた。でも、スポンサーになって嫌な思いをしたから、もうだれのスポンサーにもならないと思うって」

「どうして？」ミッシーがスパークリング・ミネラルウォーターらしきグラスを口に運びながら訊いた。

「スポンサーを務めた最初の男は〝やたらと自尊心の強い恩知らずの偽善者〟だったし、最後の男は〝怒りっぽい乱暴者〟で、そいつは奥さんを殴ってたらしいんだ。ＡＡにいたある男が何度か更生させようとしたけど、うまくいかなかった。もしかしたらこの怒りっぽい男がキャットに熱をあげて、ノーの返事を受け入れなかったのかも」

「その人の名前、ブライアンじゃない？　その怒りっぽい人」アリシアは訊いた。

「ティモシーとはそれ以上話す暇がなかったんだよ、トレヴァーが煙草を吸いに出てきたらみんな急に黙りこんじゃったから。言ったよね、トレヴァーって楽しみに水を差すやつなんだ」目が細くなった。「どうしてそんなこと訊くの？」

「ザラが、ブライアンのげんこつがどうとか言ってて、それがすごく不穏な感じに聞こえたから」

「こっちも水を差すようで悪いんだけど、おふたりさん、そもそもそこは正しいＡＡだったの？」クレアが訊いた。「キャットを覚えてる人がだれもいないとしたら、全然別のところに行ってた可能性はない？」

「もしくは、キャットが夫に嘘をついてて、そもそもＡＡには行ってなかったのかも」とリネット。「そんな話は初耳じゃないでしょ」

「もしくは、夫が嘘をついていて、そもそも彼女に飲酒問題はなかったのかもしれない」アンダースの言葉に、全員が興味を示してそちらを見た。

「解剖を担当した検死官と話したんだ」とアンダースは説明した。「毒物のことを訊こうと思って。彼女の体内には薬物の痕跡がいっさいなかったと断言していた。実際ミズ・マンフォードはきわめて健康体だったと言って譲らなかった。たしかにまだ若いということもあるけど、肝臓にもアルコール依存症の兆候はまったく見られなかった――通常なら瘢痕があったり中性脂肪が蓄積したりするんだが。AAに行ってたと聞いて、ぼくと同じくらい彼も驚いてたよ」

「だけど、体内から相当な量のアルコールが検出されたんでしょう?」クレアが訊いた。

「たしかに、でもそれは一度きりのことかもしれない。大量の飲酒が日課だったという証拠はまったくないんだ――少なくとも身体上は」

「要するにアルコール依存症じゃなかったということ?」アリシアは訊いた。

「ぼくは病理学者の言葉を伝えてるだけだ」

「じゃあ、どうしてエリオットは彼女が依存症だったなんて言うの? ジャクソンが調べることはわかりそうなものでしょ。しかもトレヴァーはあきらかに彼女を知ってるみたいだった。はっきりそう感じたの! わたしがキャットの名前を出したとき、彼はその名前に覚えがあった。それはたしかよ、アンダース」

クレアが言った。「いまは事実に目を向けましょうよ。被害者のキャット・マンフォードがあの晩、酔っていたのはまちがいない。泥酔状態と言ってもいい。それは明白な事実。もしかしたら彼女はAAの新入りで、まだ大量に飲みはじめたばかりだから、早いうちに問題の芽を摘み取りたかったのかもしれない」

「だとしたら健康状態が良好なのは説明がつく」とアンダースも譲歩した。

「本人はAAに行くと言ったけど、じつは恋人に会いにいってたとか？」ペリーがまったく新しい方向に話を振った。

全員が彼を見たが、大半は懐疑的だった。

「もうわけわかんない！」ミッシーが言って、むっつりと水のグラスをのぞきこむ。「キャットはAAに行ってたの？　行ってないの？　ロジール支部にいたの、それともどこか別のところ？　でもってその話はかわいそうな奥さんを殴ってたブライアンとかいう男とどうかかわってるわけ？」

「行きどまりだね」リネットがあっさり言って、スマートフォンをタップした。「と思ったら、探検する新しい道が見つかったかも」目をきらめかせながら全員の顔を見る。「いまだれからメールが来たと思う？」

「きみの新しいパパ？」とペリー。

リネットがにやりと笑う。「まあね。ブランドン・ジョンソンから仕事のオファーがあって、よかったら木曜の夜にどうかって」

「それはラッキー」とミッシーも言った。

「ずいぶん早かったわね」とクレア。

「それ、まだやる必要ある？」アリシアは訊いた。「そっちはもうジャクソンが調べた。キャット・マンフォードはブランドンの母親の死とは無関係だった」

「だとしても、ブランドンが飲酒運転のドライバーに恨みをもってる事実に変わりはない」とリネット。「覚えてるかな、姉さん、キャットがバーで夫婦喧嘩してたときのこと。彼女、車のキーは自分が持ってるって言ってたよね？　たしか〝あなたは先に帰れない、わたしが運転するんだから！〟とかなんとか言ってた」

正確な文言は覚えていなかったものの、その言葉はアリシアの脳みそをかきまわした。「つまり、ブランドンはそれを聞いてこう考えたってことね、〝この酔っ払いのドライバーをとめないと、またどこかの家族がめちゃくちゃにされてしまう！〟って」

リネットが唇を片側に寄せた。「あるいは、ただ頭にきて反応したのか。後半に彼女がひとりでいるのを見かけて、母親を殺された恨みを晴らす機会に飛びついた。飲酒運転の被害者全員のために」

「ばかげてる」アンダースが言って、ふたりを現実に引きもどした。「バーを運営してる男なんだよ、わかってるかい？　アルコールを売るのが仕事だろう？　彼は過激な禁酒運動家で、飲酒運転をさせるくらいなら酔った女性を殺すと、きみたちはそう言ってるのか？」

みんなしょんぼりした顔になった。リネットを除いて。

「それをたしかめる方法はひとつ」と言いながら電話をタップした。「この仕事を受けて、飲酒運転の話題を振ってみる」送信を押して、にんまり笑った。「われらがキュートなバーテンダーがその話題にちょっとばかり熱くなるかどうか」

28

ジャクソンが襟元をゆるめて画面を凝視していると、携帯電話が鳴った。アリシアの名前が見えてにっこり笑う。いまは水曜日の朝で、彼女に電話するつもりだったのだ。応答しようとしたとき、ポーリーがドアの向こうからひょっこり顔をのぞかせた。

「検死官から五番に電話がはいってるよ、ジャッコ」

ジャクソンはうなずいてため息をつき、携帯電話を置いて、固定電話に出た。

「ジャクソン刑事」セロシの声がした。「あんたが電話してくるのを待ってたんだけど」

「はあ?」

「結果が出たよ」

「結果?」

セロシがくすっと笑った。「朝から晩までてんてこ舞いか? 例の過剰摂取だよ、刑事。遅くなって悪かったけど、インディラにこっちはあとまわしでいいって言われたから」

ギアを切り替えるのに少し時間が必要で、それと同時に受話器も反対の耳に切り替えた。

「よし、話を聞こう、悪かった、フランク。そのとおりなんだ。キャット・マンフォード事件で寝る間もなくてね。なにがわかった? うっかりしててヘロインが多すぎたのか?」

「そんなところかな。最悪のレベルというほどじゃないが、静脈注射を常用してた痕跡があって、前腕に注射痕が複数と小さい傷痕が見られた。でも今回はちょっとやりすぎたんだな。摂取量が多すぎたために呼吸器系全体が機能を停止した。おそらく意識を失って、最終的には昏睡に陥ったんだろう。その後まもなく死亡、全部報告書に書いてある」

「ばかなやつだ。疑わしい状況はなしか？　強制された形跡とか、そんなものは？」

「顔に古い打撲傷がいくつかと、歯が一本折れてたが、新しいものはなにもない。ぼくに言わせれば、彼は愛するよりは闘うタイプだな。ただし薬は例外だ。あきらかに麻薬性鎮静薬を愛用していた。あと、ひとつだけ言っておきたいんだけど」

「なんだ？」

「まあ、よくよく考えれば、それほど奇妙なことでもないか」

「なんだ？」ジャクソンは重ねて言った。

「体内からかなりの量のベンゾジアゼピンが検出された」

ジャクソンは思案した。「テマゼパムとか？　睡眠薬の」

「それだ。そいつが死亡にひと役買った可能性はある。麻薬性鎮静薬とベンゾジアゼピンは相性が悪いんだ」

「ああ、やつがドラッグを愛用してたことはいま合意に達したよな？　あの痩せこけた胃のなかで雑多なものがごちゃまぜになったカクテルができてても驚かないね」

「たしかに。だとしても、ふしぎではある——なぜ貴重な一本を無駄に打ったのか、眠すぎて楽しむ余裕もないのに」

「楽しむためじゃなかったとしたら？　やつは死ぬつもりだった。睡眠薬をのんで、効果がないとわかって、強力なやつに手を出したとか」

「しかし発見場所は公共の駐車場だったんだろう？　公共の駐車場で眠りにつきたい人間がいるだろうか」

　ジャクソンはため息をついた。いまはこの件に割く時間もエネルギーもない。「じゃあ、事故か自殺か、きみにはわかってるのか？」

　今度はセロシがため息をつく。「そもそもわかるんだろうか。彼が両方の薬を適正量より多く摂取したのはたしかだ。体内に睡眠薬があったことで、通常より意識が朦朧（もうろう）としていて、ヘロインの量が意図したより多くなってしまった、という説明は成り立つかもしれない。悪いが相棒、刑事はそっちだ。自分で解決してもらうしかない。とにかく報告書にすべて書いておいたし、それはあんたの未決書類箱に向かってるはずだ、こうしてるあいだにも」そこで苦笑した。「自殺者がみんなきちんと遺書を書いてくれればいいんだけど、なあ？　なにかわかったら知らせてくれ」

　ジャクソンはマウスに触れて、パソコン画面を復活させた。「わかった、助かったよ、ありがとう、フランク」

「了解」とセロシが通話を切りかけて、ふと言った。「ああ、そうだ、ジャクソン。荷物はどうしたらいいかな」

「ごめん、相棒、なんの話かな」

「彼の私物のこと。安物のリストバンド二本と、偽物のロレックスと、結婚指輪がある」

「結婚指輪？　結婚はしてなかったと思うが」

「ぼくの勘ちがいかな。でも指輪は安物には見えない」

「両親に渡してもらえないか？　住所は近親者の欄に書いてあると思う」

「もう連絡してみた。聞くに堪えない言葉を聞かされたよ、こっちが使いたいくらいの」

ジャクソンはまたため息をついた。この愛されなかった依存症患者に同情は覚えたが、それよりいま関心があるのは若い女性が殺された事件を解決することで、こちらも依存症だったかもしれないが、少なくとも彼女は更生しようとしていた。

「じゃあ、こっちに送ってくれ、ありがとう、フランク。あとはなんとかするよ」

「了解」とセロシはもう一度言って、今度は通話を切った。


ザラ・コッシントン・スミスは〈チューリップ・カフェ〉の開け放されたドアからはいってくると、アリシアに礼儀正しく微笑みかけてきた。じつを言えば、AAの新入りからの電話を受けたことに彼女は驚き、応答した直後はこちらがだれかもよくわかっていなかった。でもアリシアがAAのことと友だちのキャットの話をすると、すぐに合点がいったようだった。

「恐ろしいニュースを聞いたの」二十分ほど前にアリシアは電話でそう言った。「それでどうしても飲まずにいられない気分なのよ」

「そんなことしちゃだめ！」とザラは予想どおりの返事をして、すぐに地区センターのそばのカフェで落ち合う段取りをつけてくれた。

「あたしがつかまってラッキーだったよ」とザラは言っていた。「いまは仕事の合間の時間なんだ。ふたりのミアだったら、あんたのために一秒だって時間は割かないだろうね、ふたりとも会社人間だから」

いまは平日の日中で、ジャクソンにはまたしても電話を無視されていた。忙しいのはわかっている――理解している――が、こっちはどうしても仕事に集中できず、ついつい事件のことを考えてしまうのだ。キャット・マンフォードは本当にＡＡに参加していたのか、その疑問をどうしても解決したかったし、ＡＡの女性たちがその件で自分に嘘をついたのかどうかずっと気になっていた。

仮にそうだとしても責めるつもりはなかった。もしあしただれかがふらりとやってきて、アリシアという名のぼさぼさのブロンドのことをあれこれ尋ねたら、やっぱり同じようにとぼけてほしいと思うから。それが決められた手順であり規則だからか、純粋な礼儀からなのか、どちらにしろ、見知らぬ相手が尋ねてきてもそうして秘密が保持されることに自分は感謝するだろう、それは認めざるをえない。

問題は、そうした規則や礼儀に対して辛抱できず、彼女たちにまた話を聞くのに次の集会までのんびり待ってはいられないことで、自力でなんとかしようと決意したアリシアは、ＡＡの連絡先リストからザラの電話番号を調べたのだった。相手は気さくなザラが最適だろうと直感した。

テーブルに近づいてきたザラは、アリシアの前にあるカフェラテにちらっと目を向けた。

「そのなかになにかたっぷりはいってるんじゃなければいいけど」

アリシアはにっこり笑った。「まだよ。でもあとほんのこれくらい」二本の指先を数センチ離してみせると、ザラは渋い顔になった。

「いまから数分間はばかなことしないでよ。あたしがジュースを買ってくるあいだ」

数分後、ザラはアリシアと並んですわると、飲酒について滔々と語った。だれもがときには禁酒の誓いを破ってしまうこと、それがいかに〝ありがちなこと〟か。

「あんたはこれをやり過ごすの」とパイナップルジュースに手を伸ばしながらザラは言った。

「で、なんでこんなことになったわけ?」

アリシアはバッグからくしゃくしゃになったティッシュペーパーを取りだしてすすり泣くふりをした。「わたしが話してた女の子、おたくのAAを薦めてくれた子がいたでしょ?」

ザラはなにも言わず、ジュースを飲んだ。

「ゆうべ来なかった理由がわかったの」

「彼女が教えてくれたグループがまちがってたから?」ザラが推測して言った。

アリシアは目をしばたたいた。「ちがうの、そうじゃなくて、亡くなってたから。先々週の土曜日に」

「嘘!」純粋に驚いているように聞こえた。ザラはこちらに手を伸ばしてきた。「なんて言ったらいいか言葉もない。そんなのひどすぎる！　それじゃボトルに手を伸ばしたくなるのもわかるよ。過剰摂取？」

「え？」

「その彼女、えーと……？」

ザラが手首を横切るように指を滑らせたので、アリシアは息をのんだ。

「ちがう、ちがう、他殺よ。だれかに殺されたの」

ザラの目が異様に大きくなり、そんなことを考えてもみなかったのはあきらかだった。「ほんとに？　また殺人？　この街もだんだん物騒になってきたね！」

アリシアは何度かまばたきをした。そういう反応を期待していたわけではなかった。期待していたのは、ザラが白状すること、彼女がキャットを知っていて、殺されたことも聞いていて、秘密をもらしはじめることだった。なのに本気で驚いているように見える。

アリシアは目を細くした。「じゃあ、ほんとにキャットには会ったことないの？　彼女ロジールの集会には来たことないの？」

「ない、そう言ったよね」そこでザラはピンときたらしい。「ああ、あたしが嘘ついてると思ったんだね？　あんたの友だちを守ろうとして？　もう、トレヴァーじゃないんだから！　あたしならAAに参加してることをだれかに知られたってそこまで気にしない。むしろ自分に都合よく利用してるくらいだからね、ダーリン」目がきらきらしている。「男たちからはたっぷり同情票が集まるしね。大金を払って高級カクテルをおごらなくていいから喜んでる人もいる」

ザラは笑い、そのあとアリシアから聞いたことを思いだして、また言った。「友だちのことは残念だったね、心からそう思う。でも本当に、彼女には会ったこともない」

ジュースをもうひと口飲んでから、新たに思いついたようだ。「ねえ、亡くなった人を悪く言いたくはないけど、もしかしたらAAのことで嘘ついてるのは友だちのほうかもよ。そういう人も多いから。一年くらい前かな、親友のハンナをAAに行くよう説得したんだ。彼女は集会に参加するって約束した。助けてもらうって誓った。もちろん一回も参加しなかった。みんなには参加したって言ってたけど、そうじゃないってあたしは知ってる。いまのところそのまま放置してるけど。人に無理強いはできないからね、ハニー。本人が自分に無理強いするしかない。やる気のない人を救うことはできないよ」

それはマントラを唱えるような言い方で、アリシアもうんうんとうなずいた。

「かわいそうなメアリーのことを思いだす」ザラが続けて言った。

「メアリーとブライアン、のメアリー?」

ザラは顔をしかめた。「ああ、メアリーとブライアンはカップルじゃないよ。もう、なんでそんな発想になるかなあ」

「この前あなたが話してた感じから。たしかふたりとも来なくなったって……」

「ただの偶然」くすっと笑った。「メアリーがそれを聞いたらかんかんに怒るだろうね、ブライアンとカップルなんて! ありえない、メアリーはすっごく上品なんだ。ブライアンは、まあ、ただの暴力的なチンピラだね」

「あの、その件だけど。その人が暴力的だってどうしてわかるの?」

「本人が言ったから! しかも自慢げにね、名誉の勲章かなんかみたいに。AAにいるのはただ家庭内暴力の罪を逃れるためだって言ってた。そのほうが裁判とかで心証がよくなるって言われたんだって。でもあいつ、気の毒な奥さんのことを恨んでるみたいだった。自分があそこにすわってみんなの話をおとなしく聞かなきゃならないのも全部奥さんのせいみたいに」ザラは身震いした。「あの不愉快な男には耐えられない」切なそうに微笑んだ。「まあね、トレヴァーが言ってることもわかるよ、〝暴力で暴力をとめることはできない〟って。だけどあたしは内心うれしかったな、エリオットが集会のあとであいつをぶちのめしたって聞いたとき。ブライアンがあんな目にあわされたのは当然の報いだね」

アリシアはカップをガチャンと置いた。「え?」

「え?」ザラがまばたきしながらオウム返しに言った。

「いまエリオットって言った?」

ザラが口元に手をあてる。「どうしよう、またやっちゃった。トレヴァーには言わないでよ、きっと卒倒するから! 外にもらしちゃだめなんだけど、でもまあ、もうあんたも仲間だし、だよね?」

「エリオット・マンフォード?」アリシアはまだ話についていけなかった。

「あのね、名字なんか知らない。名前はいいとしても、名字? その一線を越えるつもりはないよ」目が細くなった。「彼のこと知ってるんだね?」

「さっき話してた、殺された彼女の夫」

「あんたの友だちの？　わお、そうか、だったらトレヴァーがゆうべ騒いでたのはそのことだったんだ。仲間内でだれか死んだのは知ってたけど、トレヴァーは詳しい話はしなかった」ザラは考えた。「世間て狭いよね？　あんたの友だちの名前になんとなく聞き覚えがあったのもきっとそのせいだ。エリオットはよく彼女のこと〝子猫ちゃん（リトルキトゥン）〟て呼んでたから。あたしはその彼女に一度も会ったことないよ、正式にはね、わかるでしょ？　あたしたちＡＡの外ではつきあわないんだ。それじゃ冒瀆になるから！」

アリシアは片手をあげた。「ちょっと待って、わたし混乱してきた。じゃあ、キャットはやっぱりロジールのグループのメンバーだったってこと？」

「ちがうよ、そう言ったでしょ」

「じゃあどうしてエリオットのこと知ってるの？」

ザラもアリシアに劣らず困惑している。「ＡＡを通じてよ！　彼はうちのグループのメンバーだから。本人から聞いてないの？」

29

「いや、あいつからそんな話は聞いてないぞ」というのが、一時間後にアリシアがザラとの会話を電話で伝えたときのジャクソンの不機嫌な返事だった。

仕事にもどったアリシアは、いま担当している子育てに関するウェブサイトの記事の遅れを取りもどそうと奮闘したものの、ザラの言葉が頭にこびりついて離れず、ブッククラブのメンバー数人と連絡がつかなかったあと（みんなも仕事の遅れを必死に取りもどしているにちがいない）、ようやくジャクソンから折り返しの電話がかかってきたのだった。

アリシアとペリーのＡＡへの潜入ツアーの話をジャクソンは喜ばず、それをはっきり口にした。

「ねえ、なんならあとでわたしをぶちこんでもいい」と相手の言葉をさえぎってアリシアは言った。「でもわたしが探りだしたことを聞いたら気が変わるかも」

「じゃあ言ってみろ。いい話だといいが」

それはいい話だった。いい話すぎて、ただちに署まで出頭しろと言われた。

「あの問題児のペリーも連れて。この話はすぐにシンホーのところに持っていく必要がある。彼女が責任者だから」そこで間をおいた。「烈火のごとく怒るだろうな、きみたちがしたことを知ったら」

「でもわたしたち――」

「いいか、きみたちが来るまでにおれができるだけ取り繕っておく。急げば何時に来られる？」

アリシアはうめいた。「わたしを誘いこんで彼女に引き渡すつもりね」

「きみには余計なところに首を突っこんだ責任がある」そこで語調をやわらげた。「しかたないだろう、自業自得ってやつだ。彼女は吠えかかるだけで嚙みつきはしないと保証するよ」


実際には、それから一時間もしないうちにオフィスのドアに現われたアリシアとペリーに、インディラ・シン警部補が最初にしたのは嚙みつくことだった。

「あなたたち、警察の捜査をわざわざじゃまするなんて、ほんっとに信じられない」といきなり言われ、いつかの日曜日のフレンドリーな口調はいまや遠い思い出となった。

「反省してます」とアリシアは口を開いたが、ぴしゃりとさえぎられた。

「どうだかね。これまでも何度か事件に介入してきた話はジャッコから聞いてるわ。あなたたちにとってはこれが標準的な手順のようだわね。いったい何様のつもり？　自分たちがこの捜査を危険にさらしたかもしれないってことを少しは自覚してるの？　あなたたちのやらかした規則違反で、今回の犯人が最終的に罪を逃れるようなことにでもなったら、ふたりとも厳罰に処します。これはくだらない犯罪小説とはちがうのよ！」

アリシアはひるんだが、ペリーは肩をすくめただけで一歩も引かなかった。

「おっしゃるとおり、シン警部補、完全にぼくらの不徳の致すところでした」ペリーが淡々と言うと、インディラはすかさず彼をにらみつけた。「すべては不正に入手したものなので、このことは決して他言しないようにして、おとなしく仕事にもどります」そこで背後のドアをちらりと見る。

「殊勝なことを言っても無駄よ、ゴードンさん」インディラが言い返し、気を落ち着けるように深呼吸をひとつした。

憤懣（ふんまん）やるかたない気持ちと当然あるはずの好奇心がせめぎあっているのがアリシアにはわかった。なにを探りだしたのか聞きたくてたまらないのだ。

インディラは大げさにひと息つくと、机の前の二脚の椅子にふたりを手招きした。「まだ帰すわけにはいかない。すわって」

机の電話を手に取り、乱暴にどこかの番号を押す。一秒後に言った。「こっちへ来て。あなたのお節介なお仲間の話を一緒に聞いてもらう」

通話を切ったインディラはペリーとアリシアに顔をもどし、後者はその突き刺すような視線にますます身を縮めた。

それから二十分かけて、ふたりはＡＡで仕入れてきたことをインディラとジャクソンに洗いざらい話した。ふたりがそれぞれ交わしたさまざまな会話をきちんと再現し、そのあとアリシアはこの日カフェでザラが話してくれたことを正確に伝えた。

「つまり、そのザラなる女性は、AAに参加していたのはエリオット・マンフォードだったと言ってるのね、キャットじゃなくて」

アリシアはうなずいた。「ザラはエリオットという名前しか知らなかったけど、あのエリオットのはず。奥さんのことを〝子猫ちゃん(リトルキトゥン)〟と呼んでたそうだから、彼にまちがいない」

インディラはジャクソンに顔を向けた。「だったら彼はどうしてその件で嘘をついたの？」

ジャクソンは肩をすくめた。「どうしてだろうな」

「なんとなく決まり悪かったんじゃないかな」ペリーが言うと、インディラがそちらを向いた。

「どういうこと？」

「つまり、飲酒問題を抱えてることを認めるだけでも充分むずかしいんだから、ましてや奥さんが殺された晩に酒に手を出したことを認めるのはもっとむずかしいはずだよ。そのことを悔やんでたのかもしれない。素面(しらふ)でいたら彼女を守れたかもしれないのにって」

インディラは首を横に傾げた。「講釈をどうも、ドクター・ゴードン。最後に確認したときは古生物学者だったわね、精神分析医じゃなくて」

ペリーはふんっと鼻を鳴らして腕組みをした。この怒りっぽい刑事にはもう堪忍袋の緒が切れそうだった。こっちは貴重な手がかりを提供したのに、向こうは噛みついてくることしかしない。

「いつかの日曜日は嬉々としてぼくらの見解を聞いたくせに」とペリーは言った。ほとんどは小声で。

インディラはそれを聞き流した。「この話のどこがキャット・マンフォード殺しと関係してるのか、わたしにはまだわからないんだけど」それから急いでこう言った。「いまの疑問はジャクソン刑事に向けたものだから。おかまいなくね、ドク」

ペリーがまたふんっと盛大な音をたてて鼻を鳴らし、ジャクソンは必死に笑いをこらえた。インディラの癇癪(かんしゃく)には慣れっこなので、ジャクソンはそれを水のようにやり過ごしている。

「そうだな、まずエリオット・マンフォードが嘘つきだということがわかる。そこから、ほかにどんな嘘をついていたのかという疑問が浮かぶ」

インディラがうなずく。ため息。「もう一度、話を聞く必要があるわね」

「アリシアの新しい親友にも来てもらうべきだろうな」ジャクソンが加えて言った。「AAのザラ。彼女にスコッティとダーヴォの顔写真を見てもらおう。どっちかがじつはブライアンで、偽名を使っていたのかもしれない」

インディラが指を一本立てた。「そのブライアンのことをもう一度教えて」

ペリーが口を開いた。「〝怒りっぽい乱暴者〟で、奥さんを殴ってた」

「そして、それよりもっと重要なのが」自分もインディラに嚙みつかれないようアリシアは遠慮がちに言い添えた。「エリオットがぶちのめした相手だということ」

インディラがジャクソンを見ると、彼はにやりと笑った。

「そのとおり。ブライアンはじつはスコッティかダーヴォなのか？　おしゃれなヒップスターに殴られたのが気に食わなくて、おしゃれなヒップスターの奥さんでその恨みを晴らすことにャンスと見た」

したのか？　いずれにしろ女性を攻撃相手に選ぶのがそいつのやり方のようだ。ふたりのあとをつけて公園まで行ったか、あるいはたまたま公園でふたりを見かけるかして、借りを返すチャンスと見た」

ようやくインディラの顔に微笑が浮かぶ。いかに突拍子もない話だとしても、その響きは気に入った。

殺人課にとっては不幸なことに、インディラの微笑は長続きしなかった。警察署に呼ばれたザラ・コッシントン・スミスは、容疑者の身元確認を要請されたことに憤慨しつつもどこかうれしそうな顔で、写真を見るなりこう告げた。「ＡＡの暴力男ブライアンは、上映会の男ふたりとは、全然――もう一回言うよ、全然！――似てない」

ジャクソンはアリシアとペリーをその前にオフィスから追い払っていた。きみたちの〝お節介〟にはぜひブレーキをかけてもらいたいと釘を刺して。

「インディラはおれとはちがうんだ」と、ふたりをエレベーターまで送りながら言った。「彼女は規則に従ってプレーするのを好む」

「へえ、そうなんだ」とペリーは言い返した。

「わたしたち、お行儀よくするから」アリシアはできるだけ穏やかに言い、リネットが翌日の夜にブランドンと一緒にビールを注ぐ予定になっていることはあえて口にしなかった。リネットはその仕事を簡単にキャンセルできるだろうか、自分は本当にそうしてほしいのだろうか、とアリシアは考えた。

　ザラが到着すると、ジャクソンはさっそくインディラのオフィスへ案内し、そこにはスコット・ジャレジックとデイヴィッド・クロウの顔写真が用意されていた。

「この人たちだれ？」ザラが訊いた。

「あなたがそれを教えてくれるのを期待してるんだけど」とインディラ。「このふたりのどちらかを知っているか、もしくはせめて顔に見覚えはない？」

「ないね」とザラ。「知ってるはずの人？」

　インディラの笑顔がしぼみ、ジャクソンはため息をついた。自分の勘が当たることを本気で願っていたのは、それが事件の幕引きを意味するからというだけではなかった。相棒に対してアリシアの名誉を挽回することにもつながるかもしれない。

　インディラが言った。「じゃ、このふたりのどちらもあなたのAAには来てない？　ちゃんと答えて、ザラ。これは殺人事件の捜査なの」

「だからちゃんと答えてるよ、正直に。このふたりのどっちにも、生まれてこのかたいっぺんも会ったことはない」

「じゃ、このふたりのどっちも、そのブライアンじゃないのね、奥さんを殴っていたとあなたが言ってる」

　ザラの顔が真っ赤になった。「アリシアのやつ、絶対に許さない！　彼女のせいでトレヴァーと派手にもめることになりそう。本物の依存症だと思ったのに。とんでもない嘘つきだわ！」

「いいから質問に答えて、コッシントン・スミスさん」

「ちがう。だから言ってんでしょ。ブライアンはひょろひょろしてて、しょぼいあごひげがある。まあ似たようなタトゥーはあるけど、もっとがりがり。前はミュージシャンだったらしいよ、たしか。イギー・ポップみたいな筋張ったのがタイプならかっこいいって思うかもね。あたしにはちょっとパンクすぎる。あいつが来なくなったからって残念とは言えないね」

ジャクソンの頭のなかでベルがやかましく鳴りだした。そこで訊いた。「ひょっとしてブライアンの名字を知ってたりしないか？」

ザラはジャクソンをにらみつけた。「あたしたち名字は使わない。ＡＡの仕組みを理解してる人はひとりもいないわけ？」

「わかった、そのブライアンだけど。ＡＡに来なくなったんだね？ いつから？」

ザラは考えた。「たぶん最後に見たのは、んーと……」長い爪でテーブルをこつこつ叩く。「ちょっと待って。いつも火曜の夜に来るんだよね。ゆうべはいなかった、先週の火曜日も。でも、その前の火曜日はいたような気がする」

「ということは、行方不明になって十日以上はたつんだね？」

「いや、行方不明って言っていいのかどうかあたしにはわかんない。彼は来なくなった。だれにだってそういうことあるでしょ。よくあることだよ」

いいや、とジャクソンは思った。偶然にしてはできすぎだ。「名前はブライアンだね？ がりがりで、三十代後半くらい？」

「そんなとこ」

インディラが両眉を吊りあげてこっちを見ているが、それを無視してジャクソンは質問を続けた。「彼には奥さんがいる、きみはアリシアにそう言ったね。ブライアンは結婚指輪と偽物のロレックスをはめていた?」

ザラは肩をすくめた。「それがわかるほど近づいたことない」そこでインディラをちらっと見る。「ありがたいことにね」

インディラはまだジャクソンを凝視している。「なんなの、ジャッコ」

ジャクソンは手を振って退けた。「あとでちゃんと話すよ」

インディラは疑わしげな顔になり、ザラに視線をもどした。彼女にも自分なりの直感があった。「で、その集会を仕切ってる男性、名前はトレヴァー? 合ってる?」

「合ってる」

「その人、髪は灰色? 六十代なかばから後半くらい?」ザラがうなずく。「教えて、その人に口ひげはある?」

今度は首を振った。

「過去に口ひげを生やしてたことはあった?」

「あたしと知り合ってからはない、通いはじめて半年くらいだけど」

インディラは言った。「わかった、もう帰っていいわ、ザラ。時間を割いてくれてどうもありがとう」

ザラが帰ったあと、ふたりだけで発泡スチロールのコーヒーカップをかじりながら、ジャクソンはインディラに笑いかけた。「これできみも、〝モウ・マン〟がキャットのスポンサーかもしれないっていうこの前のおれの仮説がそんなに捨てたもんじゃないって気がしてきたか？

その〝トレヴァー〟って男が〝モウ・マン〟じゃないかと思ってるんだろう？」

「口ひげが偽物だった可能性はある。それでエリオットも気づかなかったのかもしれない。たしかめる方法はひとつね」と言ってインディラは立ちあがった。

「ＡＡの秘密主義は鉄壁だぞ」ジャクソンは念を押した。「鼻先でドアを閉められるのが落ちだな」

インディラはにやりと笑った。「そうね、でもわたしはもうひとり秘密主義の人を知ってて、彼ならこのゴージャスな顔の前でドアを閉めたりしないはずよ」

30

エリオット・マンフォードはシン警部補の訪問に快くドアを開け、ＡＡのことで嘘をついたと責められてもほとんど動じなかった。その質問を予期していたのか、それとも本人が何度も強調したとおり、実際にそれは〝取るに足らないこと〟なのか。エリオットは特大の二ドア冷蔵庫の前にあるディスペンサーからふたりの刑事のためにグラスに水を注いだ。

前回の訪問時に比べると家のなかは驚くほどきれいになっていて、当人もようやくシャワーを浴びて服を着替えたようだ。暖かい時季なのにウールのニット帽をかぶり、ひげは整えたばかりのように見えた。

おそらくいまは受容の段階にいるのだろう。エリオットを目で追いながらジャクソンはそう思った。

「ＡＡのことでわたしたちに嘘をついたのはどうして？」水のグラスを受け取りながらインディラが訊いた。

「どうしてだと思う？　決まり悪かったんだ」

「決まり悪い？」

エリオットはスツールを引きだしてすわった。「そう、当然だろう。この間おれが自分を責めずに過ごしてきたとでも思うかい？　おれは飲んだくれで、アルコール依存症なんだよ、インディラ。これで満足か？　おれがあの晩あんなに派手に飲んだりしなかったら、おれの美しい子猫ちゃん（リトルキトゥン）はいまも生きてたかもしれないんだ」

「どうして秘密にしたんだ？」ジャクソンは訊いた。自分のなかのたわごと監視モニターが派手に鳴っている。この男のなにかが気にさわりはじめていた。

「言っただろ、決まり悪かったんだ」

「きみはおれたちに嘘をついた」

　エリオットは肩をすくめた。「たわいない小さな嘘だよ」ふたりに向かってにこやかな笑みを浮かべた。

「おれならとんでもないでかい嘘と呼ぶけどな」ジャクソンが言うと、インディラが片手をあげた。

　穏やかに、だがきっぱりと言った。「いい、エリオット、あなたの奥さんを殺した犯人に法の裁きを受けさせるために、わたしたちは必死にがんばってる。みんな二十四時間態勢で捜査にあたってきた。嘘をつかれると、彼女のためにまったくならない、それを言うならあなたのためにもね。あなたがその嘘をどんなに些細（ささい）だとか無関係だとか決まり悪いとか思っていようが、そんなことはどうだっていい。あなたはわたしたちに真実を話すべきだった」

　エリオットはそれなりにしょげたようだった。首を横に倒して茶色の濃いまつげの下からインディラを見あげる。「ほんとに申しわけない、あやまるよ、インディラ。おれがばかだった。

わかってる。キャットの死と関係あるとは思わなかったんだ。だから余計なことで混乱させたくなくて」

「混乱させたくないだと？　実際は大混乱だ！」ジャクソンは言った。「そのＡＡのだれかがきみの奥さんの死に関与してるかもしれない、おれたちはそう考えてる」

エリオットは背筋を伸ばした。「ほんとに？　だれがそんなことするんだ？」

「ブライアンのことを話してくれ」

「ブライアン？」エリオットは目をしばたたき、ふたりを交互に見た。「ＡＡの？　あのろくでなしがこれとどうかかわってるんだい？」

「ＡＡの集会のあとで彼をぶちのめしたというのは本当なのか？」

エリオットは困惑したような顔でまたふたりの刑事を交互に見た。

インディラが言った。「いいから質問に答えて。今度は嘘はなしで」

「ああ、ちょっと痛めつけてやった。なんなら逮捕したっていいけど、少なくともあれはフェアな喧嘩だった。あいつの気の毒な婚約者だか奥さんだかとちがって、おれはあいつの半分の体格じゃないからな」

「ブライアンが彼女を殴るところを見たの？」

エリオットは口ごもった。「いや、それは。その女には会ったこともないけど、あいつが集会でみんなにその話をしたんだ。自慢げに！」

「じゃあ、なんで彼女がそいつの半分の体格だって知ってる？」

「知らないよ。そう思っただけだ。あいつは弱い者いじめをするやつなんだ。なあ、あんなことすべきじゃなかったんだろうけど、おれはただあいつにも同じ痛みを味わわせてやりたかっただけだ」

「そいつの名字は知ってるか?」ジャクソンは訊き、相手が首を振ったので、さらに言った。「心当たりは?」

「ない。そこはトレヴァーがしっかり守ってる」

「バルメインの上映会の会場か、もしくはその界隈のどこかで、あの晩ブライアンを見かけた?」今度はインディラが尋ねた。

「いや」エリオットはひげをなでた。「ブライアンがやったなんて本気で思ってないよな? おれがあんなことしたから、だからあいつがおれの子猫ちゃんを殺したっていうのか?」

その考えにぞっとしたような顔になった。

「わたしたちはあらゆる可能性を調べてるだけよ、エリオット。それが警察の仕事。どうかわたしのためにしっかりと考えて。自宅とか仕事場とか、キャットの身辺のどこかで、ブライアンを見かけたことはない? キャットが、彼とばったり会ったとか、そんなようなことを口にしたりしなかった?」

「いや、断言するよ、そんなことはなかった。ああ、もしあいつがうろついてるって知ってたら、絞め殺されてたのはあいつのほうだったよ、おれの美しい妻じゃなくて」

「最後にブライアンを見たのはいつだった?」ジャクソンが訊くと、エリオットはしばらく考えた。

ザラと同じくエリオットも、ブライアンが先々週の火曜日には集会に出席していたのを思いだした。

「きみはなんでAAにもどらなかった?」ジャクソンは訊いた。

「おれがやめたことどうして知ってるんだ?」

「いいから質問に答えて、エリオット」インディラもやはりしびれを切らしつつあった。

「勘弁してくれよ。おれは妻を亡くしたばっかりなんだぞ。そんなときに聞きたくもないね、ティミーが高校時代にいつもパパからオールAの成績を期待されてたとか、哀れなザラがバレエのアンサンブルに一度もなれなくて人生がつらいとか。ぐずぐずめそめそ。こっちは最愛の人を亡くしたばっかりだってのに!」

インディラはうなずいて同情のこもった笑みを向けたが、ジャクソンはそんな気になれなかった。

「おれだったら、仲間がこれを乗り越える助けになってくれると思っただろうな」

「あんたになにがわかる」とエリオットは言い返した。

インディラが腰をあげた。「そうね、きょうはこれで充分よ」

彼女が合図してきたので、ジャクソンはもうしばらくエリオットを観察してから立ちあがり、あとについて家のなかを玄関に向かって引き返した。

玄関まで行くと、インディラは振り返った。

「あなたはこういうことを全部乗り越えなくてはいけないの」と声をかけた。「手遅れにならないうちにどこかに助けを求めるのよ」

「あいつをやけにあっさり放免したな」ふたりで車にもどりながらジャクソンは言った。

「本人の言うとおりよ、ジャッコ。彼はアルコール依存症で、奥さんを亡くしたばかり。わたしたちまで彼を叩く必要はないでしょう、自分ですでにその仕事を充分にやってるんだから」

「あいつをかばうのは、暴力を振るうブライアンをぶちのめしたからだろう」ジャクソンは言った。言いすぎたことは自分でもわかっていた。

インディラは目に怒りをたたえて抗議した。「わたしは自警団的な正義を容認したりしないわ、ジャクソン。あなただってわかってるはず。いままでも、これからも、絶対に。エリオットはブライアンのことを警察に届けるべきだった、相手をぶちのめすんじゃなくて。わたしに言わせれば、それが彼の奥さんの死を引き起こしたのかもしれない。ブライアンが恨みをキャットにぶつけたのよ」

「でも、それはまだわからないだろう?」

「そうよ、わからない！　だからこそ、被害者の夫をひとりきりで残して署にもどろうとしてるの、たしかな証拠を見つけるためにね。わかった？」

「わかった。悪かったよ。ただ、おれはどうもあの男が好きになれない。あいつのなにかが鼻につくんだ」

「まあね、あなたはこの事件の容疑者全員について同じことを言ってるんだから、鼻も相当詰まってるはず。そうでしょ?」

ジャクソンはポケットに両手を突っこんだだけで、返事をしなかった。

「ほらほら、署にもどるわよ。そしたらティッシュをあげるから、洟(はな)をかんで容疑者を何人か吹き飛ばせないかやってみましょ」

緊張がほぐれたことにほっとして、ジャクソンはインディラに笑いかけた。「そうだな。でも、その前にラボで落としてくれないか」彼女の問いかけるような視線にこう付け加えた。「ある男に会わないといけないんだ、暴力男かもしれないやつのことで」


ジャクソンが部屋にはいっていくと、ちょうどフランク・セロシは血液の飛び散ったグローブをはずしているところだった。

「ようこそ、粗末なわが家へ」きれいな手を振って研究室のなかを示した。「スーツ組がわざわざおでましとは、めずらしいこともあるもんだな。悪臭の染みこんでない場所でオンラインの検死報告書を読むほうが好きなんだと思ってたよ」

「じつは荷物を取りにきたんだ」

「荷物?」

「ああ、遺品があるだろう、例の過剰摂取の男、ブライアン・ドナヒューの」

人けのない屋上でヘロインを打って死んだブライアンと、エリオット・マンフォードと同じ

ＡＡに通っていたブライアンは同一人物なのではないか、ジャクソンにはそう思えてならなかった。ザラの人物描写はぴったりあてはまるような気がした。もちろんブライアンはこの界隈ではきわめてありふれた名前だし、本当に同一人物だったとして、それによってマンフォード事件に進展があるのかどうかもわからない。むしろ有力な容疑者がひとり除外されることになる。

インディラが提示した、ブライアン・ドナヒューが仕返しのためにキャット・マンフォードを殺したのかもしれないという仮説は絶対に成り立たなくなる。キャットが絞殺される一、二時間前に、彼はドラッグの過剰摂取ですでに死んでいたのだ。

だとしても、偶然を好まないジャクソンとしては、確認しないわけにいかなかった。ブライアンの遺品のなかになにか特徴的なもの、ＡＡのメンバーだったことを証明するものがないかと考えていた。ザラとエリオットならブライアンの免許証の写真から同一人物かどうか確認できることはわかっていたが、できればそれは避けたかった。

「悪いな、相棒。ドナヒュー氏の荷物は、けさ配達人に託したよ」セロシが言った。「たぶんいまごろあんたの机に向かってるころじゃないかな」

ジャクソンはうめいた。「だろうな」

「せっかくだから」とセロシがシンクで手を洗いながら言った。「あんたに見せたいちょっとおもしろいものがあるんだ」

ジャクソンが身構えると、セロシは手をふいて新しいグローブを着けた。その手を伸ばした先にあったのはチョコレートミルクシェイクのようなものだった。

ブッククラブのメンバーはペリーの家の居間に集まり、おいしいピザをがつがつ食べていた。例外は、もう食べてきたからと辞退してみんなを驚かせたミッシーと、理由の説明もなくただ欠席したアンダースだった。

この集まりは毎日のように開かれているが、それでも議論すべきことはいくらでもあり、この日のはじまりはアリシアがカフェでザラから聞いてきた話、終わりは上映会にいたキャップの二人組はどちらもAAの暴力男ブライアンではないというザラの主張だった。

「少なくともジャクソンにはそう言ったらしい」とアリシアは付け加えた。

「だからってAAのブライアンが上映会にいなかったとは言い切れないな」とペリー。「一度も会ったことがないんだから、いたってわからないよね。あの観客のなかに紛れてすわって、エリオット・マンフォードに気づかれないように身をひそめて、そして彼が離れたときにチャンスと見てキャットを殺した、そういう可能性だってある」

「殴られただけにしては、ちょっと過剰反応じゃないかしら」とクレア。

「そうでもないよ。たぶん彼の自尊心はぼろぼろになった、だからエリオットに教訓を与えたかった。大男をやっつけるのは無理だから、いつも餌食にしてる小柄で無防備な女性を狙ったんだ」

「ねえ、あたし思うんだけど」ミッシーが口を開くと、ペリーが怯えたような顔になった。ミッシーはにやりと笑いかけて話を続けた。「この事件には怪しげなパートナーがいっぱいいるよね。ＡＡの暴力男ブライアンでしょ、例の妊婦さんの元カレでしょ——あんな男は必要ないみたいなことをジャクソンに言ったんじゃなかったっけ？」

アリシアは肩をすくめた。「というか、はじめからいないみたいな感じだった」

「なるほどね、それからドラッグストアの女性。ほら、あなたがジャクソンと夜のおでかけをした話をしてたでしょ、〈ジョリー・コジャー〉に行ったときのこと」そこでくすくす笑いをもらす。「ねえ、それって『白昼の悪魔』に出てくるホテルの名前にすっごく似てない？　あれは〈ジョリー・ロジャー〉ホテル。だれか気づいてた？　そんな偶然ってあるかしら、ねえ？」

アリシアは言った。「似てるのは名前だけよ、ミッシー。断言してもいいけど、ポワロがうっかり〈ジョリー・コジャー〉に足を踏み入れたとして、生きて出られればラッキーね」

それを聞いてミッシーはまたくつくつ笑った。「とにかく、あなたとジャクソンがドラッグストアに話を聞きにいった女性、ダミとか言ったっけ？」

「ダニ・リガロ」

「そうそう！　で、そのダニが柄の悪い彼氏のことを話してくれたんだよね？」

「ああ、あれねえ」アリシアはゆっくりと言った。「そうそう、別れたばっかりで〝腕っぷしが強い〟とか言ってた」アリシアの目が大きくなった。「なに考えてるの？」

「エリオットがぶちのめしたＡＡの暴力男ね、そいつがダニ・リガロの言ってた男って可能性はない？」

　アリシアはミッシーを凝視しながら、ダニが元カレの名前を口にしたかどうか必死に思いだそうとした。そして、口にしなかったと確信した。「それはちょっと飛躍しすぎかな」と結局言った。

「そうよね、だけど、そのダニも上映会に行ってたんでしょ？　スコッティとダーヴォに上映会のことを話したのはダニだった。だからダニがそのとき犯行現場にいたのはわかってる。もしかしたら、ほんとは別れてなくてその元カレと一緒だったとか、もしくは彼がダニのあとをつけて現場に行ったとか、仲間ふたりに会いにいったとか。なんでもいい。とにかく彼はマンフォード夫妻がいるのに気づいて、チャンスと見た。エリオットが離れたとき、こっそりキャットの隣にすわりこんで、そして……まあ、あとはご存じのとおりよ」

　ミッシーは巻き毛を揺らして話を締めくくり、そのあいだほかのメンバーは程度の差こそあれ疑わしげに彼女を見ていた。

　リネットが言った。「どれくらい飛躍しすぎかっていうとね、ミッシー、ヨガで〝下向きの犬〟のポーズをするのにステロイドを打つようなものかな」

「だとしても」とミッシーはねばった。「いまの話はいつでもジャクソンに伝えてくれていいからね、アリシア、彼に調べてもらってよ」

　その考えにアリシアはひるんだ。「わたしたちのお節介をジャクソンが喜んでくれるとは思えなくてね、みんな、だからいまはそれを言わないほうがよさそう。そういえば……」妹に顔を向けた。「あしたの晩のブランドンのバー仕事だけど、キャンセルできない？」

リネットはむっとした顔になった。「なんでキャンセルするの？」

「ジャクソンからもうかかわらないでほしいって頼まれたの、手を出すなって、だから……」

「おあいにくさま！　もうシフトにはいるって約束しちゃったし、土壇場でキャンセルする習慣はあたしにはないの。それに、ジャクソンとインディラは浜に打ちあげられた鯨みたいにばたばたもがいてて、いまはどんな手助けでもありがたいって感じに見えるけど」

「そうね、でも……」

「でも、ブランドンはまだ容疑者リストからはずされてない」リネットがあとを引き取った。「だけど姉さんも言ってたじゃない、彼は弁護士を立ててるから、警察が話を聞きだせる見込みはないって」アリシアの目の奥に懸念がちらつくのを認めて、リネットは口調をやわらげた。「だいじょうぶだってば。こそっと静かにはいって、さりげなく質問して、リストから容疑者をもうひとり消すお手伝いができないか見るだけ。それにね」とにっこり笑う。「臨時収入があれば助かるの。〈マイヤー〉にあたしのために作られたような素敵なパスタメーカーがあるんだ」

31

その広々としたウッドデッキは、崖の絶景を楽しんだりワインやカナッペに舌鼓を打ちながらにぎやかに談笑したりする大勢の客であふれ返っており、リネットは目のまわる忙しさにまばたきする暇もないほどで、ましてやブランドン・ジョンソンに飲酒運転のドライバーをどう思うかとか、彼らを絞め殺したいと思っているかなどと質問する余裕はまったくなかった。

ブランドンの様子をうかがい、空いたピッチャーに氷をすくって入れている姿を見ながら、時間の無駄だったかもしれないと思った。

アリシアはあきらかにリネットがここへ来るのをやめさせようとしていた。妹の身と、恋人とその上司との関係の両方を案じて。でもリネットとしては、直前になって仕事をキャンセルするのは抵抗があったし、ウォリー・ウォルターズが休みで人手が足りなくなったことをすでに聞かされていたので、なおさらだった。

そんなわけで、リネットは予定どおりシフトにつき、ブランドンと女性バーテンダー二名と一緒にコルクを抜いたりワインを注いだり、客をたっぷり酔わせたりした。イタリア人デザイナーのひどいにおいの香水を押し売りしている広報担当の女性からそういう指示があったらしい。きっとワインを一杯飲むたびに香水がいいにおいになっていくのだろう。

十一時ちょうどにイベントが終了し、広報レディたちが酔っ払いのはぐれ者たちを追い払いながら引きあげていって、ようやくリネットはまともに話ができる機会を見つけた。

周囲の惨状を見渡しながら、リネットは顔をしかめた。ブランドンはこれまでで最高の雇い主とはとても言えなかった。スタッフが不足していたばかりか、当人はこの夜、半分は携帯電話をいじくって過ごし、あとの半分は広報係のひとりといちゃついていたのだ。

「来てくれて助かったよ」グラスに残ったワインを植木鉢に空けながらブランドンが言った。「悪いけど残業代は払えないよ、それでいいね？」

どうりでほかのスタッフは頃合いを見てさっさと引きあげたはずだ。おかげでリネットは容疑者とふたりきりで残されるはめになった。自分では特に危険を感じていないが、アリシアが知ったら卒倒するだろうとわかっているので、やるだけの甲斐があることを祈るのみだ。

今夜はなんとしてもあのパスタメーカーを手に入れるつもりだった。

ブランドンからワイングラスを受け取り、簡単にゆすいでから箱の小さな枠に滑りこませ、箱のふたを閉めて封をした。

「それでけっこうよ」と答えた。「お役に立ててよかった」それから、さりげない口調を保ったままこう言った。「女性客の何人かがシャンパンを何本もぐいぐい空けてたのを見た？　みんなタクシーで帰ってくれてるといいんだけど」

返事がないので箱から顔をあげると、ブランドンはまた電話にもどってメールを打っていた。たぶんいまのは聞こえていなかったのだろう。

もう一度やってみた。「ほんとに、最近は飲んでも運転する人が多くてあきれるわね」

ブランドンは電話をタップする手をとめて、一瞬こちらを見た。目がわずかに細くなり、口を開く前にあごに力がはいったように見えた。「ああ、飲酒運転するやつは人間のクズだ」

「そうよ！　クズもいいとこ！　あたしの友だちに飲酒運転でつかまった人がいるけど、はっきり言って同情する気にはなれない。ちっとも」

ブランドンはまだこちらを見ていて、その目はいまや細い線になっていた。「さっきからなんの話をしてるんだ、リネット？」

リネットはあわてて肩をすくめた。「別に。あたしはただ……」

「さっさと片付けよう、いいね？　もうくたくただ」

リネットはうなずき、汚れたシャンパングラスを取って、ため息をついた。次はどうする？　話を蒸し返したり母親のことを訊いたりするのはまずい。それじゃ露骨すぎる――魂胆がばれてしまう。

またため息をついた。気むずかし屋のアンダースが最初から言っていたとおりなのかもしれない。これは大いなる時間の無駄なのかも。複雑な犯罪を解決しようなんて、どう考えてもあきらかに傲慢な試みだったのだ。

みんな勘ちがいもはなはだしい――ミッシーとクレアも、アリシアとペリーも――ぼんくらな刑事たちを出し抜こうと考えるなんて。みんなで張り切ってささやかな調査に乗りだしたはいいが、それでどんな成果があった？　なんにもなし！

実際のところ、お調子者の図書館員や、ぼさぼさ髪の編集者や、そう、脚のきれいな若いブロンド娘が正しい質問をしたからといって、人々が奇跡のように殺人を自白するわけではないのだ。

アンダースがあたしたちに愛想を尽かすのも無理ないよね、とグラスを片付け終えてテーブルクロスをたたみながらリネットは思った。自分たちは賢いと思いこんでて、でもほんとは、ほかの人たちの時間を無駄にしてるだけ、自分の時間も含めて。

そこでリネットはパスタメーカーのことを考えて、ほうきを手にした。

それから一時間、はいたりこすったり梱包したり重ねたりして、ふたりはようやくバーをたたみ、デッキをぴかぴかにした。

「今夜は裏方をありがとう」リネットが最後の箱をヴァンに積みこむのを手伝っていると、ブランドンが言った。「よかったらもう帰っていいよ」ブランドンの車はイベントが催された空き家のヴォクリューズ邸の急勾配のドライブウェイにとめてあったが、リネットはトラーナを二ブロックほど手前にとめてきたので、お疲れさまと手を振って特大のバッグをつかみ、携帯電話の明かりで道を照らしながら車に向かって歩きだした。

デニムのジャケットをはおろうとバッグのなかをかきまわしはじめたのは、車にたどりつく寸前だった。寒さがだんだんしみてきて、でもジャケットは見つからなかった。

ああもう。たぶんあの家に忘れてきたのだ。うめき声をあげながらすぐに引き返した。

道路のカーブを曲がって、ドライブウェイまであと十メートルのところまで来たとき、ブランドンの声が聞こえた。だれかと話している。相手はだれだろう、この敷地には最後に自分たちふたりしか残っていなかったはずなのに。顔をあげると、ブランドンが道路に背を向けて携帯電話で話しているのがわかった。

「なあ、それはおれのせいじゃない」と言った。それから「次の上映会のときはもっとうまくやるよ、かならず」と。

リネットは足をとめた。

待って、なんなの？

「だいじょうぶだって」と彼は続けた。「警察はたぶん来ないだろう、今回は」

にわかに好奇心を覚え、すぐにぴりぴりした警戒心が続いた。

ブランドンが話してるのは殺しのあった夜のことだ！

一瞬凍りついたあと、駐車してあるメルセデスの陰に身をひそめた。脈が競走馬のように全力疾走している。

「いいから金を持ってくるんだ」と言っている。「そしたらおれがうまくやるから」

心臓がどくどく鳴るなかでなんとか彼の声を聞き取ろうと、リネットはゆっくり頭を突きだした。いったいだれと話してるんだろう。

「ああ……そうだな！　いいから落ち着けよ。言っただろう、おれに任せておけって……なにやられたのか彼女にわかるはずないさ、それは保証する」

ブランドンは悪意の感じられる笑い声をあげ、それからいきなりくるりと振り返ってこちらの方向に目をこらした。とっさにメルセデスとその後ろにとめてあるマセラッティのあいだの路面に身を伏せる。

見られた？

ここにいたら見つかってしまう？

長い間があり、またブランドンの声がした。「なあ、もう切らないと。土曜日に会おう。合図してくれ、そしたらあとはおれがやる」

永遠に続くかと思われる長い間のあと、ようやくドアの閉まる音、砂利を踏む足音、そして次のドアが開いて閉まる音がした。車のエンジンが息を吹き返し、しばらく待っていると、車はバックでドライブウェイから出てきて、向きを変え、ヘッドライトの明かりでなめるように照らしながら縮みあがるリネットの前を轟然と通過し、猛スピードで遠ざかっていった。

二台の車のあいだにしゃがみこんだまま、リネットは震える息を長々と吐きだした。鼓動は激しく、脈は速く、頭のなかではこんな声がしていた。結局〈マーダー・ミステリ・ブッククラブ〉もそれほど時間の無駄ではなかったんじゃない、と。

「嘘でしょ、リニー！　彼に見られた？」まもなく帰宅した妹から顚末を聞かされたアリシアは危険を感じてそう訊いた。

「たぶんだいじょうぶ」アリシアにすればいささかのんきすぎる口調でリネットは答えた。

「どうかしてるわ、真っ暗な人けもない通りであの男と一緒にいたなんて。しかもふたりきりで！　車の陰で縮こまってるところをもしも見つかってたら？　もしもあいつが……？」

考えたくもなかった。

アリシアは妹の帰宅を寝ずに待っていて、リネットが〈ドクターマーチン〉のブーツを脱いで姉の差しだしたハーブティーを受け取ったときにはすでに深夜の一時近くになっていた。

「そうかりかりしないで、姉さん。あたしはだいじょうぶ、いまいましいブランドンのせいでいちばんいいデニムのジャケットを失ったけどね」お茶の表面にふーっと息を吹きかけた。

「で、彼が言ってたのはどういう意味だと思う？」

姉妹はブランドンの言葉について時間をかけてじっくり検討した。〝今回は警察は来ないだろう〟とか〝合図をくれたらあとはおれがやる〟といった台詞に、どうにかして単純な説明はつけられないものかと。

「〝なににやられたのか彼女にわかるはずない〟ってどういう意味？」アリシアは言った。「いったいだれのことを言ってたの？」

「あいつ、殺し屋だったりして？」

そこでリネットはミッシーばりにくつくつ笑いだした。あきらかにまだ興奮状態にあり、アドレナリンが全身を駆けめぐっている。必死に笑いをこらえながら言った。「アル・パチーノとは似ても似つかないけどね！」

アリシアは顔をしかめた。「笑いごとじゃないでしょ、リネット。だれかの命が危険にさらされてるかもしれない。ジャクソンに伝えなくちゃ」

「だめだめ！　ジャクソンはあたしたちにキレる寸前だって自分で言ったよね。彼はインディラに報告しないわけにいかないし、そしたら彼女はジャクソンの比じゃないくらい激怒する。第一そんなことしたらなにもかもぶち壊し。警察はブランドンを引っぱって尋問して、彼は全部否定して、あたしの聞きちがいだって言って、結局あたしの正体もばればれになる」

「だからなに？　もうブランドンの仕事は二度としないんでしょ？」

「そうはいかない！　次の〈星空の下の上映会〉で彼のバー・チームに加わるって約束したから」

アリシアはぎょっとして妹を見返した。「そんなの絶対にだめ！　こんな話を聞いたあとなのに！」

「だからこそよ、アリシア。行って彼がなにを企んでるのかたしかめなくちゃ。うまくいけば現行犯でとっつかまえられるかも」

「あなたが現行犯でとっつかまえるなんてやめて！　ジャクソンに電話して彼に現行犯でとっつかまえてもらう」

「ブランドンは遠くからでもジャクソンに気づくだろうし、そしたら全部中止にするよ、彼の計画がなんであれ。おとり捜査のにおいをちょっとでも嗅ぎつけられたらそこで終わり、あたしたちは事件の解決に一歩も近づけない」

「ジャクソンのために謎を解いてあげるのがわたしたちの仕事じゃないって、いつかそう言ってたわよね」

　リネットは姉をじっと見た。「いつからあたしの言葉に耳を傾けるようになったの？　ねえ、あとちょっとなんだよ。ここでおじけづいちゃだめ」

　アリシアはカップをどんとテーブルに置いた。「そんなことさせられるわけないでしょ、リニー。忘れなさい。危険すぎる」

「いまになってアンダース・ブライトみたいなこと言ってるのはだれよ。場所は公園なんだし、アリシア。だいじょうぶだって！」そこで口調をやわらげた。「こうしたらどうかな。姉さんとブッククラブのみんなも一緒に来るの。ブランケットを広げて、周囲に目を光らせて、あたしの無事をたしかめる」

　考えるうちにアリシアのしかめ面は少しだけゆるんだ。自分たちがいてもさほど役に立つとは思えないが、リネットをひとりで行かせるよりはいい。

「それに、会場には警備員が何人もいるのを忘れないで」リネットは続けた。「だからあたしは絶対に安全だって、約束する。もしブランドンが妙な真似をしても、彼らが守ってくれるはず」

「キャット・マンフォードを守ったように？」またしても胃が締めつけられるのを感じながらアリシアは言った。

32

「あのばか高い眼鏡は、はたして見つかるのかしらね」インディラが椅子を後ろに傾けてストレッチをしながら訊いた。

　金曜日の朝、殺人事件からほぼ二週間がたち、いまだ逮捕はなし。ジャクソンは机から顔をあげた。

「キャット・マンフォードの？」

「いいえ、ミス・マープルの」

「悪いけど」ジャクソンは言った。「別件のことで頭がいっぱいなんだ」

「例の過剰摂取の件？」

「いいや、草深い丘《グラシー・ノール》（ケネディ大統領暗殺現場近くの丘。ここからも狙撃があったとする説がある）の狙撃手の件」ジャクソンは〝してやったり〟の笑みを返しながら、机の上の未決箱にはいっているビニール袋に手を伸ばした。もう一度それを確認しながら袋をひっくり返すと、中身がぶつかってかちゃかちゃ音をたてた。「やっぱりザラにもう一回来てもらったほうがよさそうだ。おれのブライアンが、ＡＡに来なくなったブライアンかどうかたしかめたい」

　インディラが今度は警戒する顔になった。「ああ、その件ね。同一人物だと思う根拠をもう一度聞かせて」

「可能性が低いのはわかってる。ブライアンはありふれた名前だし、でも……」

検死官から聞いたブライアン・ドナヒューの顔の古い打撲傷のことを説明した。「喧嘩好きだったのはまちがいない。その傷痕はエリオット・マンフォードがつけたものとも考えられる。加えて、ザラが話してたAAのブライアンの特徴はおれのブライアンと一致する――そいつもがりがりのパンク風だ」

「あなたのブライアンはキャットより先に死んでたのよね？　つまり犯人ではありえない」

「ああ、でも万一同一人物だとしたら、なんていうか、このおかしな偶然はいったいなんだ？」

「あなたが偶然を疑う気持ちはわかるわ、ジャッコ、ほんとによくわかる。わたしだって気にならないわけじゃない。でも頼むから、その過剰摂取の件はおいといて、こっちの事件に集中してくれない？　みんな必死なんだから」

制服巡査が小型のフラッシュメモリを手にしてドアのところに現われた。「写真が撮れました、警部補」

「よかった」インディラは彼女を手招きした。「だれかに見られなかった？　面倒なことにならなかった？」

「はい、警部補」フラッシュメモリをインディラに手渡した。「だれもなにも疑ってませんでした」

「あなたそのうち刑事になれるわよ、ガーティー。ご苦労さん」

巡査がにっこり笑って出ていくのを見送りながら、ジャクソンは目を細くした。

「なにを企んでる?」

インディラはその質問を聞き流し、フラッシュメモリをパソコンに差して待った。まもなく画面に一連の画像が現われはじめた。少し粒子が粗いものやぼやけたものもあるが、大半は、壁面に落書きのある赤煉瓦の建物の前をうろつくさまざまな人々が鮮明に写っていた。煙草を吸ったり、立ち話をしたり、上着のポケットに両手を入れて下を向いている者もふたりいる。

「ゆうべのAAの集会よ」インディラの言葉に、ジャクソンは即座に反応した。

身を乗りだして画像を入念に調べはじめ、ごちゃまぜの人々のなかにアリシアもペリーも写っていないとわかってほっとした。

「ガーティーにゆうべこれを撮らせたのか?」

インディラはふふんと笑った。「どう、わたしだってあなたに負けないくらいずるい手を使えるのよ。あなたの彼女を呼びだせる? 訊きたいことがあるから」

驚いてしばらく見返したあと、ジャクソンは電話をかけた。

ジャクソンに劣らず驚いたアリシアは、記録的な速さで捜査本部に着いた。ジャクソンではなくインディラに協力を求められたことが信じられず、これを機に自分たちの凍結した関係も変わるのではないかと期待した。励まされる思いでアリシアは決心した。リネットが昨夜ヴォクリューズ邸の前の通りで小耳にはさんだ、ブランドンとその共謀者との会話の内容をふたりの刑事にすっかり話そうと。

　ところが、インディラのオフィスに足を踏み入れた瞬間に冷気がたちこめて、その考えは即座に捨てた。アリシアがすわっても警部補はにこりともせず、口調はぶっきらぼうで尊大だった。その態度には氷を融かそうという気配はみじんもなかった。

「ご足労いただいて感謝しますが、フィンリーさん」インディラが言った。「きょうのこの会話は他言無用に願います。つまりあなたはだれにも話してはならないということ。いい？　だれにも。妹さんにも、ブッククラブのお仲間にも、お母さまにも。了解？」

　アリシアはジャクソンのほうをちらりと見た。彼は奥のキャビネットにもたれて、無表情のまま腕組みをしている。

　インディラに向き直った。「飼い犬は？　マックスには話してもいい？」

　インディラは鋼のような目で見返し、片やジャクソンは必死に笑いをこらえている。

　アリシアはため息をついた。「だれにも言いません」

　ジャクソンに目をもどしたが、一緒に笑う気にはなれなかった。インディラの条件はまったくもって気に入らない。妹にはなんでも話している。どうしてこれを──これがなんだか知らないけど──リネットに隠しておけようか。〝ブッククラブのお仲間〟に隠しごとをする習慣もない。アンダースが以前それをして、ふたりが別れる理由のひとつとなった。友人とのあいだに秘密は持ちたくない。

　でも、それだけではなかった。きょうのインディラの物言いもまた気に入らなかった。協力を求めて呼びだしたのは向こうなのだ。せめてもう少し気持ちよく応対してくれてもよさそうなものなのに。

しかしそれよりなにより、ジャクソンがそこに突っ立ってすました顔で含み笑いをしながら、同僚がまたしてもアリシアに偉そうに説教するのを許している、その態度が気に食わない。インディラ・シン警部補がこの事件の責任者なのは知っているが、それ以外の場ではふたりは同じ階級のはずなのに。

どうしてジャクソンはこの同僚に余計な口出しをするなって言わないの？

アリシアは彼に顔をしかめてみせた。

それに気づいたインディラが言った。「いまの条件をどうしてものめないというなら、フィンリーさん、ここにいるジャクソンに出口まで案内させますよ」

アリシアはしかめ面をインディラに向けた。「けっこうです」

警部補は一拍おいてからパソコンのモニターを回転させてアリシアに向けた。キーボードを叩くと画面が復活した。

「ここに画像が何枚かある。写っている人たちを見て、トレヴァーという名の男性はどの人か教えて」

アリシアは、今度は問いかけるようにジャクソンをちらっと見て、画面に目をもどした。

「ＡＡのトレヴァー？」と訊くと、インディラはうなずいた。

その要請に興味を覚えたアリシアは、唇を片側に寄せ、もっとよく見ようと身を乗りだした。

「この人よ！」ほとんど間をおかずに言った。

トレヴァーが最初に写真を撮られていた。地区センターに向かって歩いているところ、周囲を見まわしているところ、ドアをいじくっているところ——集会のために鍵を開けているのだろう——が写っていた。次の画像のセットは建物の前を通過するさまざまな人たちで、足をとめてなかにはいっていったり、壁にもたれて煙草を吸ったり、話をしたりしている。そのうちトレヴァーが今度は手になにかを持ってまた現われ、さらに彼が煙草を吸ったりＡＡのメンバーと交流したりしている写真もあった。見覚えのある顔のなかにアリシアはザラとティモシーとのっぽのミアを見つけた。

インディラがトレヴァーのもっとも鮮明な画像を指さす。「これがトレヴァーね？　絶対にまちがいない？」

「ええ、集会で司会をしてた人」

「この男性、トレヴァーが、キャット・マンフォードが亡くなった晩にあの妊婦の隣にすわっていた男性の可能性はある？」指を一本立てた。「よく見て。口ひげのあるなしは関係なく、この人の可能性はある？」

アリシアは画面をあらためて凝視した。「ちがうような気がする。悪いけど、実際あのときは顔を間近で見たわけじゃないし、正面から見たわけでもない。彼はわたしたちの二、三枚前の敷物にいたから、もしかしたらそうかもしれないけど、なんとも言えない」

インディラは机の上の用紙にメモをとり、それから言った。「画面の写真をもう一度じっくり見て、フィンリーさん。上映会の夜に見た覚えのある人はいない？　先日あなたとお友だちが潜入することにした集会には来ていなかっただけかもしれないけど」また冷たい口調になっている。「とにかく見て、教えて、ぼんやりとでもいいから見覚えのある人はいない？」

　嫌味なコメントは聞き流して、アリシアは写真を一枚ずつよく見てみた。最後に首を振ると、インディラがモニターの向きを元にもどした。

「そう、では、どうもご苦労さま。ご協力に感謝します。ジャクソンが外まで送りますから」

　アリシアがジャクソンを見ると、彼はようやく温かい笑みを浮かべて、オフィスのドアを開けてくれた。無言のまま廊下を半分ほど進んだところで、怒りよりも好奇心を抑えきれず、アリシアはジャクソンを問い詰めた。

「あのためにわざわざ呼びだしたの？　冗談でしょ？　リネットにもみんなにも秘密にする必要なんてある？　そんなに騒ぐほどのこと？」

「シンホーは、匿名のＡＡグループを撮影したことで、公民権にやかましい連中が事件に口出ししてくるのを心配してるんだと思う」

「それにしても、なんであんなこと知りたいの？」

「ただの直感だよ、彼女の。それをはっきりさせたいんだ」

「でも、それならもう少し感じよくしてくれてもいいのに。彼女、いったいなにが問題なの？」

　ジャクソンがアリシアの背中に手をあてた。「おれたちはこの捜査の瀬戸際に立たされてる。こうなると彼女はいつもちょっとぴりぴりするんだ」

「ちょっとぴりぴり？　あれが失礼千万でなくてなんなの？　向こうがわたしを呼びつけたのよ、覚えてる？　もしこれがペリーだったら、あの写真をどこに持ってきたらいいか彼女に指示していたでしょうね――撮ったカメラごとね！」

ジャクソンは苦笑した。「だからきみに来てもらったんだ、ペリーじゃなくて」

ふたりは黙ったままエレベーターまで歩いた。アリシアはボタンを押し、ジャクソンに背を向けた。

「だいじょうぶか？」彼が訊いた。

アリシアは振り返ってジャクソンを見た。信じられない！

「どうした？」本気でとまどっているような顔だ。

アリシアは腕組みをした。「ねえ、あそこでわたしをかばってくれてもよかったんじゃない？　感じよくしろって彼女に言ってくれてもよかったのに！」

ジャクソンが肩に腕をまわしてこようとしたが、アリシアは後ろにさがった。ゆうべは、リネットがまちがっていて、週末の上映会でのブランドンの怪しげな計画のことを彼に話すべきだと判断した。いまはなにも話す気になれなかった。

「すまない、アリシア、でもこの事件の責任者は彼女なんだ。本人のやりたいようにやらせるしかない」

アリシアは下降ボタンをまた何度か続けて押した。いまいましいエレベーターはどこ？

ジャクソンが腕に手を置いたが、アリシアはそれを振り払った。

「じつを言うと、彼女はときどきあんなふうになるんだよ」そこでエレベーターがチンと鳴った。「アリシア、頼むよ、あれを個人的に受けとめる必要はない」

アリシアはあきれてそのままエレベーターに乗りこんだ。「彼女がわたしに失礼な態度をとったのに、それを個人的に受けとめるなって？　彼女は担当する事件の証人全員に失礼な態度をとるの？　彼女のやりたいようにやるってそういうこと？　もしそうなら、あなたたちがこの事件でなんの成果もあげられないのは当然よ！」

床をにらみつけると、扉がゆっくりとアリシアをのみこんだ。

ハンマーで頭を殴られたような気分でジャクソンが廊下を歩きはじめたとき、エレベーターがまた軽やかな音をたてた。てっきりアリシアがもどってきたと思いこみ、安堵の表情を浮かべて振り返ったが、開いたのは別のエレベーターの扉で、降りてきたのは妊婦だった。

「ああ、どうも、オルデンさん」と声をかけた。「こっちです」

マズ・オルデンは、アリシアが享受したよりもはるかに温かい歓迎を受け、ジャクソンが手を貸して椅子にすわらせているあいだに、インディラは紅茶を勧めさえした。

マズは手を振っていったん辞退した。「わたし脚を組んでる時間が長くてむくみやすいので、でもありがとう」

インディラは優しく微笑み、ジャクソンは彼女の背後の定位置にもどりながら、この警部補が自分の恋人にもこれくらいの礼儀を示してくれていたらと思い、どこで道をまちがえてしまったのだろうと考えた。インディラがブッククラブの干渉を快く思わないのはわかるし、彼女を責めることはできない。最初から彼らの介入を容認してしまった自分にも責任の一端がある。もっとうまくとりなせばよかった、もっとほかに手があったのではないかと、つい考えてしまうのだった。

「きょうは来てくださってありがとう、オルデンさん」とインディラが切りだした。

「どうか、マズと。オルデンさんて呼ばれると、なんだか、おばあさんみたいで」

「では、マズ」インディラはクリックでパソコン画面を復活させた。「じつはきょう来てもらったのは、ある人に見覚えがあるかどうか確認してもらうためなの」モニターを回転させると、トレヴァーの拡大した画像が映っていた。ほかの人たちの画像はもう閉じてあり、インディラはトレヴァーの顔を指さした。

「この男性に見覚えはないかしら」

マズはせりだしたおなかの上に身をかがめて前のめりになり、画面をじっと見た。眉間にしわが寄る。

「ないと思います。どうして?」

インディラは顔をしかめた。だめか。また笑みを浮かべた。「よーく見てほしいの、マズ。この人に黒っぽい口ひげがあるのを想像してみて。ひょっとして上映会の夜にあなたの隣にすわっていたのはこの人だった可能性はない?」

マズは少し警戒するような顔で画面を見直し、さっきよりも時間をかけて観察したあと、シヨートにした赤い巻き毛を横に揺すった。「いいえ、ごめんなさい、この人じゃないと思います。もう少し年がいってて、痩せてたような。口ひげがあったのはたしかです」

「ええ、でも口ひげは剃れるから。もう一度見てもらえないかしら、お願い」

マズはため息をついてもう一度見直し、椅子に身体をもどして、おなかに手をあてた。「お役に立てたらよかったんだけど、でもちがう、これはあの人じゃない」

インディラは落胆の色を隠しきれないまま、AAのほかの人たちの画像を開いて、ふたたび画面を指さした。アリシアと同じく、マズも、上映会の夜に見た覚えのある顔はひとつもなく、結局はインディラも敗北を認めて画面を閉じた。マズに時間を割いてくれた礼を言うと、彼女はガーティー巡査の差しだした紅茶のカップを今度は受け取った。

「で、分娩室にはお母さんが付き添ってくれるの？」なにか雑談をしようと、インディラは尋ねた。「ひとりで全部乗り切るつもりだなんて言わないでね」

マズはお茶を吹いて冷まし、首を振った。「いいえ。母が来てくれるわ。わたしは四人きょうだいなの。母はよく心得ているので」

「それなら安心ね。どこかの時点で子供の父親にも来てもらわないの？　あるいは連絡して――」

「まさか！」マズは目をしばたたき、それから口元に悲しげな笑みを浮かべた。「彼はこんなこと知りたくもないと思う、だから……」

そう言ってまたおなかを軽く叩いた。スカートを押しあげている膨らみは赤くなめらかなボウリングの玉のように見えた。

「わたしたちはちゃんとやっていく、そうよね、相棒？　わたしたちは立派にやっていくわ」

そう言って、マズは落ち着かなげに小さく微笑んでからカップに口をつけた。


リアム・ジャクソンはテイクアウトのラージサイズのカフェラテを差しだして、両の眉をゆっくりと吊りあげた。「これで停戦？」

アリシアははっとして机から顔をあげ、あわてて笑みを抑えた。「あのね、安いコーヒーくらいじゃすまないわよ」

「言っとくけど、このコーヒーは五ドルもするんだぞ！　しかも、よく見てくれたらわかると思うが、上にちょっとしたおまけもつけてある」

アリシアは目を細め、差しだされたコーヒーを受け取ると、ふたの上に小さなハート形のチョコレートがのっているのがわかった。

「ふん！」と言いながら、包み紙をはがして口に放りこむ。「いいかな？」

ジャクソンは近くの机から椅子を引いてきた。ジャクソンが腰をおろすのを見守った。

好きにしてと言わんばかりにアリシアは肩をすくめ、ジャクソンが腰をおろすのを見守った。

「ごめん、アリシア。きみの言うとおりだ。インディラに態度をあらためるように言うべきだったよ。ふだんはあんなに失礼なことはしないんだ、少なくとも証人に対しては。いまの彼女の問題がなんなのか、おれにはよくわからない。きみたちが介入したことに腹を立てるのはわかるが、それはおれのせいであって、きみたちのせいじゃない」

「そうよね。不審なものがないかよく目配りしてほしいってわたしたちに言ったのはあなたなんだから、わかってる？　上映会の夜に」

「わかってる。ただ、きみたちがその目配りをずっと続けるとは思わなかったんだ」にやりと笑った。「そのあたりをきちんとインディラに説明するよ。でも正直なところ、それ以外にもなにかあるような気がするんだ」

「あるに決まってるでしょ。彼女は嫉妬してるの」嫉妬という名のモンスターのことならアリシアは知り尽くしている。

「きみに？」

「あなたとわたしに。彼女はあなたが好きで、わたしのことはそうでもない。それはあきらかよ」

ジャクソンはきっぱりと首を振った。「まさか、それはない。だって、おれよりだいぶ年上だし、仕事や子供たちと結婚してるようなもんだ」

「だとしても事実は変わらないわ。じゃあ、ほかにどんな埋め合わせをしてくれるつもり？」

ジャクソンはまた眉を上下させた。「なにを考えてる？」オフィスのドアをちらっと盗み見た。

アリシアは笑った。「やだ、ありえない、なに考えてるの！」アリシアはコーヒーをひと口のんだ。「でも、ブランドン・ジョンソンがなんて言ってたか教えてくれてもいいわよ」

「ブランドン？」

「〈トップ・ショップ〉からここへ来たんでしょ？」

「どうしてそれを――？」

アリシアはカフェラテをちらっと見た。「こんなものに五ドルも請求する店がほかにある？」

じつは当てずっぽうだったが、すぐに成果があり、ジャクソンはバーテンダーとの短い会話の内容を自分から話してくれた。幸い、ブランドンは近ごろバー・スタッフに加わったリネットなる人物のことは口にしなかったようだ。それどころか、ジャクソンによれば、彼はバー仕事から手を引こうとしているらしい。

「この前の上映会でひどく不愉快な経験をしたから、〈トップ・ショップ〉のウェイターに専念すると言ってる」

「あしたの夜のバルメインの野外上映会にはバーを出さないってこと？」

ジャクソンは首を傾げた。「本人はそう言ってる。なんで？」

さりげなく肩をすくめた。リネットの新しい臨時仕事のことをここで話す気はさらさらなかった。「この週末は『グリース』を上映するってさっき聞いたの。あの女性支援クラブはたぶんまた彼を雇うんだと思ってたから、それだけ」

「まあ、あの業界なら声をかければいくらでもスタッフが集まるだろう」そこでにっこり笑った。「きみも行くかい？　その『グリース』に。きっと楽しいぞ」

アリシアは即座に首を振った。「いや、まさか。勘弁して。あんなの耐えられない」

もちろんそれは嘘で、ジャクソンは驚いたようだった。

「へえ、そうか。きみの趣味は全然わからないな。ああいう映画は絶対好きだと思ってた。なにかほかのことをしようか？　あしたの夜はたぶん休みがとれるはずだ。残業の貸しがたっぷりあるから」

「だめ、わたし忙しいの。ごめん」

「忙しい？」ジャクソンはちょっと傷ついたような顔になった。

「そうなの、わたし……わたしリニーと約束しちゃって、えっと、今週の土曜日はあの子のソーシャルメディアのほうを手伝うって。ごめんね」

ジャクソンが得意のしょんぼりした目になった。なにか言いかけたとき、彼の携帯電話が鳴りだした。尻ポケットから電話を引っぱりだして、着信したメッセージを読んだ。「くそっ、しょうがない、もどらないと」

「インディラはたぶんその電話にこっそりGPSアプリを仕込んだのね。それであなたを追跡してるのかも」

ジャクソンは苦笑した。「おれたちはもうだいじょうぶか？」

アリシアは肩をすくめた。「ええ」

黙って何秒かアリシアを見つめてから、ジャクソンは言った。「じゃ、日曜日を空けておこうか。きみと、おれと、水入らずでどう？　マックスもなし」

アリシアは笑わず、肩をすくめるにとどめた。

自分が嫌な女になっているのはわかっているが、この件に関してはジョヴェス牧師の言い分にも一理ある。自業自得というやつだ。

「も、もちろん彼は土曜日の晩にバーを出す予定だよ」十分後、リネットが電話でアリシアに言った。「たったいまメッセージが届いた、ほんの一秒前にね、あたしの勤務時間の確認のために。五時きっかりにバルメインに来てほしいって。なんで？」

「ふーん」アリシアは鉛筆を机の側面に打ちつけながら考えこんだ。「ジャクソンには、もう上映会の仕事はしないって言ったらしい」

「そりゃ嘘をつくでしょ、当然。警官に張りつかれないために」

「そうね」またしても胃がきりきりした。「わたしなんだか嫌な予感がするの、リネット」

「へえ、それは驚き。ジャクソンには話してないよね？」

「ええ」でも話せばよかった。

「ならいい。これであたしたちが正しい線を追ってるのがわかった。あのバーテンダーはまちがいなくなにか隠してる。だからあたしたちでそれを突きとめるの。ちょっと待って、なに？」

「なに？」

「待って！　テーブルがちがう、カルロス、六番よ！　六番！」ぱちぱちというくぐもった音がして、リネットが言った。「ごめん、切らないと。店があっというまにぐちゃぐちゃになりそう。うわ、まずい、マリオが短剣みたいな目でこっち見てる」

「マリオはインディラとくっつけばいいのに」

「はあ?」

「なんでもない。行って、自分の仕事して、あとでまた話そう」

電話を下に置きながら、アリシアは一瞬の小さな安堵感を覚えた。少なくともきょうインディラのオフィスに呼ばれたことを妹に話す機会はなかった。ジャクソンに嘘をついたことはともかく、リネットに嘘をつかずにすんでよかった。

33

クレアがくるりと一回転すると、一九五〇年代風のたっぷりしたスカートも一緒にくるりとまわった。

「うっとりするわ」アリシアは言った。「すっごく素敵」

あざやかなピンクのジャケットに高い位置のポニーテールというクレアのいでたちは、さながら『グリース』に出てくる〝ピンク・レディース〟の一員で、お約束のチューインガムまでついている。

そのガムをくちゃくちゃくちゃ音をたてて嚙みながら、クレアは両手を腰にあてて言った。「あなたねえ、それじゃ雰囲気がぶち壊しよ」

アリシアはストライプのシャツにシンプルな黒いジーンズだった。「ごめんね、わたしがおしゃれ人間じゃないの知ってるでしょ」

「リネットはもういるの？」

「ええ、いまごろプラスティックのシャンパングラスを荷ほどきしてる」

クレアは顔をしかめた。「彼女、だいじょうぶよね？」

全員の身の安全のために、今夜の上映会は気乗りしなかったクレアだが、みんなの熱意に押されて考え直し、この映画の世界を楽しむことにしたのだった。それに、とクレアは考えた。仲間の数はひとりでも多いほうが安全だろう。いや、そうであってほしいと願っている。

「リネットの話だと、今夜のチームはほかに五人のスタッフがいるらしいの。だからブランドンとふたりきりには一秒たりともならないようにするって約束してくれた」とアリシアはクレアに告げた。「全員がグルじゃないかぎり、だいじょうぶだと思う」通りの先に目をやる。「ミッシーはどうしたの？　あなたと一緒に来ると思ってた」

クレアが謎めいた笑みを浮かべた。「ここで会うことになってるのよ」

「その意味ありげな笑いはなに？」

クレアはまた無造作にガムをくちゃくちゃやりはじめ、それから白い三つ折りソックスをはいた足の向きを変えて、愛車の青いフォルクスワーゲン・ビートルから会場へと向かった。たっぷり時間の余裕をもってバルメインに到着したふたりは、車をとめたあと印刷されたチケットを渡し、それから人ごみのなかでミッシーをさがしはじめた。そうしていると漠然とした既視感を覚え、そこからの連想で後悔の念がちくりと胸を刺した。クレアのことは大好きだけれど、いま隣にいるのがジャクソンだったらどんなに心強いかと思わずにいられない。それは彼のほうが強いからというだけでなく、警察バッジを持っているからでもあった。

一方クレアは、いくらかほっとしながら、膨れあがる群衆を見渡していた。上映開始まではまだ三十分もあるというのに、会場はあきらかに観客で埋まっており、そのことに安堵したのだ。支援クラブの女性たちがどれほど憂慮(ゆうりょ)していたかを思いだして、否定的な報道がイベントにダメージを与えなかったことを喜んだ。

「あの派手なピンクの髪がどこにも見えないわね」アリシアはバー付近の一角に目をこらしながら言った。そこが前回みんなですわった場所で、待ち合わせの場所だった。

「いたいた！」クレアが言って、そちらへ向かった。

近くまで行ってからようやく気づいて、アリシアは息をのんだ。

「驚いた、プラチナブロンドになってる！」

アリシアの反応にミッシーがけらけら笑うと、染めたばかりの髪が小さく揺れた。

「気に入った？」

「すっごくいい！　わあ、まるで別人ね。言われなきゃ、気づかなかったかも」

いつものふざけたシマウマ柄の眼鏡もクラシックな黒縁の眼鏡に変わっていて、すっきり見える黒のトップスにたっぷりした赤いスカート、黒の革ジャンという装いだった。

「セクシー・ベッツィー！」背後で声がして、振り向くと、ピクニック・バスケットを手にしたペリーがゆっくりと歩いてきた。「サンディに変身したんだね」

ミッシーが歓声をあげた。「あなたならわかってくれると思った！　フローがアイデアをくれてね、『グリース』を上映するって最初に教えてくれたときに。サンディが変身できるなら、あたしにだってできるって思ったの。でもあたしはそれをもっと押し進めるつもり。生活そのものを立て直すの！　出費は痛いけど、賃貸アパートメントに何軒か申し込んであるし、実家を出て引っ越すことにした。いまがそのときよ」

「じゃあ、そのためにに高い飲み物やピザを我慢してきたの？」アリシアは言った。

「まあね、それもあるし、ここもちょっと減らしたくて」おなかを軽く叩いて、にんまり笑った。

ペリーがバスケットからシャンパンのボトルを取りだした。

「新生ミッシーに乾杯しよう」と宣言して、ボトルをみんなにまわし、それからアリシアの肩を抱いた。「われらが末っ子は成長しつつあるね」

アリシアは笑い、みんなでさまざまな明るい色合いの敷物に腰を落ち着けて、飲みながら周囲を見まわした。

「あ、リネットがいる」アリシアが妹を見つけると、すぐ右手にあるバー・エリアからリネットがそれとわからないようにこっそり親指を立ててみせた。背後にはブランドンと数人のスタッフの姿も見え、そのなかにどことなく見覚えのある男がひとりいた。たぶんあれがウォリー・ウォルターズだろう。

「みんな、聞いて」アリシアが言うと、おしゃべりがやんだ。「わたしたちはなんのためにここにいるのか、それを忘れないで。気を抜かず、集中すること」

「ぼくらはなんのためにいるの？」とペリー。「ごめん、ハニー、でもよくわからないんだよね。ぼくらはなにを目にするかもしれないのか、なにかの役に立てるのか」

「なにもないかもしれない。でもわたしたちがここにいるのはリネットの心の支えになるため、そしていざというときに援護できるかもしれないから」

「ブランドンが今夜なにかしようとしてるって、本気で思ってるの？」

「わからないけど、今夜なにかが起こると本人が話してたって、リネットはそう断言してるの。なにか合図があるって——どういう意味にしろ。だからわたしたちは、とにかく気を抜かずに目をこらすこと。要するにこっちは少し控えめにして」飲み物を持ちあげる。「こっちをめいっぱい使うのよ」二本の指を目にあてて、その指を人ごみに向けた。

「お楽しみが台無し」ペリーは言って、アリシアにウィンクしてみせた。

「やあ、みんな」今度はアンダースで、彼はひとりだった。

「マルガリータはお休み？」ペリーが訊くと、ペリーはアンダースにシャンパンを差しだし、アンダースはうなずいた。

「彼女はただの友だちだよ、ほんとに」

そうだろうとも、と内心思いながら、ペリーはアンダースにシャンパンを差しだし、アリシアは彼に温かい笑みを向けた。


映画の前半はなにごともなく過ぎていった。公園の反対側で若い女性グループが騒いでいたのを除けば、大きな混乱はなく、度を超した淫らなふるまいもなかった。もっとも大半の客はそんな勇気もないだろうが。今夜は警備員が増員されていて、各出入口だけでなく会場内の見まわりもしているのにアリシアは気づいた。警備員がいたらブランドンは計画を中止するだろうかと考えた——それが本当にいいことなのかどうか。

大きなスクリーンでサンディとダニーが真実の愛とティーンの不安との折り合いをつけよう

としているなか、アリシアはリネットが忙しく立ち働いているバーのほうにそれとなく目を配っていた。驚いたことに、上映がはじまってからも客足が途絶えない。あきらかに二週間前より若い客が増えているとはいえ、中年女性の姿もまだまだ多かった。この映画の昔からのファンで、おそらくどの曲も歌詞を全部覚えていて、声を張りあげて一緒に歌っているのだろう。

休憩時間が近づいてきたので、アリシアは行列ができる前に妹の様子を見にいこうと決めた。予定を仲間に小声で告げて、すみやかにバーへと向かった。

「スパークリングワインをください」カウンターの前に行って礼儀正しく注文した。

「少々お待ちを、マダム」リネットがこっそりウィンクしながら応じる。

「今夜は忙しい?」アリシアは気楽な口調を崩さなかった。他人のふりをすることになってはいるが、最新情報は仕入れておこうと思ったのだ。

リネットは肩をすくめた。「いいえ、特には、マダム。いたって平和ですよ」

「あらそう、後半はもっとおもしろいことになるかもしれないわね」と言いながら現金を渡した。

仲間のところにもどって腰をおろそうとすると、すかさずクレアにとめられた。

「敷物をまちがえてるわよ、アリシア。こっちがわたしたちの」

まわりを見ると、隣で三十代のカップルが笑っているので、アリシアはふたりにあやまりながら自分の敷物にもどった。そのとき脳内で小さなざわめきが起こるのを感じたが、それは瞬時に消え去り、それ以上深く考えることもなくアリシアは腰をおろした。

映画の後半は、前半以上になにごともなく過ぎ去り、ライデル高校の卒業生ふたりがなんの屈託もない晴れやかな顔で車に乗ったまま空へ飛び立っていくころ、ブッククラブのメンバーは晴れやかどころではない顔で周囲を見まわしていた。

「死体はない？」とミッシー。「悲鳴も泣き声もない？」

「なさそう」アリシアは答えた。「わたしたちそのことに感謝すべきね」腕時計に目をやる。

「大変、遅れちゃう！」

事前の取り決めで、エンドクレジットになったらすぐにスナック・バーのそばの簡易トイレの裏でリネットと落ち合うことになっている。そうすれば、リネットからなにか報告があった場合、ブランドンが夜の闇に消えてしまう前にジャクソンに連絡して来てもらう余裕がある。

ところが、リネットはミッシー以上にがっかりした顔だった。

「怪しげな合図なんてなにも見なかったし、ブランドンもテントを離れなかった、一回もね！」と報告した。「ただビールを注いで、スパークリングワインの栓を抜いて、いまは向こうでウォリーやジャッキーと一緒に後片付けをしてる」ジャケットの前をかき合わせた。「もう行かないと。五分でもどるって言ってきたから」

「なんでもいいから怪しいそぶりはなかった？」ペリーが訊いた。

「ブランドンがいままで見たこともないほど仕事熱心だったってこと以外に？　ううん、なにもない」手に持っていた水のボトルからごくごく飲んだ。「今夜はほんとにまじめに仕事してた。おかしなものを注文する間抜けな客の応対をしたりね、キャンディーだの氷入りシャンパンだの」

「氷入りのシャンパン？」ペリーが繰り返し、眉を思いきり吊りあげた。「まあ、好きずきだけどね！」

リネットは笑った。「あの女子グループを見た？　みんなべろべろに酔ってたね。でもそれ以外は退屈なくらい平和だった」

「警備員が増えたから計画をとりやめたんだと思う？」アリシアが訊くと、リネットはうなずいた。

「残念ながらね」と言ってからミッシーはすぐに口元を押さえた。「ごめん！　ひどいこと言っちゃった」

「自分を責めないで」とリネット。「みんななにかが起こるのを期待してたよね、すごく不謹慎に聞こえるだろうけど。ほんとにごめんね、みんなの時間を無駄にして」

「やだ、全然そんなことないから！　あたしたちの時間を無駄になんかしてないわ」とミッシー。「あたしはどっちみち来てただろうし」クレアに顔を向けた。「フローとロニーは見かけなかったけど、大盛況で彼女たちもきっと喜んでるわね」

クレアも同感だった。「じゃあ、これからどうする？」とリネットに訊いた。

「これから十分以内になにかとんでもないことが起きないかぎり、みんなは引きあげていいと思う」

「あなたも一緒に帰るでしょ?」アリシアは訊いた。

リネットは首を横に振った。「荷造りまで手伝うって約束したの。あたしほんとにもう行かないと」

「仕事が終わるまで待ってるわ」

「そんなことしなくていいよ」とリネット。「ほんとに、絶対安全だから。ほかのスタッフもいるし、それに警備員たちは公園が空っぽになるまで帰らない、だからだいじょうぶ。帰れるうちにクレアに乗せてもらえばいいよ、あとでうちで会おう」そこで指を一本立てた。「絶対にブランドンとふたりきりにはならないようにする——今度こそ約束する」

アリシアにはその取り決めはあまりうれしくなかったが、少なくとも白い大型テントのなかではスタッフが三人動きまわっているのが見えたので、頭のなかを駆けめぐる邪悪なイメージを押しのけて、妹を温かくハグした。

「気をつけるのよ!」


ブッククラブのメンバーが荷物をまとめて公園から引きあげる途中、心配したアリシアがバーのほうを振り返ったとき、リネットはまだ残って後片付けをしていた。彼女は公園の奥にあるリサイクル用のごみ箱に空き瓶を放りこみ、未使用のシャンパングラスと未開封の酒の箱をブランドンのヴァンの後ろに積みこむのを手伝った。

最後の箱を持ちあげて車に収めたリネットがテントにもどると、ブランドンとウォリーとジャッキーがまだいて、架台式テーブルでビールを飲んでいた。

「テントをたたむのに人手がいる?」とリネットは訊いた。

ブランドンは首を振った。「いいや、ウォリーとおれがあしたもどってきてやるよ、でもありがとう。今夜はきみがいてくれてすごく助かったよ」

「どういたしまして」リネットは言って、また自責の念に駆られた。

この前の夜このバーテンダーが電話でなんの話をしていたのか知らないが、あのときの疑念がまたしても忍び寄ってくる。本当になにかよからぬ計画があって、それが警備員の増員によって阻止された? それとも彼が話していたことはなにもかも単純に説明がつくの?

あの老婦人たちの言うとおりなのかもしれない、とリネットは結論づけた。彼はなんとか立ち直ろうと奮闘しているひとりの若者なのかもしれない。それはともかく、この素人探偵もそろそろベッドへ引きあげる頃合いだ。

「きみたち女子はもう帰っていいよ」ブランドンが言った。「報酬はあした忘れずに口座に振りこんでおくから」

「よろしく」リネットは言って、荷物を手に取り、ジャッキーと一緒に公園の出口へ向かった。

公園はいまやがらんとしていて、正面の入口に警備員がひとりいるだけだ。

「タクシーを呼ぶかい、お嬢さんたち」警備員が声をかけてきた。

ジャッキーが首を振った。「うちはすぐそこだから」とリネットに手を振って歩き去った。

リネットは携帯電話を取りだした。「〈ウーバー〉で予約するから」と警備員に告げて、携帯電話が現在地を特定できるように通りまで出ていった。

パスワードを打ちこみながらふと顔をあげると、例の騒いでいた女子グループのうちの三人が千鳥足で通りを歩いているのが目についた。とろんとした目で脂っこいハンバーガーらしきものにかぶりついている。三人に笑いかけて、電話に目をもどしたとき、なかのひとりがつまずいて、ほかのふたりが大笑いした。

「やだもう、ジーニーったら、これじゃあしたは教会でぐだぐだになっちゃうわよ！　あたしたち今夜はちょっとあんたを吹っ飛ばしすぎちゃったみたいね！」

そのあともふたりはくすくす笑いながら、三人で通りをふらふらと歩いていった。

リネットは手をとめてまた顔をあげた。目をぱちくりさせ、クリックして電話を切った。

そういうことか。リネットは思った。あたしったらなんてばかだったの！

急いできびすを返し、公園のなかへと引き返した。

34

アリシアは自宅のあるブロックの角でクレアの車から降りると、エアキスと笑顔で手を振って見送った。玄関ドアの鍵をさがしながら自宅のテラスハウスに向かって歩きだしたところで、郵便受けのすぐ右手の物陰に潜んでいる男に気づいた。

思わず飛びのくと、シャツの下で心臓がどくどく鳴っていた。

「だいじょうぶだ」聞き覚えのある低い声がして、アリシアが息を吐きだすと、ジャクソンが街灯の下に出てきた。

「勘弁してよ、ジャクソン。心臓がとまるかと思った！」

「ごめん、そんなつもりじゃなかった」ジャクソンが言った。「こんな時間までどこに行ってたんだ？」

いらだちを声に出すまいとしたが、それはむずかしかった。彼女はあきらかに外出を楽しんできたようだ。自宅でリネットのソーシャルメディアのサイトを手伝っていたのではない、本人はそう断言していたが。いや言い張っていたが、とジャクソンはむっとしながら思い、両手を上着のポケットに突っこんだ。

それを見て、アリシアはジャクソンのそばに行き、彼の手に腕を伸ばした。

「わたしたち、えっと、映画を観にいってたの」

「当ててみよう。『グリース』だな？」

アリシアの目が大きくなった。

「おれは刑事だぞ、アリシア。ぼんくらじゃない」

「ごめんなさい」アリシアはあやまった。「わたしたち……」口ごもった。嘘をついてたなんてどうして言える？　またお節介を焼いてたなんて。

「きみたちは独自の調査をしていた、そうなんだろう？」

目を合わせられなかった。「そうね……一応」

「一応？」

「だって、うまくいかなかったから。断言する、完全に時間の無駄だった」

「なんでおれに言わなかった」

「だって、わたし……」そこで口をつぐんだ。ため息をつく。「ごめんなさい、ジャクソン、ばかなことをしたわ、ほんとに。わたしたちブランドンにちょっと疑念をもってて——」

「ブランドン・ジョンソン？」

「そう、でも全部まちがいだった」

「どんな疑念だ？」

「なんでもない。ばかげたことだった。ねえ、ほんとにごめんなさい。あなたはきっと怒るだろうし、とめようとすると思ったの」

「いままできみたちが手伝おうとするのをおれはいつもとめようとしてきたか？」

新たな罪の意識がどっと襲ってきた。ジャクソンには怒る権利がある。警察署内では頼りにならなかったかもしれないが、彼がアリシアの調査を阻止しようとしたことは一度もなかったし、いずれにせよ本気で説得する気はなかった。なのに今回のことはどうして隠す必要があると感じたのだろう。彼を信用せず、蚊帳の外に置いて、自分はいつからアンダースみたいになってしまったのだろう。

「本当に、心から、ごめんなさい、ジャクソン」もう一度あやまった。「ただ、あなたにこれ以上インディラともめてほしくなかった、それだけ。わたしが考えてたのは……」

「なんだ？　なにを考えてた？」

アリシアははにかんだ笑みを浮かべた。「ふたつの言葉です、大統領閣下。もっともらしい否認」

ジャクソンはアリシアが突然おかしくなったかのように彼女を見つめた。「はあ？」

「ほら、映画の『インデペンデンス・デイ』にそういうのが出てくるでしょ？　聞かされてることが少なければ、それだけ否認しやすくなる」

まだ困惑しているようなので、アリシアは首を振り、玄関の鍵を開けた。

「はいって。もっとわかりやすく説明できるか、なかでやってみましょ」

カップのなかのペパーミントティーがすっかり冷めたころ、アリシアはジャクソンに、仲間たちが上映会の会場でしていたこととその結果についてすっかり話し終えていた。

「結局ブランドンは行儀よくしていて、一向になにも起こらなかった。完全なる時間の無駄だったというわけ」

「ブランケットの下の遺体もなし？」とジャクソン。「また死人が出ると本気で思ってたのか？」

アリシアが唇をとがらせると、ジャクソンは笑った。アリシアの心は温まった
「『インデペンデンス・デイ』のことは知らないが、これは『バーナビー警部』でもないんだ。コマーシャルが終わるたびに死体が出てくるわけじゃない」

罪の意識が徐々に薄れていくのがわかって、アリシアは微笑んだ。「わかってる。わたしってほんとにばかね」

いいや、とジャクソンは思った。それはこっちも同じではないか。「それで、リネットはどこにいるんだ？」

「いまごろうちに向かってる、そのはずよ」

「あそこに残してきたってことか？　ブランドンと一緒に？」

背筋を冷たいしずくが流れ落ちるような感覚があった。「そうよ、どうして？　言ったでしょ、なにもかもまちがいだったって。彼はなにも企んでなかった」

「そうと決まったわけじゃない、だろう？　あいつはまだキャット・マンフォード殺しの容疑者なんだ、アリシア。今夜は行儀よくしてたかもしれないが、あの事件に関してはまだ容疑が

したが、完全に晴れたわけじゃない」

しずくがいまや急流のように感じられた。「でも……でもウォリーも残ってるって言ってたし、それにほかの女性スタッフも」

ジャクソンは顔をしかめた。「もう一度リネットが聞いたことを教えてくれ、その晩ブランドンは電話でなんと言ってたのか」

「えっと……彼はどこかの女性のことでなにか言ってて、なににやられたのか彼女にはわからないはずだって――」

「あいつが言ってたのはリネットのことじゃないと言い切れるか？」

急流はいまや頭に襲いかかる津波となっていた。耳のなかに響き渡る音でジャクソンの声がほとんど聞こえなかった。

アリシアは電話を引っつかんだ。「電話したほうがいいかな……念のため」

ジャクソンが即座にうなずく。「かけろ」

震える指で電話をかけながら、自分が溺れかけているような気がした。

ジャクソンの言うとおりだったら？　ブランドンの被害者は映画ファンを無差別に選ぶのではなく、歓迎されない場所を嗅ぎまわっていたリネットというバーテンダーだったら？

アリシアは上唇を噛みしめながら妹が応答するのを待った。

リネットはポケットのなかで電話の振動を感じたが、出なかった。バーのテントまであと少しというところで、たったいまブランドンが紙幣の束をウォリーに渡しているのを見てしまったのだ。まだ架台式テーブルにすわっているウォリーはブランドンに笑い返している。

「こんばんは、ボーイズ」果敢に声をかけながら大テントに足を踏み入れた。

　男たちははっとしてあたりを見まわした。

「もう帰ったと思ってた」ブランドンが険のある声で言い、リネットは目を細くして見返した。

「あたしたちへの支払いはあしたたって聞いたと思ってた」

　ウォリーをちらっと見ると、にやにや笑いが消えて顔が真っ赤になっている。

「ああ、ウォルはちょっと金に困ってて、だから、ほら、少し助けてやろうかと」

　うなずきながら、リネットは周囲をうかがった。最後に残った警備員が荷物をまとめている。まもなく公園を出ていくだろう。あまり時間がない。

「で、今夜はうまくいった？」

「まあまあかな」ブランドンはゆっくりと答えた。

「期待してたくらい売れた？」

　ブランドンがじっと見返す。「いつもどおりだ」

　うなずきながら、リネットは両腕で身体を抱いた。「いつもはどれくらい売るの？」

「なんだって？」

「キャンディー？　氷入りシャンパン？　どれくらい？」

　そこで男たちが視線を交わし、ブランドンがテーブルから立ちあがった。相手が長身で、上から見おろされる恰好になるのを、リネットは忘れていた。どれほど強そうに見えるかも。

「なんの話だ?」ブランドンは言った。

「あんたが副業でやってるちょっとした商売の話をしてるの」

「リネット」ウォリーが警告するような声で言ったが、リネットは片手をあげた。

「間抜けなやつって思ってるんでしょ」そこで小さく笑ったが、楽しそうな響きはみじんもなかった。「そのとおりだって自分でも思う。〝くそまじめ〟もいいとこ。いままで気づかなかったなんて信じられない」

ブランドンはいまや険悪な顔になり、一歩前に出たが、ピースをつなぎ合わせるのに必死だったリネットはそれに気づかなかった。いまはウォリーをにらみつけていた。

「あたしが〝キャンディー〟のお客をスナック・バーに行かせようとしたときはさぞ愉快だったでしょうね。あたしが〝氷入り〟の注文に困ってたときは間抜けなやつだと思ったでしょうね。あたしのこと笑ってたんでしょ?」

「リネット」ウォリーがまた言ったが、リネットはいまブランドンに向かって首を振っていた。

「あのね、あんたには同情してたの! お母さんが亡くなったあとちゃんと気持ちを立て直して、なんて偉いんだろうって。なのにこっそりお客にドラッグを売ってるって?」

「シーッ!」と言ってウォリーはあたりを見まわしたが、ブランドンはリネットの前にぬっと立って醜く顔をゆがめている。

リネットは心臓がとまりそうになり、一歩あとずさりしたが、ブランドンに追い詰められた。

ひそかに周囲に目を走らせる。リネットは白いテントの端に押しこめられた恰好だった。警備員がまだあたりにいたとしても、ふたりの姿はまったく見えないはず。声が聞こえる範囲にいるだろうか。

「あと一歩でも近づいたら」とブランドンに告げた。「悲鳴をあげるからね」

ブランドンは足をとめ、てのひらをこちらに向けた。「落ち着けよ、なあ。とにかく落ち着いてくれ」

リネットは相手を凝視した。「つまり、これが副業のちょっとした商売ってわけね」テント内を見まわす。「ブツはどこに隠してたの?」

「そんなことどうでもいいだろ、リネット。きみには関係ない、さっさと帰れ」

心臓の鼓動が頭に追いつこうとしてどんどん速くなり、その頭はいまや猛スピードで点と点をつないでいた。「ドラッグを売ってるとこをキャット・マンフォードに見つかった? 彼女にばらすって脅された? そういうこと? だから殺したの?」

今度はブランドンがあとずさりする番だった。「なんの話だ?」

「あんたがキャットの死にかかわってたのはわかってる」

「おれはかかわってなんかいない!」

「じゃあなんであの夜は逃げるようにして帰ったの、なんで——」その答えは聞くまでもなくわかった。

「警察にここを捜索される前にブツを持ちだす必要があったからだよ、決まってんだろ?」

ウォリーのほうを見ると、彼は最初にいた場所からまったく動いていなかった。

ウォリーがうなずく。「ほんとだ。ブランドンはあの死んだ女とはなんの関係もないよ。彼女はうちからヤクを買ってもいない」

「でもスパークリングワインは買ってた」

「だから？」

「だから、お母さんの復讐のために彼女を殺したんじゃないの？」

気はたしかか、と言いたげな視線が返ってきたが、リネットはめげなかった。

「飲酒運転をやめさせようとして殺したんじゃないの？」

今度はブランドンがウォリーを見ていた。「おまえ、こいつにキャンディーをやったのか？　完全に話がずれてる」

ウォリーがノーと首を振ったが、リネットの言いたいことはまだ終わっていなかった。

「じゃあ……じゃあ、〝なににやられたのか彼女にわかるはずない〟って、あれはどういう意味？」

「なんだって？」

リネットは突っ走った。「この前あんたが電話で話してるのを小耳にはさんだの。たしかこう言って……」そこで言葉が途切れた。突然ピースが動きまわって、今度は別の場所にぴたりとおさまろうとしていた。リネットは息を吐きだした。「ああ、なるほどね、あれは新婦のことだったのね？」

ブランドンは一瞬まごついた顔になり、それからうなずいた。「ああ、ジーニーか。決まってんだろ。新婦の付添人が電話してきたんだ。彼女には前にも売ったことがあって……」そこで口を閉じて周囲をうかがい、声を落とした。「こう言っておくよ、彼女は前回おれから調達してパーティーが盛りあがったんで、今夜もそうしたかった。ただし今回は、あした結婚する友だちのためにに特別なものをって話だった。それを友だちへのサプライズにしたかったんだ」

「〝キャンディー〟を?」

ブランドンはうなずいた。「ああ、〝キャンディー〟を。だからおれが手配した。そういうこと」

リネットはがっくり肩を落とした。ばかみたいな気分だ。これも悪いことにはちがいないが、ここでの成果はケチなドラッグの売買を偶然見つけたことだけ。殺害の陰謀もなければ、キャット・マンフォード事件の真相につながる証拠もない。

ブランドンはもう後ろにさがってテーブルに寄りかかっている。「どうするんだ、リネット?」

「警察におれたちのことチクるのか?」ウォリーもまた顔を赤らめて訊いた。

リネットはジャケットを身体に巻きつけて、バッグをしっかり肩にかけた。

「あたしの知ったことじゃない」そう言うと、ふたりの顔に安堵の色が広がった。

リネットは男たちから離れ、テントの出口に引き返した。「でも、あたしの知ってる心優しい老婦人たちのクラブは、そうは思わないかもね」

ブランドンが片手を差しだした。「頼むよ、リネット、あの人たちには言わないでくれ」

リネットは首を振ってテントをあとにし、残された男たちはウォリーの手のなかの紙幣の束をじっと見ていた。それが毒蛇のタイガースネークに変わっていて、いまにも噛みついてこようとしているみたいに。


ハーブティーのポットは忘れ去られて、三人は強い飲み物をそれぞれに注ぎ、アリシアは妹以上にそれを必要としていた。その妹が帰ってきたのは、ジャクソンがバルメインの分署に連絡を入れているまさにそのときだった。

ジャクソンが出動要請を取り消しているあいだに、アリシアはリネットを責め立てた。

「心配で寿命が縮まったわよ！　なんで電話に出なかったの！」

「ごめんね、ちょっとそれどころじゃなくて」

ウイスキーのグラスを手に、眠っているマックスを囲んで三人で居間に腰を落ち着けると、リネットがこの夜のことを詳しく語った。

「あいつらが素人（しろうと）のディーラーできみは運がよかっただけなんだぞ」ジャクソンが言った。「本格的な取引の現場に偶然居合わせた人たちをおれは大勢見てきたが、その大半は遺体安置所に横たわるはめになったとだけ言っておこう」

リネットはけろりとして肩をすくめたが、アリシアは震えあがった。彼の言うとおりだ。これよりはるかに悲惨なことになっていたかもしれないのだ。とはいえ、これがマンフォード事件にまったく別の光をあててくれたこともたしかだった。

「となると、ブランドンはキャット殺しとはまったく無関係だったことになるわね」アリシアは言った。「だって、あなたに見つかったのに、こうして無事に解放してくれたんだから」

「断言はできないけどね、もちろん、でもあたしの直感ではそう。あの手のイベントで副業としてドラッグを売ってたのはたしかで、あの最初の上映会のときに彼が考えてたのは、ドラッグを公園から持ちだして警察の手から逃れることだけだったと思う。殺人罪からじゃなくてね」ジャクソンに目を向けた。「これからどうするの？　あたしはこの話を警察には持っていかないって言っちゃったんだけど」

ジャクソンはゆっくりとウィスキーを飲み、ふーっとひと息ついた。「でも、女性支援クラブには持っていくと言ったんだな？」リネットがうなずく。「だったらじきに警察の耳にもはいるはずだ。彼女たちがいかに保護者気取りでも、フローがそんな愚かな行為を容認するとはとても思えない」

「わたしたちが疑ってた飲酒運転撲滅説もここまでか」アリシアはグラスをのぞきこみながら言った。

リネットが同情をこめてジャクソンをちらっと見た。「これでまた振りだしにもどっちゃったね」

「そんなことはない。まだ追うべき線はいくつかある」

「たとえば？」

「勘弁してくれ。もうくたくたで、いまはとても考えられない」

ジャクソンは立ちあがり、まだソファにすっぽりおさまっているアリシアに手を差しのべた。

「ちゃんと謝罪をさせてくれないか?」

アリシアはその手に引っぱり起こしてもらい、リネットを振り返った。

「ひとりでだいじょうぶ?」

「あたしはいつだってだいじょうぶ」リネットは笑顔で答えた。

カップルが二階に向かうと、リネットはマックスを見おろした。犬は足元で眠そうに尻尾をぱたぱた振っている。「残るはあんたとあたしだけだね、マクシー」と静かに言い、それから顔をあげて窓越しに外の闇夜に目を向けた。「それと、殺人犯。そいつはまだ野放しで、自由に歩きまわってる」

そこで口元の笑みがすっと消えた。

35

月曜日の朝は晴れやかにはじまったが、インディラ・シン警部補の気分は、外のさわやかな青い空とは裏腹だった。

「殺人犯は野放しのままです、みなさん、そしてわれわれはまだ犯人逮捕にはほど遠い状況にある！」会議室の前方にある大きなホワイトボードに歩み寄った。「あなたたちはいったいなにをやってたの？　見たところ、楽しい週末を過ごしただけで、なんの成果もあげてない！」

「だれかさんは朝からご機嫌斜めらしい……」ポーリーが同僚にひそひそ告げると、ボスから毒入りの鋭い視線が飛んできた。あわてて口を閉じる。

「あなたたちはどうだか知らないけど、わたしは断じて承服できないわ」と話を続けながら、マグネットで所定の位置にとめてある写真をてのひらでばしんと叩いた。それは白くて太いフレームの眼鏡をかけたブロンド美人の顔写真だった。

「キャット・マンフォードが公園で無残に絞殺されて二週間以上もたつのに、わたしたちにあるのはなに？　なんにもない！」

今度はボードにとめてある大きな一枚の紙を指さした。それはミッシーの描いた犯行現場のスケッチで、実際のレイアウトにいちばん近かったのだ。

「百人以上の人が犯行のあいだ現場にいて、一ダース以上の証人が――」

「なかには殺人課の刑事もひとりいましたよね」後方から口をはさんできたポニーテールの女性に、ジャクソンはにやりと笑いかけた。

「おいおい、ガーティー、口に気をつけろよ！　おれは殺人が起こるずっと前に現場を離れたんだ」

「話はまだ終わってませんよ！」インディラが割りこみ、ふたりの視線をボードに引きもどした。「容疑者は大勢いて、そのうち少なくとも十人は実行可能で、それなのにわたしたちはこの事件の解決に一ミリも近づいていない。ねえ、あなたたちはなぜだと思う？」

全員の目が突然泳ぎだし、急いで床や天井に向けられた。機嫌の悪いボスがどうか自分を指名しませんようにと。

「いったいどうしたらいいと思う？」インディラがしつこく訊く。

「例のブッククラブにまた来てもらったらどうかな」ポーリーの提案に、ジャクソンは思わず身をすくめ、火山の噴火を覚悟してインディラのほうをちらっと見た。

インディラの口元に特大の微笑が浮かぶ。「ブッククラブねえ。〈マーダー・ミステリ・ブッククラブ〉のことかしら？」

うなずきかけたポーリーは途中で気配を察し、うなずくのをやめてすっとぼけた。

インディラの微笑はいまやほとんど薄ら笑いになっている。「すごい名案だわ、ポーリー」部屋のなかの刑事たちに向かって言った。「彼に勲章をあげましょう！」

すべての視線がポーリーに注がれ、どの目にもたっぷり憐れみがこもっていたが、当人は笑顔になるべきか、はたまた椅子のなかでもっと身を縮めたほうがいいのかわからずにいた。

インディラは片手を振り動かして、六人の刑事と五人の補助スタッフのいる部屋を示した。

「〈マーダー・ミステリ・ブッククラブ〉がいるんだから、警察なんか必要ないんじゃない？　わたしがもっと早くに気づいていればねえ、ポーリー！　みんな荷物をまとめてうちへ帰りましょう、あとは専門家にお任せして、ねえ？」

「あの、ぼくが考えたのはただ――」

「いいえ、あなたは考えてなんかいなかった！　ここはセント・メアリ・ミード村じゃないし、ミス・マープルがわたしたちを救うために自転車をこいできてくれるわけでもないの！　この事件に決着をつけるのは、われわれの仕事よ、素人の一団じゃなくてね。わかった？」

ポーリーは急いでうなずき、足元に目を落とした。

インディラが大きなため息をつく。「ほかにだれか、この素敵な朝に明るいアイデアはないの？」

部屋のなかが水を打ったように静まり返る。

ようやくだれかが言った。「あのチンピラ二人組をもう一度引っぱるのはどうだろう。やつらは怪しかった」

インディラは思案し、ボードのところにもどって、スコッティとダーヴォの顔写真を指さした。「その根拠はなに、ジャロッド？　彼らにぶつける新たな証拠でもあるの？　訊き忘れた追加の質問とか？」

ジャロッドは首を振り、ポーリーにならってカーペットに目を落とした。

ジャクソンは咳払いをして言った。「見込みが薄いのはわかってるが……」インディラが振り向いて彼をにらむ。「……あのＡＡの女性、ザラをもう一度呼びたい。ブライアン・ドナヒューの顔が確認できるかどうか。彼女のＡＡのブライアンとおれのブライアン、過剰摂取の男が同一人物かどうかたしかめたいんだ」

「それは先週やってたと思ったけど」

「いや、やってない、そっちはいいからこっちの事件に集中しろと言われた、そうだろう？」

「そうよ、だってブライアン・ドナヒューはキャット・マンフォードが絞殺されるだいぶ前に死んでたことはもう確定したはずだから。ザラを呼んで顔を確認してもらうことになんの意味がある？」

「ばからしく聞こえるだろうけど、おれはただむずがゆいところをかきたいだけなんだ」

インディラはしばらく考えてから言った。「エリオット・マンフォードに訊けばすむことじゃない？　ブライアンをぶちのめしたのはエリオットなんでしょう？」

「ああ、でもどっちでもいいなら、おれとしては当事者じゃない人間に確認したい」

インディラはうなずいた。「わかった。たぶんまちがった木に吠えてるとは思うけど、まあいいわ、とりあえずあなたはなにかに吠えてるんだから」そこでチームのほかの面々に向かって一席ぶった。「いい、みんな？　こういうことをわたしは言ってるの！　きょうは枠にとらわれずに考えてみましょう、いい？　枠の外で考えてみるのよ！　そして犯人の痕跡がわたしの気分より冷え切ってしまわないうちにそいつをつかまえるの。この事件を解決できずにまた一週間たってしまうなんてことが絶対にないように！」

ザラ・コッシントン・スミスは、殺人課の刑事たちにまた呼びだされた理由がよくわからず、殺人事件に巻きこまれることの目新しさもいまやはっきり言って薄れていた。ジャクソン警部補の前の椅子に案内されたザラは、おざなりな笑みを向け、目の前の机にＡ４サイズのプリントが置かれるのを見守った。

刑事はひとことも話す必要がなかった。見た瞬間、ザラは息をのんだ。

「ブライアン！　なんてひどい免許証の写真」顔をあげてジャクソンを見た。「なんであたしにブライアンの写真を見せるの？」

ジャクソンは頬がゆるむのを抑え切れなかった。

「この男、ブライアン・ドナヒューを知ってるんだね？」

「あたしはブライアンて名前しか知らないけど、そう、まちがいない、ＡＡの。ブライアンのことはもう話したはずだけど」

「きみのＡＡに参加してたのはこの男なんだね？　エリオット・マンフォードが参加してたのと同じＡＡに」

「そうだよ！」

「で、ある晩エリオット・マンフォードが集会のあとでぶちのめしたのはこのブライアンなんだね？」

ザラは写真をちらっと見てから目をもどした。「えーと、まあ、あたしはそう聞いた。なんで？　まさかブライアンが告発したがってるとか言わないでよ！　あのろくでなし。こんなことになるなら言わなきゃよかった。エリオットは逮捕されていい人じゃない、勲章もらってもいいくらいだよ！」

ジャクソンは深々とため息をついた。「ブライアンが告発することはないだろうね、コッシントン・スミスさん。ブライアンは死んだ」

ザラはこれをすぐに消化できず、少し間をおいてから言った。「なんと、そういうこと。そんなに意外でもないかな。なにがあったの？　バーで喧嘩した？」

「キャット・マンフォードと同じ晩に発見されたんだ。ヘロインの過剰摂取で」

ザラの目がきらりと光る。「やっぱりね！　あいつはNAに行くべきだった！　あたしトレヴァーにちゃんと言ったのよ、あいつはまちがった会にはいってる、匿名の断薬会（ナルコティクス・アノニマス）に行くべきだって。ジャンキーだってあたしにはわかってた」いかにも誇らしげに言ったあと、はっと気づいて、笑みを消した。「ああ、そうか、彼の魂が安らかでありますように云々、でも正直すごく悲しいとは言えないな。いい人じゃなかったし。で、これがもう一件の死とどうつながるわけ？　エリオットの奥さんの死と」

それがわかれば苦労しない、と思いながら、ジャクソンは机の写真をフォルダーにもどした。

「ブライアンは奥さんを殴ってることを集会で公言してたときみは言ってたね、それはたしかかい？」

「本人があたしたちにそう言ってたのはたしか」

「奥さんの名前は思いだせるかな」

ジャクソンの知るかぎり――聞かされたかぎり――ブライアン・ドナヒューは結婚していなかった。両親はその点を断言していて、彼が借りていた狭い薄汚れたアパートメントにもパートナーがいた形跡はまったくなかった。

「あんな子とだれが結婚したがるの？」と母親は悲しむでもなく悔やむでもなく言っていた。

ザラはしばらく考え、そのあいだも首を振り続けた。「悪いけど、実際に会ったこともないし、名前は思いだせない。たしか〝うちのやつ〟って呼んでた、自分の所有物みたいに。ほんとに嫌なやつだった。まあね、死んだのは気の毒だと思うけど、どこかに心底ほっとしてる女がひとりいる、それは断言してもいいよ」


インディラ・シンは全面的にザラと同意見だった。いまはジャクソンの机の端に寄りかかって、ブライアン・ドナヒューの印刷された写真をまじまじと見ている。

「もしカルマみたいなものがあるとしたら、この男は当然の報いを受けたわけで、奥さんもこれでやっと安心して暮らせるようになったでしょうね」

「そうだな、だけどこの影の薄い奥さんてのはいったいだれなんだ？」ジャクソンはじれったたい思いで言った。「だれも遺体を引き取りに現われないから、両親にもう一回話を聞いてみたんだ。おれたちに劣らず、この話にびっくりしてたよ。ほんとに結婚してたのなら、ずっと隠してたんだろうと言ってる。彼の人生に女性が存在してた形跡もまるでない」

「自宅に結婚式の写真とかないの？　携帯電話には？」

「電話が見つからないんだ。意識がぼんやりしてるあいだに盗まれたんだろう。ロレックスは残ってたけど、あれは見るからに偽物っぽいから、いくら泥棒でも――」そこで言葉が途切れた。身体を起こす。未決箱のなかをあさりはじめた。「どこだ？　あれはどこへやったんだ？」

「なんなの？」とインディラ。

「なんだい？」ふらっとはいってきたポーリーも言った。

「遺品のはいった袋」

下段の引き出しを勢いよく開けて中身をかきまわし、歓声をあげてビニール袋を引っぱりだすと、机の上に置いた。

「セロシがラボから送り返してくれたんだ、ドナヒュー夫妻が受け取らなかったから」袋を手に取ってよく見た。「セロシがブライアンの結婚指輪も送ったとか言ってた。おれにはごく普通の指輪に見えたから、セロシの単なる思いこみだろうと思ったんだが、もしかしたらなにかもう少し具体的な根拠があったのかもしれないな」

ジャクソンは密閉袋を開けて指輪を取りだした。インディラが机の上に身を乗りだしてよく見ようと目を見開いている前で、ジャクソンは指輪を回転させて内側をのぞきこんだ。

「なにか彫ってあるぞ。字が小さいな。ちょっと待ってくれ」電気スタンドを引き寄せてスイッチを押す。顔をしかめ、はっとして椅子にもたれた。

「なに？」とインディラ。

「なに？」とポーリーが繰り返す。

ジャクソンは軽いショックを受けていた。頭の後ろをかいた。「《マズ　xo（ハグ&キス）》のような気がする」

皿のように丸くなったインディラの目を、ジャクソンはのぞきこんだ。「いったいどうなってるんだ？」

36

マズ・オルデンはとまどい、もしかしたら少し怯えているようにも見えた。若い巡査の案内で取調室に通され、机についたまま置き去りにされてじっと耐えている。

そんなマズを、ジャクソンとインディラとポーリーはマジックミラー越しに観察していた。

「彼女じゃないのかも、そうでしょう?」インディラが言った。「彼女がシドニーで唯一のマズってことはないわ」

「彼女だよ」ジャクソンは答えた。「パートナーなんかいなくていいって言ってたじゃないか」

「でも死んだとは言わなかった」

「知らなかったのかもしれない。いまもまだ知らないのかもしれない」

「彼女が殺したのかも?」ポーリーが口をはさむ。

「なに寝ぼけたこと言ってるの、ポーリー」インディラがぴしゃりと言い返す。「彼が大量のヤクを打ってたのと同じ時間に、彼女はバルメインの上映会の会場にいたのよ。目撃者は何十人もいる」

「じゃあ、これって時間の無駄じゃないかな」

インディラはポーリーに向き直った。「ジャッコにむずがゆいところをかかせてやってるの」

ジャクソンは顔をしかめた。「それだけじゃない。前から言ってるとおり、おれは偶然を好まない。でもって、こいつはとんでもなく大きい偶然だ。考えてもみろ。殺人事件の被害者のいちばん近くにすわってた女性が、同じ晩に遺体で見つかった男の妻だった、そんな可能性がいったいどれほどあるか。おまけに、その死んだ夫が、事件の被害者の夫と同じＡＡに参加してた可能性は？」

「まあね、そこまでわかりやすく言われちゃうと」インディラが茶化すように言った。「きなくさいような気もするけど、でも厳密に論理的な観点から言わせてもらえば、単純にそのふたつの死に関係はありえない。ブライアン・ドナヒューがマズのパートナーだとしても、彼が自分を死に追いやったのは、キャットが亡くなる一、二時間前だった。つまり、彼はキャットの死にかかわりようがなかった。そしてキャットもエリオットも、ここにいる気の毒なマズでさえ、ブライアンの死にかかわりようがなかった。三人ともバルメインの公園にいたんだから」

「すべての時間を調べ直す必要があるな」ジャクソンは言った。「それぞれが公園に現われたのは正確に何時だったのか」

「いま必要なのはあんたの頭を調べ直すことじゃないかな」というのがポーリーの見解だった。

ジャクソンは言った。「ブライアンはエリオットにぶちのめされたことで仕返しを企んでいたのかもしれない。エリオットの妻を襲う計画を立てて、それから、なんでかわからないけど、それに嫌気がさして、あの晩は憂さを晴らすためにヘロインを打ち、あやまって自分を殺してしまった。ああ、ちょっと間が抜けてるのは自分でもわかってるよ、でもひとつの仮説ではある、だろう？」

インディラもポーリーも、こいつはやっぱりいかれてるという目でジャクソンを見た。

「ねえ」とインディラ。「ジャッコの無茶苦茶な仮説はほっといて、キャット・マンフォード事件にもどれないか、やってみましょう」

マズ・オルデンの顔を覆った安堵の波は、演技というにはあまりにも真実味があった。ジャクソンとインディラは、ブライアン・ドナヒューの写真を取りだして彼女の前のテーブルに置きながら、注意深くこの女性を観察した。どちらも同意せざるをえなかった。彼女は一流の役者か、でなければ心の底から安堵しているのだと。

マズの最初の反応は、ザラと同様、「ブライアン！」という驚きの声をあげることだった。それから無邪気な顔でふたりを見あげ、こう言った。「わたしの婚約者です。元婚約者。どういうこと？」

ジャクソンは言った。「残念なお知らせですが、マズ、彼は二週間ほど前にドラッグの過剰摂取で亡くなってます」

驚きの表情がどう見ても純然たる安堵の表情に変わったのはそのときだった。椅子の背にどすんともたれ、目をうるませながら、マズは大きなおなかの上に身をかがめた。「神さまありがとう、よかった、ほんとによかった」

ふたりの刑事は驚きを懸命に隠しながら、そんな彼女を見守った。

マズが顔をあげて言った。「すみません、ただ彼はすごく……残酷で、すごく……乱暴だったの。わたし……彼が死んで悲しむべきだってわかってる。それでも……わたし……ああ、神さまありがとう！」

それからマズはまたおなかに手をやって、ささやきかけた。「これでもう安心よ、ベイビーちゃん。彼はもういないの」

インディラは少し間をおいてから訊いた。「婚約者が亡くなってたこと、ほんとに全然知らなかったの？」

マズが顔をあげると、目に涙があふれていた。「ほんとです！　わたし……前にも言ったけど、もう一緒には住んでなかったの。いつかもどってくるってずっと思ってた。わたしを解放してはくれないだろうってわかってた。でも彼がもどってこないから、どうしたんだろうって思いはじめて」またすすり泣いた。「希望を持ちはじめて……」

「彼がロジールのAA集会に参加してたことは知ってた？」ジャクソンが尋ねると、マズはうなずいた。

「サリーヒルズのNAにも」と言い添えた。「なんの効果もなかったけど」

「きみはエリオット・マンフォードとはどういう関係？」

「え？」びくっとしたような声で言い、それから答えた。「この前の夜、奥さんが殺された人？」ジャクソンはうなずいた。「わたし……あの人とは別になんの関係もないわ」

「じゃあ、あの上映会の夜まで、会ったことも見かけたこともなかった？」

「ええ、一度も。どうして？　あの人がブライアンと関係あるの？」

ジャクソンはその質問には答えず、さらに尋ねた。「じゃ、最初にこの男と会ったのはいつだった？」写真を示した。「ブライアン・ドナヒューと」

「三年ほど前。当時はバンドにいたの。すごくかっこよくて、というか、わたしにはそう見えた」洟をすすった。「暴力を振るうようになる前の話」

「いつから暴力的になったの？」インディラが訊いた。

「わたしが妊娠したとたんに。最初のとき」

マズは嗚咽をもらし、また涙があふれてきた。「最初の妊娠中にひどく殴られて、それで初期のころに赤ちゃんを亡くした。でも彼はすごく悔やんで、必死にあやまってくれた」また嗚咽をもらして、顔をしかめた。「だから、わたしもそれが彼の本心だと思った。それからはすごく優しかった。わたしのためにラブソングを作ってドアの外で歌ってくれたり……」洟をすすった。「AAとNAにはいったのもそのころで、だからわたしてっきり……」また洟をすする。ため息。「でも勘ちがいだった」

「また暴力を振るったの？」

「別れるべきだった、わかってるの。そのあとまた妊娠して、今度は隠そうとしたけど、ばれてしまった。彼は始末しろって……わたしのかわいいぼうやを」おなかをなでるうちに涙がこぼれて頬を伝った。「彼は子供なんかまっぴらだ、なにもかも台無しになるって言って、でもわたしはそんなことしたくない……できるわけがない！　もうすでにひとり失ってるの、二度と失いたくなかった。でもブライアンは……この子を始末しようとしたの、最初のときみたいに」手で鼻をこすり、顔をぬぐった。「何度かおなかを殴られた。そして階段から突き落とされた」

「どうして逃げなかった？」ジャクソンは訊いた。

「逃げたわ！　何度も。そのたびに見つかった。見つかるたびに状況はひどくなった」

「どうして警察に通報しなかったの？」インディラが訊いた。

「それもやったわ！　警察は彼が父親になる覚悟ができなくて葛藤(かっとう)してるんだって言って、彼に行ないを改めるように言った。ＡＡに通ってたのは事実だから……それで、あっさり釈放した。警察は全然親身になってはくれなかった」

インディラは怒りのあまり首を振った。「だれがそんなこと言ったの？　どこの分署？」そこで片手をあげた。「気にしないで、その問題はあとでなんとかします」口調をやわらげた。「ブライアンがあなたにしたことは残念だわ、マズ、それに警察があなたに味方しなかったことも申しわけなく思う。でも、わたしたちはブライアンとキャット・マンフォードの殺害を結びつけようとしてるの」

マズがインディラを見あげ、その目には警戒の色があった。

「彼が直接キャットを殺したとは思わないけど、これはどうしても訊いておきたいの。ブライアンがなんらかの方法でキャットを知っていた可能性はある？　もっと言えば、彼がキャットかエリオットの名を口にしたことはあった？」

マズは袖で涙をぬぐった。「いいえ」

「ブライアンが、ある日AA集会のあとでエリオット・マンフォードにぶちのめされた話は本人から聞いた?」

マズは思わず笑みを浮かべそうになって、はっとわれに返った。「いいえ、でも……ほんと、よくやってくれたわ」

「きみはブライアンの打撲傷に気づかなかった?」ジャクソンは訊いた。

マズはジャクソンをにらみ返した。「両目が腫れあがってたらちゃんとものを見るのはむずかしい、わかるでしょう」

ジャクソンは謝罪のしるしに頭をさげ、それからふと思いついて尋ねた。「ブライアンの両親がきみの話をまったく聞いてなかったのはどうしてかな」

「両親?」マズは驚いて目をしばたたいた。「両親が生きてるなんて知らなかった。彼が五歳くらいのときに両親は死んだって聞いてたから。それで養護施設にはいったって。だから子供がほしくないんだと思ってた……」

「いや、両親は彼のアパートメントから少し離れた郊外に住んでる」

「そうなの? ほんとに?」それを聞いて純粋にショックを受けた顔になり、椅子にぐったり身を預けた。「わたし……ちっとも知らなかった」そこでおなかを軽く叩いて言った。「いてもわたしたちにはなんにもしてくれなかった、ねえ、ベイビーちゃん」

このときの彼女の目には、悲しみと安堵だけではなく、あきらかな怒りと裏切られたという思いがあった。

〈オリエント急行〉レストランは、月曜の夜とは思えないほど混み合っており、ウェイトレスがふたりを案内してくれたのは厨房(ちゅうぼう)に通じるスイングドア付近の狭苦しいテーブルだったが、アリシアはほっとした。

「最後のテーブルよ」と彼女は言った。「ごめんなさい、これが精いっぱいで」

アリシアはだいじょうぶと請け合った。ジャクソンと話をするための場所が必要だっただけだ。ゆうべはある程度の埋め合わせはできたものの、もう少し充実した時間、ちゃんとした会話、信頼関係を立て直す機会がふたりには必要だった。

ジャクソンは椅子を引いてアリシアをすわらせると、ウェイトレスに持ちこみのソーヴィニヨン・ブランのボトルを開けにいかせた。

「おれたちはもうだいじょうぶなのかな？」ワインが注がれるのを待ってジャクソンが訊き、アリシアは腕を伸ばして彼の手を取った。

「だいじょうぶ」そこでにっこり笑った。「インディラが怒る理由はわかってる。よくわかってるの。うちのブッククラブは目の上の大きなたんこぶで、わたしたちは境界線を越えてしまうことがたまにある」ジャクソンのなにか言いたげな顔を見て訂正した。「わかった、しょっちゅうある」

ジャクソンは笑った。「それはずいぶんと控えめな言い方だな。だとしても、おれはきみを守るべきだった。そうすべきだったのに。すまない。これからはそうするよ、約束する」

今度はアリシアが笑った。「気をつけて、ジャクソン、それじゃまたわたしたちにゴーサインを出したみたいに聞こえる！」

ジャクソンはうめき声をあげて首を振った。「どういうわけか、きみは自分のやりたいことはやるだろうって気がするんだよ、おれがなにを言おうと関係なく」

アリシアはにんまり笑い、グラスのワインを飲んだ。たぶんリアム・ジャクソンのこういうところに惚れこんでいるのだ。相手を支配しようとしない。アリシア・フィンリーとその仲間たちは世界一お節介なブッククラブであるという事実を認めて、観念しているようなのだ。好き嫌いは別として、それを変えるのは自分の仕事ではないと。また常に情報を把握しておきたいアリシアの性分も受け入れているらしく、こちらが情報を求めると、ただちにマンフォード事件の最新の状況を話してくれた。それを聞いてアリシアは頭がくらくらした。

「AAのブライアンが、あなたの過剰摂取のブライアンだったとはね。たしかに偶然にしてはできすぎ」とアリシアも同意した。「で、それはなにを意味すると思う？」

ジャクソンはワインをごくりと飲んだ。「さあね。エリオット・マンフォードに言わせれば、なんの意味もない」

「じゃあ、その件で彼を尋問したのね？」

「当然、ただし今回は、自宅の居心地のいいキッチンで優しく生ぬるい質問をする代わりに、インディラもついにあいつをしょっぴいた」

「で？」

「で、またしても行きどまりだ。ブライアン・ドナヒューをぶちのめしたことは認めたが、マズ・オルデンとはＡＡの外だろうとどこだろうと、一度も会ったことはないと主張して、あの晩、彼女がすぐ隣にすわっていたのはまったくの偶然だと言ってる。上映会以前に見かけたことさえ一度もないそうだ。実際は上映会の晩でさえ見なかったと。近くに妊婦がいたのをなんとなく覚えてるだけで。あやうく彼女を押し倒しそうになって冷たい視線を浴びたことは思いだしたけど、それだけだ」

アリシアは目をしばたたいた。彼の言ったなにかがまた神経細胞を刺激したが、今回はあるイメージが頭のなかに浮かびあがった。ひとまずそれは忘れて、質問した。「エリオットの言うことを信じる？」

「いいや、あいつは嘘つきだ。これまで何回かおれたちに嘘をついてるが、こっちにどんな証拠がある？　ＡＡのメンバーだったのはマズじゃなくて彼女の婚約者だ。となると、ふたりは会ったことがない可能性が高い。ザラもマズには会ったことがないのに、なんでエリオットが会えるんだ？」

ジャクソンはグラスの縁を噛んだ。

「なに？」この話題がまだ終わっていないとわかって、アリシアは尋ねた。

ジャクソンはグラスをテーブルに置いた。「あいつが嘘をついてるのはわかってる。ほとんど最初からそれは感じてて、でもどこが嘘なのかがわからないし、それをどうやって暴いたらいいのかもわからない」

「マズ・オルデンはどうなの？　彼女が嘘をついてる可能性は？」

「充分にある」そこで話を中断して、テーブルに運ばれてきた最初の料理を味わい、何口か食べてから言った。「突拍子もない仮説はあるんだけど、もし興味があれば」

「ある、突拍子もない仮説は大好物。聞かせて！」

ジャクソンはにっこり笑い、ナプキンで口をふいた。「オーケイ、じゃ、マズがじつはブライアンを愛していたとしたら？」

「自分を階段から突き落とした暴力男のブライアンを？」

「家庭内暴力の被害者が相手を許して忘れるなんてことはざらにある。彼女が言ってた家庭内暴力事件を捜査した警官を突きとめたら、告発を拒否したのはマズのほうだと言うんだ、警察じゃなくて」

「そうなの？　どうして？」

「家庭内暴力の被害者のなかには、まあ無理もないことだが、報復を恐れてわが身を守るためにそうする者もいる。でもおれたちは完全にまちがってたんじゃないだろうか。マズの安堵の涙が全部芝居だったとしたら？　忘れちゃいけないのは、ブライアンは彼女が産もうとしてる子供の父親で、彼女が婚約した相手で、彼女が〝ハグ&キス〟と彫った指輪を贈った相手だ。軽蔑してる相手に普通は名前を彫った指輪を贈ったりはしない、そうだろう？　マズがじつはブライアン・ドナヒューを、欠点もなにもかも含めて愛していて、その愛する男をぶちのめした、あるいは自殺だかなんだかに追いやったエリオットに腹を立てていたとしたら？　いずれにせよ、彼女はブライアンが死んだことを知った……彼がさよならを言うためにメールを送ったのかもしれない、わからないけど。それも全部調べないと。とにかく怒り心頭に発したマズは、エリオットとキャットのあとをつけてバルメインの公園まで行き、ふたりの隣にすわり、復讐を果たした」

「あなたの仮説には小さな、ほんとにささやかな問題がある」

「わかってるよ。マズの手は小さい——キャットの首の扼痕とは合致しない。でもみずから手を下したんじゃないとしたら？　彼女は男と一緒で、そいつは——恐ろしいことに——夜のなかへ消えてしまった」

「口ひげのある謎の男！」

「いかにも。この男は何者だ？　もしかしたらブライアンの友だちかもしれない。そいつがマズのために実行し、こっそり逃げた」

アリシアは椅子の背にもたれた。「わお、それはなかなかの仮説ね」

「ああ、だろ？」

「で、どうやって証明する？」

ジャクソンは顔をしかめた。「そこがむずかしいところだ」

「最初に証明しなくちゃいけないのは、マズがエリオットとキャットを知っていたということね。じゃないと公園でふたりを特定できないでしょ？」

「キャットは〈ユーチューブ〉の人気者だ、忘れた?」

「ええ、でもエリオットはそうじゃないし、彼がキャットの名前を口にしたのはだれも聞いた覚えがない。キャットが彼の奥さんだってことをマズはどうやって知ったの? ふたりがAAの外で出会ったのならわかる、きっとそうよ! 集会の前かあとに偶然出会ったにちがいない」

「エリオットはマズとは会ったこともないと主張してる。マズはエリオットとは会ったこともないと主張してる」

「マズが嘘をついてるのかも。ある晩ブライアンが集会のあとでエリオットとキャットを指さし、それでマズにはわかったのよ」

「しかしそれをどうやって証明したらいい? マズがエリオットとキャットを知っていて、ごった返した公園でふたりのどっちかを見つけることができたと、どうやって証明したらいいんだ?」ジャクソンはうめいた。「正直なところ、そもそも証明したいのかどうか、それすらもよくわからない。シンホーはおれが貴重な時間を無駄にしてると考えてて、ほかの容疑者たちに集中させたがってるが、おれはこの線を捨て切れない気がするんだ」

「わたしたちでたしかめる方法がひとつある」

「わたしたち?」片手をあげた。「アリシア、ここは手を出すなときみに念を押す場面だぞ」

アリシアはジャクソンをひたと見つめ、彼が現実にもどるのを待った。

ジャクソンは椅子にもたれ、ふたたびアリシアに向かって首を振った。「アリシア、またザラを呼びだすとか絶対にだめだからな! もうさんざん根掘り葉掘り訊いてるんだ」

アリシアの笑みが大きくなる。「やあねえ、いまわたしが考えてるのはザラじゃない。それにだれかを質問攻めにするつもりもないわ、それは断言してもいい」

37

ペリーはシルクのネクタイをまっすぐに直し、山羊ひげを正しい位置になでつけてから、雨の跳ね返る通りを横切って、生え際の後退しかけた年配の男性のほうへ軽やかに歩いていった。ティモシー・アイルズが顔をあげ、目をそらしてからまたもどし、今度は顔をしかめた。

「いったいなんの用だ?」とうなるように言った。

「ほんの五分でいいんだ、望みはそれだけ」ペリーは答えた。

ティモシーは歩き続けた。「これからAAの集会に行くんだ」足をとめて振り返った。「わたしのあとから一緒にはいってきたりするんじゃないぞ」

「頼むよ」ペリーは食いさがった。「お願いします、キャットのために。五分だけくれたらなにもかもちゃんと説明するから」

ティモシーのペースがほんの少し落ちたので、ペリーは話を続けた。「キャットを殺した犯人を見つけようとしてるんだ。ものすごく大事なことなんだよ。冷酷な殺人犯が野放しになってる。そいつをとめなきゃならない」

相手がまたペースをあげて、ロジール地区センターに向かって歩き続けたので、悲しげなため息をついてきびすを返そうとしたとき、ティモシーがセンターを素通りして次のブロックへ向かうのに気づいた。行き先は〈チューリップ・カフェ〉で、アリシアがこの前ザラに話を聞いたあのカフェだった。

　ペリーはほっとして笑顔になり、あとについていって店にはいった。

「なにかお持ちしましょうか？」ふたりが店の奥のほうのテーブルにつくと、ウェイトレスがさわやかに訊いてきた。

「各種コーヒーに紅茶、ご希望ならバー・メニューもありますよ」

「ぼくはカフェラテをもらうよ、ありがとう」ペリーが答えると、ティモシーは渋い顔になった。

「見えすいた真似をするんじゃない。きみが詐欺師なのは知ってる。ビールを頼んでもいいんだぞ、そのほうが正直ってもんだ」

　ウェイトレスの笑顔がわずかに翳り、視線がティモシーからペリーに移った。

「ぼくはやっぱりカフェラテで、ありがとう」

　ウェイトレスがティモシーを見た。笑みがこわばっている。

「わたしはけっこうだ。長居はしないから」

「あー、はい、わかりました」そわそわとふたりの男を交互に見てから急ぎ足で立ち去った。

　ティモシーがペリーを見つめた。厳しい目で。

「ザラから全部聞いた、だから御託は省略していいぞ、相棒。ザラに言われたよ、きみとアリシアには近づかないようにと。そもそもあれは彼女の本名なのか？　きみは本当にペリーなのか?」

「そう、ぼくらは本名を使ったし、ふたりともみんなに嘘をついたことはほんとに申しわけないと思ってる。でも、ちゃんとした理由があってやったことなんだよ。ぼくらはキャット・マンフォードを、エリオットの奥さんを殺したやつを見つけようとしてるんだ」

「どうして正直にそう言わない? どうしてあんな口実を使うんだ?」

「いい質問だね、たぶんそうすべきだったんだ。衷心よりお詫びします。ザラからブライアンのことも聞いた?」

「あれほどすばらしい、いい男はいないね」

ペリーはうなずいた。「それがみんなの共通認識のようだね」一拍おいた。「ねえ、話をしてくれてほんとに感謝してる」

「わたしがここにいるのはあの気の毒な女性を不憫に思うからだ。キャットを。それだけのことだ」腕組みをした。「五分だけだぞ、そしたらわたしは消える」

「わかった。ありがとう。それだけあれば充分」ペリーはひと息ついた。「じゃあ訊くよ、ブライアンの婚約者に会ったことはあるかな、マズ・オルデンという女性なんだけど」

ティモシーは話題の転換にとまどったような顔になったが、首を振った。「次の質問は?」

「エリオット・マンフォードか彼の奥さんがマズを知っていたかどうか、わかる?」

「これも、さっぱりだ。きみの友人に訊いたらどうだ?」

「友人?」

「エリオット」

　ペリーは差しだされたカフェラテを受け取った。「いや、ぼくらはエリオットとは知り合いじゃない。ついでに言えばキャットとも」

　ティモシーは懐疑的な顔になった。「だったらいったいなんのためにこんなことをしてるんだ？」

　ペリーはなだめるようにてのひらをあげた。「ぼくらは近くにすわってたんだ、キャットが殺された夜。目と鼻の先であの事件が起こった。それがどれほど恐ろしいことか想像できるかな。ぼくらは必死に目をそらして、なにごともなかったふりをしようとしたんだ。けどアリシアの彼氏が刑事で、警察はなんの手がかりもつかんでないようだった。だからぼくらは協力しようとしただけ。それだけなんだ」

　ティモシーは頭をこすった。「エリオットはきみらが気にかけるほどの価値もない。上映会の夜に絞殺されたのがあいつじゃなくて奥さんのほうだったのがつくづく残念だよ」

「彼のことはあまり好きじゃないんだね」

　ティモシーは肩をすくめた。「言っただろう、あいつはやたらと自尊心の強い恩知らずの偽善者だって」

　ペリーは思わず身を起こした。「待って、あのとき言ってたのはエリオットのこと？　エリオットのスポンサーだったの？」

「ほんの数カ月だ。あいつがブライアンをぶちのめしたとわかるまで。ブライアンもたしかに負け犬だが、彼はがりがりの負け犬。エリオットは雷神トールなみにがっしりしてる。とても勝負にならない。わたしに言わせれば、エリオットもブライアンに劣らず悪かった。集会に来て、ブライアンをぶちのめしたことを得意げに話し、白馬に乗って駆けつけて身重の小柄な婚約者を守ったんだと、まるで救世主気取りだった。AAの女性たちはみんな感心していたよ、まるで本当にあいつが北欧神話の神かなにかみたいに」

「じゃあ、彼を偽善者と呼ぶのはどうして？」

「奥さんを殴ってこそいなかったかもしれないが、あいつだってブライアンに負けないくらいろくでなしだ。わたしに言わせれば。キャットを子猫ちゃん（リトルキトゥン）と呼んではいたが、犬のように扱っていた」

ペリーの耳が反応した。「どんなふうに？」

「たしかに、わたしはキャットに会ったことはないよ。でもエリオットが、オンラインで彼女のやってることを見せてくれたんだ。この先のパブで飲んでるところをわたしに見つかった直後に。美人だと思った。あきらかにがんばっていた。そして彼女はあいつのことを大事に思っているようだった。もしあんな女性が家で待っていてくれたら、わたしなら二度とジンのボトルに手を出したりしないね。ところがあいつはそのときひどく酔っていて、彼女のことでさんざん愚痴（ぐち）をこぼしていた。昔はどんなにパーティー大好き人間だったか、それがどんなに退屈な女になってしまったか」

「殺された夜はパーティー大好き人間だったけど」ペリーは指摘した。

「知ってるよ、だからわたしにはものすごく意外だった。ずっと考えてたんだが、彼女は決して酒飲みじゃない、それはあいつのほうだ。ＡＡに来てたのも彼女が理由だった。つくづく残念だよ、あいつじゃなかったのが――」

ペリーの驚いた表情がようやく伝わったのだろう、ティモシーが話を中断して案じるような顔を見せた。

「エリオットはきみの友人の警官にこの話をしなかったのかい？」

「この話って？」

「あいつがＡＡに来てたのはキャットに言われたからにすぎない。集会に出て、酒をやめる努力をすればそれでよかったんだ。キャットがあいつに求めたのはそれだけだ。ところがあいつはそれを理不尽だと考えた。ふたりで話をするたび、煙草休憩のたびに、彼は愚痴をこぼした。彼女の要求がいかに厳しいか、それがいかに不公平か。どうして自分は両方を手に入れられないのかと。まるで聞き分けのない子供だった」

ペリーは唖然とした。「エリオットは、もしＡＡを途中でやめたらどうなるか言ってた？もし酒に手を出したら？」

「ああ。〝あのばか女は自分を捨てるだろう〟って、彼としてはそうなったら困るんだ」

「どうして？」

ティモシーは指先をこすり合わせて、金を暗に示した。

「でも彼は仕事をしてる。たしか大工じゃなかった？」

「キャットが自分のプロジェクトに入れて働かせるときだけだ。それ以外のときは、ああ、エリオットはぶらぶらしてる。きみたちそのことはまだ知らなかったのか？　ほとんどの時間は友だちのバーやカフェでカフェラテをちびちび飲んだり、あのおかしなあごひげをなでたりしてるだけだ」

ティモシーはペリーの表情をじっと見ていた。「どうしてこの話にそれほど興奮するんだ？わたし以上にキャット殺しの罪をエリオットに着せたい人間はいないよ、相棒、でも彼には不可能だった。事件が起こったとき近くにさえいなかったと聞いている。警察の言う〝機会〟が彼にはないんだ」

「たしかに」ペリーは言った。

でも動機はまちがいなくある。

「さて」とティモシーが腰をあげながら言った。「もう充分に話した。ＡＡのバイブルをことごとく破ってしまったよ」

「すみません」ペリーはあやまった。「でもあとひとつだけお願い。さっきブライアンの婚約者は身重だったと言ったね。それを知ってるのはどうして？　ブライアンが集会のなかで言ったから？」

ティモシーは考えこんだ。「たぶんそうだろう」そこで間をおいた。「いや、ちがう。エリオットが言ったんだ、ブライアンをぶちのめしたことを正当化したときに。たしかブライアンのまだ生まれてない息子を守るためにやったと言っていた」

「生まれてない息子？」

「そう言ってた」

「でもエリオットはマズが妊娠してることを――しかも男の子だって――どうやって知ったんだろう、会ったこともないとしたら」

「いい質問だ。それは本人に訊くしかないだろうね」

ペリーは興奮を抑え切れなかった。殺人の充分な動機を発見したばかりか、エリオットがマズ・オルデンを知らないと警察に嘘をついていたらしいこともわかった。

ペリーにとってはそこがなによりも興味をそそられる。エリオットはどうしてその点で嘘をつく必要があると感じたんだ？

帰ろうと背を向けた年配の男性に、ペリーは言った。「ほんとにありがとう、ティモシー。なんてお礼を言ったらいいか」

ティモシーは振り返らず、ただこう言った。「この次ははじめから正直に行くことだな」


インディラ・シン刑事は、またしても机の前に平然とすわっている仲良しのペリーとアリシアに向かって、ふたたび同じような台詞を口にしようとしていた。今回ジャクソンはふたりの後ろに立って両手をそれぞれの椅子の背にかけている。

「あなたたちふたりには、いったいどこからはじめたらいいのかもわからないわ――証人にあれこれ質問したことか、わたしの捜査をじゃましたことか……」そこで打ち切り、深呼吸をして、顔に笑みを貼りつけた。「でも！　ここにいるジャッコがわたしに少しは礼儀正しくしろと言い張るので、きょうのところは言わずにおきます」

インディラは鼻から思いきり息を吸いこんだ。それを口から吐きだす。「あなたたちの推理がいい結果につながって運がよかったわね」ポーリーがはいってきたので顔をあげた。「なにか出てきた？」

「ローズ・ベイのアパートメント」とポーリー。「四カ月前に自宅とは別の仲介業者を通して購入してる。売買契約は彼女の旧姓で」

「それで説明がつくわね。ご苦労さん、ポーリー」

ポーリーが出ていくと、インディラが笑顔になった。アリシアにはめずらしい光景で、つられてこちらも笑顔になった。

「というわけで、ティモシー・アイルズの言うとおりだったらしく、キャットは夫と別れる計画を立てていた」インディラが説明した。「彼女が幸せでないことはすでに薄々わかっていたけど――キャットの母親が結婚生活にいろいろ問題があったことをほのめかしていたし――でもその具体的な証拠が見つからなかった。この二週間、ジャロッドはあの夫婦の友人や知人、遊び仲間に話を聞いてまわったけど、だれの目にもふたりは熱烈に愛し合っていると映っていた。それはもう、はっきり言って吐き気がするほどに」

「あきらかに芝居だったんだ」とペリー。「その点はエリオットのスポンサーが裏付けてくれる」

「ただし、その他全員の証言に対して、そっちはたったひとりの言葉しかない。少なくともいまはキャットが引っ越すつもりだったという証拠がある。離婚届けではないけど、それに近いわ」アリシアの隣に椅子を引っぱってきたジャクソンに顔を向けた。「マンフォード夫妻の自宅がネットで見ていたものとちがうのがずっと気になっていて、やっと事情がわかった。ユーチューブに投稿していた真っ白なキッチンは、新しいアパートメントのものだったのね、いまの住まいじゃなくて。あそこのカウンターの天板は白と黒だった、そうよね？」

「エリオットもその投稿を見て、ひとりであれこれ考えたのかもしれないな」とジャクソン。

「これで犯行の動機がひとつ増えた」

「それはたしかかね。妻が家を出ていって新しい生活をはじめて、遺言から名前を消されるより、いま彼女を殺してすべてを手に入れるほうがいい。エリオットの仕事も調べて、財政状態がどうなっているのか見ましょう。逼迫していれば、動機は強固なものになるけど、それでも機会の問題の解決にはならない」アリシアとペリーに目をもどした。「あなたたちが言ったのよ、彼に犯行は絶対に無理だったたって。後半のほとんどの時間はあなたたちのそばから動かなかったと」

「人を雇ったんじゃない？」ペリーが提案する。「契約殺人とか？」

「ただし、その雇われ犯人がどこからともなく現われて、しゃがみこんで犯行におよぶところを見た人はだれもいないけどね」とインディラ。

「となると〝モウ・マン〟にもどるわけだ」とジャクソン。「やつには手段があって、機会がある」

「ちょっと待った」とインディラ。「〝モウ・マン〟はマズと共謀してるとか言ってなかった？　エリオットじゃなくて」

ジャクソンは肩をすくめた。「どう考えたらいいのか、もうわからなくなってきた」

アリシアは咳払いをして言った。「もしかしてそのふたりが共謀しているとか？　その線は考えてみた？」

すべての目がアリシアに注がれ、少なくともひと組はいらだちの光を放っていたので、急いで続けた。「もしかしたら、なにもかもエリオットとマズが仕組んだことかもしれない」

インディラが顔をしかめる。「なんのために？　どうやって？」

アリシアは唇を片側に寄せた。「具体的にはわからないけど、もしかしたらティモシーが言ったとおりのことが起きたのかも——エリオットがある晩ＡＡのあとでマズが殴られているのを見て、計画を思いついた。マズに接触して、自分の妻を始末してくれたら彼女のパートナーを始末してやると言って、合意したんだとしたら？」

「そんな感じのすごくおもしろい映画を観たことあるよ！」とペリー。

ジャクソンはすでに指を鳴らしていた。「そうそう、えーと、ヒッチコックだ。タイトルはなんだっけな……？」

「『見知らぬ乗客』で、それは失敗するのよ」インディラがぴしゃりと言った。「たしかに、エリオットはなんらかの方法でブライアンにドラッグを打って、それから泥酔したキャットと一緒に急いで上映会に行ったのかもしれない。ふたりは遅れて到着してるし、時間的には可能だったかもしれない。でも、あの小柄な妊婦のマズがキャットを絞殺できたとはとうてい思えない。物理的に不可能よ、そうでしょう？」

「となると〝モウ・マン〟にもどるわけだな」とジャクソン。

インディラがうめいた。「だからその得体の知れないいまいましい口ひげ男をさがしだす時間がなかったの！」

「その必要はないかも」今度はいくらか自信をもって身を乗りだしながらアリシアは言った。「ふたりだけでやろうと思えばできたかもしれない。わたし『グリース』を観たあの晩からずっと考えてたの。あのときわたしは人ごみのなかにいるミッシーに気づかなかった、ものすごく目立つ恰好でずっと立ってたのに。そのあと敷物にすわろうとしたら、じつはそれは自分のじゃなくて、あのときようやくわかったの、敷物をまちがえるなんてほんとに簡単だなあって……」

いまや三人ともがじれったそうな顔でアリシアを凝視していた。

「ごめんなさい」思わず笑いながら言った。「ちょっと頭のなかを整理しようとしてるだけ」

アリシアは深呼吸をひとつした。

「エリオットとマズがわたしたちの鼻先でどうやってあれをやってのけたのか、わかった気がする」アリシアは目を輝かせて、インディラをちらっと見た。「あなたが突拍子もない仮説のファンじゃないのは知ってるけど、わたしの仮説は、耳で聞くほど実際は突拍子もないものじゃないかもしれない」視線がすかさずペリーとジャクソンへともどる。「でもまずは、わたしたちピクニックブランケットを持ってまた野外上映会に出かけなくちゃ」

38

センテニアル公園はシドニー中心部にほど近い広々とした都会の緑地であり、バルメインののんびりした小さな公園とは、SFスリラー映画と『地中海殺人事件』ほどちがっていた。でもアリシアの見るところ、ここでも役目は充分に果たしてくれるだろう。

センテニアル公園で毎月開催されている野外上映会では、ちょうど翌日の夜に『ゼロ・グラビティ』が上映される予定になっており、アリシアは自分の計画を実行して仮説を検証するためにぜひともブッククラブのメンバーをここに再度集めたいと考え、今回はインディラ・シン警部補も主賓として参加することになった。

理論上はありそうもないことに思われ、実際ばかげていたが、アリシアはエルキュール・ポワロの言葉を思いだし、それに勇気づけられて、インディラがいましも人ごみをかき分けて夕暮れのなかをこちらに向かってくるのを見守っていた。

〝霊安室の死体のように横たわっている人たち〟について、漫然と見ている者には、太陽の下に横たわるひとつひとつの肉体のちがいなどまったくわからない、と言ったのはポワロだった。そう、どの肉体も同じに見えるのはなにもビーチにかぎったことではなく、暗闇のなかの野外上映会で、びっしり敷き詰められた敷物に横たわる肉体もまたしかり。

今夜アリシアが偉大なるアガサ・クリスティから拝借したのはそれだけではなかった。謎を解く鍵は『白昼の悪魔』のプロットにも潜んでいるのではないかと思い、自分たちがこの小芝居を実際に演じるとき、演者たちのなかでそのことに気づく者はいるだろうかと考えた。

ブッククラブのほかのメンバーと同じくアリシアの計画をひそかに知っているペリーがうっかり口にした。「エリオットは以前からなんとなく考えてはいたんだろうけど、上映作品がミステリと聞いて、創作意欲が湧いたんだな」

「大きな舞台で演じるのならともかく」アリシアは言った。「現実にはどうかな」

現実はアガサ・クリスティの小説ほど巧妙にはいかないとアリシアは思っている。

「なるほど、あなたたち、みずからを渦中に追いこんだわけね」インディラが開いたピクニック・バスケットをまたいでアリシアの敷物にすわりながら言った。

「わたしの仮説を証明するのに好都合なので」とアリシアは切り返した。

この気むずかし屋の警部補に対処する最善の方法は負けずにやり返すこと、失敗したら相手の意見はさらっと聞き流してあまり個人的に受けとめないこと、そんなふうにアリシアは納得していた。根はいい人なのだとジャクソンが言い張るので、アリシアもパートナーのために疑わしきは罰せずとし、その結果がどうなるか見ることにした。

アリシアほどぶれないペリーは、しかめ面を隠そうともせず、インディラがバッグを置いてジャクソンの反対側にすわるのを見ていた。

ブッククラブのメンバーはアンダースを除く全員が今夜も集まっていた。アンダースは近ごろクラブの集まりには顔を出さなくなり、アリシアはさしあたりそのことは考えまいとした。過去のいきさつはあるが、そして好戦的な人ではあるが、彼がそばにいると楽しかった。あえて異を唱える役も必要なのだ。それが常にクレアとはかぎらない。そのクレアは、いまうずくまるようにして敷物にすわり、こめかみをもんでいる。

「協力するためにここへ来たのはわかってるけど、アリシア、わたしなんだか頭が痛くて。片頭痛になりそうな感じ」

「わたしパラセタモールを持ってるけど、もし必要なら」インディラが申し出た。

「ありがとう。たぶんだいじょうぶだと思います」クレアは答え、ジャクソンが配っているビールを見て首を振った。

インディラはミッシーが差しだしたタッパーウェアから中身をひとつつまんだ。アボカドとチーズをトッピングしたライスケーキだ。ミッシーのダイエットは順調らしく、見た目もすっきりしてきて、相変わらず元気いっぱいで、相変わらず笑顔が絶えない。

突然の拍手喝采に全員がはっとして顔をあげると、公園前方のロープで仕切られた区画にある大型スクリーンでちょうど映画がはじまろうとしていた。

「今度はなんなの？」インディラが訊いた。

「まあ落ち着いて」とジャクソン。「ショーを楽しもう」

その発想にインディラは顔をしかめながらも、言われたとおりにして、バックパックからクッションを取りだし、そこに両肘をついて脚を前に伸ばした。

ジャクソンは、今回はクッションを持参してきたアリシアの隣へ行き、残りのメンバーはフィンリー姉妹が用意してきたさまざまな敷物やブランケットに広がってすわった。ほかにも保冷バッグがいくつかとピクニック・バスケットがひとつ、バックパックが三つある。

アリシアはバックパックから新たに赤いブランケットを引っぱりだして、ジャクソンと自分の上にふわりとかけ、ふたりはビールを脇へのけて、ブランケットの下に身を寄せ合って落ち着いた。数分後には熱いキスを交わしていて、だれもそれを気にしていなかった。インディラ以外は。

「ちょっと、おふたりさん、ここはお部屋じゃないのよ」と小声で言った。

ふたりは笑いをこらえながら、さらに五分ほどブランケットの下で派手にいちゃついた。映画が進行するなか、やがてその騒ぎがおさまり、アリシアはいま静かにうずくまっていて、ジャクソンはその隣に、ほかのメンバーは各自好き勝手な姿勢で広がり、インディラもさっきよりはリラックスした気分になっていた。

ジャクソンが〝人前で愛情表現をする〟タイプとは思っておらず、彼らが不意に静かになったのでインディラはほっとした。それよりクレアに同情せずにはいられなかった。この気の毒な女性は、途中でいまにも吐きそうな顔になり、トイレに駆けこんでいった。

その二回の中断はあったものの、インディラはすぐにこのサンドラ・ブロックの大ヒット作に惹きこまれ、あっというまに休憩時間が来て、照明が明滅しながら復活したときには、ほかの観客に劣らずびっくりした。

「だれかスナック・バーに行かない?」ミッシーが呼びかけ、ペリーがうなずいた。

「はいはい、行くよ」

ふたりで助け合って立ちあがると、ペリーはインディラに手を差しのべた。

「ほらほら、脚を伸ばしたほうがいい。そのほうが身体にいいから」

インディラは肩をすくめた。「そうね。ライスケーキよりもう少しちゃんとしたものがあるとありがたいわ」赤いブランケットのほうをちらっと見た。「ジャッコとアリシアはどこへ行ったの?」

「ああ、もう列に並んでるよ」とペリー。「ふたりともおなかぺこぺこだったから」

「せっかちな人たちねえ。じゃあ、あなたはどうする、クレア?」とそちらに目を向けると、クレアはピンクのブランケットの下でうとうとしているように見えた。

「クレアには、ほしいものがないかあたしが確認しておくね」リネットが言って、三人に手を振った。

三人でスナック・バーに向かうと、長い列ができていた。インディラは、並ぶのはやめて、ちょうど列の先頭にいるのが見えるアリシアとジャクソンに合流しようと提案したが、ペリーは頑として受け入れなかった。

「警官だからって、ぼくら平民みたいに順番を待たなくていいってことにはならないよ、わかってると思うけど」

「わかってるわよ」インディラは言い返し、さらに続けた。「あなた、わたしのことがよっぽど気に入らないようね、ペリー」

ペリーはインディラのほうを向いてにんまり笑った。「それはお互いさまってやつだね！」

「あら、そうとも言い切れないわ。あなたは充分いい人のようだから。わたしの捜査を妨害してないときはね、問題はそこよ」

ペリーはますます怒ったような顔になった。「妨害、なるほどね。でも言っとくけど、生まれてこのかた〝いい人〟なんて言われたことはいっぺんもないよ——別れた恋人たちからも！たいていは〝素敵な人〟なんだからね、ダーリン、そして最高に楽しい人。なのに〝いい人〟だって？　自分じゃそうは思わないね」

ペリーは意味ありげに笑ってみせてから、顔を前にもどした。

インディラも笑い返した。どちらも停戦する用意はあると意思表示をしたようなものだった。

インディラがカウンターに目をもどすと、アリシアとジャクソンが現金を渡してカップ入りのフライドポテトを受け取っているのが見えた。

「なにを買うの？」ミッシーに訊かれて、インディラはそちらに顔を向けた。

「フライドポテトがおいしそうね」と答える。列はくねくねしながらゆっくりと前に進んだ。

インディラとミッシーとペリーが敷物にもどったときには、映画の後半がいまにもはじまろうとしていて、あたりがふたたび闇に包まれる前に、インディラが周囲の様子を見る暇はほんの一瞬しかなかった。

クレアはすっかり回復したのか、おやつを食べていて、一方アリシアはブランケットの下に横たわり、頭の向こうに空のフライドポテトのカップが落ちていた。

ジャクソンはミッシーの隣で、彼女が持ってきた小さいデッキチェアにすわり、いまは恋人からかなり離れた場所にいた。

「どうかしたの?」インディラは小声でジャクソンに訊いた。

ジャクソンはインディラをちらっと見てからアリシアに目を移し、また視線をもどした。

「ずっと横になってると背中にくるんだよ」それを強調するために軽いストレッチをした。

四十分後、エンドクレジットが流れると観客は拍手をし、インディラはこの夜の目的はなんだったのだろうと考えていた。映画は思いのほか楽しかったが、そのためにここへ来たわけではない。事件の捜査でやるべきことはまだ山のように残っているので、またしても落ち着かない気分になってきた。

アリシアのほうを見やると、まだブランケットの下で横になっている。

「彼女、SFファンじゃないのね」ジャクソンに言うと、彼はミッシーと一緒になってなにかのジョークに笑っていた。

ジャクソンがこちらに顔を向けた。「なにか言った?」

「あなたの彼女、すっかり寝ちゃってるわよ。今夜はなにか壮大な計画があるんだと思ったけど。睡眠不足を補うことも計画に含まれてるとは知らなかったわ」

ジャクソンは顔をしかめた。「ふむ、おかしいな」

立ちあがり、敷物を何枚か踏み越えてアリシアのところまで行った。しゃがみこんで、優しく揺すった。顔をしかめて、もう一度揺すり、今度は少し力をこめた。それから後ろ向きに倒れこんだ。打ちのめされたような顔で。

「なんてこった」息をあえがせながら言った。「嘘だろ、アリシア、嘘だ――!」

インディラははっとして振り向き、ジャクソンを凝視した。あんぐりと口を開け、頭上のスクリーンに劣らず蒼白な顔で。

39

　インディラの顔色がもとにもどると同時にトレードマークの怖い視線も復活したが、最初はそれをだれに向けたらいいのかわからずにいた――自分をまんまとだましたジャクソンか、死んだふりをしたアリシアか。

　いまはみんな起きあがって、全員がビールを飲んでいた。〝片頭痛〟が奇跡的に消えたクレアも含めて。

「ごめんなさい、インディラ、ほんとに」アリシアは言った。「でもわたしの仮説が実証できるかたしかめる必要があったの。で、それがうまくいった」

　インディラがすごい形相でにらんだ。「なにも証明したことにはならないと思うわよ。たしかにあなたは死んだふりをしてそこに横たわっていた。刑事としては、やはり映画の後半であなたの至近距離にいた人たちを容疑者と見なすでしょうね。ほかにあなたの一メートル以内に近づいた人はいなかった。いたら気づいたはずだもの」

「ただし、わたしが死んだふりをしてそこに横たわっていたのが、休憩の前からだとしたら話は別よ」アリシアの言葉にインディラの口があんぐりと開いた。

　いまの言葉を消化するのに少し時間がかかった。「でも……でもあなたがスナック・バーにいるのを見かけたわ、そうよね？」

ペリーとミッシーのほうを向くと、ミッシーがくすくす笑っている。

「いいえ、インディラ」とミッシー。「あれはアリシアじゃなかったの。ジャクソンとクレアよ」

インディラがクレアのほうを見ると、彼女はバックパックに手を入れてショートのぼさぼさのブロンドのウィッグを取りだした。刑事に申しわけなさそうな笑みを向ける。

「具合が悪くなったふりをしてトイレに駆けこんで、そこでこのウィッグをつけたの」

「でもわたし、あのときアリシアのブランケットのほうを見たわ」インディラは言い張った。

「彼女はそこにいなかった」

「それは、おれがその前に彼女を〝絞め殺していた〟からだよ」ジャクソンが指で引用符を作りながら言った。「ふたりでちょっとばかり情熱的に格闘してるときに。そしてクレアがトイレに行ってるあいだに、アリシアの〝死んでる身体〟を少しずつクレアのピンクのブランケットのほうへ押したんだ。クレアがもどってきてブランケットの下で眠ってるかに見えるように」

「そして」とクレア。「ジャクソンはスナック・バーの前でわたしと合流した。後ろからだと、彼がアリシアと一緒に立ってるように見える。似たような背恰好で、似たような色の服を着ていて、ウィッグをつければ、たいていの人には見分けがつかないわ」

「でも、たしかに見たのに……」

「きみが見たのは、きみの脳が当然見えるだろうと予想しているものだった——それがアリシアとジャクソン」ペリーが解説した。「でも実際はクレアとジャクソンだった。見たのはふたりの後ろ姿だけ、だよね？　あまり近づきすぎないようにぼくが阻止したから」

インディラの唇が完璧な〝O〟の形になった。「そうよ。わたしに割りこみをするなと言ったわね。なんて小癪な！」首を振った。「なるほどね、それでわたしがここにもどってきたとき……」

「アリシアは眠ってるように見えて、クレアは起きていて、ジャクソンはだいぶ離れた場所にいた」とペリー。「数週間前のあの上映会の再現」

一同がそろってうなずいた。ただしインディラだけは別で、彼女は頭のなかで状況を完全に把握するのにまだ苦労していた。

インディラの当惑した表情にジャクソンは苦笑し、彼女のためにビールをもう一本開けて言った。「最初から説明しようか？」

ビールを受け取ったインディラは、大仰にため息をついた。「ええ、そうして、お利口さんたち」

そんなわけで、ほかの観客が次々にピクニックを終えて夜の街へと消えていくなか、〈マーダー・ミステリ・ブッククラブ〉はアリシアの〝突拍子もない〟仮説を、インディラ・シン警部補に話して聞かせた。その仮説は自分たちが当初考えていたほどおかしなものではないことがたったいま証明されたのだ。

ポワロの小説ではお約束となっているように、主要な登場人物が全員ここに顔をそろえて〝大団円〟を見届けてくれたらとアリシアは願ったが、むろん、これは小説の世界ではないのだった。彼らに真相が告げられるときには、権利が読みあげられ、狡猾な弁護士が同席し、ドラマティックな罪の自白などは望むべくもないだろう。

アリシアはビールを飲んで、口を開いた。

「すべては、わたしたちが今夜演じたとおりに行なわれたはず。細かい点まで正確にはわからないけど――」

「当然よ！」インディラが口をはさむ。

アリシアはにっこり笑った。「でも、これがわたしたちの考える事件の真相……」

40

それは陽光の降り注ぐ気持ちのよい日で、バルメインの小さな公園には、北の端に設置された大きな白いスクリーンの前のいちばんいい芝地を確保しようと、早くから大勢の観客が集まってきていた。

今夜は『地中海殺人事件』が上映される予定で、みんな待ち切れなかった。

早めにやってきた客のひとりがマズ・オルデンという妊婦で、彼女は待つのを厭(いと)わなかった。実際に一時間以上も待っていた、とのちに目撃者たちは警察に話した。彼女は公園の入口付近にあるコンクリートの手すりにもたれて、人ごみに目を走らせながらチャンスが来るのを待った。

彼女は口実を使って誘いだした白髪まじりの口ひげの男を待っていたのか、あるいは単にその晩の観客のなかから彼を選んだのか、それはいまのところだれにもわからないが、その男がスクリーンに向かって右側、バーにほど近く、なおかつ好都合なことにトイレに近い地面に敷物を広げるのを見て、マズはついに動きだし、彼の隣の空いた草地に腰をおろしてその場所を確保した。

あるいは彼女の狙いはその口ひげの男ではなく、すぐ後ろにすわっていた大家族だったかもしれない。家族連れがみなそうであるように、この家族もなにかと落ち着かず、始終あちこち動きまわることがわかっていたのだ。いずれにしても、マズは派手なピンクのブランケットを広げ、だれも注意を払っていない隙にもう一枚、赤いカシミアのブランケットを取りだして、自分のものと端を重ねて広げた。

ブッククラブのメンバーのように遅くやってきた人たちは、マンフォード夫妻が赤いブランケットを敷いてからどこかへ行き、またもどってきたのだと勝手に思いこんだ。

そうしてどんどん人がやってきて、無数のカラフルな敷物は、芝生を埋め尽くす一枚のあざやかなキルトとなり、ピクニック・バスケットやバックパックや人間の身体がごちゃまぜになってそこらじゅうに広がった。実際あまりに人が多くて、ひとつのグループがどこまでで、どこからが別のグループなのか判然としなかった。

そして、それこそがマズとエリオットの期待したことだった。

その晩、上映会の前にエリオットはどうにかして妻をしたたかに酔わせ、酔った彼女はほとんど理性を失い、足取りもおぼつかない状態になった。彼がどんな手を使ったのかを調べるのは警察の仕事だが、アリシアには、キャットが最後に進んで夫と一緒に飲んだような気がしてならなかった。オレンジジュースにウォッカを垂らして飲んでいたのだろうか。エリオットが別れの前に最後の酒盛りをしようと彼女を説得したのだろうか。いずれにしろ、ふたりが公園に到着し、キャットが草地を引きずられるようにして空いた赤いブランケットにたどりつくころには、楽しいほろ酔いからほとんど前後不覚の状態になっていた。すわるときに素面（しらふ）の夫の両手がしっかりと支えていなかったら、へなへなと倒れこんでしまっていたはずだ。

　そうして彼は騒々しくすわりこみ、周囲に自分たちの存在を印象づけて、目撃者が大勢いるのを意識しながらキスをして抱き合い、その先へと進んだ。酩酊状態のキャットは自分がなにをしているのか、どこにいるのかさえもわかっていなかったのではないか。

　そして映画の前半、大きなスクリーン上のアリーナ・マーシャル殺しにすべての目が釘付けになっているあいだに、エリオット・マンフォードは妻の首をひそかに絞めあげ、だれにも気づかれることなく彼女の命を奪った。

　キャットが悲鳴もあげず抵抗もしなかったのは、その段階では完全に泥酔していたので、なにが起きているのかもわからなかったからだろう。そしてだれひとり気づきもしなかったのは、ふたりが熱々のカップルだったから。数人の目撃者がこんなふうに証言した――〝あのふたりはブランケットの下でちょっとふざけあっていただけ。目くじらを立てるようなことじゃない〟

　実際は、もしもあの哀れな酩酊した女性にまだ意識があったとしたら、おそらく死に物狂いの抵抗をしていたはずだ。

　キャットが息絶えると、計画はすみやかに次の段階へと移った。マンフォード夫妻の左側で迷惑している観客のひとりを演じていた妊婦のマズが、吐き気を装ってトイレに駆けこみ、心配した周囲の数人がその行動を確実に目にするようにした。彼女は休憩時間になる前に抜けだす必要があった。新たな役を演じるために。妊婦の膨らんだおなか――実際は見かけほど大きくはなかったおなか――の下には、ブロンドのロングヘアのウィッグ、キャットのグレーのフェドーラ帽と〈グッチ〉の眼鏡、それにスエードのジャケットを隠し持っていた。ウィッグ以外は死んだ女性から事前に奪っておいたもので、被害者が酔っていてしかもその夫が手を貸してくれるのだから、わけもないことだった。

マズは急いで服を着替え、一方エリオットは自分の身体と妻の死体を慎重にずらしながら、赤いブランケットから派手なピンクのブランケットのほうへと移動させた。一度に数センチずつ、ゆっくりゆっくりと、だれにも気取られないように。アリシアが『グリース』のときと今夜証明したように、芝生に広げられたブランケットは互いに溶けこんでしまう。暗がりでは簡単に見まちがえるし、さりげなく移動することも容易にできる。

そうして死んだ妻をマズのブランケットの端に隠したエリオットは、照明がふたたび灯される直前にこっそり抜けだしてバーに向かった。それはこの映画のもっとも興味深い場面——アリーナ・マーシャルの遺体が発見される場面——で、そのときなら、自分がひとりだとはだれも気づかないだろうと踏んだのだ。仮に気づいたとしても、キャットもすぐにバーで合流したのだろうとみんなあとから考えるはずだった。

そうこうするあいだに、マズは具合の悪い巻き毛の妊婦から酔っ払いのブロンドへと変身し、キャットのトレードマークの白い眼鏡とフェドーラ帽を身につけて、ゆったりしたスカートの上におなかの膨らみを隠すスエードのジャケットをはおった。

そしてトイレから出て〈ブーズ・バー〉へ行き、カウンターのそばでエリオットと落ち合った。そこで彼女は自分の役を演じた。列に並んでいる見知らぬ人たちの前で〝夫〟とわざと喧嘩をしてみせ、その列にはアリシアとリネットもいたが、それが本物のキャットでないとは夢にも思わなかった。なぜなら、そう、ふたりはキャットをちゃんと見たことがなかったから。最初に公園に到着したとき、キャットはエリオットの腕のなかに抱えこまれていた。

こうして喧嘩のシーンはある目的のために完璧に演じられたのだが、その目的とはただひとつ――エリオット・マンフォードに鉄壁のアリバイを与えることだった。行列の人たちが興味津々で見守るなか、エリオットは悠然と立ち去ると、〝妻〟から充分な距離をとってひとりですわり、一方の〝妻〟はそのまま自分の存在を誇示しつつ、千鳥足で最初はスナック・バーへ、それから照明が充分に暗くなるのを待って、赤いブランケットにもどってすわった。たったひとりで――生き生きとした姿で。

キャットは後半がはじまった時点で生きていなければならなかった。そして大勢の目撃者が実際にその姿を目にしていた。

エリオットがブッククラブの隣に腰をすえているころ、偽キャットはブランケットの下で眠りこんだふりをした。でもそのあいだずっと本物のキャットはもう死んでいて、マズのピンクのブランケットの下でおなかに片手をあてた姿勢で横たわっていた。傍目には具合の悪い妊婦のように見えていた、死体ではなく。

映画の後半のどこかの時点で、おそらくエリオットだけが確認できたことだが、偽キャットはこっそりトイレに行き、五分後、変装を解いて本物のマズとしてもどってきた。あとはキャットの動かない身体の〝反対側〟にすわりこめばいいだけだった。

多くの視線が上方のスクリーンに注がれ、多くの身体が敷物の上でだらしなく寝そべり、多くの人が飲み物をやりとりしたり、抱き合ったり、もぞもぞ動いたりしているなかで、マズにとっては、キャットの持ち物を返すのも、その身体をゆっくりと、でも微妙な動きで押していって、赤いブランケットの下の元の位置にもどすのも、それほどむずかしいことではなかっただろう。

それでも、彼女はひとつだけつまらないミスを犯した。フェドーラ帽を返したときに、眼鏡をもどすのを忘れたのだ。たぶんマズのブランケットにひっかかっているか、彼女が持っていたバックパックのなかにあるのではないか。警察はその〈グッチ〉の高価な眼鏡をマズの持ち物のなかから見つけるだろうとアリシアは読んでいた。値の張るものだし、マズも決して裕福ではないので、捨て切れなかった可能性は充分にある。

もちろん、眼鏡がだめでも、常にシャンパングラスがある。賭けてもいいが、だれのものかわからない指紋の主はマズ・オルデンと判明するだろう。なんといっても、あのスパークリングワインを実際に買ったのはマズなのだ、かわいそうなキャットではなく。

そんなわけで、微妙な動きで何度も押されて移動させられたことで——前半はエリオットに、後半はマズに——キャットのキャミソールの紐が切れてスカートがめくれたのも無理はなかった。ふたりはそこまで考慮に入れていなかったと思われるが、おかげで厄介な要素が加わり、捜査の目が愛情深い夫から極悪非道な第三者に向けられたことは結局ふたりに有利に働いた。

エリオットにとってはまさに幸運だった。

映画が終わり、エリオットがブッククラブのメンバーとプロットについて話したりしながら自分の存在を印象づけていたころ、マズは動きの鈍い妊婦にもどって、ピンクのブランケットで具合の悪そうな暗い顔をしていた。

ブッククラブに別れのあいさつをしたあと、妻を起こしにいったエリオットが遺体を発見したふりをし、後ろによろめいたところで第三幕——『ショックを受けた男』の幕が開く。

「彼はその部分をみごとに演じたわね」インディラが首を振りながら言って、ビールを飲み干す。「あなたの言ってることが事実なら、エリオットもマズも、わたしが見たこともないほどすごい役者だわ」

「自暴自棄になった人間はなんだってやるってことでしょうね」アリシアは言った。「そしてマズは自暴自棄になっていた。このままだと自分も赤ちゃんもブライアンに殺されてしまう。本気でそう思ってたから、自分と生まれてくる子供の命を救うために行動したのね」

「自分が刑務所にはいってしまったら、どちらにとってもいいことはひとつもないのに」とクレア。「そんなことに同意するなんてどうかしてるわ」

「エリオットがその気になれば説得できるだろうな」とジャクソン。〝茶色の濃いまつげをばさばさ動かして、あの男らしいあごをさすりながら〟という言葉を、被害者のハンサムな夫を信用するのがいささか早すぎたように思われる同僚に向けて言うのは控えた。「自分たちを救うためにはふたりで協力するしかないと、あいつがマズを説得したとしか思えない。いずれにしても、マズはそうするしかないと感じたんだろう。ブライアンからどうしても逃げられない以上、赤ん坊を救うにはそれしか方法がないと思いつめたのかもしれない。あるいはただ仕返しがしたかっただけなのか」首を振った。「もしかしたらジョヴェス牧師の言うことは半分正しいのかもな。ただし、この場合はマズがイゼベルだった、キャットじゃなくて」

「こうなると、その計画はアガサ・クリスティというよりむしろヒッチコックね」とアリシアは言った。

インディラもうなずいた。「そう、『見知らぬ乗客』よ、きのう話してた」

「ただし、ふたりは互いにパートナーを殺し合ったというより助け合ったつもりだった」ジャクソンは説明した。「そのあたりはまだ解明する必要があるな。おれとしては、マズが、上映会の日の午後に古いショッピングモールの人けのない屋上でブライアンと会う段取りをつけたんじゃないかと思ってる。どうやって誘いだしたのかはわからないが、たぶん和解を申し出て、睡眠薬を入れたチョコレートミルクシェイクを渡したのかもしれない——解剖したときにセロシがブライアンの胃の内容物のなかにその両方を見つけた。マズは彼に赤ん坊を産むのはやめると言ったのかもしれない、わからないけど。ともかく、薬が効いてうとうとしてきたブライアンをそこに置き去りにして急いでバルメインに向かったんだろう。もしかしたら彼女が注射器に倍の量のヘロインを仕込んでおいたのかもしれない。目が覚めたブライアンは、朦朧(もうろう)としたまま、自分で致死量のドラッグを打ち、そのころ彼女は上映会の会場でみずからアリバイを作っているというわけだ」

「もしくは、マズが彼を置き去りにし、エリオットがこっそり現場に行って、ブライアンが眠ってるあいだに致死量のドラッグを注射したのかも」アリシアは言った。「ほら、エリオットとキャットが公園に来たのはほかの人たちより遅かったし」

「それだと時間的に厳しい」インディラが言った。

「そうだよ」とペリー。「もしエリオットがやったのなら、大忙しだったろうね。だって、そのあと奥さんのところにもどって、アルコールをたっぷり飲ませて、華々しい登場を見せつけるためにちょっとだけ遅れて公園に到着しなくちゃならなかった」

「そうだね、あたしもマズがやったほうに賭ける」リネットも言ったが、ジャクソンはひとりで首を振っていた。

「おれがブライアンの死をちゃんと捜査してさえいれば。あいつの身辺をもっとよく調べていたら、殺す動機のある虐待された婚約者がいることもわかったはずだ。ショッピングモールの防犯カメラにマズがチョコレートミルクシェイクを買うところが写ってるかもしれない。セロシは〈スターバックス〉のチョコレートフラペチーノだと断定してる――それは確認がとれるだろう」

「ちょっと待った」とリネット。「検死官は飲み物の種類をそこまで細かく特定できるの？」

ジャクソンは苦笑した。「そうなんだ、少し時間はかかったけど、成分の濃度から割りだすことができた。なんでもモカ風味のソースが関係してるらしい」そこでまた笑った。「たぶんセロシは一日じゅういろんなミルクシェイクをテストする口実をさがしてたんだろう。ともかく彼は鼻高々だったよ」

ジャクソンはインディラに顔を向けた。「エリオットとマズは、防犯カメラのない古い屋上にブライアンを誘いだした自分たちは賢いと思ってたにちがいないが、検死官がそこまでやるとは考えもしなかったんだろうな。〈スターバックス〉にはちゃんとした防犯カメラがあるはずだ。マズが問題の日にフラペチーノを買ったかどうか映像で確認するのはむずかしくない。もっと早く関連に気づかなかった自分が情けないよ」

「まあ、そう自分を責めないで」とインディラ。「結局は気づいたんだから」

「それでも」とジャクソン。「それでも」そのあとの言葉はのみこんだ。

インディラは脚を伸ばすために立ちあがった。「それにしてもよく考えたわね、みんな、でもひとつちょっとした問題がある」

「証拠」とジャクソン。

「証拠」インディラが重ねて言った。

「ショッピングモールの映像を手に入れよう。もうちょっと運がよければエリオットがモールにはいるところも写ってるかもしれない。まずはそこからだな」

「じゃあ、ここまでにしましょう。残りを証明するためにまだまだやらなきゃならない仕事がどっさりあるんだから」

インディラは周囲を見まわした。彼らが公園に残っている実質最後のグループで、ほかにははぐれ者が数人ぶらぶらしているだけだった。

「さあ、警備員たちに美容のための睡眠をとらせてあげないと、ついでにわたしたちもね。あしたは山のような〝かもしれない〟と〝もしも〟を立証しなくては」

そこでインディラは両手を勢いよく腰にあてて言った。「いま言ったのは殺人課がってことよ、みなさん、〈マーダー・ミステリ・ブッククラブ〉じゃなくて！」

みんなで笑って荷物をまとめ、出口に向かった。それぞれの車にたどりつくころには、もうくたくたに疲れていて、証拠を見つけることに考えがおよぶ者はほとんどいなかったが、インディラの頭のなかにはあれこれ考えがあふれていた。

アリシアの言ったとおりではないかと思い、朝いちばんにマズ・オルデンのアパートメントの捜索令状を請求することにした。例の〈グッチ〉の眼鏡をなんとしても見つけたくて、彼女が欲をかいて捨てずにいることを祈った。眼鏡はてっきりエゼキエル少年が盗んだものと思っていて、それはマズにとって思いがけない幸運だった。実際は、これも目くらまし（レッド・ヘリング）だったのだ。

眼鏡があってもなくても、エリオットに関する証拠がなにもないことに変わりはないが、赤ん坊を宿した若い女性は、うまく誘導すれば簡単に寝返るだろうという予感がインディラにはあった。

「なにをにやにやしてるんだ？」ジャクソンがインディラの車の窓に身をかがめて訊いた。

「ああ、次の作戦を考えてるだけ」インディラは答え、別れのハグを交わしているブッククラブの面々のほうをあごで示した。「あなた、いい仲間を持ったわね、しかも賢い仲間を」

「まじか？　もうちょっと大きい声で言ってほしいな、本人の口から（フロム・ザ・ホーセズ・マウス）みんなに聞こえるように」

「だれが馬（ホース）ですって？」インディラはウィンクした。「お断り、調子に乗って警官に応募でもされたら大変だもの。冗談じゃない！　あなたからありがとうと言っといて。でもこの先はわたしたちの仕事。あなたたちはフィクションの世界にもどって、現実の事件はわたしたちに任せろってね」

「〝ありがとう〟のところでやめておくよ」ジャクソンが言うと、インディラは笑いながら走り去った。

エピローグ

厚手のブルーの便箋に端整な手書きでしたためられたその手紙を、アリシアはブッククラブの仲間の前で読みあげた。彼らはいまミッシーの新居の居間でリサイクルの椅子にすわっている。

ミッシーが見つけた賃貸の部屋は、フィンリー家から通りを少し行った先にあり、狭くて少少古いけれど、彼女はもらったり借りたりこっそり持ちだしたりした楽しい家財道具で精いっぱい明るい雰囲気を作りあげていた。それでも、いま部屋の空気は沈みがちだった。

アリシアが手紙を読み終えたとき、何人かは目をうるませ、ほぼ全員が言葉を失っていた。ようやくペリーが口を開いた。「まあ、損をするのは彼のほうだよ、ぼくらじゃなくて」

アリシアはきっぱりと首を振った。「わたしは、きっと彼が恋しくなると思う」

ペリーが洟(はな)をすすった。「ああ、たぶんぼくもだよ。少なくとも目の保養にはなったからね」

「アンダースはそんな言葉で片付けられる人じゃなかったわ！」クレアが反論した。「ナイフなみに頭が切れて、必要だと判断したときはいつだってわたしたちに冷水をかけて目を覚まさせてくれた。しかもそれがしょっちゅうだったわ」

「その水が熱湯のときもたまにあったけどね」そう言ってミッシーはにやりと笑った。

ミッシーに対して彼が少しいらいらすることも多かったけれど、それも無理はないと自覚しているので、みんなと同じようにやっぱり彼が恋しくなるだろう。

アンダースは一時間以上かけて〈マーダー・ミステリ・ブッククラブ〉を退会する旨の手紙を書いた。そのなかで、みんなに会えなくなるかと思うと残念だ、みんなの幸せを祈っている、と書いたのは嘘ではない。それでも本音を言えば、警告役でいることが苦痛だった。常にブレーキをかけようとする自分が嫌だった。

《きみたちはとても賢く、もっと評価されてしかるべきグループだ》と彼は書いた。《きみたちを思いとどまらせようとするぼくのような人間はもはや必要ないだろう。これは自分ではいかんともしがたいことだ。このクラブの基準からすればぼくはあきらかに慎重すぎる。なじもうと努力はしてみたが、率直に言って、それは恐ろしいことだった。ぼくが医者だからか、警察の正式なコンサルタントだからか、あるいは生まれながらに保守的だからか、守るべき評判があるからなのかもしれないが、そろそろ前に進むべきときだという気がしている。ぼくはマルガリータが後釜になってくれたらいいと考えていた。文学を教えているし、みんなとも仲良くなれるだろうと思った。でもあの最初の集まりのあとすぐに、じつはぼくよりずっと慎重な人だとわかったので、その点はお詫びしたい。きみたち全員の幸せを心から祈り、今後も連絡を取り合えることを願っている》

「やっぱり彼女はスパイだと思った！」リネットが言い、アリシアは顔をしかめた。

「雇われた同伴者だって言ってたくせに！」

ほかのメンバーがぎょっとして目を向けると、リネットは日焼けした肩を片側だけすくめた。

「アンダースが口実を使って彼女を連れてきたのはわかってたって、そういうこと」

「後釜候補のオーディションをするつもりだったのね」とクレア。「考えてみたらいかにも几帳面なアンダースらしいけど、そうなると問題はまだ残る――アンダースの後釜はどうするの？　メンバーの数はだんだん減ってきているわよ、みなさん」

「そのとおり！」ミッシーが声に邪悪な響きをこめて言った。「そして残るは五人になった！」

みんな大笑いし、クラブを盛りあげるためにあと何人か新メンバーを募集してもいいころだと意見が一致した。

「ぴったりの人をどうやって見つける？」リネットは訊いたが、ペリーは首を激しく横に振っていた。

「みんなそうあわてないで！」と声を張りあげた。「その話に行く前に、事件がその後どうなってるのかまだ聞いてないんだけど」アリシアに向けて目を見開いた。「エリオット・マンフォードは観念してすべてを自白した？」

「どう思う？」アリシアは笑った。「悲しいかな、アガサ・クリスティの小説のようにはいかないのよ、みなさん。エリオットはばりばりのやり手弁護士を雇って、当然ながら、いま戦闘態勢にはいってる」

「マズのほうは？」

「ああ、彼女のほうはそれほど大変じゃなかった。インディラの予想どおり――司法取引に応じて喜んで話をしてる。マズは全部エリオットが考えたことだと言ってるの、なにもかも――致死量のヘロインも。彼女はエリオットから渡されて、それをブライアンに渡した。問題は、ブライアンがあの夜それを打つかどうかマズには確信がなかったことで、警察からなんの連絡もないから、彼がどこかでまだ生きてるんじゃないかと怯えていた。ジャクソンとインディラからブライアンが死んだと聞かされたとき、すごくほっとした様子だったのも無理はない。ジャクソンは芝居だと思ったらしいけど、ブライアンが死んだと聞いてマズは心から安堵したの。

それと、ブライアンの両親のことも知らなくて、もし健在だと知っていたら、会いにいって息子を更生させるようお願いしていただろうって。そしたらブライアンを殺すというエリオットの計画に乗ることもなかったと主張してる」

「くだらない言いわけばっかり」とクレア。「その気になれば簡単に警察に行けたのに」

「行ったのよ、何度か、だけど怖くて告発できなかった。有罪になったとしても、いずれもどってきて、そのときはもっと怒りを募らせてる、マズにはそれがわかってた。その怒りをぼうやにぶつけられるかもしれないと思ったのね」

「じゃあ、エリオットはどうやってマズを説得したんだい?」とペリー。「さぞかし説得力があったんだろうね」

「絶妙なタイミングを選んだの、聞くところによると。ブライアンがマズを階段から突き落として緊急外来に連れていった直後に彼女に近づいたらしい。赤ちゃんは無事だったものの、彼女はかなり追い詰められていて、なんだってやる気になってたのね」

「そんな！」とクレア。「つまり自分と生まれてくる子供の命を守るために、別の罪もない命を奪うわけ？　悪いけど、わたしはやっぱり納得できない」

「崖っぷちに追い詰められたら人間なにをするかわからないもんだよ、クレア」そう言ってペリーはアリシアに顔をもどした。「それで、すべてはきみが言ったとおりに起こったのかな、あの上映会の夜に、ってことだけど」

アリシアはうなずいた。「おおよそね」

「だとすると、ふたりはとてつもなくラッキーだったね。ぼくにはものすごくリスキーに思えるんだ。エリオットはあのちょっとした替え玉作戦がだれにも気づかれないってどうして確信できたんだい？　キャットとマズが入れ替わってることが、きみとリネットにはわからないと、どうして確信できたんだい？　だって、あのときもしクレアがバーでジャクソンと喧嘩をはじめたら、インディラにはアリシアじゃないことがすぐにばれたと思うんだ。声が聞こえただろうし、横顔も見えたはずだ。悪いけど、ウィッグと帽子と眼鏡だけでだれかになりすますなんて無理があるよ」

「アガサ・クリスティの小説じゃあるまいしね」とクレアも賛同した。

アリシアはにっこり笑った。「思いだして、みんな。あのふたりはわたしたちより簡単だったはずよ。わたしたちのだれもキャット・マンフォードには会ったこともなかったし、あったとしても、せいぜい小さい画面で〈ユーチューブ〉の動画を見たくらい。少なくともエリオットはそう見込んでいた。それに思いだして。ふたりが最初に公園にやってきたとき、映画はもうはじまっていて、あたりは真っ暗。それが彼の狙いだった。最初に見たのが本物のキャットだったにしても、彼女はエリオットの腕に抱えこまれていて、わたしたちはだれも生きているときの彼女をちゃんと見てはいない。実際に見えたのはブロンドの長い髪と白い眼鏡と帽子だけ」

「でも、バーの列のなかにキャットの知り合いがいたら？」ペリーがなおもねばる。「その可能性はあるよね、世間てみんなが思うより狭いんだから」

「エリオットはラッキーだったわけじゃないとは言ってない。あの夜の彼はたしかにいくつもの幸運に恵まれた」

「そう、彼がやってきてすわりこんだ場所があたしたちのすぐそばだったっていう一点を除けばね、もちろん」とミッシー。「〈マーダー・ミステリ・ブッククラブ〉がいることを彼は想定してなかった、でしょ？」

「まあね、わたしたち仮説を立てるのは得意だけど」クレアが切り返す。「でもエリオットに不利な証拠となると、なにがある？　彼は逆にマズを指さして、休憩時間にバーで一緒にいたのはまちがいなく妻で、すべてはマズの作り話だと言うんじゃない？　考えてみたら、むしろマズの証言のほうがありえないような話なんだから」

アリシアはにんまり笑った。「じつはね、証拠はちゃんとあるの。警察は、エリオットが〈ブーズ・バー〉で喧嘩をしてみせた相手の女性は彼の妻ではありえないし、エリオットもそれを知っていたはずだという証拠をつかんでいるの。つまり彼もこの茶番劇にひと役買っていたということよ」

「シャンパングラスの指紋?」リネットがせっついた。

「じつは、ちがう。三つ目の指紋は、上映会の三日前にブランドンにグラスを売った卸売業者のものとわかったの。警察は不鮮明な指紋がたぶんマズのものだろうと考えてる——ふき取ろうとしたんでしょうね——でも断定できるほどはっきりはしてない。別にそれでもかまわないけど。それよりずっといいものがあるの、わたしが思いつきもしなかったもの」

アリシアはいたずらっぽく笑い、みんなを一拍待たせてから教えた。「チキンの串焼き!」

みんながぽかんとした顔で見返したので、アリシアは笑った。

「思いだして。〈ブーズ・バー〉で嘘の喧嘩をしたあと、偽キャットはスナック・バーで串焼きを買ったでしょ? それを食べて串をシャンパングラスに入れてから横になるのをわたし見たの」

「あんな細い串から指紋を採るなんて無理でしょう、ねえ?」クレアが言った。

「そうね。でも、亡くなった女性の胃のなかには串焼きのチキンを食べた痕跡があるはずよね」その意味が全員に染みこむと、アリシアの笑みは大きくなった。「検死官はなにも見つけなかった。胃のなかにあったのはオレンジジュースとアルコールだけ。インディラはその事実にもっと早く気づかなかったことを悔しがってる。要するに、エリオットがバーで喧嘩するふりをした相手の女性、そのあとチキンの串焼きを買いにいった女性は、彼の奥さんではありえない。つまり彼は嘘をついていた。もっといいことに、その串には唾液がついてて、いまDN

A検査をしてるところ」

「おみごと！」ペリーがうれしそうに言った。

リネットがにかっと笑った。「エリオットはマズにむかっ腹を立ててるだろうね、チキンなんか食いやがってって！」

アリシアも同感だった。「まちがいなくね。そんなこと計画には含まれてなかったと思うけど、妊婦なんだから、おなかがすいて当然」

「ひとつはっきりさせたいんだけど」ミッシーが口を開いた。「マズはほんとに妊娠してるのよね？　警察がちゃんと確認したと言って！」

「妊娠はしてる。ただ、つわりで具合が悪いわけでもなければ、あの晩の見た目ほどおなかが大きいわけでもなかった。思いだしてて。ほとんどの人の記憶にあるのは〝出産間近〟の女性だった。でも、数日後にインディラとジャクソンが自宅に行って事情聴取したとき、出産までまだ六週間もあるとわかってインディラは驚いたそうよ。目撃者たちの証言にあったほどおなかは大きくなかった。なぜかというと、もうウィッグとジャケットをおなかに隠し持ってなかったから」

「上映会の夜に現場に残っていたのはどうしてかしら」クレアが訊いた。「〝モウ・マン〟と一緒にさっさと帰ればよかったし、そもそも〝モウ・マン〟はいったいだれなの？」

アリシアは肩をすくめた。「警察はまだ見つけられないでいる。インディラは、この事件とは無関係な第三者じゃないかと考えてる。ジャクソンは、出会い系サイトを通じて上映会に誘いだしたんじゃないかと考えてる、マズに連れがいるように見せかけるために。それについてはまだ捜査中。マズはどうして現場に残っていたか？　わたしが思うに、暴力的な婚約者が致死量のドラッグをもう打ったかどうかわからないから、できるだけ長く家を留守にして彼にその機会を与えたかったんでしょうね。家に帰ったら彼がこぶしを固めて待ちかまえてるかもしれないと思うと怖かったのかもしれない」

それを聞いてみんな小さく身震いした。マズ・オルデンに同情の余地はあるものの、それで彼女がやってしまったことが許されるわけではない。キャット・マンフォードの命を奪ったことが相殺されるわけでも決してない。

「さてと」アリシアは無理に笑みを浮かべて、バッグに手を伸ばした。「怖い話はこれくらいにして。もっと前向きなことを考えましょうよ！」

今度はもっと説得力のある笑みを浮かべながら、メモ帳とペンを取りだした。

「クレアの言うとおり――このブッククラブにも新しい活力を吹きこむ頃合いよ。前回やったように、また地元紙の告知欄に広告を載せて、新メンバーを募集したらどうかな。みんなはどう思う？」

みんな熱心にうなずき、てんでに重視する項目を叫びはじめた。

「賢くて、なおかつ猜疑心のある人！」とミッシー。

「素敵で、楽しい人！」とペリーが付け加える。

「エキゾティックでハンサムな人も悪くないわね」とクレアも付け加え、全員からあきれたような視線を向けられた。「なに？　アリシアだけに楽しませておく手はないでしょう？」

「料理のできる人ならありがたい」とリネット。「あたしひとりでみんなに食べさせるの大変だもの」

みんながくすくす笑うなか、アリシアはそれぞれの意見を書きとめ、〈第二期マーダー・ミステリ・ブッククラブ〉のための新しい広告文を練りはじめた。

みんなの熱意が一段落したころ、アリシアは顔をあげてにんまり笑い、ペンを取って最後の条件を書きこんだ。

《ミステリをこよなく愛し、謎解きが大好きで、ひょっこり舞いこんでくる現実の謎(ミステリ)を解くのを厭(いと)わないこと》

ペリーがふふんと鼻で笑った。「でもさ、そんなチャンスってどれくらいある？」

訳者あとがき

目の前に謎があれば解かずにいられない——そんな困った性分のお節介な読書会メンバーたちが活躍する〈マーダー・ミステリ・ブッククラブ〉シリーズの第三弾『野外上映会の殺人』をお届けします。

主人公のアリシアがミステリ・ファンを集めて立ちあげた〈マーダー・ミステリ・ブッククラブ〉は、発足以来アガサ・クリスティの作品を課題書にして定期的に読書会を開き、順調に活動を続けてきました。

この日メンバーのクレアの自宅で開かれた読書会の課題書は『ミス・マープル最初の事件　牧師館の殺人』。全力でこれを推したのが図書館員でクリスティ通のミッシーです。これまでポワロばかり注目されてきたことが内心おもしろくなかったミッシーは、ミス・マープルのほうがポワロよりすぐれている！との持論を展開します。なぜなら、素人探偵は表立って調査をすることができないので、巧妙に立ちまわってさりげなく手がかりを集め、手足となって動いてくれるヘイスティングズ大尉や味方になってくれるジャップ警部もなしにひとりで事件を解決しているから（言われてみればたしかに！）。〝それに比べたらポワロなんて楽なものよ〟

〝ポワロは俗に言う平凡な白人男性ね〟と言う女性陣に対して、アンダースがすかさず異を唱え、ポワロ派のペリーは〝ミス・マープルにはポワロの持つ教養や才気なんてない、ただうろうろしてる噂好きのおばあさんだよ〟と容赦なくやり返す。少人数の固定メンバーという気のおけない仲間同士ならではの、歯に衣着せぬやりとりに思わずにやりとさせられます。

そんな楽しい読書会が終わりかけたころ、世話人のクレアが一枚のチラシを見せてみんなを野外上映会に誘います。会場はシドニー郊外の美しい公園で、上映作品がみんなの大好きな『白昼の悪魔』を原作とする『地中海殺人事件』と聞けば行かないわけにはいきません。

一九八二年に公開されたこの映画の舞台はアドリア海に浮かぶ孤島の瀟洒なリゾートホテル。この島のビーチで元女優のアリーナが遺体で発見され、ホテルに滞在していたポワロはさっそく調査に乗りだします。宿泊客にはいずれも犯行時刻のアリバイがありますが、名探偵ポワロは灰色の脳細胞を駆使してみごと謎を解き明かし、最後に犯人を追い詰める、というおなじみの展開。

ポワロを演じるのはピーター・ユスティノフで、ほかにもホテルの女主人役のマギー・スミス、元女優役のダイアナ・リグ、おとなしい人妻役のジェーン・バーキンなど、キャストの顔ぶれも豪華。本書でアリシアが指摘しているとおり、原作から改変されている部分が多いものの、そこはミステリの女王クリスティなのでプロットはひねりがきいていて、陽光あふれる地中海の絶景や、クレアが歓喜しそうな三〇年代のヴィンテージ・ファッションも楽しめます。

ポワロ役と言えばテレビシリーズ版のデビッド・スーシェがあまりにも有名ですが、ピーター・ユスティノフ演じるポワロもなかなかチャーミングです。最新映画版の『オリエント急行殺人事件』『ナイル殺人事件』でケネス・ブラナーのかっこよすぎるポワロをご覧になった方も、機会があればこの古い映画のレトロな雰囲気をぜひ味わってみてください。こんなゴージャスな映画を野外の巨大なスクリーンで観たらさぞ見応えがあると思います。

そんなわけで、アリシアたち一行はお酒やつまみやブランケットを用意していそいそと野外上映会に出かけました。ところが、大好きな作品の世界を堪能した直後に、近くにすわっていた熱々カップルの妻のほうがブランケットの下で遺体となって発見されたから大変。しかもアンダースの見立てでは他殺らしい。前作の船旅で知り合ったジャクソン刑事を含む捜査班が正式な捜査を担当しているので、当面はおとなしく成り行きを見守ることにしたアリシアたちですが、どう見ても捜査は難航していて解決にはほど遠い。ミステリ愛好家を自任する自分たちが犯行を見過ごしてしまったという自責の念もあり、ついに彼らも独自の調査に乗りだしますが、素人の介入が気に入らない主任刑事シンとことごとくぶつかってしまいます。状況からして不可能としか思えないこの犯行はいかにして実行されたのか。その謎を解明すべく、ミス・マープルよろしく巧妙にあちこち首を突っこんで情報を集める素人探偵団と、地道な捜査で容疑者を絞っていくプロの捜査班、先に真相にたどりつくのははたしてどちらか……。

犯行現場となった野外上映会は、オーストラリアでは〝ムーンライト・シネマ〟と呼ばれる人気イベントで、夏のあいだは各地の公園に巨大スクリーンが設置され、毎日のように映画が観られるそうです。実際のムーンライト・シネマの動画を観たら、たまたま『グリース』が上映されていて、カップルや家族連れや犬連れの市民が、ブランケットを敷いて自由に飲んだり食べたり歌ったり。じつに大らかで、いかにもオージーらしいイベントですね。

またシリーズものでは本筋の事件とは関係のない主人公たちの暮らしぶりを知ることも楽しみだったりしますが、今回はアリシアとジャクソンの新たな関係や、ペリーの博物館学芸員としての仕事ぶり、ミッシーの心境の変化と成長なども描かれています。

気になる次作にも触れておきましょう。原題は *When There were 9* で、やはりクリスティ作品へのオマージュになっています。新メンバーが一気に四人増え、そのうちふたりは本書で登場した老婦人フローとロニー、さらに募集広告に応募してきた男性ふたりも加わりました。そこで顔合わせを兼ねた読書会のために全員で山奥の由緒あるロッジへと向かいます。課題書はクリスティの代表作とも言える『そして誰もいなくなった』の予定。ところが到着した翌日から不可解な事件が次々に起こり、そのうえ山火事で道路が封鎖されてロッジは陸の孤島に……どうするブッククラブ！　ということで、本シリーズ四作目はここまででもっとも読み応えのある作品になっています。クリスティ作品最後の読書会は無事に開催できるのか？　読書会メンバーの内面もより深く描かれた複雑かつシリアスな物語なので、引き続き邦訳をお届けできればと願っています。

検印
廃止

訳者紹介　英米文学翻訳家。訳書に、ラーマー「マーダー・ミステリ・ブッククラブ」「危険な蒸気船オリエント号」、クレイス「容疑者」「約束」「指名手配」「危険な男」、ライリー「蘭の館」「影の歌姫」、クリスティー「蒼ざめた馬」など。

野外上映会の殺人
マーダー・ミステリ・ブッククラブ

2023年10月20日　初版

著　者　C・A・ラーマー

訳　者　高橋恭美子（たかはしくみこ）

発行所　（株）東京創元社
代表者　渋谷健太郎

162-0814/東京都新宿区新小川町1-5
電　話　03・3268・8231-営業部
　　　　03・3268・8204-編集部
URL　http://www.tsogen.co.jp
DTP　工友会印刷
暁印刷・本間製本

乱丁・落丁本は、ご面倒ですが小社までご送付ください。送料小社負担にてお取替えいたします。

ISBN978-4-488-24107-0　C0197